总在交配时嗥叫，令人心烦；第四，它吃了“我”小时候心爱的一只小隐鼠。虽然后来证实并非猫所害，但我对猫是不会产生好感的，何况它后来确实吃了小兔子！文章用“猫”这样一个形象，尖锐而又形象地讽刺了生活中与猫相似的人。《狗·猫·鼠》是针对“正人君子”的攻击而引发的，嘲讽了他们散布的“流言”，表述了对猫“尽情折磨”弱者、“到处嗥叫”、时而“一副媚态”等特性的憎恶；追忆童年时救养的一只可爱的隐鼠遭到摧残的经历和感受。本文表现了对弱小者的同情和对暴虐者的憎恨。

《阿长与〈山海经〉》：阿长是鲁迅幼年的保姆。文章记述了作者儿时与阿长相处的情景，描写了长妈妈善良、唠叨、朴实而迷信，“满肚子是麻烦的礼节”的性格特质，并对她寻购赠送自己渴求已久的绘图《山海经》充满了感激之情。文章用深情的语言，表达了对这位劳动妇女的真诚怀念。

《二十四孝图》：所谓《二十四孝图》，是一本讲中国古代二十四个孝子故事的书，配有图画，主要目的是宣扬封建的孝道。鲁迅先生描述了幼时阅读《二十四孝图》的感受，表达了对“老莱娱亲”和“郭巨埋儿”等故事的强烈反感。“老莱娱亲”写的是年已七十的老莱子穿着花花绿绿的衣服，装成婴儿的样子，在地上打滚，来使长辈们开心，以示自己的孝顺；“郭巨埋儿”写的是汉朝郭巨为了省出口粮给母亲而打算活埋自己的儿子。作者形象地揭露了封建孝道的虚伪和残酷，揭示了中国儿童的可怜处境。作品对当时反对白话文、提倡复古的倾向予以了尖锐的抨击。

《五猖会》：五猖会是一个迎神赛会，在童年的“我”的心目中是一个节日。本文记述了儿时盼望观看迎神赛会的急切、兴奋的心情和被父亲强迫背诵《鉴略》的扫兴而痛苦的感受，指出强制的封建教育对儿童天性的压制和摧残。

《无常》：描述儿时在乡间迎神会和戏剧舞台上所见的“无常”（具有人情味的鬼）形象，说明“无常”这个“鬼而人，理而情”，爽直而公正的形象之所以受到民众的喜爱，是因为人间没有公正，恶人得不到恶报，而“公正的裁判是在阴间”。文章在夹叙夹议中，对打着“公理”“正义”旗号的“正人君子”予以了辛辣的嘲讽，虚幻的无常给当时鲁迅寂寞悲凉的心带去些许安慰。

《从百草园到三味书屋》：描述了儿时在家中百草园得到的乐趣和在三味书屋读书的乏味生活，揭示了无穷的生活趣味与束缚儿童天性的封建私塾教育的尖锐矛盾，表达了应让儿童健康活泼地成长的合理要求。

《父亲的病》：父亲被庸医治死，一直是埋在鲁迅心中的痛苦。文章重点回忆儿时为父亲延医治病的情景，描述了几位“名医”的行医态度、作风等种种表现，揭示了这些巫医故弄玄虚、勒索钱财、草菅人命的实质。

《琐记》：鲁迅在这篇文章里主要回忆了去南京求学的过程。作品描述了当时的江南水师学堂和矿务铁路学堂的种种弊端和求知的艰难，批评了洋务派办学的“乌烟瘴气”。作者记述了最初接触进化论的兴奋心情和不顾反对、如饥似渴地阅读《天演论》的情景，表现出探求真理的强烈欲望。

《藤野先生》：记录作者在日本留学时期的学习生活，叙述在仙台医专受日本学生歧视、侮辱和决定弃医从文的经过。作者突出地记述了日本老师藤野先生严谨、正直、热忱、没有民族偏见的高尚品格，说“他的性格，在我的眼里和心里是伟大的，虽然他的姓名并不为许多人所知道”，表达了对藤野先生深情的怀念。

《范爱农》：追述作者在日本留学时和回国后与范爱农接触的几个生活片段，描述了范爱农不满社会黑暗，追求革命，辛亥革命后又备受打击迫害，最后溺死的遭遇，表现了作者对旧民主革命的失望与对这位正直倔强的爱国者的同情和悼念。

精彩片段

★我常想在纷扰中寻出一点闲静来，然而委实不容易。目前是这么离奇，心里是这么芜杂。一个人做到只剩了回忆的时候，生涯大概总要算是无聊了罢，但有时竟会连回忆也没有。中国的做文章有轨范，世事也仍然是螺旋。前几天我离开中山大学的时候，便想起四个月以前离开的厦门大学；听到飞机在头上鸣叫，竟记得了一年前在北京城上日日旋绕的飞机。我那时还做了一篇短文，叫作《一觉》。现在是，连这“一觉”也没有了。

广州的天气热得真早，夕阳从西窗射入，逼得人只能勉强穿一件单衣。书桌上的一盆“水横枝”，是我先前没有见过的：就是一段树，只要浸在水中，枝叶便青葱得可爱。看看绿叶，编编旧稿，总算也在做一点事。做着这等事，真是虽生之日，犹死之年，很可以驱除炎热的。

前天，已将《野草》编定了；这回便轮到陆续载在《莽原》上的《旧事重提》，我还替他改了一个名称：《朝花夕拾》。带露折花，色香自然要好得多，但是我不能够。便是现在心目中的离奇和芜杂，我也还不能使他即刻幻化，转成离奇和芜杂的文章。或者，他日仰看流云时，会在我的眼前一闪烁罢。

我有一时，曾经屡次忆起儿时在故乡所吃的蔬果：菱角、罗汉豆、茭白、香瓜。凡这些，都是极其鲜美可口的；都曾是使我思乡的蛊惑。后来，我在久别之后尝到了，也不过如此；唯独在记忆上，还有旧来的意味存留。他们也许要哄骗我一生，使我时时反顾。

这十篇就是从记忆中抄出来的，与实际内容或有些不同，然而我现在只记得是这样。文体大概很杂乱，因为是或作或辍，经了九个月之多。环境也不一：前两篇写于北京寓所的东壁下；中三篇是流离中所作，地方是医院和木匠房；后五篇却在厦门大学的图书馆的楼上，已经是被学者们挤出集团之后了。一九二七年五月一日，鲁迅于广州白云楼记。（《朝花夕拾·小引》）

★我想，如果能将这方法推广应用，我大概也总可望成为所谓“指导青年”的“前辈”的罢，但现下也还未决心实践，正在研究而且推敲。（《狗·猫·鼠》）

★在中国的天地间，不但做人，便是做鬼，也艰难极了。然而究竟很有比阳间更好的处所：无所谓“绅士”，也没有“流言”。（《二十四孝图》）

主题思想

《朝花夕拾》是鲁迅唯一一本散文集，但是鲁迅回忆童年、少年和青年时期不同生活经历与体验的回忆性散文。这些篇章，文笔深沉隽永，是中国现代散文中的经典作品。

《朝花夕拾》比较完整地记录了鲁迅从幼年到青年时期的生活道路和经历，包括童年的生活和青年时求学的历程，追忆了那些难以忘怀的人和事，抒发了对往日亲友和师长的怀念之情。作品还生动描绘了清末民初的生活画面，在夹叙夹议中对反动守旧势力进行了抨击和嘲讽。

《朝花夕拾》写了许多关于少年儿童的事，但不是为少年儿童写的，其中隐含了深刻的意蕴，是研究鲁迅早期思想和生活以至当时社会的重要艺术文献。

艺术特色

《朝花夕拾》的艺术特色主要表现为：

一、诗意的风格

把记叙、描写、抒情和议论有机地融为一体，充满诗情画意。如描写百草园的景致，绘声绘色，令人神往。

二、“杂文笔法”的运用

在深情地回忆往事时，作者无法忘却现实，时不时插入一些“杂文笔法”(即对现实的议论)，显示了鲁迅先生真实而丰富的内心世界。如《狗·猫·鼠》一文既有作者对童年时拥有过的一只可爱的小隐鼠的深情回忆，又有对祖母讲述的民间故事生动的记叙，同时揭示了现实中那些像极了“猫”的“正人君子”的真实面目。

三、擅长摄取生活中的细节，以小见大

写人则写出人物的神韵，写事则写出事件的本质。如在《无常》中，从无常也有老婆和孩子的事实中，作者既写出无常富有人情味的特点，又巧妙地讽刺了生活中那些虚伪的知识分子，入木三分。

四、巧妙的反讽手法

在批判、讽刺封建旧制度、旧道德时，多用反讽手法。作者表面上很冷静地叙述事件的始末，其实是反话正说，在叙述中暗含着“言在此而意在彼”的巧妙讽刺。如在《父亲》中，对庸医的行医过程细细道来，没有正面指责与讽刺，但字里行间处处蕴含着作者激愤的批判和讽刺。

五、对比手法

鲁迅在散文中常用对比手法。如：《五猖会》通过“我”前后心境的对比表达了对封建社会的反感和批判；《无常》通过无常这个“鬼”和现实中的“人”对比，深刻地刻画出现实生活中某些“人格”不如“鬼格”的人的丑恶面目；《狗·猫·鼠》则将作者对小隐鼠的爱和对猫的憎恨形成鲜明的对比。

人物形象

《朝花夕拾》中出现的四个主要人物，是作者的保姆、恩师、朋友和父亲。

长妈妈：鲁迅儿时的保姆。本来她有自己的名字，因为先前的女工叫阿长，大家叫惯了就没有改口。阿长有愚昧庸俗的一面，但她身上保存着朴实善良的爱，令作者永生难忘。从长妈妈身上，我们看到鲁迅对底层劳动人民的感情：他既揭示他们愚昧麻木的一面，也歌颂他们美好善良的一面。

藤野先生：一位异国医学教授，因为平等待人的态度以及对弱国子民的学业的关心，使其令人肃然起敬。他所做的一切都很平凡，如果我们不设身处地地想象鲁迅当时的处境，便很难感受到这位老师的伟大之处。

范爱农：一位觉醒的知识分子，正直、倔强、热情，但是无法在黑暗的社会中立足。他无法与狂人一样，最终与这个社会妥协，也无法像N先生一样忘却，因此鲁迅先生疑心他是自杀的。

父亲：父亲曾让童年的鲁迅困惑过，因为在他兴高采烈地要去看五猖会时，父亲勒令他背书。但是，鲁迅从来没有指责过自己的父亲，他忏悔的是自己没有让父亲安静地死去，这让他的心灵永远不安、痛苦。由此可感受到鲁迅先生对父亲强烈的爱。

名家点评

★在爱与死的反顾里，既弥漫着慈爱的精神与情调，显露了鲁迅心灵世界最为柔和的一面，又内蕴着深沉而深刻的悲怆，这形成了《朝花夕拾》的特殊韵味。

——钱理群、温儒敏、吴福辉

《繁星》《春水》

作者介绍

冰心（1900～1999），现代散文家、小说家、诗人、翻译家、儿童文学作家，原名谢婉莹，原籍福建长乐，生于福州。父亲是清政府的海军军官，思想开明，母亲知书达理。快乐美满的家庭和母爱影响了冰心的创作道路。1904 年随父亲迁居烟台，1913 年移居北京。1918 年考入协和女子大学预科（后并入燕京大学），后转入文学系。1919 年以“冰心”为笔名发表作品。1921 年加入茅盾等人发起的文学研究会。1923 年获威尔斯利女子大学奖学金赴美留学。1926 年回国在燕京大学和清华大学任教。1946 年，与丈夫吴文藻东渡日本，在东京大学任教。1951 年辗转回国。冰心的一生伴随着世纪风云变幻，她始终跟着时代的脚步，坚持写作了 75 年。1999 年 2 月 28 日，冰心在北京逝世。

冰心是五四时期登上文坛的女作家，以一系列问题小说而风靡文坛。她是新文学运动的元老。她的写作历程显示了从五四文学革命到新时期文学的中国现当代文学发展的伟大轨迹。她的诗歌和散文都别具一格、颇具特色，尤其是散文，生命力超过了小说。早年的作品有：短篇小说《两个家庭》《斯人独憔悴》等，诗集《繁星》《春水》等，散文集《寄小读者》，中华人民共和国成立后出版散文集《归国以后》《樱花赞》等，儿童文学作品集《小橘灯》等。

创作背景

《繁星》《春水》是冰心23岁时发表的两本诗集。在五四运动的浪潮中，冰心听从时代的召唤，写下一系列的“问题小说”。她的小说和散文赢得了广泛的读者和众多的赞誉。而她自己立意作诗，还是因为受到《晨报副刊》记者孙伏园的鼓励。他把冰心一篇饶有诗趣的杂感，分行放在诗栏里，使冰心受到极大鼓舞。冰心希望从哲理的高度解决人生之谜，寻觅人生的真谛。在探索人生而又处于矛盾的过程中，诗人常常把“自己一切随时随地的感想和回忆”，“拉杂地三言两语歪歪斜斜”地写在笔记本中，日子多了，数量也就相当可观。一次偶然的机会，她读到郑振铎译的泰戈尔的《飞鸟集》，都是充满诗意和哲理的三言两语，由此触发了诗人的灵感，于是她把自己这些记录了“零碎的思想”的短句也整理出来，先后在《晨报》的“新文艺”栏目发表，小诗均无单独标题，只按序号编排。后结集为《繁星》《春水》，于1923年分别由商务印书馆和新潮社出版。取名“繁星”，是因为代表着零碎的思想；取名“春水”，是因为作者希望在不经意间将思绪像春水一样流入读者心中。

当时的许多评论家认为冰心受了泰戈尔的影响。郑振铎认为，除了泰戈尔以外，冰心还受到了古典诗词上绝句、小令的影响。冰心深厚的诗词功底是她成功地创作小诗的原因之一。另外，当年周作人翻译的日本短歌俳句流传极广，对冰心的影响也不少。两部诗集的诞生，不仅是20世纪20年代文学新潮流的产物，也是在外国文学形式的直接启发下，作者内心情感的自然流露。

内容简介

《繁星》《春水》收录了300余首歌颂母爱、自然、童真的格言式自由体小诗。《繁星》是冰心的第一部诗集，收入诗人1919年冬至1921年秋所写的短诗164节。《春水》收入1922年所写的短诗182节。因为是作者“随时随地的感想和回忆”，是“零碎的思想”的汇集，因此内容非常丰富广阔。按其内容可分为四类：

一、对无私母爱的赞颂

冰心用最炽烈的语言讴歌母亲，把母爱宣扬为至诚至大、至高至上的伟力，把母亲宣扬为孕育着一切的“万有之源”，而当不安宁的心灵需要安慰和归宿的时候，母亲又成为最安全的寄寓之所。

二、对纯真童心的咏叹

冰心对纯真童心的歌颂，是她宣扬的母爱向另一个方向的自然延伸。她偏爱一切幼小的、稚嫩的、芽苗一样的事物。她视儿童为世界上最纯真、最可爱的朋友，以童真之美善反衬社会的丑恶及世风的堕落。

三、对美好自然的礼赞

冰心崇尚自然，热爱自然。这与她对母爱的宣扬一脉相承。她是自然的女儿，在她的心中，“深蓝的太空”“闪烁的繁星”“无声的树影”“粉红的荷花”“深绿的荷盖”“淡白的花”“深红的果”，流星、大海、山影、晚霞、白云……无不散发出生命的气息。意象丰繁而情思专一。

四、对人生意义的沉思

冰心的诗集中反复出现“人类”“众生”等词句。这些诗句产生在诗人探索人生的过程之中，因此她的一部分诗歌寓情于景，蕴含着人生的哲理，耐人寻味。

精彩片段

★《繁星》一

繁星闪烁着——
深蓝的太空
何曾听得见他们对语
沉默中
微光里
他们深深的互相颂赞了

★《繁星》二

童年呵！
是梦中的真
是真中的梦
是回忆时含泪的微笑

★《繁星》三三

母亲呵！
撇开你的忧愁
容我沉酣在你的怀里
只有你是我灵魂的安顿
我只躲到你的怀里

★《繁星》四三

真理
在婴儿的沉默中
不在聪明人的辩论里

★《繁星》四五

言论的花儿
开的愈大
行为的果子
结得愈小

★《春水》二十

山头独立
宇宙便一个人占有了么？

★《春水》三三

墙角的花！
你孤芳自赏时
天地便小了

★《春水》四三
春何曾说话呢？
但她那伟大潜隐的力量
已这般的
温柔了世界了！

★《春水》七六
寂寞增加郁闷
忙碌铲除烦恼——
我的朋友！
快乐在不停的工作里！

★《春水》一零二
我的问题——
我的心
在光明中沉默不答
我的梦
却在黑暗里替我解明了！

主题思想

《繁星》和《春水》是冰心在探索人生的过程中灵光闪动的汇合，里面有着她对生命真谛的认识和理解，包含着丰富的哲理，捕捉灵感的闪光，凝成短诗，就是《繁星》和《春水》。

“爱的哲学”是两部诗集的核心，对于母爱、童真和自然的赞美是诗集的主题曲。300余首无标题的格言式自由体小诗，以自然和谐的音调，抒写作者对自然景物的感受和人生哲理的思索，歌颂母爱、童真、人类之爱。篇幅短小，文笔清丽，意蕴隽永，在五四新诗坛上别具一格，从侧面传播了那一时期开放的空气，显示了女作家特有的思想感情和审美意识。

《繁星》里，她不断唱出爱的赞歌，赞颂母爱、赞颂人类之爱、赞颂童心，同时也赞颂大自然，尤其是赞颂她在童年时代就很熟悉的大海。这些成为冰心终生创作的永恒主题。

在《春水》里，冰心虽然仍旧在歌颂母爱、歌颂亲情、歌颂童心、歌颂大自然，却用了更多的篇幅来含蓄地表述她本人和她那一代青年知识分子的烦恼和苦闷。她用略带着忧愁的温柔的笔调，述说着心中的感受，同时也在探索着生命的意义，表达着要认知世界的愿望。

艺术特色

《繁星》《春水》之所以为人称道，除了它纯真的情感外，也在于它闪光的艺术特色：

一、寓情于景，富于哲理

诗人兼采中国古典诗词和泰戈尔哲理小诗之长，善于捕捉刹那间的灵感，在抒情中蕴涵哲理，凝聚思索的智慧。

二、短小精练的文字形式

冰心善于使用三言两语而意味深长的短句，抒写突发的感触和瞬间的喟叹。她不讲究格律，不雕琢词藻，不注重押韵，三五行即成一首，这也是五四时期新文学作家们共同的艺术风格。诗的重心在内容而不在形式，冰心的诗作做到了言简而意丰。

三、意境优美，格调自然

诗集营造的意境，富有诗情画意、神韵飘逸，表现出作者女性的特质。

四、清新的语言风格

诗集中的语言清新淡雅而又晶莹明丽，明白晓畅而又情韵悠长。

五、开阔的联想和丰富的想象

诗歌离不开丰富的想象，而冰心的诗歌中处处绽开着想象的花朵。《春水》中的一些诗歌，语近情遥，让人禁不住思索它的弦外之音。

名家点评

★我喜欢这种短诗，因为它能将题材表现得更精彩些、更经济些。

——朱自清

★冰心的爱，使她的笔底有了像温泉水似的柔情。

——郁达夫

《西游记》

作者介绍

吴承恩（约1500～1582），明代小说家，字汝忠，号射阳山人，淮安府山阳（今江苏省淮安市）人。吴承恩出生于一个由下级官吏沦落为小商人的家庭，曾祖父、祖父都是读书人，任过县学的训导、教谕。父亲吴锐则当起了小商人，但喜好读书，好谈时政，乐观旷达。父亲为他取名承恩，字汝忠，意思是希望他能读书做官，上承皇恩，下泽黎民，做一个青史留名的忠臣。

吴承恩幼时敏慧好学，一目十行，过目成诵，少年时就已名冠乡里。天启《淮安府志》卷十六说吴承恩“性敏而多慧，博极群书。为诗文下笔立成清雅流丽，有秦少游之风”。他还特别喜欢搜奇猎怪，阅读野言稗史，这些古代神话和民间传说对他创作《西游记》有着重要影响。青年时期的吴承恩狂放不羁、轻世傲物，仕途很不顺利，屡试不中，以卖文为生，只在晚年任过八品小官。他为官清正刚直，“耻折腰”，两年后即愤然弃职，隐居故里，放浪诗酒，贫老以终。

吴承恩创作《西游记》大约是中年以后，或者是晚年之时，具体时间无法确定。除《西游记》外，他还创作有长诗《二郎搜山图歌》和《禹鼎志》，但大多文稿已经散失。现存《射阳先生存稿》四卷，是吴承恩逝世后由丘度编订而成。

一生穷困的吴承恩，奋尽全力完成《西游记》后，带着悲喜交加的心情，约于万历十年离开了人世。

创作背景

《西游记》约成书于16世纪中叶，当时统治阶级腐朽没落，社会矛盾日趋尖锐，因此意识形态领域出现了一股明显的反理学统治、个性解放的思潮，人们呼唤斩邪除妖的英雄人物的出现。在中国小说艺术发展史上，此时也是一个令人瞩目的历史时期。此时的小说创作出现了色彩斑斓、标新立异的繁盛景象。世称“四大奇书”的《三国演义》《水浒传》《西游记》《金瓶梅》都产生于此时。

唐僧取经是历史上一件真实的事。距今1300多年前，即唐太宗贞观元年（627年），年仅25岁的和尚玄奘离开京城长安，只身到天竺（印度）游学。他从长安出发后，途经多个国家，历尽艰难险阻，最后到达了印度。他在那里学习了两年多，并作为一次大型佛教经学辩论会的主讲，受到了赞誉。贞观十九年（645年），玄奘回到了长安，带回佛经657部。他这次西天取经，前后19年，行程几万里，是一次传奇式的“万里长征”，轰动一时。后来玄奘口述西行见闻，由弟子辩机辑录成《大唐西域记》十二卷。但这部书主要讲述了路上所见各国的历史、地理及交通，没有什么故事情节。他的弟子慧立、彦琮撰写的《大唐大慈恩寺三藏法师传》，则为玄奘的经历增添了许多神话色彩。从此，唐僧取经的故事便开始在民间广为流传。南宋有《大唐三藏取经诗话》，金代院本有《唐三藏》《蟠桃会》等，元杂剧有吴昌龄的《唐三藏西天取经》、无名氏的《二郎神锁齐天大圣》等，这些都为《西游记》的创作奠定了基础。

明朝社会宗教盛行，有关唐朝玄奘法师西行取经的传记、传说及民间故事在社会上广泛流传，西游故事从产生、流传、演变，到吴承恩创作《西游记》，大约经过了700多年漫长的岁月。明代的吴承恩就是在这样的文化背景下，以传说、话本、戏曲为素材，创作了小说《西游记》。经由吴承恩的重新构思、组织和编写，《西游记》不仅内容大大丰富，故事情节更加完整严谨，而且人物塑造更加鲜活、丰满，语言也更为朴实、通达。更为重要的是，小说《西游记》在思想境界、艺术境界上达到了前所未有的高度。

内容简介

《西游记》是中国古代第一部长篇神魔小说，为中国“四大名著”之一。全书以唐僧师徒四人西天取经途中发生的故事为主干，记述了孙悟空、猪八戒、沙和尚三人保护唐僧西行取经，一路降妖伏魔，化险为夷，最后到达西天，取得真经的故事。

《西游记》全书共一百回，按情节可分成三部分。第一至七回是第一部分，以孙悟空出世、拜师、大闹天宫为主要情节，这是全书最精彩的部分，将孙悟空的反抗性格表现得淋漓尽致。第八至十二回是第二部分，主要讲述唐僧的出身及取经的缘由。第十三回至末尾是第三部分，主要写唐僧西天取经，路上先后收了孙悟空、猪八戒、沙和尚三个徒弟，并历经磨难，终于取到了真经，修成了正果。其中最经典的故事有孙悟空大闹天宫、高老庄收八戒、流沙河收沙和尚、三打白骨精、真假美猴王等。《西游记》的主要故事情节如下：

传说盘古开天辟地，三皇五帝治世定论后，世界分为四大洲。其中东胜神州有个傲来国，国土近海，海中有一座山，名为花果山，山顶有一块仙石。一日仙石迸裂，滚出一枚石卵，化作一只石猴。石猴聪敏好学，漂过西海来到西牛贺洲，拜入菩提祖师门下，得名孙悟空，学会七十二般变化和腾云驾雾的筋斗云后，重回花果山，自号“美猴王”。孙悟空为了武装自己，借走了东海龙宫的镇海之宝“如意金箍棒”（它可大可小，重13500斤）；为了长生不老，又入阎阴府，强行把自己的姓名从生死簿上勾掉。玉帝为了安抚他，给他弼马温一职，他嫌官位太低打出天门，返回花果山，自号“齐天大圣”。

玉帝命托塔李天王率天兵天将下界捉拿孙悟空，孙悟空在花果山连败巨灵神、哪吒二将。玉帝只得封孙悟空为“齐天大圣”，并让他管理蟠桃园。但孙悟空劣性不改，偷吃蟠桃，大闹王母娘娘的蟠桃宴，又盗食太上老君的仙丹，再次逃离天宫。玉帝再遣十万天兵捉拿孙悟空，双方争持不下，观音菩萨举荐二郎真君助战。悟空与二郎神大战，不分胜负。最后太上老君用暗器击中悟空，才把他捉回天庭。玉帝这时发现，无论是刀砍斧削还是火烧雷劈，都无法伤害到孙悟空。他反而借机逃出牢笼，大闹天宫。玉帝无奈，只好请如来佛祖相助。如来和孙悟空斗法，用计才把孙悟空压在五行山下。

冬去春来，寒来暑往，已过了500年，到了大唐贞观年间。如来派观音菩萨去东土寻一取经人去西天取经，劝化众生。菩萨在流沙河、云栈洞、五行山分别度化沙悟净、猪悟能、孙悟空三人，将来做东土取经人的徒弟，又度白龙给取经人做脚力。同时，观音点化陈玄奘去西天求取真经。唐太宗认玄奘做御弟，赐号三藏，俗称唐僧。一天，唐僧西行路上经过五行山，听到喊声："我师父来也!"只见一只石猴困在石缝中，孙悟空已在此等候多时。唐僧揭去山顶的金字压帖，救出悟空，给他取法名"孙行者"。随后，悟空擅自打死了6个强盗，唐僧得观音相助，骗悟空带上观音的紧箍，唐僧一念紧箍咒，悟空就会头痛难忍，无法违抗师父了。

师徒二人西行，在鹰愁涧收伏白龙，白龙化作唐僧的坐骑。二人来到高老庄，庄主女儿被一长嘴大耳妖怪强占。悟空追赶妖怪来到云栈洞，得知妖怪为天蓬元帅，因调戏嫦娥被贬下界，误投猪胎。经观音收伏，赐名猪悟能，在此等候取经人。于是唐僧为他赐号八戒，做了他的第二个徒弟。后来唐僧在浮屠山得乌巢禅师传授《多心经》。在黄风岭遇妖怪刮黄风迷人，孙悟空请须弥山灵吉菩萨降伏此怪。在流沙河中，他们又收伏了观音赐名沙悟净并令其在此等候东土取经人的水怪，赐号沙和尚，做了唐僧第三个徒弟。

观音菩萨欲试唐僧师徒道心，和黎山老母、普贤、文殊化成四个美女，欲招师徒四人为婚。唐僧等三人不为所动，只有八戒迷恋女色，被菩萨吊在树上。在万寿山五庄观，悟空等偷吃人参果，推倒仙树，自己被擒，只得请来观音，用甘露救活了仙树。在白虎岭悟空三次打死白骨精，但唐僧不辨真伪，又听信八戒谗言，逐走悟空，自己却被妖怪捉住。八戒、沙和尚救不出师父，沙和尚反被擒，唐僧被变成老虎。八戒到花果山请回大师兄，救出师父。随后悟空又降伏了平顶山上金角、银角两个妖怪。接着来到乌鸡国。乌鸡国国王被狮子精推入井内淹死，狮精变作了国王。国王的鬼魂向唐僧求救，悟空问太上老君要来金丹，救活国王并打败妖怪，狮精现出原形，原来是文殊菩萨的坐骑青毛狮子。

这日路经牛魔王的儿子红孩儿据守的火云洞，唐僧被红孩儿抓住。悟空敌不过红孩儿的三昧真火，只好请来菩萨，红孩儿被降伏后做了善财童子。至西凉女儿国，国王欲招唐僧做夫婿，悟空等智取关文，坚意西行，唐僧却被毒敌山琵琶洞蝎子精掳去。悟空请来的昴日星官化作双冠子大公鸡，才使妖怪现了原形。不久，唐僧因悟空又打死拦路强盗，再次把他赶走。六耳猕猴精趁机变作悟空模样，抢走行李关文，又把小妖变作唐僧、八戒、沙和尚三人模样，欲上西天骗取真经。真假悟空从天上杀到地下，菩萨、玉帝、地藏王等均不能辨认真假，直到雷音寺如来佛处，才被佛祖说出本相，猕猴精被悟空打死。师徒四人和好如初。

这天来到火焰山，漫山的火焰熊熊不熄，只有铁扇公主的芭蕉扇可以扇灭火焰。但她恼恨悟空把她的孩子红孩儿送往洛伽山做童子，不肯借芭蕉扇。

悟空与铁扇公主、牛魔王几次斗智斗法，借天兵神力，降伏三怪，扑灭了大火。随后师徒为朱紫国国王治好了病，并救回朱紫国王后。在经过盘丝洞、黄花观和狮驼山时，师徒四人又先后遇到蜘蛛精、蜈蚣精和青狮精等妖怪，都在诸神的帮助下顺利通过。

比丘国国王受白鹿变化的国丈迷惑，欲用1111个小孩的心肝做药引，悟空打退妖邪，解救了孩子们。寿星赶来把白鹿收回。残暴的灭法国王要杀一万僧人，悟空施行法术，把国王、后妃及文武大臣的头发尽行剃去，使国王回心向善，改“灭法国”为“钦法国”。在天竺国，唐僧被月宫玉兔变化的假公主抛彩球打中，欲招为驸马，悟空识破真相，会合太阴星君擒伏了玉兔，救回流落城外的真公主。

师徒四人历尽千辛万苦终于来到灵山圣地，拜见佛祖，却因不曾送“人事”（好处费）给阿傩、伽叶二尊者，只取得无字经。唐僧师徒又返回雷音寺，奉送唐王所赠紫金钵做“人事”，才求得真经，返回本土。不想九九八十一难还缺一难未满，四人在通天河又被老鼋翻落河中，湿了经卷，至今《佛本行经》不全。

唐三藏等把佛经送至大唐首都长安，真身又返回灵山。三藏被封为“旃檀功德佛”，悟空被封为“斗战胜佛”，八戒受封“净坛使者”，沙和尚受封“金身罗汉”，白龙马加升为“八部天龙”，各归本位，共享极乐。

精彩片段

★话表齐天大圣被众天兵押去斩妖台下，绑在降妖柱上，刀砍斧剁，枪刺剑刳，莫想伤及其身。南斗星奋令火部众神，放火煨烧，亦不能烧着。又着雷部众神，以雷屑钉打，越发不能伤损一毫。那大力鬼王与众启奏道：“万岁，这大圣不知是何处学得这护身之法，臣等用刀砍斧剁，雷打火烧，一毫不能伤损，却如之何？”玉帝闻言道：“这厮这等，这等如何处治？”太上老君即奏道：“那猴吃了蟠桃，饮了御酒，又盗了仙丹——我那五壶丹，有生有熟，被他都吃在肚里。运用三昧火，煅成一块，所以浑做金钢之躯，急不能伤。不若与老道领去，放在八卦炉中，以文武火煅炼。炼出我的丹来，他身自为灰烬矣。”玉帝闻言，即教六丁、六甲，将他解下，付与老君。老君领旨去讫。一壁厢宣二郎显圣，赏赐金花百朵，御酒百瓶，还丹百粒，异宝明珠，锦绣等件，教与义兄弟分享。真君谢恩，回灌江口不题。

那老君到兜率宫，将大圣解去绳索，放了穿琵琶骨之器，推入八卦炉中，命看炉的道人，架火的童子，将火扇起煅炼。原来那炉是乾、坎、艮、震、巽、离、坤、兑八卦。他即将身钻在“巽宫”位下。巽乃风也，有风则无火。只是风搅得烟来，把一双眼熏红了，弄作个老害眼病，故唤作“火眼金睛”。

真个光阴迅速，不觉七七四十九日，老君的火候俱全。忽一日，开炉取丹，那大圣双手捂着眼，正自搓揉流涕，只听得炉头声响，猛睁眼看见光明，他就忍不住，将身一纵，跳出丹炉。忽喇的一声，蹬倒八卦炉，往外就走。慌得那架火、看炉与丁甲一班人来扯，被他一个个都放倒，好似癫痫的白额虎，风狂的独角龙。老君赶上抓一把，被他一捽，捽了个倒栽葱，脱身走了。即去耳中掣出如意棒，迎风幌一幌，碗来粗细，依然拿在手中，不分好歹，却又大乱天宫，打得那九曜星闭门闭户，四天王无影无形。（第七回 八卦炉中逃大圣 五行山下定心猿）

★“快开门！还我师父来也！”那洞里把门的小妖看见，急报道：“大王，孙行者领着一个小童男，在门前叫战哩。”那魔王道：“这猴子铁棒被我夺了，空手难争，想是请得救兵来也。”叫：“取兵器！”魔王绰枪在手，走到门外观看，那小童男，生得相貌清奇，十分精壮。真个是：玉面娇容如满月，朱唇方口露银牙。眼光掣电睛珠暴，额阔凝霞发髻髽。绣带舞风飞彩焰，锦袍映日放金花。环绦灼灼攀心镜，宝甲辉辉衬战靴。身小声洪多壮丽，三天护教恶哪吒。魔王笑道：“你是李天王第三个孩儿，名唤作哪吒太子，却如何到我这门前呼喝？”太子道：“因你这泼魔作乱，困害东土圣僧，奉玉帝金旨，特来拿你！”魔王大怒道：“你想是孙悟空请来的。我就是那圣僧的魔头哩！量你这小儿曹有何武艺，敢出浪言！不要走！吃吾一枪！”这太子使斩妖剑，劈手相迎。他两个搭上手，却才赌斗，那大圣急转山坡，叫：“雷公何在？快早去，着妖魔下个雷，助太子降伏来也！”邓张二公，即踏云光，正欲下手，只见那太子使出法来，将身一变，变作三头六臂，手持六般兵器，望妖魔砍来，那魔王也变作三头六臂，三柄长枪抵住。这太子又弄出降妖法力，将六般兵器抛将起去。是那六般兵器？却是砍妖剑、斩妖刀、缚妖索、降魔杵、绣球、火轮儿，大叫一声“变！”一变十，十变百，百变千，千变万，都是一般兵器，如骤雨冰雹，纷纷密密，望妖魔打将去。那魔王公然不惧，一只手取出那白森森的圈子来，望空抛起，叫声“着！”忽喇的一下，把六般兵器套将下来，慌得那哪吒太子赤手逃生，魔王得胜而回。（第五十一回 心猿空用千般计 水火无功难炼魔）

主题思想

这是一部充满浪漫主义色彩的中国古代神话小说，在中国小说史上占有重要地位。它不同于一般的古代小说，其神幻离奇、浪漫诙谐、雅俗共赏，主要人物性格鲜明，堪称文林独秀，因而流传极广，征服了亿万读者。

一、表现了惩恶扬善的古老主题

《西游记》以丰富瑰奇的想象描写了师徒四人历经十四年寒暑，九九八十一磨难，在迢遥的西方路途上冒险斗争的过程，并将所经历的千难万险形象化为妖魔鬼怪所设置的八十一难，以动物幻化的有情的精怪生动地表现了无情山川的险阻，并以降妖服怪颂赞了取经人排除艰难的战斗精神，最后到达西天取回真经，功德圆满，终成正果。

孙悟空的形象创造寄托了作者的理想。孙悟空敢于反对天宫、地府统治者，专“与人间抱不平”，“济困扶危，恤孤念寡”，那种不屈不挠的斗争精神，挥起金箍棒横扫一切妖魔鬼怪的大无畏气概，代表了一种正义的力量，表现出人民战胜一切困难的必胜信念。

二、深刻的现实性

通过《西游记》中虚幻的神魔世界，我们处处可以看到现实社会的投影。正如鲁迅先生在《中国小说史略》中指出，《西游记》“讽刺揶揄则取当时世态，加以铺张描写”。任何一部文学作品都是一定社会生活的反映，作为神魔小说杰出代表的《西游记》也不例外。

在小说中，简直找不出一个称职的皇帝，如昏聩无能的玉皇大帝、宠信妖怪的车迟国国王、要将小儿心肝当药引子的比丘国国王等，不是昏君就是暴君。作者对封建社会最高统治者的态度颇可玩味，提出“皇帝轮流做，明年到我家”的大胆言论。对崇信道教、沉湎女色、昏庸无能、荒淫残暴、贤愚莫辨、专横独断的帝王，更做了无情的嘲弄和批判。小说中神仙体系的描绘正是作者当时生活的明朝政治社会的缩影。

至于取经路上遇到的众多妖魔鬼怪，或是自然灾难的幻化，或是邪恶势力的象征，他们的贪婪、凶残、阴险和狡诈，正符合封建社会里的黑暗势力的特点。

在书中，甚至连西方极乐世界也不是净土。当唐僧师徒四人跨越千山万水，历尽艰难险阻，来到佛祖面前时，阿傩、伽叶由于没有索要到“人事”，竟给了没有一字的空白经文。

三、寄托了作者关于社会与人的理想

《西游记》系统地反映了中国释、道、儒三教合流的思想体系。吴承恩对当时黑暗的社会制度不满，但受时代的局限，不可能从根本上怀疑封建制度。他只能幻想建立一个更理想的封建王国，虽然理想构图在当时是无法实现的，但他还是坚定地把这幅蓝图展现出来，将理想寄托在小说中。

具体到人，吴承恩认为应该有绝对的自由，但也不能丝毫不受合理制度的约束。鲁迅先生在《中国小说史略》中评价《西游记》的主旨是描写反映人的一生。人在年轻时思想活跃，敢想敢干，上天入地，无所不能，敢于蔑视任何权威，“粪土当年万户侯”；一旦碰了钉子，栽了一个大跟头后，就会踏踏实实，一步一个脚印地去克服艰难险阻和人生中的诱惑（九九八十一难），最终才会达成“正果”。

艺术特色

这部小说以丰富奇特的艺术想象、栩栩如生的人物形象、幽默诙谐的语言，构筑了一座独具特色的《西游记》艺术宫殿。主要表现为：

一、充满神奇绚丽的想象和浓郁的浪漫主义

《西游记》向读者展示了一个绚丽多彩的神魔世界，读者无不在作者丰富而大胆的艺术想象面前惊叹不已。吴承恩以丰富奇特的创造力，将神魔与人的形象大胆地结合，创造了一系列令人难以忘怀的艺术造型。同时，作者以积极的浪漫主义创作手法，展现生动曲折的故事情节，反映现实主义的思想感情。可以说，《西游记》是一部最能体现我国民族丰富想象力的小说，也是一部最接近儿童文学的古代小说。

作品带领读者驰骋于无限的空间和永恒的时间之中，光怪陆离的场景，亦真亦幻的情节，神奇恢弘的战斗场面，令人心神摇荡，充分显示了神魔小说没有限度、自由自在的艺术特征。

小说中的神怪也都是由动植物幻化而来。孙悟空、猪八戒的原形是猴和猪，其他妖魔则是鹿、虎、狮、鼠、蜘蛛、蝎子、花木等。作者将它们幻化后，赋予它们人的形状和个性，同时与它们原来的属性联系起来。如悟空生性好动，具有猴子本身的习性；猪八戒贪吃嗜睡，笨拙憨厚，和猪的习性接近；蜘蛛精擅长吐丝；老鼠精居住在无底洞等。作者把动植物变成人精，是艺术的虚构，而人形的精怪又有原来的属性，是虚幻中的真实。

不仅是孙悟空，天庭的诸位神仙菩萨，取经路上的妖魔鬼怪，都具有上天入地、腾云驾雾的超然本领，所使用的金箍棒、芭蕉扇等兵器，也都具有超自然的惊人威力。二郎神大战孙悟空时，其随心所欲的变化，体现了作者超常的想象力和创造力。

二、栩栩如生的人物形象

《西游记》在艺术上的最大成就，是成功地创造了孙悟空、猪八戒这两个不朽的艺术形象。第一主人公孙悟空，是一个光彩夺目的神话英雄。他机智勇敢，无所不能，且具有大英雄的不凡气度和不屈的反抗精神，也有爱听恭维话的缺点。而他最大的特点就是敢斗，与至高至尊的玉皇大帝斗，叫响了“齐天大圣”的美名；与妖魔鬼怪斗，火眼金睛决不放过一个妖魔，如意金箍棒下决不对妖魔留情；敢与一切困难斗，决不退却低头。

猪八戒是一个喜剧形象，他的本领比孙悟空差很多，更谈不上光辉高大，但这个形象同样刻画得非常好。他憨厚老实、力大无穷，也敢与妖魔做斗争，是孙悟空的第一得力助手。但他又满身缺点，好吃、好占小便宜、好女色、怕困难，常常要打退堂鼓，有时爱撒个小谎，在师父和师兄之间搬弄点是非，甚至还藏了点私房钱，塞在耳朵里。这正是小私有者的恶习。作者对猪八戒缺点的批评是很严厉的，但又是善意的。他并不是一个被否定的人物，人们并不厌恶猪八戒，相反却觉得他十分真实可爱。

三、格调幽默诙谐，语言通俗简练，生动活泼

《西游记》中充满了喜剧色彩和诙谐气息，表现了作者强烈的乐观主义精神。

许多神怪的外貌，如孙悟空、猪八戒、牛魔王、红孩儿等，都具有滑稽的艺术效果。如猪八戒“果然生得丑陋：黑脸短毛，长喙大耳；穿一领青不青、蓝不蓝的梭布直裰，系一条花布手巾”。而孙悟空则是“真个生得丑陋：七高八低孤拐脸，两只黄眼睛，一个磕额头；獠牙往外生，就像属螃蟹的，肉在里面，骨在外面”。这些信笔所至的描写，令人哑然失笑。

人物的行为、性格与语言上，笑料更是比比皆是，充满了“游戏笔墨”。孙悟空制服妖怪的办法很特别：曾钻入铁扇公主的肚子，在狮驼洞又变成小虫钻进狮魔王的肚子里。有一次唐僧哭了，悟空劝他别哭，再哭就成脓包了。又如八戒和豹子精对战，打着打着渐渐败下阵来，这时听见后面悟空说：“八戒，不要忙，老孙来了。”八戒一听，马上精神抖擞，九齿钉耙一阵狂舞。妖精就问：“先前不济，这会子怎么儿又发起狠来？”猪八

戒就说："我的儿，不可欺负我，我家里人来也。"这些符合人物性格的对话，增加了故事的情趣。

这部小说之所以受到历代读者的欢迎，也部分缘于作品幽默的艺术风格，人们在阅读过程中获得愉悦，感受到语言带来的快乐。

四、富于特色的结构

神魔小说通常由两个部分组成。一个部分叫作出身传，另一个部分叫作灵应传或降妖传。《西游记》的结构也是这样。第一回至第十二回是全书的引子。其中前七回讲孙悟空的出身和大闹天宫等故事，为他的神通广大和后来追随唐僧去西天取经提供背景材料；第八回至第十二回则介绍小说的另一主人公唐僧，交代取经的缘由。第十三回至第一百回，是全书的主要部分，讲述唐僧、孙悟空师徒四人降妖伏魔、西天取经的故事。

小说虽然是长篇巨作，却由许许多多的短篇小故事连缀而成。郑振铎曾说，这个组织像蚯蚓似的，每节都能独立，砍去其一节一环，仍可以生存。每个故事之间又有联系，全书前后之间又多次相互照应。结构在独立之中又有其连续性和一贯性。作者就是通过这样既联系又独立的小故事组成了五光十色的西行历险图，构置出它艺术大厦的长廊，让人目不暇接。

人物形象

《西游记》塑造了众多神佛鬼怪的形象，因此鲁迅先生的《中国小说史略》专名之为神魔小说。他们既有魔气，又有人气，其中的主要人物为师徒四人。其他人物，如昏聩而又刚愎自用的玉皇大帝、慈善而富于人情味的观音菩萨，也为作品增色不少。

孙悟空：又名美猴王、齐天大圣、孙行者。他聪明活泼、勇敢忠诚、疾恶如仇，打遍三界，在中国文化中已经成为机智与勇敢的化身。他来历非凡，是一只感受日精月华的石猴，由花果山顶一枚灵石孕育迸裂而成。在花果山占山为王三五百载，后历经八九载，跋山涉水，在西牛贺洲灵台方寸山拜菩提祖师为师，习得七十二变化之本领。因不受天禄，大反天宫，自封为"齐天大圣"，被如来佛祖压制于五行山下，无法行动。五百年后唐僧西天取经，路过五行山，揭去符咒，才救下悟空。悟空感激涕零，经观世音菩萨点拨，拜唐僧为师，同往西天取经。取经路上，孙悟空降妖除怪，屡建奇功，虽两次三番被师父唐僧误解、驱逐，但始终陪伴在师父左右，最终师徒四人到达西天，取得真经。孙悟空修得正果，加封“斗战胜佛”。

他的艺术魅力，集中体现在作品中的“大闹天宫”和“西天取经”两大部分。可以说“大闹天宫”是他个人的英雄传记，充分展现了他热爱自由、勇于反抗的精神。“西天取经”是他建功立业的一部历史，表现了他见恶必除、除恶必尽的精神。当他被唐僧从五行山下救出后，他已不再是一个叛逆者的形象，而是一个头戴紧箍、身穿虎皮裙，专为人间解除磨难的英雄人物。在重重的困难面前，他正直、勇敢、机智、顽强，善于和各式各样的妖魔做斗争。在西天取经路上，唐僧离了他就寸步难行，猪八戒和沙和尚只是他的战斗助手。

孙悟空斩妖除怪、不畏艰险、勇往直前、积极乐观的斗争精神和美好品德，突出地表现在他与妖魔做斗争时显示出的坚强斗争决心和高超斗争艺术上。例如：他善于透过迷人的假象认清妖怪的本来面目；他除恶必尽，从不心慈手软；斗争中注重了解敌情，知己知彼，克敌制胜，根据不同的斗争对象，变换不同的策略和战术。凡此，都是现实生活中人民群众社会斗争经验的艺术概括。

唐僧：小说里的唐僧以历史上真实的玄奘法师为原型，但也是有区别的。小说里的唐僧，俗姓陈，小名江流，法号玄奘，号三藏，原为佛祖第二弟子金蝉子投胎。他是遗腹子，由于父母凄惨、离奇的经历，自幼在寺庙中长大，在金山寺出家，后迁移到京城修行。唐僧身材高大、举止文雅、性情和善、勤敏好学，佛经造诣极高，在寺庙僧人中脱颖而出，最终被唐太宗选定，前往西天取经。在取经的路上，唐僧先后收了孙悟空、猪八戒、沙和尚三个徒弟。西行取经遇到九九八十一难，他始终痴心不改，在孙悟空、猪八戒、沙和尚的辅佐下，历尽千辛万苦，终于从西天雷音寺取回三十五部真经，最后被封为“旃檀功德佛”。

唐僧是一个带有浓厚封建士人气质的人物，作者对他是批评多于肯定。他恪守宗教信条和封建礼教，乃至迂腐顽固，而又胆小懦弱，而且常常误信谗言，颠倒是非，无理责骂和处罚为取经建立了巨大功勋的孙悟空。唐僧由一个被歌颂的人物，变成一个被讽刺嘲笑的对象，这一点是《西游记》与传统的取经故事一个很大的不同之处。

猪八戒：又名猪刚鬣、猪悟能。原为天宫中的天蓬元帅，因调戏嫦娥，被罚下人间，但错投了猪胎，长成猪脸人身的形态。在高老庄抢占民女，后被孙悟空降伏。猪八戒只会三十六种变化，兵器是九齿钉钯，最后被封为“净坛使者”。

他是一个有缺点而又令人喜爱的人物形象。他憨厚纯朴、性格温和、吃苦耐劳，对敌斗争从不屈服，是孙悟空斩妖除怪不可缺少的助手。他对师兄言听计从，对师父忠心耿耿，为唐僧西天取经立下汗马功劳。但他贪馋好色，自私偷懒；对取经事业缺乏坚定性，一遇困难就要散伙回家；嫉妒心强，好搬弄是非。他的小聪明具有一种憨厚的特点，作者对他弄巧成拙的嘲笑，表现了对现实生活中小生产者落后意识的善意批评。

沙和尚：又名沙悟净、沙僧。他原为天宫中的卷帘大将，因在蟠桃会上打碎了琉璃盏，惹怒王母娘娘，被贬入人间，在流沙河畔当妖怪（塘虱精），后被唐僧师徒收服，负责挑担，使用的兵器是降妖宝杖。在保护唐僧西天取经的路上，他任劳任怨，忠心不二，取经后被封为“金身罗汉”。

名家点评

★《西游记》其想象新奇，上天下地，出神入化，达到登峰造极的地步。主要人物的性格也极为鲜明，而且读者面最宽，老少咸宜。此书的副作用极小，是一部鼓舞人积极斗争、永不灰心、为达到目标而百折不挠的书。

——白化文

★没读过《西游记》，就像没读过托尔斯泰或陀思妥耶夫斯基的小说一样，这种人侈谈小说理论，可谓大胆。

——艾登堡

★《西游记》一书，自始至终，皆言诚意正心之要，明新至善之学，并无半字涉于仙佛邪淫之事。或问《西游记》果为何书？曰实是一部奇文、一部妙文。

——张书绅

《水浒传》

作者介绍

施耐庵（约1296～1370），元末明初小说家，其名有耳、惠、子安、肇瑞等说，其字有君美、彦端等说，号耐庵。关于其籍贯，也有诸多说法，有兴化（今江苏兴化县）、钱塘（今浙江杭州）、苏州、淮安等说。有关施耐庵生平事迹的材料极少，记载亦颇多矛盾。自20世纪20年代以来，在今江苏省兴化等地陆续发现了一些有关施耐庵的材料。据这些材料分析：施耐庵是孔子七十二弟子之一施之常后代，唐末施之常后人以苏州为家。其父名为元德，操舟为业，母亲卞氏。

施耐庵年少时颇有才名，事亲至孝，为人仗义。他19岁中秀才，28岁中举人，36岁与刘伯温同榜中进士。他曾在钱塘做过县令，因不容于当朝权贵，两年后辞官回乡。据说张士诚起义抗元时，施耐庵做过他的幕僚。后因张贪享逸乐，不纳忠言，施耐庵于是浪迹天涯，漫游山东、河南等地。后他隐居不出，感时政衰败，作《水浒传》寄托心意，又与弟子罗贯中撰《三国志演义》《三遂平妖传》等。他还精于诗曲，但流传极少。

《水浒传》原名《江湖豪客传》，在当时为禁书，后改为今名。它是施耐庵根据史书、戏剧和民间传说加工而成的侠义小说，为白话小说的创作树立了典范。

关于《水浒传》的作者，历来说法不一，大致有施耐庵作、罗贯中作或施、罗合作三种观点。今人大都认为是施耐庵作。

创作背景

据《东都事略》记载：北宋末年，宋江等36个英雄好汉在山东梁山泊一带领导农民起义，历时三年多，大约在宣和元年（1119年）至宣和三年（1121年），后被朝廷招降。当时起义军人数不多，但战斗力很强，在百姓中甚有影响，曾给宋朝造成一定威胁。此后这个历史故事便在民间广为流传。

《水浒传》的故事来源从正史、民间传说、元杂剧到最后小说成书，中间经过200多年。水浒故事在流传中，从简单的历史记载到形成长篇巨著，经历了多次润饰加工，内容细节上颇有异同，也与流传的地区不同有关。施耐庵正是把不同的版本汇集起来，经过选择、加工、再创作，才形成了今天的《水浒传》。施耐庵虽然不完全是在水到渠成的情形下融合众说，但汇集众多故事成一部大书的做法却是客观事实，后来又经各代文人增删，所以书中很多地方存在错误或漏洞。

《水浒传》是第一部以白话为主体的长篇小说，比《三国演义》更加口语化，也更容易为一般读者接受。因为它的成功，明清白话小说逐渐增多了。

《水浒传》成书后，又历经众多版本的演变，大致可分为简本和繁本两个系统。历史上曾出现过明万历十七年天都外臣序本、杨定见的120回本、明末金圣叹的70回本、清刊本10卷115回《忠义水浒传》等诸多版本。1949年后，陆续出版过70回、120回、100回等版本。

内容简介

《水浒传》主要讲述宋朝统治者腐朽凶残，宋江、鲁智深等众多好汉都因种种原因而被迫在梁山落草为寇、揭杆起义的故事。他们举起义旗，打着替天行道、劫富济贫的口号，横扫大江南北，沉重地打击了反动统治者的嚣张气焰，张扬了人民群众的神勇斗志。主要情节有：

1. 第一至七十一回，农民英雄被逼上梁山的过程；

2. 第七十二至八十二回，梁山英雄攻城略地、与官军正面作战直至全伙受“招安”；

3. 第八十三至九十回，宋江等奉命征辽，在边疆为朝廷建功立业；

4. 第九十一至一百回，宋江等征田虎；

5. 第一百零一至一百一十回，宋江等征王庆；

6. 第一百十一至一百二十回，宋江征方腊至最后失败。

宋仁宗年间，天下瘟疫流行。仁宗皇帝派殿前太尉洪信到江西龙虎山，请嗣汉天师进京，以禳天灾。洪信游览上清宫伏魔殿时，依仗权势，强迫住持打开伏魔殿观看，结果让一百零八个妖魔逃出镇妖井。这三十六员天罡星、七十二座地煞星后来转世成梁山泊一百零八条好汉。

到宋哲宗时，东京开封府有一个浪荡子弟高俅，不务正业，被父亲告发，判成罪犯，后巧遇大赦回到东京，只因踢得一脚好球而备受端王赏识。端王后来即位称徽宗，高俅被封为殿帅府太尉。从此高俅依仗权势，祸国殃民。高俅上任即挟隙报复，逼得王进携母弃家，投奔延安府经略相公。王进路过史家村感恩收“九纹龙”史进做徒弟，传授半年武艺后，王进母子辞行。少华山有陈达、朱武、杨春三条好汉，因去华阴县借粮路过史家庄，发生冲突，史进生擒三人。史进与三人义气相投，与他们结为至交。一次不慎被官府鹰犬告发，官兵围困史家村，史进无奈烧毁山庄，暂避少华山。

史进前往关西寻找师父王进，在渭州结识提辖鲁达，又遇师父李忠。鲁达为救金老父女三拳打死了恶霸镇关西，亡命于代州雁门县，巧遇金老，暂住赵员外七宝村。为了安身避难，鲁达在五台山文殊院出家，法名智深。鲁智深不守清规，不戒酒肉，醉打山门，真长老只得举荐他往东京大相国寺去做职事僧。智深路过桃花村，醉打小霸王；行至瓦罐寺，又和史进一起除掉了霸占寺院的“生铁佛”崔道成及“飞天药叉”邱小乙。智深投奔到大相国寺，清长老见其凶悍，便令其看守酸枣门外菜园。他在菜园倒拔垂杨柳，收伏了前来滋事的一众泼皮，并与路过的八十万禁军教头林冲结为兄弟。

高俅养子高衙内垂涎林冲妻子的美貌，求干爹高俅设计陷害林冲。林冲中计，误入军机重地白虎节堂，被刺配沧州。其妻为保名节，在高衙内抢亲时自杀身亡。林冲在充军途中，被高俅收买的两公差百般折磨，至野猪林，两公差又奉高俅之意要下毒手，幸好鲁智深出手相救，并将其护送至沧州。林冲奉命看管草料场，高俅又派人来追杀，林冲忍无可忍，火烧草料场，杀死陆虞侯，被逼上梁山。

当时，梁山的首领是王伦，此人心胸狭窄。他见林冲武艺高强，就故意刁难，令他在三日内杀人作为“投名状”。林冲于是截住丢官的杨志拼杀。王伦别有用意，出面劝止，收下林冲，并劝杨志入伙。杨志是杨令公之孙，人称“青面兽”，他自认为出身名门，一心谋官而不愿落草，倾家荡产至东京买官，却受到高俅的冷遇，无奈只得当街叫卖祖传宝刀，却失手误杀泼皮牛二，被充军至北京大名府。梁中书赏识杨志武艺高强，提拔他为提辖，并护送为其丈人蔡京祝寿的生辰纲。山东郓城县有位好汉“托塔天王”晁盖，他与吴用、公孙胜、阮氏三雄、刘唐等人，在黄泥冈智取生辰纲。杨志无奈只得落草二龙山。不料，夺取生辰纲的事情走漏，公孙胜被捕。幸好有“及时雨”宋江冒死送信，朱全、雷横等捕头仗义放行，才脱虎口。

晁盖等人至梁山入伙，又为王伦所不容，吴用以激将法使林冲杀了王伦，众好汉立晁盖为梁山首领，重整山寨。晁盖等人感念宋江搭救之恩，派刘唐持金下书，被宋江侍妾阎婆惜发现，以此威逼。宋江情急之下失手杀死阎婆惜，至沧州柴进处避难，结识武松。

武松辞别宋江，回清河县探亲，路过景阳冈赤手空拳打死一只猛虎，名扬天下，被阳谷县任命为步军都头。武松的大哥武大郎有一位美貌的妻子名为潘金莲，曾勾引武松未能得逞，后趁武松外出公干，与当地恶霸西门庆通奸并联合王婆设计害死武大郎。武松为兄报仇，杀了西门庆、潘金莲、王婆，被刺配孟州。

武松被押解到十字坡时，结识了开黑店卖人肉包子的孙二娘、张青。至孟州结识施恩，并醉打恶霸蒋门神，帮助施恩夺回快活林。蒋门神与张都监等人勾结，用暗计陷害武松，使武松再次被发配恩州，并欲在途中刺杀武松，被武松识破。他断锁开枷，杀了公差，又回到孟州城鸳鸯楼杀死蒋门神、张都监。武松持张青夫妇的信，化装成行者模样，往二龙山落草，路过蜈蚣岭杀死害人霸女的“飞天蜈蚣”王道人，在白虎山再遇宋江。

宋江离开白虎山往清风寨投奔“小李广”花荣，路过清风山救出清风寨文官刘高夫妻。刘高恩将仇报，秘密配合青州府，派黄信计擒宋江、花荣。黄信押解宋江等路经清风山，被燕顺、王英等救出。青州知府派“霹雳火”秦明围山，秦明被擒，与黄信先后弃官落草。宋江率众人同奔梁山，在对影山收吕方、郭盛。忽闻父病危，宋江独自返乡，见父亲健在，正欲出走，却被官府围住，主动投案，被刺配江州。

宋江一路相继结识了李俊、张横，至江州又与戴宗、李逵、张顺相识。一次，醉后在浔阳楼题写反诗，宋江被黄文炳、蔡九知府抓获并打入死牢，戴宗也被牵连入狱。梁山好汉与李逵、李俊等人劫法场，救宋江，杀黄文炳。众好汉同往梁山。宋江二次探家，遇险情避难至古庙，梦见九天玄女授三卷天书。幸有梁山好汉前来接应，宋江父子、兄弟才安全入山寨。宋江从此入伙梁山。

公孙胜想念母亲，回家探视，李逵触景生情亦回家探母。途中遇到李鬼假冒他的名字打家劫舍，被李逵杀死。李逵背母回山欲安享晚年，至沂岭寻水，老母丧于虎口，李逵力杀四虎。后因大意，李逵被人识出，醉后为沂水县都头李云索拿，被朱富救护，二人同归梁山。

晁盖、宋江等想念公孙胜，派戴宗去探望，路上结识了杨林、杨雄、石秀等人。杨雄与石秀义结金兰。杨雄妻潘巧云与和尚裴如海有染，被石秀看破，杨雄、石秀杀了奸夫淫妇，与时迁同往梁山。路过祝家庄，时迁被擒，杨雄、石秀出险后遇上了老朋友杜兴，托李家庄庄主“扑天雕”李应救时迁。李应去祝家庄要人，失和动手后受箭伤。杨雄等投山求救，宋江率兵下山。

宋江一打祝家庄失利，被困盘陀路，幸亏石秀探庄识路标，众英雄才脱险。宋江二打祝家庄又失利，王英、秦明等被擒，但林冲活捉了扈三娘。这时，孙立、孙新、顾大嫂等为救解珍、解宝，在登州府劫牢反狱，投奔梁山。孙立原来是登州兵马提辖，又与祝家庄教师栾廷玉是同门弟兄，于是率梁山好汉假冒官府官兵到祝家庄帮忙。孙立、石秀、秦明等里应外合，宋江三打祝家庄获胜，祝家父子丧命，栾廷玉、扈成逃走。“矮脚虎”王英娶扈三娘为妻。

郓城捕头雷横因与艺人白玉乔、白秀英父女争执受辱，枷打白秀英，被押解到济州。朱全义放雷横，被刺配沧州。沧州知府见朱全既重义气又顾全朋友，便让他每天看护小衙内。李逵奉命杀死小衙内，朱全无奈上梁山。因为朱全深恨李逵，吴用让李逵暂时住柴进处。柴进叔父柴皇城在高唐州受辱，柴进携李逵同去探视，李逵打死殷天锡后回梁山。不久，柴进被知府高廉下狱。宋江带兵攻打高唐州，为高廉妖法所败。派戴宗、李逵至九宫县二仙山请公孙胜，破高廉妖法，救出柴进。朝廷闻讯，派呼延灼等率一万人马攻打梁山，呼延灼以“连环马军”屡败梁山好汉。吴用派时迁、汤隆入东京盗唐猊甲，聘请徐宁上梁山。徐宁训练兵士钩镰枪法，大破连环马，呼延灼退至青州投靠慕容知府。呼延灼奉命围剿桃花山，于是引得二龙山、白虎山、桃花山鲁智深等人合兵攻打青州，并派孔亮往梁山求援。宋江、吴用计擒呼延灼，又打开城门破青州，救出孔宾、孔亮叔侄。

鲁智深怀念旧友，与武松往少华山寻史进，得知史进陷入华州狱中。鲁智深独自夜探华州，被贺太守计擒。宋江、吴用攻破华州城救出鲁智深、史进，不久又收降芒砀山樊瑞、李衮、项充。

涿州人段景盗得照夜狮子马，想献与梁山，被曾头市“曾家五虎”夺去，并辱骂梁山。晁盖带兵怒打曾头市，被史文恭毒箭所伤，临死前留言凡杀史文恭者，即为山寨之主。梁山暂由宋江为大头领，主持事务。宋江闻大名府卢俊义有才干，派吴用、李逵将其劝上梁山，又散布谣言说卢俊义已归山寨，为二头领。卢俊义回大名府，因其妻贾氏与管家李固通奸，去官府告发，却被刺配沙门岛。燕青途中救主人，杀公差，因势单力薄又被官府士兵追获，押回大名府问斩。石秀跳楼劫法场，梁山兵马攻打大名府，朝廷派关胜带兵攻打梁山，被吴用用计擒获。吴用趁元宵节临近，派时迁等人潜入城中放火，奇袭大名府，救出卢俊义等好汉，杀了李固、贾氏。

朝廷又派单延硅、魏定国攻打梁山，关胜讨令迎敌，义收二将。宋江、吴用再次率兵攻打曾头市，收降郁保四；使用反间计，诱史文恭来偷营劫寨，趁机大破曾头市，杀死曾家父子。史文恭逃至林中，被卢俊义、燕青擒住。宋江遵晁盖遗嘱欲立卢俊义为山寨之主，吴用、李逵不服。宋江与卢俊义约定，二人分兵取东平府、东昌府，谁先攻下即为山寨之主。宋江兵至东平府，计擒双枪将董平，夺下府城。卢俊义兵临东昌府，遇“没羽箭”张清用飞石伤人，久攻不下。宋江等驰援，计擒张清，破城。

宋江率兵回梁山，请公孙胜主持罗天大醮，天降火块入正南地下，深掘出一石碣，上写蝌蚪文，何道士识得译出，乃是梁山一百零八将座次表，宋江为首，声威日益远播。宋江从此打出“替天行道”的旗号。朝廷见梁山势力越来越大，便命童贯率十万大军征剿梁山，却被梁山好汉杀得连连大败，逃回东京。高俅奉旨再次出征，不仅全军覆没，而且连自己也被生擒。但宋江早有被招安之意，因此放走高俅。宋江为求朝廷招安，往东京观灯，并请宋徽宗宠爱的妓女李师师帮助。李逵等不愿接受招安，并痛打朝廷派来的招安使陈太尉。蔡京、高俅等数次攻打梁山泊，均大败而回。几经周折，众好汉在宋江的劝说下，同意被招安。

宋江等入朝后，备受高俅、蔡京等人排挤。当时辽兵犯界，朝廷于是派宋江、卢俊义为破辽正、副先锋，率梁山旧部征辽。宋江等攻蓟州，度益津关，夺独鹿山，战幽州，围燕京，迫使辽国纳表投降。回师不久，又闻河北田虎作乱，宋江等又请命剿田虎。宋江与卢俊义分兵进发，连连夺下被田虎占领的泽州、益州、壶关等地，公孙胜破法收伏乔道清、马灵，张青收琼英，最后战胜并威擒田虎。平定田虎后，受亳州太守侯蒙举荐，朝廷派宋江、卢俊义为平西正、副先锋，讨伐淮西王庆。宋江等水攻坚城，兵定纪山，朱武大破“六花阵”，乔道清力取西京，宋江摆“九宫八卦”阵大败“金剑先生”李助，王庆遁逃，渡江被擒。

回京后，宋江被封为“皇城使”，卢俊义被封为“团练使”，众兄弟被封为“正将军”“偏将军”。接着宋江等又奉诏征讨方腊。出征前，金大坚、乐和等四人被调走。取润州，战宣州、毗陵，曹正等丧命。兵至杭州，张顺、徐宁、张清、董平等先后死于非命。待到平定方腊后死伤极大，仅余宋江等36人。在回师途中，鲁智深坐化，武松身残入寺为僧，林冲、杨志、杨雄、时迁病死，燕青、李俊、童威、童猛全身隐退，仅剩27人，入京时又辞去4人。

宋江、卢俊义等人虽受到朝廷封赏，仍遭逼迫，戴宗、阮小七、李应、柴进、杜兴、裴宣、杨林、蒋敬、朱武、樊瑞、穆春等，又相继辞官归隐。不久，宋江、卢俊义等被奸臣毒害。宋江恐李逵再叛朝廷，败坏他的声名，亦将其毒死。吴用、花荣闻讯极悲，在蓼儿洼哭祭宋江等人后，双双自缢而亡。一场轰轰隆隆的水浒英雄事业，仅因宋江一念之错，除李俊等十余人隐逃外，俱遭惨死。

精彩片段

★智深走入店里来，靠窗坐下，便叫道："主人家，过往僧人买碗酒吃。"庄家看了一看道："和尚，你那里来？"智深道："俺是行脚僧人，游方到此经过，要买碗酒吃。"庄家道："和尚，若是五台山寺里的师父，我却不敢卖与你吃。"智深道："洒家不是，你快将酒卖来。"庄家看见鲁智深这般模样，声音各别，便道："你要打多少酒？"智深道："休问多少，大碗只顾筛来。"约莫也吃了十来碗，智深问道："有甚肉，把一盘来吃。"庄家道："早来有些牛肉，都卖没了。"智深猛闻得一阵肉香，走出空地上看时，只见墙边沙锅里煮着一只狗在那里。智深道："你家现有狗肉，如何不卖与俺吃？"庄家道："我怕你是出家人，不吃狗肉，因此不来问你。"智深道："洒家的银子有在这里。"便将银子递与庄家道："你且卖半只与俺。"那庄家连忙取半只熟狗肉，捣些蒜泥，将来放在智深面前。智深大喜，用手扯那狗肉，蘸着蒜泥吃，一连又吃了十来碗酒。吃得口滑，只顾要吃，那里肯住。庄家倒都呆了，叫道："和尚，只恁地罢！"智深睁起眼道："洒家又不白吃你的，管俺怎地？"庄家道："再要多少？"智深道："再打一桶来。"庄家只得又舀一桶来。智深无移时，又吃了这桶酒，剩下一脚狗腿，把来揣在怀里，临出门又道："多的银子，明日又来吃。"吓得庄家目瞪口呆，罔知所措。看见他早望五台山上去

了。（第四回 赵员外重修文殊院 鲁智深大闹五台山）

★武松听了，心头那把无名业火高三千丈，冲破了青天；右手持刀，左手揸开五指，抢入楼中。只见三五枝灯烛荧煌，一两处月光射入，楼上甚是明朗；面前酒器皆不曾收。蒋门神坐在交椅上，见是武松吃了一惊，把这心肝五脏都提在九霄云外。

说时迟，那时快，蒋门神急要挣扎时，武松早落一刀，劈脸剁着，和那交椅都砍翻了。武松便转身回过刀来。那张都监方才伸得脚动，被武松当时一刀，齐耳根连脖子砍着，扑地倒在楼板上。两个都在挣命。

这张团练终是个武官出身，虽然酒醉，还有些气力；见剁翻了两个，料到走不迭，便提起一把交椅轮将来。武松早接个住，就势只一推。休说张团练酒后，便清醒时也近不得武松神力！扑地望后便倒了。武松赶入去，一刀先割下头来。

蒋门神有力，挣得起来，武松左脚早起，翻筋斗踢一脚，按住也割了头；转身来，把张都监也割了头。见桌子上有酒有肉，武松拿起酒锺子一饮而尽；连吃了三四锺，便去死尸身上割下一片衣襟来，蘸着血，去白粉壁上大写下八字道："杀人者，打虎武松也！"（第三十一回 张都监血溅鸳鸯楼 武行者夜走蜈蚣岭）

主题思想

《水浒传》以杰出的艺术描写手法，揭示了中国封建社会中以宋江为首的农民起义发生、发展和失败的过程。

一、深刻的现实意义

《水浒传》是第一部公然歌颂揭竿造反的长篇小说。这在中国历史上是旷古未有的。作品生动地描写了梁山好汉们从起义到兴盛再到最终失败的全过程，特别是通过众多草莽英雄的不同人生经历和反抗道路，鲜明地表现了"官逼民反"的主题。

《水浒传》的现实意义首先在于深刻揭露了封建社会的黑暗腐朽及统治阶级的罪恶。作品开头写了一个一向被人厌弃的破落户子弟高俅，因擅长踢球被端王看中。后来这位端王做了皇帝（徽宗），高俅一路被提拔到殿帅府太尉，他的身上体现了凶残、阴险的权臣特点，也体现了封建统治阶级的丑恶和腐朽的本质。此外，《水浒传》中还描述了地主恶霸的种种残暴行为，如郑屠霸占金翠莲，西门庆害死武大郎，毛太公勾结官府构陷猎户解珍、解宝等，无一不揭示了封建统治阶级的丑陋面目。

梁山泊打出“替天行道”旗号，显示出统治者丧失民心、毫无威权的现状，公义落在强盗一方，这是多么大的社会悲剧。这是继《三国演义》之后，以史为背景的小说的重要突破。《水浒传》清楚地反映出古代人民的愿望：人应该有权利生活在公义、合理而有温情的社会里。

作品中关于招安的描写，反映了比较复杂的社会历史内容。农民阶级“只反贪官，不反皇帝”，是历史形成的思想局限。统治阶级的忠君观念也对《水浒传》的作者产生影响。因而，招安的描写既反映了特定历史条件下的社会矛盾，也反映了作者复杂的思想矛盾。

二、歌颂了农民起义

在中国文学史上，《水浒传》第一次大规模地直接描写了封建社会的主要矛盾——农民阶级和地主阶级的矛盾，以及一次轰轰烈烈的农民革命斗争，展示了宏伟壮丽、波澜壮阔的斗争场面。从高俅到郑屠之流上上下下各色统治阶级的代表人物，组成了一个黑暗统治网，给劳动人民带来深重的灾难。农民革命就是在这样的社会背景之下产生的。小说揭示出农民起义的社会根源在于残酷的封建压迫和剥削，肯定和歌颂了农民革命斗争的正义性。

三、注重刻画人情世故

《三国演义》着重战术计谋和战争场面的描写。《水浒传》虽然也有战术计谋和战争场面，但主要倾向是刻画人情世故，挖掘社会问题。水浒英雄聚义，一个主要问题是政治腐败、社会黑暗。任何官司、任何救援行动，无不涉及贿赂和贪污；英雄之间交往，也是钱财互济。有一回讲到为捐助金氏父女，李忠献银二两，鲁智深嫌他不爽利，“把这二两银子丢还了李忠”；后来鲁智深在桃花山遇到李忠，又嫌他送客悭吝，一不高兴就和他闹翻跑了。宋江和柴进能够结交各路好汉，一个是宋江常以金钱资助别人，另一个是他常为人排难解纷。后者是人情问题，而前者也与大撒金钱有关。宋江对待败将，不仅不杀，反而每次都是和颜悦色，说尽好话，动之以情，因而招得大批人马。但梁山英雄对待异己，却是杀戮惨重，每次杀人放火，无辜生灵被害的不知凡几。金钱和人情其实都与政治腐败、社会黑暗有关，几千年来形成了一种积重难返的风气。通过贿赂影响官员的操守、处事和判决；利用人情关系为罪犯开解，破坏司法公正，《水浒传》中这些情形很普遍，当时的社会也是如此。中国后来的长篇小说，除了《西游记》外，《金瓶梅》《儒林外史》《红楼梦》等都倾向刻画人情世故，这大概是从《水浒传》开始。

艺术特色

《水浒传》的艺术特色主要表现在人物塑造、结构艺术和语言特色三个方面。

一、成功地塑造了一批富有个性特色的典型形象

英雄人物个性描写得最具神采的有林冲、鲁智深、武松、李逵、宋江等人，然后是燕青、石秀等，其余的人物形象不能说是很鲜明。这是由于一百零八个好汉在前七十回全部出场，从第二回至第七十回，几乎每一回都有好汉初次登场。但水浒传显然是以故事带动全局，而不是以人物个性的发展带动全局。作者要编造故事来容纳他们，又不能逐一为他们编造故事，因此刻画的时候就有主次之分。所以主要人物形象鲜明，次要人物则面目模糊，这是在所难免的。

《水浒传》塑造人物的艺术手法主要有：

1. 写实手法。将人物置于真实的历史环境中，紧紧扣住人物各自不同的身份和经历来刻画性格特征。

2. 对比手法。将不同性格的人物或相近性格的人物进行对比。如鲁智深和武松得知史进失陷华州，鲁智深立刻要去刺杀华州太守，而武松则认为应立即回山招集众人一同营救，鲁智深不听，结果遭擒。这就是鲁智深的鲁莽和武松的精细之间的对比。

3. 典型细节。通过细节描写使人物形象更加丰满真实。

《水浒传》标志着传统的写实方法在人性创作上的重大发展。

二、与内容相适应的结构

全书是先分后合的链式结构，基本上是单线式的。故事中话分两头的情况并不多，好汉们并非一下子全部登场，而是这个带出那个或一个引来几个。主要人物的故事相互衔接，一环套一环。故事发展到第七十回，还有“没羽箭”张清、“花项虎”龚旺、“中箭虎”丁得孙和“紫髯伯”皇甫端四人加入聚义，结果就像支流汇主流，成为一片汪洋，卷起滔天巨浪。第四十回以前

先讲述单个英雄人物的故事；第四十一回到第七十回写英雄百川汇海，逐步发展到水泊梁山大聚义；第七十回后写他们归顺朝廷，走向失败。

同时，每个主要角色的故事都可以独立成一个短篇，但又相互照应、映衬，而无割裂、破碎之感；把各个故事合起来，则又是一部结构严谨、气氛协调的完整作品。主要人物的故事，都服从于“逼上梁山”这一中心内容，由分而合，宛如百川汇海。这样既有利于展示广阔复杂的社会场面，又能表现农民起义由个体到集体、由分散到集中、由星星之火到燎原之势的完整过程。

三、语言富于个性化和形象化

《水浒传》的语言极具艺术魅力，施耐庵在话本语言的基础上，吸收民间口语，经过文学加工，从而形成了鲜明独特的语言风格。

《水浒传》常常通过人物自己的语言来显示人物的个性，且用的是古白话，明快简练，生动形象，用词准确，塑造人物形象惟妙惟肖，表现了作者深厚的语言功底。其中许多情节或片段的描写是非常生动的，例如武松打虎、杀嫂，李逵杀虎，宋江杀妾等。细微之处，使人如临其境，令人拍案叫绝。《水浒传》中语言描写、口语表达得最传神的是李逵，其粗豪、鲁莽、没有心机的风格形貌活灵活现。其中写鲁智深明知镇关西已经没有气息，逃走时却故意回头指着他的尸体说：“你诈死，洒家和你慢慢理会。”一头骂，一头大踏步而去，可见其机智过人。正因为他有心思，后来察言观色，一早埋伏野猪林窥视公差，拯救林冲，也就顺理成章。

《水浒传》之前的白话小说，大多是文白相间的作品，显示出文言小说向白话小说过渡的痕迹。《水浒传》能够熟练地使用白话来写景、叙事、传神，是我国第一部成熟的白话长篇小说。它的出现是一座里程碑，标志着我国白话长篇章回小说进入成熟的大发展时期。

人物形象

《水浒传》塑造了一大批栩栩如生的人物形象，其中梁山好汉共一百零八位，以林冲、鲁智深、武松、李逵、吴用、宋江等人最具神采。

林冲：“豹子头”林冲，在梁山泊英雄中排行第六。曾是东京八十万禁军枪棒教头，是最早被官府逼上梁山的朝中官员。林冲武艺高强，一生屡建战功。在征讨江浙一带方腊率领的起义军胜利后，林冲得了中风，被迫留在杭州六和寺养病，由武松照顾，半年后病故。

林冲一表人才、为人正直、充满正义感。他有一个幸福美满的家庭，这是他与鲁智深、李逵等人孑然一身、无牵无挂的不同之处，因此形成他安分守己、逆来顺受的性格。面对接二连三的厄运，他都表现出息事宁人、委曲求全的态度。他被高俅父子逼得家破人亡之后，才终于放弃了对朝廷的一线幻想。后来他在梁山泊坚决果断地火并王伦，是他反抗性格成熟的表现。他对梁山泊的贡献是巨大的。他也是反对被招安的将领之一。

鲁智深："花和尚"鲁智深，梁山泊第十三位好汉。鲁智深原名鲁达，是经略的提辖，后被官府追捕，逃到五台山削发为僧，改名鲁智深。他是梁山泊的重要将领，使一条重62斤的水磨禅杖，为起义军屡立战功。宋江攻打方腊后，在杭州六合寺圆寂而死。

鲁智深原为一地方小吏，胆大心细、疾恶如仇、武艺高超，他的思想里也包含着对朝廷强烈的反抗意识。他也是反对被招安的将领之一。

武松：行者武松，是梁山第十四条好汉。武松在家中排行第二，江湖上人称武二郎，因景阳冈醉酒打死老虎而威震天下。攻打方腊时他失去左臂，留在六合寺照看林冲，后出家成僧，到八十岁死去。

武松聪敏机警、胸怀坦荡、重信讲义、武艺高强，对统治者怀有刻骨的仇恨。他是下层英雄好汉中最富有血性和传奇色彩的人物。他也是坚决反对被招安的将领之一。

李逵："黑旋风"李逵，排梁山英雄第二十二位。他长相黝黑粗鲁，小名铁牛，一对板斧天下无敌，江湖人称"黑旋风"。李逵一身武艺，勇猛无比，粗鲁而真实。他始终是坚决反对被招安的。宋江饮下高俅送来的毒酒后，想到自己死后李逵肯定要聚众造反，怕他败坏了梁山泊的忠义名声，便让李逵也喝了毒酒一起死了。

李逵身上体现了最彻底的反叛性。在他眼里，与统治阶级有关的一切，包括官府、法律、制度，甚至大宋皇帝在他口里也是"鸟皇帝"。这种不屈的反叛意识在他的思想里至死也没有泯灭，与宋江屈服、妥协的"愚忠"形成了鲜明的对比。

宋江："呼保义"宋江，人唤"及时雨"，梁山泊的首领。早先为山东郓城县押司，是一个刀笔小吏。后因得罪官府，辗转避难，数次发配，终入梁山落草。晁盖死后他成为梁山泊首领，表现了杰出的组织和指挥才能，善于利用矛盾瓦解敌人，受到好汉们的推崇和拥戴。受招安后，代宋廷四处出征，最后被高俅用毒酒害死。

宋江是出身于地主阶级的知识分子，又做过小吏，他的经历造成他对统治权威的绝对遵从，这是他思想中“忠”的特征。但他又充满了江湖气，富有正义感，仗义疏财，济困扶危，这是他性格中“义”的特征。他就在既矛盾又统一的“忠”“义”的主导下曲折地发展，遵从传统皇权和对江湖兄弟义气组成一个矛盾的宋江，因此后人评价他为“忠义之烈”。宋江始终不甘心在梁山泊落草，这是他悲剧命运的源头。

卢俊义：“玉麒麟”卢俊义，北京城里的员外大户，一身好武艺，棍棒天下无双。投奔梁山后，坐了第二把交椅。后被高俅用药酒毒伤，不能骑马，乘船时失足落水而死。

卢俊义是大名府显赫的大地主，家财万贯，却无权无势，从不与官府勾结。他热情助人，待人宽厚，但封建正统意识较深，直至经历了生死磨难，才终于看透官府残酷不仁的本质。

吴用：“智多星”吴用，表字学究，道号加亮先生。他平生机巧聪明，曾读万卷经书，使两条铜链。吴用足智多谋、神机妙算，一生屡出奇谋、屡建战功，是水泊梁山的军师，受招安被封为武胜军承宣使。宋江被害后，吴用在宋江坟前上吊自杀，与宋江葬在一起。

名家点评

★《水浒传》文字，绝妙千古，全在同而不同处有辨。如鲁智深、李逵、武松、阮小二、石秀、呼延灼、刘唐等众人，都是急性的，形容刻画来，各有抛投，各有光景，各有家数，各有身份，一毫不差，半些不混，读取自由方便，不必见其姓名，一睹事实，就知某人某人也。

——叶昼

★别一部书，看过一遍即休。独有《水浒传》，只是看不厌，无非为他把一百零八个人性格都写出来。

——金圣叹

《骆驼祥子》

作者介绍

老舍（1899～1966），现当代著名作家，原名舒庆春，字舍予，满族，北京人。老舍这一笔名最初在小说《老张的哲学》中使用，其他笔名还有舍予、絜青、絜予、非我、鸿来等。

老舍出生于北京西城小羊圈胡同（现名小杨家胡同），父亲是一名满族护军，阵亡在八国联军攻打北京城的巷战中。他自幼饱受贫寒之苦，对北京底层市民的生活环境非常熟悉。老舍 13 岁时，母亲将他送入北京师范学校就读，在校期间他尤其爱好文学。1922 年，任天津南开中学国文教员。1924 年，任英国伦敦东方学院讲师。五年的旅英生活开阔了他的眼界，也激发了他的创作兴趣。他阅读了大量西欧文学名著，并在许地山的帮助下开始创作。在英国，他共发表了三部长篇小说——《老张的哲学》《赵子曰》《二马》。这些早期作品幽默中含有讽刺，颇近于英国作家狄更斯的笔致，但夸张有时略嫌失度。1930 年回国，创作进入鼎盛时期，长篇小说《大明湖》《猫城记》《离婚》《牛天赐传》及短篇小说《月牙儿》《微神》《断魂枪》相继发表，还创作不少诗文、杂文、鼓词和京剧剧本。1937 年，出版代表作《骆驼祥子》。1939 年，发表长篇小说《火葬》《四世同堂》。1946 年，赴美讲学，1949 年回国。1950 年，创作《龙须沟》《茶馆》等话剧和小说《正红旗下》。1955 年，翻译了萧伯纳的戏剧《苹果车》。

老舍一生文学创作历时 40 年，完成约 800 万字的作品。其作品多以城市人民生活为题材，爱憎分明，有强烈的正义感，人物性格鲜明，细节刻画真实，风格讽刺幽默、诙谐轻松。他能纯熟地驾驭语言，善于准确地运用北京话表现人物、描写事件，使作品具有浓郁的地方色彩和强烈的生活气息。

1966 年 8 月 24 日，老舍因在“文革”中遭到摧残迫害，投水自尽，终年 67 岁。

创作背景

《骆驼祥子》是老舍先生的代表作，这是一部“笔尖上能滴出血与泪来”的小说，标志着老舍的创作进入新阶段。

小说中的故事发生在 20 世纪二三十年代，当时正是中国现代史上黑暗、混乱、多灾多难的年代。军阀混战，城市买办、乡村豪绅对工农的经济剥削和政治压迫，特别是资本主义经济危机的影响和水、旱、虫灾的不断发生，迫使大批破产农民为了求生纷纷涌入城市。祥子的故事就发生在这样的背景之下。

《骆驼祥子》于 1936 年夏写于青岛。那年夏天老舍辞去山东大学的教职，专心从事写作，用他自己的话说：“《骆驼祥子》是我作职业写家的第一炮。”但作品最初的创作诱因却是很偶然的。山东大学的一位朋友谈起他在北京时雇用过一个车夫，那车夫自己买了车又卖掉，如此三起三落，最终还是受穷。老舍当时就敏感地意识到“这颇可以写一篇小说”。那个朋友紧接着又说了另一个车夫的故事，他被军队抓走，又伺机逃出，还偷偷牵回了三匹骆驼。这简单的叙述引起老舍浓厚的兴趣，从春到夏，他入迷地搜集资料，构思情节，还写信给齐铁恨先生打听骆驼的生活习惯。老舍虽身在齐鲁，但自幼所见的旧北京下层社会的生活画面活跃在他脑中，给了他灵感和生活背景，一部以人力车夫祥子为中心、交织着北京穷苦社会世俗风情的作品很自然地就构思完成了。他自己非常满意这部作品，比作是“谭叫天唱《定军山》”。

《骆驼祥子》最初于 1936 年发表在《宇宙风》杂志，1955 年 1 月人民文学出版社出版单行本。1982 年人民文学出版社出版《老舍文集》，《骆驼祥子》也收录其中。

内容简介

祥子生长在乡村，18 岁时不幸失去了父母和几亩薄田，便流落到北平城里当了一个人力车夫。他年轻结实，不吸烟、不赌钱，就像一棵树，强壮沉默而有生气。他最大的愿望就是拥有一辆自己的人力车，做个高等车夫。祥子先是租赁车厂的洋车，或拉散座儿，或拉包月，风里雨里苦干了 3 年，终于凑足了 100 块大洋，实现了愿望。祥子感到生活充满了希望，车也拉得比以前快了。祥子的理想飞得更远了，也许将来自己也可以开车厂。

但好景不长，北平城外军阀混战。一天，为了多赚点钱，他抱着侥幸心理拉客出城，结果连车带人被十来个乱兵捉去。随后的日子，他在兵营里被迫干着各种苦差事，每天搬运行李，挑水烧火喂牲口。他恨透了那些乱兵，他自食其力的理想第一次破灭了。一天夜里，远处响起了炮声，军营一片混乱，祥子趁乱逃出了军营，并顺手牵走了部队丢下的三匹骆驼。天亮时，他来到一个村子，仅以 35 元大洋把三匹骆驼卖了。后来，有一次祥子突然病倒了，躺了三天，在说胡话时讲出了他与三匹骆驼的关系，从此得了“骆驼祥子”的绰号。

祥子病好后，立刻穿戴整齐来到“人和”车厂。车厂老板刘四爷年轻时当过库兵，开过赌场，买卖过人口，放过阎王债；前清时候打过群架，抢过良家妇女，跪过铁索；民国以后，开了这个车厂子。他的车租金比别处贵，但在这儿拉车的光棍可以住在车厂。刘四爷只有一个三十七八岁的女儿叫虎妞，长得虎头虎脑，帮助父亲管理车厂，很能干，可是没人敢娶她。刘四爷喜欢祥子的勤快，虎妞更喜爱这个傻大个儿的憨厚可靠。一天晚上刘四爷走亲戚去了，虎妞独自在家，打扮好自己，摆了酒菜招待祥子。喝了几盅酒，当晚祥子便没有离开。酒醒后的祥子感到疑惑、羞愧、难过，并且觉得有点危险，他决定离开车厂。正巧老主顾曹先生需要车夫，祥子便高兴地来到曹家拉包月。曹先生在大学教书，思想进步，夫妻待人非常和气，祥子在这里觉得一切都是那么的亲切、温暖，浑身有使不完的劲儿。他把赚来的钱一点点存着，准备第二次买车。

曹先生因为得罪教育当局，被密探跟踪。祥子帮他回家送信，遇到当初把他连人带车掳走的孙侦探，祥子被他敲诈去了所有的积蓄，第二次买车的希望破灭了。不久，曹先生一家离开了北平。祥子无奈中只得重回刘四爷的车厂，这时虎妞告诉祥子她怀孕了，他觉得像掉进了陷阱，不知所措。虎妞不顾刘四爷的反对，坚持要嫁给祥子，并从车厂搬出来，和祥子在毛家湾一个大杂院里租了房子。结婚后，祥子才明白虎妞并不是真的怀孕了，感觉受了骗。

虎妞原打算把自己的私房钱花完以后再向父亲屈服，好继承他的产业。谁知刘四爷竟然把车厂卖了，自己带着钱到外地享福去了。虎妞得知后大哭一场，只好安心当人力车夫的老婆了。她帮祥子买下了同院二强子的一辆车。不久虎妞真的怀孕了，祥子拼命拉车养家，劳累病倒。二强子的女儿小福子经常来帮忙做些家务。不到一年，虎妞因难产而死，为了给虎妞办丧事，祥子卖掉了车，他的第二辆车又失去了。

小福子对祥子有情有意，祥子也从内心喜欢这个为了养活两个弟弟而被迫卖淫的女子，但又苦于无力养活她们全家。他对小福子说："等我混好了，一定娶你。"祥子搬出了大院，又在车厂拉车了，不久在夏家拉上了包月。年轻的夏太太引诱祥子，使祥子染上了淋病。病过之后，祥子几乎变成另外一个人，染上了抽烟、喝酒、打架的陋习，性情也变了，成了巡警眼中头等的"刺儿头"。

曹先生避难回来了，得知祥子的现况，要祥子回来拉包月，还答应让小福子来曹家帮忙，并让出一间房子给他们住，祥子心里又充满了一线希望和光明。祥子带着这个好消息去找小福子，可小福子已被卖到妓院，两个月前因不堪忍受，上吊死了。

回到车厂，祥子昏睡了两天。祥子没有回到曹先生那里去。祥子不再想什么，不再希望什么，将就着活下去就是一切，他走到了自己的末日。

精彩片段

★雨下给富人，也下给穷人；下给义人，也下给不义的人。其实，雨并不公道，因为下落在一个没有公道的世界上。

★爱与不爱，穷人得在金钱上决定，"情种"只生在大富之家。

★他的身量与筋肉都发展到年岁前边去；二十来的岁，他已经很大很高，虽然肢体还没被年月铸成一定的格局，可是已经像个成人了——一个脸上身上都带出天真淘气的样子的大人。看着那高等的车夫，他计划着怎样杀进他的腰去（杀进腰指把腰部勒得细一些），好更显出他的铁扇面似的胸，与直硬的背；扭头看看自己的肩，多么宽，多么威严！杀好了腰，再穿上肥腿的白裤，裤脚用鸡肠子带儿系住，露出那对“出号”的大脚！是的，他无疑的可以成为最出色的车夫；傻子似的他自己笑了。

★脚好了之后，他敢跑了。这使他非常痛快，因为别的没有什么可怕的了：地名他很熟习，即使有时候绕点远也没大关系，好在自己有的是力气。拉车的方法，以他干过的那些推、拉、扛、挑的经验来领会，也不算十分难。况且他有他的主意：多留神，少争胜，大概总不会出了毛病。至于讲价争座，他的嘴慢气盛，弄不过那些老油子们。知道这个短处，他干脆不大到“车口儿”上去；哪里没车，他放在哪里。在这僻静的地点，他可以从容地讲价，而且有时候不肯要价，只说声：“坐上吧，瞧着给！”他的样子是那么诚实，脸上是那么简单可爱，人们好像只好信任他，不敢想这个傻大个子是会敲人的。即使人们疑心，也只能怀疑他是新到城里来的乡下佬儿，大概不认识路，所以讲不出价钱来。以致人们问道：“认识呀?”他就又像装傻，又像要俏地那么一笑，使人们不知怎样才好。

★两三个星期的工夫，他把腿溜出来了。他晓得自己的跑法很好看。跑法是车夫的能力与资格的证据。那撇着脚，像一对蒲扇在地上扇乎的，无疑的是刚由乡间上来的新手。那头低得很深，双脚蹭地，跑和走的速度差不多，而颇有跑的表示的，是那些五十岁以上的老者们。那经验十足而没什么力气的却另有一种方法；胸向内含，度数很深；腿抬得很高；一走一探头；这样，他们就带出跑得很用力的样子，而在事实上一点也不比别人快；他们仗着“作派”去维持自己的尊严。祥子当然决不采取这几种姿态。他的腿长步大，腰里非常的稳，跑起来没有多少响声，步步都有些伸缩，车把不动，使座儿觉到安全，舒服。说站住，不论在跑得多么快的时候，大脚在地上轻蹭两蹭，就站住了；他的力气似乎能达到车的各部分。脊背微俯，双手松松拢住车把，他活动，利落，准确；看不出急促而跑得很快，快而没有危险。就是在拉包车的里面，这也得算很名贵的。

主题思想

小说以19世纪20年代末期的北京市民生活为背景，以人力车夫祥子坎坷悲惨的生活遭遇为主要情节，深刻揭露了旧中国的黑暗，痛斥了压迫人民的无德之人，揭露了黑暗的旧社会对劳动者的剥削、压迫，控诉了旧社会活生生把人“变”成鬼的罪恶，表达了作者对劳动人民的深切同情，批判了自私狭隘的个人主义，也揭示出在旧社会个人奋斗不能使劳动人民摆脱贫困、改变境遇的现实。书中还体现了人是随环境变换而改变的动物，可谓是最不堪一击的。人性的丑恶在此暴露无遗。由此可见人真是比禽兽还“野蛮”的生物。

这部小说的现实主义深刻性在于，它不仅描写了严酷的生活环境对祥子的物质剥夺，而且还刻画了祥子在生活理想被毁坏后的精神堕落。随着祥子心爱的女人小福子的自杀，祥子熄灭了个人奋斗的最后一朵火花。“他没了心，他的心被人家摘去了。”一个勤劳善良的农村青年，就这样被改塑为一个行尸走肉般的无业游民。

《骆驼祥子》在中国现代文学史上具有重要地位。五四运动以后的新文学，多以描写知识分子与农民生活见长，而很少有描写城市贫民的作品。老舍的出现打破了这种局面，创作了一批以城市贫民生活为题材的作品，特别是长篇小说《骆驼祥子》，拓展了新文学的表现范围。老舍也因《骆驼祥子》而确立了都市平民文学第一家的地位。

艺术特色

《骆驼祥子》的艺术特色主要表现为：

一、结构紧凑，落笔谨严

小说以祥子买车的三起三落，“希望—奋斗—幻灭”为主线，以他和虎妞的“爱情”纠葛为副线，两相交织，布局妥帖，单纯中略有错综。既通过祥子与周围人的关系，把笔触伸向更广大的不同阶级、不同家庭的生活面貌，真实地反映了社会的黑暗景象，又借此自然地揭示了祥子悲剧的必然性与社会意义。

二、丰富多变、生动细腻的心理描写

小说善于使用描写、叙述、议论等多种手法描写人物的心理活动和心理变化，而心理描写又是紧紧结合人物行为和故事情节的。祥子的个性沉默、坚韧乃至木讷，心理描写就补充了祥子不善言语的个性。文中以动作、情状写心理；从语言方面写心理；通过直接的剖析，衬托出祥子心理的变化；通过别人的眼睛观察祥子的心理；借助祥子眼中景物的变化来衬托心理。

三、鲜明的地方色彩和浓郁的生活气息

小说将对北京的风俗民情、地理风貌、自然景物的描写，对祥子及其周围各种人物的描写，都置于一个老舍所熟悉的北平下层社会中。从北京车夫的门派到虎妞筹备婚礼的民俗，从北平景物的描写到祥子拉车路线的叙述，都使小说透出北平特有的地方色彩和生活气息。在烈日与暴雨下拉车的祥子，对瞬息间变幻莫测的大自然的感受，既切合北平的自然地理情况，又与祥子这个特定人物的身份相一致。

这些特色还强烈地体现在小说的语言上。文中通过提炼北京口语，生动鲜明地描绘北京的自然景物和社会风情，准确传神地刻画了北平下层社会民众的言谈心理，简洁朴实、自然明快。人物语言都是个性化的，叙述语言也多用精确流畅的北京口语。

人物形象

祥子：祥子来自乡间，曾经淳朴善良、勤劳健壮。他来到城市，渴望以自己的诚实劳动创立新的生活。他试过各种工作，最后选中拉洋车。这一职业选择表明祥子尽管离开了土地，但其思维方式仍然是农民的。他习惯于个体劳动，同时又渴望有一辆像土地那样靠得住的车。买车，做个独立的劳动者，“这是他的志愿、希望甚至是宗教”。祥子以坚韧的性格和执拗的态度与生活展开搏斗，他的全部理想只是一辆人力车，但他几次拥有又几次失去。搏斗的结局，以祥子的失败告终，他终于未能做成拥有自己一辆车的梦。当最后的寄托小福子离开人世时，他彻底绝望了，变得懒惰狡猾、极端自私，彻底堕落为一具行尸走肉。

虎妞：刘四爷的女儿、祥子的老婆。她长得虎头虎脑，大胆泼辣、爽快干净利落。虎妞的性格呈现两重性：一方面，她沾染了剥削阶级家庭传给她的好逸恶劳、善玩心计和市侩的习气，缺乏教养，粗俗刁泼；另一方面，她对祥子的感情还是真挚的，虽然是一种虎妞式的近乎粗野的“疼爱”，但这种畸形的爱也是有原因的，她对爱情和幸福的追求长期被压抑，因此在对待祥子时，她完全从自身的需要出发，企图把祥子拉上她自己生活理想的轨道。不合理的社会和剥削家庭造成了她的不幸，而她介入祥子的生活，又造成了祥子身心崩溃的悲剧结局。虎妞是祥子向上进取的阻力和障碍，是导致祥子走向堕落的外在原因之一。

刘四：人和车厂老板、虎妞的父亲。旧社会的袍哥式人物，老于世故、自私自利，为了生意，耽误了女儿的青春。尽管他是疼爱女儿的，但他不愿意自己的家产随女儿一起落到别人手上。为了这个目的，他断绝了与女儿的关系，最后连女儿的坟也不知道在哪儿。封建的思想使他忘记了亲情，当他醒悟过来，为时已晚。

名家点评

★《骆驼祥子》是到抗战为止的最佳现代中国长篇小说，它尽管免不了有缺点，基本上仍不失为一本感人至深、结构严谨的真正写实主义小说。

——夏志清

《鲁滨孙漂流记》

作者介绍

丹尼尔·笛福（1660～1731），英国小说家，英国启蒙时期现实主义小说的奠基人，被誉为“小说之父”。笛福生于伦敦一个中下层资产阶级家庭，父亲经营屠宰业。笛福只受过中等教育，信奉不属于英国国教的长老会教派。他广泛游历，经商也很成功，到20多岁时，已是伦敦一个体面的商人。1692年，经商破产，32岁的笛福负债累累，同时还要养活妻子和6个孩子。由于对政治一直有较浓厚的兴趣，他开始为报社撰写政论文章来谋生。因为这些文章经常抨击国王和执政党，笛福因此数次入狱。此后，笛福只好转向小说创作。

1719年，59岁的笛福发表了第一部小说《鲁滨孙漂流记》，这部小说也成为世界上著名的冒险小说之一。《鲁滨孙漂流记》给笛福带来了巨大成功并帮他还清了部分债务。此后，他还陆续写成了《鲁滨孙的沉思集》《辛格尔顿船长》《鲁滨孙漂流续记》等数部有关鲁滨孙的小说。

在笛福生命的最后几年中，他体弱多病，无人陪伴，于1731年去世，终年71岁。像生活在荒岛上长达28年之久的他的小说主人公鲁滨孙一样，他孤独而又恐慌。

创作背景

这部小说的蓝本是一个真实的故事。1704年，苏格兰水手赛尔科克在海上叛变，被流放在智利一个海外荒岛上，四年后被救回英国。赛尔科克在荒岛上并没有做出什么值得颂扬的英雄事迹。但笛福塑造的鲁滨孙却完全是个新人，成了当时中小资产阶级心目中的英雄人物，是西方文学中第一个理想化的新兴资产者形象。他表现出强烈的资产阶级进取精神和启蒙意识。

小说成书于1719年左右，书中主人公鲁滨孙在流落荒岛以后所体现出来的进取精神以及挑战自然的信心与勇气受到人们的广泛推崇，而笛福也因本书的成功被喻为“英国小说之父”。

笛福本人的生活经历相当丰富，年轻时在多种行业中谋过职，混迹于复杂的英国政坛，甚至为政客们充当秘密情报员。年近花甲时，他提笔创作《鲁滨孙漂流记》，获得极大的成功，并因此奠定英国现实主义小说鼻祖的地位。《鲁滨孙漂流记》是笛福文学作品中最有影响力的一部，在世界范围内广泛流传，到20世纪初，已出版译本或模仿本至少达700种之多。

内容简介

鲁滨孙·克鲁索出身于英国一个中产家庭，父亲希望他学法律，但他喜欢航海，立志遨游大海。19岁时，他瞒着父亲出海，谁知第一次航行就遇到大风浪，船只沉没，好不容易才保住性命。第二次出海到非洲经商，发了点小财。第三次又遭不幸，被土耳其海盗俘虏，并卖为奴隶。后来他乘小船逃跑，途中被一艘葡萄牙货船救起。船到巴西后，他买下一个种植园开始经营，一切似乎都很顺利。但他再一次成了诱惑的牺牲品，几个种植园主知道他曾到过非洲，竭力哄诱他做一次航行，为他们的种植园买些黑奴回来。

这一次，船在南美洲北岸遇到风暴触了礁，船上的水手和乘客全部遇难，唯有鲁滨孙一个人被高高的海浪卷到了一座无名小岛上，幸存下来。这是一个杳无人烟的孤岛，鲁滨孙用沉船的桅杆做了木筏，一次又一次地把搁浅大船上的食物、衣服、枪支弹药、工具等运到岸上，有面包、大米、大麦和小麦、干酪和羊肉干、糖、面粉、木板、圆木、绳子，再加上几支滑膛枪、两支手枪、几支鸟枪、一把锤子，还有——那是最没有用的——36 镑英币。然后他勘察了小岛的地形，在有淡水而且比较平坦之处搭起了帐篷。接着，他用削尖的木桩在帐篷周围围上栅栏，在帐篷后挖洞居住。他用简单的工具制作桌、椅等家具，猎山羊、海龟、海鸟为食，饮小溪的水，度过了最困难的时期。

一次，鲁滨孙发现了一些船上带来的大麦种子，于是开始在岛上种植粮食。第一次播下大麦和稻子时，宝贵的种子就浪费了一半。于是他花了几个月时间挖了几个地窖储存淡水，用于灌溉，终于收获了两袋稻谷和两袋麦子。然后，他用了 42 天时间，才把一棵大树砍劈成一块长木板。而后他又起劲地干了好几个星期，想制造一个捣小麦的石臼，最后却只能用木质材料代替。他用自制的木臼、木杵、筛子加工面粉，烘出了粗糙的面包。他捕捉并驯养野山羊，让其繁殖，这样不仅有羊肉吃，还有羊奶喝。他甚至还制作陶器，保证了自己的生活需要。虽然这样，鲁滨孙也一直没有放弃寻找离开孤岛的办法。他砍倒一棵大铁树，足足用了五个月时间，精心地削割，让它成了一只很像样的独木舟，以备用来逃离小岛。但小船太重了，无法将它推到海边，他不得不丢弃了。不过，每一次失败都给了他许多经验。

鲁滨孙在荒岛上如此生活了 15 年，岛上除了他之外，从未见到过一丝人迹。这样的状况一直持续到那重大的一天，他在沙滩上偶然发现了一个人的光脚印。鲁滨孙好像挨了一个晴天霹雳。他侧耳倾听，回头四顾，可是什么也没听见，什么也没看见。他跑到海岸上，还下海去查看，可是一共就只有那么一个脚印！他被惊吓到了极点，像一个被人跟踪追捕的野兽似的逃回住处，一连三天三夜都不敢外出。

这是人怕人的最好说明！经过 15 年的痛苦和苦干，15 年与自然环境相抗争，他竟然会因一个人的一只脚印而恐惧不安！此后他便一直保持警惕，更加留心周围的事物。一天，鲁滨孙发现岛边海岸上都是人骨和生过火的灰烬，原来外岛的一群野人曾在这里举行过人肉宴。经过观察，鲁滨孙了解到这是那些吃人生番的一种习惯，他们把打仗时抓来的俘虏带到这个岛上，杀死后大吃一顿。第 26 年的一天早晨，鲁滨孙从望远镜里看见 30 个野蛮人正在围着篝火跳舞。他们已煮食了一个俘虏，还有两个正准备放到火上去烤，这时他提着上了子弹的滑膛枪和一柄大刀向他们冲去，及时救下了他们来不及吃掉的一个俘虏，并为这个野人起名“星期五”，以纪念他是这一天获救的，

“星期五”讲话的声音成了鲁滨孙25年来第一次听到的人声。“星期五”成了孤岛上第二个居民，他年轻、聪明，是一个较高级部族的野蛮人，后来成了鲁滨孙忠实的仆人和可靠的朋友。他还学会了英语，甚至成为一个基督教徒。

他们决定离开小岛了。他们造了一艘船，这次不是在离海岸很远的地方造。正当他们差不多已准备驾船启航时，又有21个野蛮人乘着三只独木船，带了三个俘虏到这个岛上来开宴会了。其中一个俘虏竟是个白人。鲁滨孙把两支鸟枪、四支滑膛枪、两支手枪都装上双倍弹药，给了“星期五”一把小斧头，还给他喝了好多甘蔗酒，然后自己带上了大刀。他们冲下山去，杀死了很多野蛮人，最后只逃走了四个。俘虏中有一个是“星期五”的父亲。那个白人是西班牙人，是鲁滨孙前几年看见的那艘在岛上触礁的船上的一个幸存者，当时鲁滨孙还从那艘船上取来了1200枚金币，但他毫不看重这些钱，因为它们并不比沙滩上的许多沙子更有价值。

鲁滨孙给了那个西班牙人和“星期五”的父亲枪支和食物，叫他们乘着新造的船去把那艘西班牙船上的水手们带到岛上来。正在等待他们回来时，附近海面有一艘英国船发生了叛乱，暴徒准备把船长及船副抛弃在岛上。鲁滨孙帮助船长制服了叛乱，夺回了船。船长带着鲁滨孙、“星期五”等离开荒岛回到英国。

在荒岛生活了28年后，鲁滨孙重返家乡，而此时距离他出走之日已相距35年，父母都已去世。幸好，除了从那艘西班牙船上取来的1200枚金币之外，他还有一笔两万英镑的存款，这是鲁滨孙自己的种植园的收益，28年来一个诚实的朋友一直在照看、经营着他的产业。鲁滨孙在英国结了婚，生了三个孩子。妻子死后，鲁滨孙又一次出海经商。途经他住过的荒岛时，他发现留在岛上的水手和西班牙人都已安家，繁衍生息。鲁滨孙又送去新的移民，将岛上的土地分给他们，并留给他们各种日用必需品，满意地离开了小岛。

精彩片段

★那几个逃上独木舟的野人，拼力划着船，想逃出我们的射程。虽然星期五向他们开了两三枪，可我没看到他打中任何人。星期五希望用他们的独木船去追杀他们。说实在的，放这几个野人逃走，我心里也很有顾虑。因为若把消息带回本部落，说不定他们会坐上两三百只独木船卷土重来，那时，他们将以多胜少，把我们通通杀光吃掉。所以我也同意星期五到海上去追他们。我立刻跑向一只独木船跳了上去，并叫星期五也一起上来。可是，我一跳上独木舟，就发现船上还躺着一个俘虏，真是大大出乎我的意料，那俘虏也像那西班牙人一样，手脚都被捆绑着，等着被杀了吃掉。因为他无法抬头看看船外边的情况，所以不知道究竟发生了什么事，人已吓得半死；再加上脖子和脚给绑得太紧，而且也绑得太久，所以只剩一口气了。

我立刻把捆在他身上的菖蒲之类的东西割断，想把他扶起来，但是他连说话的力气都没有了，更不要说站起来了。他只是一个劲儿地哼哼着，样子可怜极了，因为他还以为给他松绑是准备拿他开刀呢。

星期五一上船，我就叫星期五跟他讲话，告诉他已经遇救了。同时，我又把酒瓶掏出来，叫星期五给这可怜的野人喝两口。那野人喝了酒，又听见自己已经获救，不觉精神为之一振，居然马上坐了起来。不料，星期五一听见他说话，把他的脸一看，立刻又是吻他，又是拥抱他，又是大哭大笑，又是大喊大叫；接着又是一个劲儿地乱跳狂舞，大声唱歌；然后又是大哭大嚎，又是扭自己的两手，打自己的脸和头，继而又是高声大唱，又是乱跳狂舞，活像个疯子。他那样子，任何人看了都要感动得流泪。他这样发疯似的闹了好半天，我才使得他开口，让他告诉我究竟是怎么回事。他稍稍镇静了一会，才告诉我，这是他父亲。

★正如在我的庄稼出苗时野兽们来害我一样，到了它们生穗的时候，鸟类又来害我了。有一天，我到田里去，视察一下庄稼的长势，只见许多飞禽团团围住我的一点庄稼，仿佛在那里等着我走开似的，也不知道有多少种类。我立刻用枪向它们打去（因为我身边经常带着枪），枪声一响，马上又有一大群我起初没有见过的飞禽从庄稼中间腾空而起。这使我非常痛心，因为我可以预见到，几天之内，它们就会吃光我全部的劳动成果，一点收成都落不着，我只有挨饿，真不知道将来怎么办。我决心不失去我的收成，如果必要的话，宁愿整天整夜守着它。首先我走到我的庄稼中间，察看一下损失的情形。我发现它们已经糟蹋了不少庄稼，但因为还在发青，所以损失还不大，如果能救住其余的部分，收成也会很好。

我站在庄稼旁边，装好我的枪，当我走开的时候，我很清楚地看见那些偷谷贼都停在树上，好像专等我走开似的。事实证明果然是这样。因为当我渐渐退去，假装已离去之际，它们一瞧见我走得不见了，就一个一个重新降落到庄稼里面。我气极了，也等不及多落下来几只（因为我知道它们现在所吃的每一粒庄稼在几年以后对我都是一个斗大的面包)，便走到篱笆前面，再开了一枪，打死六只，这正是我需要的；于是我拾了它们起来，用英国惩治恶名昭著的窃贼的办法，用锁链把它们吊起来，以儆效尤。意想不到的是，这方法很灵验。从此以后，那些飞禽非但不再到庄稼里来，简直连岛的这一边都不来了；在那些示众的鸟儿挂在那里的期间，我在附近看不见一只鸟。

不用说，我对此很满意。到了十二月底，也就是本年的第二个收获季，我收割了我的庄稼。

主题思想

这部小说体现了新兴资产阶级的时代精神，表达了资产阶级的进步思潮。这种精神，是资产阶级的竞争和个人要求从封建社会关系中解放出来的精神。

主人公鲁滨孙是一个具有冒险精神和实干精神的资产者。他具有一个“理想的”资产者所应有的一切特征：积极进取、百折不挠、永不疲倦、细致严谨，还有清教徒的宗教信仰。他遭遇海难而流落到荒岛上以后，不坐叹命运不济，而是充分利用自己的头脑和双手，修建住所、种植粮食、驯养家畜、制造器具、缝纫衣服，把荒岛改造成井然有序、欣欣向荣的家园。

鲁滨孙的形象具有相当典型的代表性。作为上升时期资产阶级的优秀代表，也体现了人类的许多优秀品质，像勇敢、智慧、意志坚强和挚爱劳动。18 世纪初期，资本主义正处在自由竞争的上升阶段，正是这样的时代背景，才孕育出“鲁滨孙”这个前无古人的资产阶级正面形象，他以坚强的意志、积极进取的精神压倒了因循守旧的贵族人物。

主人公鲁滨孙身上，体现出的占有欲和殖民思想，也反映了新兴资产阶级的时代特征。他是当时不断扩张、不断攫取的资本主义原始积累时期的社会的典型产物。他不屑守成，倾心开拓，三番五次地离开小康之家，出海闯天下；他救了土人“星期五”后，就收了他做奴仆，又用文化、宗教来开化他，让他皈依基督。鲁滨孙流浪多年，历经千辛万苦，终于获取一笔可观的财富，完成他那个时代的典型英雄人物的创业历程。

《鲁滨孙漂流记》引起许多作家竞相模仿，同时代的英国作家斯威夫特著名的《格列佛游记》就受了它的影响。卢梭在《爱弥儿》中曾将它作为爱弥儿15岁时的必读书。此书不仅深受青少年的喜爱，许多思想家也常常从中汲取养分，马克思和恩格斯就曾多次引用鲁滨孙的故事来分析资产阶级的本性。

艺术特色

小说突破了那个时代文学规范的束缚，开创了18世纪现实主义小说的先河。它的艺术特色主要表现为：

一、采用第一人称的叙述方式

小说采用第一人称“我”来叙述和回忆，并且经常取证于鲁滨孙的日记，使读者相信鲁滨孙本人及荒岛上的冒险经历是真实存在的。面对准确、细致的特征描写和形象刻画，读者很难分辨其中的真假。这种纪实的笔调和回忆录手记的方式，“以假乱真”，使读者产生了巨大的阅读兴趣。

二、真实准确的细节描写

作者善于运用细节来刻画人物的性格和心理活动。笛福对他所描写的人物理解较深，因而将人物细微的思想活动刻画得纤毫毕现。逼真的环境描摹，使得虚构的情景不露斧凿痕迹。

三、简洁明了、通俗易懂的字句

作品语言自然流畅，文字通俗易懂，不引经据典，使读者感到真实具体、亲切自然。整部作品似乎在向读者讲述一个精彩的故事。

人物形象

鲁滨孙：他不是一个随遇而安、消极待命的人，而是一个意志品质极为坚强、生存信念十分坚定的人，并且务实肯干、勤于创造。面对人生困境，鲁滨孙的一切行为，特别是他的思考过程，全是积极主动的，都是为了更好地把握生存的机会，创造物质条件，调整生活心态。作品显示了一个硬汉的坚毅性格与英雄本色，体现了资产阶级上升时期的创造精神和开拓精神。同时鲁滨孙又是个资产者和殖民者，因此具有剥削掠夺的本性。

星期五：鲁滨孙所救的野人。他是一位忠诚的朋友、智慧的勇者、孝顺的儿子。他年轻强壮，原本也吃其他岛屿的野人，后来在鲁滨孙的感化下，不再吃人。他知恩图报，忠诚有责任心，适应能力强，还学会了种植各类农作物和各种技能。

名家点评

★这本书将要成为我的爱弥儿阅读的第一本书籍，它将长期陈列在他的图书馆中，并在馆中占据一个重要的地位。

——卢梭

★人们如果要重新抓住资产阶级在他的年轻的革命的上升时期的旺盛而自信的精神，那么最好的引导莫过于笛福与《鲁滨孙漂流记》了。

——杰克生

《格列佛游记》

作者介绍

乔纳森·斯威夫特（1667～1745），英国著名的政论家和讽刺小说家，英国启蒙运动中激进民主派的创始人。斯威夫特生于爱尔兰首府都柏林，父亲是定居爱尔兰的英格兰人，在他出生前七个月就已去世，斯威夫特由叔父抚养长大。他曾就读于三一神学院和牛津大学，但斯威夫特厌恶神学和哲学课程，他的志趣在于历史及文学。

毕业后，斯威夫特曾为母亲的远亲邓波尔爵士做过私人秘书，以见解精辟、讽刺犀利的文笔见长。他的一篇揭露政府贪污行径的政论，直接促成了英法停战，以致有人称那项和约为“斯威夫特和约”。他后来虽然成了首相的亲信和女王演说词的起草人，但仍以清贫为荣。后来，女王及其要臣终因畏惧他的声望和讽刺文章的影响，将他逐出伦敦。

斯威夫特到都柏林后，积极投入爱尔兰人民争取自由独立的斗争，接连发表了战斗性极强的文论，使英国的殖民政策不得不有所收敛。斯威夫特深受爱尔兰人民的爱戴，在他因匿名作品被当局悬赏缉捕时，人们保护他；在他最后一次访英归来时，人们鸣钟举火，用仪仗队迎接他。不过斯威夫特晚景凄凉孤独，由于脑病，他相继失去了视觉和听觉，经常神志不清，但每逢清醒，仍执笔写作，终年 78 岁。

斯威夫特一生著述颇丰，但多数是以佚名发表的。其中最为著名的文学作品当推《格列佛游记》（1726）。

创作背景

斯威夫特的传世之作中，以《格列佛游记》流传最广，也最为各国读者所喜爱。该书通过里梅尔·格列佛船长之口，叙述了周游四国的奇特经历。但读者若仔细体会，便能发现书中处处揭露着英国社会的黑暗现实，并寄寓着作者的理想。

斯威夫特生活的时代，是英国封建主义与资本主义交替的历史大动荡时期，政治斗争十分激烈。他的构思最初起源于与朋友的一次聚会，他谈到当时政界人物种种贪婪无耻的行径，十分激动，于是产生了要用讽刺手法揭露他们的想法。接着他开始了《格列佛游记》第一卷的创作。成书后经过无数次的修改，最终于1726年匿名发表，在英国社会引起了很大反响。他笔下的小人国和大人国虽是虚构的，其居民身高分别是正常人类的1/12和12倍，但那里的一切建筑和器物，都具有数学比例的准确性，符合理性思维的要求。

《格列佛游记》被翻译成几十种语言，在世界各国广为流传。我国的《镜花缘》《老残游记》等小说的创作都受到它的影响。

内容简介

《格列佛游记》共分四卷，分别记述格列佛在小人国、大人国、飞岛国、慧骃国的四次游历。

第一卷

格列佛是一个酷爱航海的英国人。他年青时学医，1699年，应“羚羊”号船长的雇请，在海轮上担任外科医生。在南太平洋一带，“羚羊”号突遇风暴，触礁沉没了。格列佛只身被风浪刮到一个叫利立浦特的小岛上。上岸后，由于过度疲乏，他躺在草地上酣睡了一觉。当他醒来时，发现全身都动弹不得，无数丝线紧紧捆住了他的四肢和身体，连他的头发也一根根地被缚牢在地上。他仔细一看，竟然发现一群身高六英寸的小人，全体戎装打扮，骑着战马，挥舞着刀剑。格列佛大喊了一声，吓得他们拼命奔逃。他把左手略微一动，便有几百支箭向他射来，他感到被针刺一般。小人们在他右耳旁边，搭起了一座高台，一位长官站在高台上，向他发布演说，要他投降。格列佛别无出路，只好表示归顺。于是，50个小人跑上前来，割断绳索给他松了绑。格列佛饿了，小人便在他身体两侧安放了几把梯子，上百个小人把一篮篮的食物轮流往他的口里倒。他们为格列佛食量之大惊奇不已。

接着，小人用了一万五千匹御马把他拉进城。皇帝（他比他的臣民高一指甲）带领大臣们站在一座高塔上瞻仰格列佛的风采，小人国的居民也络绎不绝前来观看。皇帝召开大臣会议，讨论如何处置格列佛。有人担心格列佛的食量太大，他一人的伙食可供1720个小人食用，仅饮食一项就有可能引起国内的饥荒。有人主张把格列佛处死，但又担心他庞大的尸体发臭后，会造成瘟疫。最后，皇帝决定暂时让格列佛活着，并派了五百人给他当差，还叫了三百个裁缝，按国内最流行的样式，为他赶制了一件衣服。格列佛也以善良诚实赢得了国王和人民的信任。

一天，格列佛得到国王的允许，参观皇城和皇宫。他小心翼翼地走在街上，生怕踩伤了市民。他穿着短衣，因为他怕衣襟挂坏了屋脊和房檐。城里的两条主要街道有五尺宽，而普通街道只能容纳格列佛的一只脚。

小人国的幅员并不大，但他们有着奇特的风俗。国王在选拔官吏时，让人们在绳上跳舞，谁跳得高便可以当高官。财政大臣（影射当时英国首相）超出了别人一英寸，被认为是全国跳得最高的人。不过有一次他险些摔死，国王的坐垫（影射当时英国国王的情妇）救了他。

这个国家有两个政党，他们的区别是一党穿的鞋跟高些，另一党的鞋跟低些（影射英国政党）。国王偏向低跟党，因此政府要员都由低跟党人担任。皇太子则两边讨好，为此，他的鞋跟一只高一只低。

除内战之外，利立浦特岛国经常和邻近岛国不来夫斯古国发生战争。战争起因是利立浦特岛国改变了吃鸡蛋的习惯，不先磕破大端，而是先磕破小端。国内分成“大端派”和“小端派”（影射英国当时的对外扩张），他们互相攻击对方是“异端邪说”。“大端派”在国内遭到镇压，逃亡到也是小人国的不来夫斯古国，引起两国战争。不久前，不来夫斯古国新造了一批战舰，准备再度和利立浦特岛国开战。格列佛为了表示对利立浦特的忠心，他跨过海面，用绳子把敌方的战舰全部拉了过来。为此，国王赐给他尊贵的爵位。接着，国王又命令他把不来夫斯古国灭掉，要把它变为本国的一个行省。格列佛不同意这个荒谬的决定，于是，国王和大臣对他产生了不满。

一次，皇宫失火。由于运水困难，情急之下格列佛撒了一泡尿浇灭了大火。这使皇后十分不满、备感羞辱，同时海军大臣嫉妒他的功劳，财政大臣也与他结怨。于是，国王召开密谋会，要以叛国罪把他的双眼刺瞎。格列佛得知后，慌忙逃到不来夫斯古国，而这里的国王也想让他成为自己的战争工具。格列佛偶然在海边找到一只小船，便逃离了小人国。他在公海上遇到一只英国商船，于 1702 年回到伦敦，结束了他的第一次游历。

第二卷

1702 年，格列佛经过短短两个月的休整，开始了第二次出游，乘坐“冒险”号远航印度洋。第二年六月，由于船偏离航线，格列佛和水手们来到一个名叫布罗卜丁奈格的大岛上找淡水，竟然遭遇了一群比他们高 12 倍的巨人，慌乱中其他水手划船逃跑了，只有格列佛被留在了海岸上。他躲在一片像森林一样的麦地里，那些麦子至少有四十英尺高。几个巨人在麦田里说话，听起来好像是空中响起的霹雳。一个巨人发现了格列佛，俯下身来，用拇指和食指把格列佛夹了起来，带回了家，给自己九岁的女儿当宠物。

格列佛在巨人的床上睡了一觉。这里的老鼠大得惊人，有两只跳到床上来。格列佛不得不拔刀自卫。有人提议可以利用格列佛去赚钱，于是主人把他装在一只箱子里，带到各城镇去展览。主人还让格列佛表演刀棒技艺，一时轰动全国。后来，他还被带进王宫演出，就在他被折磨得奄奄一息时，皇后把他买了下来。

大人国是个半岛，它的一边和大陆相连。全国有 51 座大城。国王学识渊博，他向格列佛询问欧洲的风俗、宗教、法律、政府和学术的情形。格列佛便向他讲述了英国近百年来发生的大事，但他听完却说：“这些大事只不过是一大堆阴谋、反叛、暗杀、屠戮、革命和流放，”并指责说：“你的同胞中大多数人都属于自然界中爬行地面的可憎的小毒虫中最有害的一类。”格列佛建议帮他制造火药和枪炮来巩固国防，国王大为反感，认为发明这些杀人武器的人是“人类的公敌”，他要以理智和仁慈来治理国家。他说：“谁要能使本来只生产一串谷穗、一片草叶的土地上长出两串谷穗、两片草叶来，谁就比所有的政客更有功于人类，对国家的贡献就更大。”格列佛认为这是一位令人尊敬和爱戴的君主。格列佛也受到国王、王后和公主的喜爱。

格列佛在大人国住了两年。这期间见识了许多以前从未见过的巨大动物，给他带来很多惊奇和痛苦，幸好被他一一化解。在第三年开始时，一次，他和国王出外旅行时，一只老鹰把装他的箱子叼到半空，又扔到海里。幸好遇见一只英国海轮，格列佛于 1706 年 6 月回到了伦敦。

第三卷

1706 年 8 月，格列佛第三次出游。他乘坐的“好望”号受到海盗袭击，他被放逐到一只独木舟上，幸好海浪把他送上陆地。上岸后，他发现空中飞来一座住满了人的岛屿，把太阳都遮蔽住了。然后飞岛降落到地面，格列佛乘机爬了上去。飞岛上的人面貌和服饰都很奇特，他们的头不是右偏就是左偏，一只眼睛凹陷，一只眼睛朝上；外衣装饰着太阳、月亮、星球的图形；他们的发音和听觉器官都很迟钝，还很健忘。岛上的人总是惶惶不安，整日研究天文，担心太阳一天天接近地球，会把地球吞食。飞岛只有一万英亩左右，底层由金刚石层构成，靠一块磁石操纵能随意升降。飞岛上住着国王和贵族们，并统治着岛外大片领土和属国，臣民们住在其他三座岛屿上，如果不服从统治，他便驾着飞岛飞临他们的上空，轻则剥夺他们享受阳光与雨水的权利，重则用飞岛直接压碎所有房屋和人畜。

格列佛在飞岛上遭到冷遇，国王把他送往其他岛屿。在科学院里，专家们正兴致勃勃地进行各种可笑的研究，比如：怎样从黄瓜里提取阳光；如何把粪便还原为食物；用猪耕地；冰燃烧成火药；还准备取消词汇。在政治家设计院，外科医生把不同党派人物的头颅锯开，加以混合后装回去，以消除党派纷争。

一位教授正在写一本关于如何侦破反政府阴谋的书，于是格列佛向他介绍了兰敦（暗指伦敦）的丑恶做法。格列佛说："那里的居民差不多都是侦探、见证人、告密者、上诉人、起诉人、证明人、发誓控告人和他们手下的爪牙……在这个王国里制造阴谋的人大都是企图抬高自己身份的政客，欲使一个软弱无能的政府恢复元气，镇压或者缓和群众的不满情绪，窃取没收来的财物填满自己的口袋，左右舆论使它能符合于个人利益。"教授听了很高兴，准备把它写进书里去。

格列佛来到飞岛的另一属地——巫人岛。这里的长官精通魔术，能召唤死人的鬼魂。格列佛会见了亚历山大、凯撒、庞贝、荷马、亚里士多德等名人，并和他们探讨了许多问题。格列佛发现英国的历史原来黑白颠倒、是非不分。后来，格列佛又游历了拉格奈格王国。在这里，臣子觐见国王时要舔地板，国王把毒药撒在地板上杀死他不喜欢的大臣。他还见到了"长生不老"的人。游历之后，格列佛拒绝了飞岛国王的任命，乘船到日本，经荷兰回国。这次航行是时间最长的一次。

第四卷

格列佛第四次游历是在1710年9月。他担任"冒险家"号船长，航行到北美时，新招募来的水手发动叛变，他被扔到一个荒岛上。

在岸上，格列佛被一群类似猿猴的动物围攻。危急之际，一匹灰马赶来解救了他，并把他带回家。格列佛后来得知，这里叫慧骃国，"慧骃"是万物之灵的意思，马就是“慧骃”，是这里的统治者。而那些半人半猿的动物，叫作“耶胡”，是马的奴隶。在这匹灰马的院子里有许多供役使的“耶胡”，马也把格列佛叫作“耶胡”，令他感到很受辱。原来，与英国相反，在慧骃国，人是用来供驱使的奴役。格列佛谈到在世界其他地方马是畜生，而像他那样的“耶胡”则具有理性，并且是马的主人。这使马感到很震惊。

慧骃国里，虽然按马的毛色不同有贵贱优劣的等级之分，但它们都很友爱，“仁慈和友谊”是这个国家的两种美德。他们不懂什么叫罪恶，他们共同遵守的格言是发扬理性，并以理性来治理国家、教育后代。慧骃国每四年举行一次全国代表大会，发现哪里有困难，大家便踊跃捐助，互相支援。格列佛感到“这些杰出的四足动物有许多美德，与人类的腐化堕落对比一下，使我睁开了眼睛，扩大了眼界”。他愿意和这些可敬的“慧骃”一起生活下去。

在马的代表大会上，“慧骃”们发现灰马养了格列佛这样的“耶胡”，他们责备灰马，让他把格列佛放走。“慧骃”们都很嫌恶“耶胡”，认为他们生性恶劣，为了争夺一种闪光的石头（暗指财宝）彼此争吵不休，甚至引起内战。慧骃国全国代表大会正在通过决议要消灭所有的“耶胡”。

格列佛无法再停留下去，他自制了一只小船，依依不舍地告别了马主人，离开了慧骃国。在海上，他遇见了一艘葡萄牙商船，于1715年12月返回英国。

格列佛前后四次游历奇遇，历时十六年零七个月。他把这些亲身的见闻记载下来，成为今天大家看到的游记。

精彩片段

★盲目可以使你增加勇气，因为你看不到什么危险。

★我永远不愿做人家的工具，使一个自由、勇敢的民族沦为奴隶。

★以怨报德的人应该是人类的公敌，他对待人类可能比他对待自己的恩人还要恶毒，因为世人没有施恩于他，这样的人根本不配生活在世上。

★我见到的第一个人形容枯槁，双手和脸都像烟一样的黑，头发、胡子很长，衣衫褴褛，而且有几处被火烧糊了。他的外衣、衬衫和皮肤全是一种颜色。八年以来他都在埋头设计从黄瓜里提出阳光来，密封在小玻璃瓶里，在阴雨湿冷的夏天，就可以放出来使空气温暖。他告诉我，再过八年他毫无疑问可以以合理的价格供给长官的花园足量的阳光；可是他抱怨原料不足，请求我捐助点什么来鼓励发明，因为在这个季节黄瓜价钱特别贵。我送了一份薄礼，好在我的贵族朋友特意为我准备了足够的钱，因为他知道他们惯于向参观的人要钱。

我走进了另一间屋子，但是马上就退了出来，因为我差点儿被一种可怕的臭气熏倒。我的向导催促我走进去，悄悄地告诉我：不要得罪他们，他们会恨你入骨。这吓得我连鼻子都不敢堵。这个房间里的设计家是学院里资格最老的学者，他的面孔和下巴都是淡黄色的；手上、衣服上都涂满了污秽。我被介绍给他的时候，他紧紧地拥抱了我，当时我多么想找一个借口谢绝他这种亲热的礼仪啊。他自从到科学院工作以来，就是研究怎样把人的粪便还原为食物。他把粪便分成几部分，去掉从胆汁里得来的颜色，让臭气蒸发，再把浮着的唾液除去。每星期人们供给他一桶粪便，那种桶大约有一个布利斯脱酒桶那么大。

还有一位最巧妙的建筑师，他发明了建筑房屋的新方法，就是先从屋顶开始建筑，自上而下一直盖到地基。他的根据是他的办法和两种最精明的昆虫——蜜蜂和蜘蛛——的方法相同。

在另一个房间里，我非常高兴地看到一位设计家想出了一个用猪来耕地的方法。这个方法不用耕具、牲口和人力，只在一英亩的田地里，每隔六英寸，在深八英寸的地方埋上许多橡实、枣子、栗子和这种动物爱吃的其他榛子和蔬菜，然后把六百头或者更多的猪赶到田里去。几天以后为了找寻食物，它们就会把土全部掘起，不但适于下种，而且拉了满地的屎也上好了肥料。虽然经过实验，他们发现费用太大，也太费事，而且几乎得不到什么收成，但是大家都认为这种发明毫无疑问将大有改进。

主题思想

《格列佛游记》是一部杰出的讽刺小说。

一、深刻的现实意义

小说反映了18世纪前半期英国的社会矛盾，揭露了当时统治集团的腐败和罪恶，抨击了侵略战争和殖民主义。如通过“大人国”国王对格列佛引以为荣的英国选举制度、议会制度及种种政教措施进行的尖锐的抨击，对英国的政治和宗教制度表示了怀疑和否定。

二、巧妙的影射手法

斯威夫特使用了含蓄而隐晦的方式，反映当时英国的社会现实。他没有直接揭露英国社会存在的种种矛盾，而是将它们含沙射影地融进书中各国的政治斗争当中，使读者在轻松的阅读过程中自然而然地联想到英国政坛的黑暗和对外的残酷掠夺。同时，他以类似漫画的夸张技巧描写了各种怪诞的事物，有身高只有他1/12的小人，有身高是他12倍的巨人，还有“耶胡”、飞岛人和长生不老的人等。他善于通过具体的情节，深刻地揭露社会的丑恶现象和矛盾关系，并且往往能指出其本质。

艺术特色

斯威夫特是在古典主义的哺育下成长起来的作家。他的文字功底极深，具有比较完美的艺术表现形式，手法新颖。主要表现为：

、情节的虚幻性和现在的真实性有机结合

斯威夫特的幻想和现实是和谐的、统一的，形成了他不落痕迹的独特艺术构思。作者根据当时英国的现实创造出一个丰富多彩的、童话般的幻想世界。

格列佛在小人国、大人国、飞岛、慧骃国的遭遇各不相同，但都安排得合情合理，毫无破绽。他每到一个幻想国度都受到不同的待遇，绘声绘色，使作品具有艺术的真实感，从而增加了作品的艺术感染力。

二、尖锐深邃的讽刺手法

斯威夫特运用的讽刺手法丰富多变而极具概括性。他以一本正经的严肃态度、细致逼真的细节描写，刻画了四个国家的生活和斗争。书中看似严肃认真的口吻，实际上蕴含了极度的讽刺意味。例如，他抓住了议会党派斗争的本质特点，创造了小人国的高跟党和低跟党。似曾相识的情节设置，把现实表现得更为强烈、集中和典型，而且更具普遍性。

人物形象

格列佛：一个热爱航海的普通人，虽然他有自己的个性特征，但他不是作者着意刻画的形象，他更像一个故事的见证人，或者说是作者思想的代言人，是作者理想和愿望的体现者。

格列佛热爱劳动、刚毅勇敢、心地善良。他在游历之中，洞察到社会现实的日趋堕落，得出英国社会并不文明的结论。作者将自己的种种美德赋予笔下的人物：格列佛不计较个人的得失，而对别人关怀备至。格列佛是个正面的理想人物，他总是坦率地叙述自己的弱点和错误，而对自己的优点只字不提。他谦逊好学，努力用新眼光去认识新的现实。他从不自暴自弃，纵使将他当作玩物到各地供人观赏，仍泰然自若，保持自身的尊严，以平等的姿态与大人国的国王交谈。他勇于帮助小人国抵抗外族入侵，但断然拒绝为小人国国王的侵略扩张政策效劳。

佛林奈浦（小人国财政大臣）：猜忌、阴险、狠毒、狡诈。格列佛的仁怀宽厚和俘获不来夫斯古国舰队的军功受到小人国国王的赏识，佛林奈浦大为恼火，并怀疑格列佛与自己的妻子通奸，就联络其他大臣设谋陷害、大加污蔑，最后迫使格列佛逃往不来夫斯古国。

布罗卜丁奈格国王：大人国国王，是位博学、理智、仁慈、治国能力强的开明国君。他博学多识，性情善良，用理智、公理、仁慈来治理国家，厌恶格列佛所说的卑劣的政客、流血的战争。

“慧骃”：拥有智慧的马，体态俊美，行动迅速，同时他们理智贤明、勤劳勇敢、仁慈友爱、公正诚信。“慧骃”具备了所有的美德和理性，是作者心目中理想的人类。

名家点评

★一件平常的事假如到了斯威夫特或果戈理的手里，我看是准可以成为出色的讽刺作品的。

——鲁迅

《名人传》

作者介绍

罗曼·罗兰（1866～1944），法国著名批判现实主义作家、剧作家、社会活动家、音乐史学家。罗兰出生于法国中部高原上的小镇克拉姆西城一个中产家庭。父亲是公证员，小城里德高望重的绅士，母亲是虔诚的教徒，喜爱音乐。15 岁时，他随父母迁居巴黎；1886 年，入巴黎高等师范学校，主攻文学和历史；后到罗马游学，归国后任教于巴黎大学，并从事文学创作。罗兰青年时代曾受 18 世纪启蒙思想的影响。1888 年，列夫·托尔斯泰的信对他的艺术观形成产生重要影响。与德国理想主义思想家玛尔维达·冯·梅森柏女士的交往对他的思想成熟具有重要意义。20 世纪初，罗兰与好友一起创办了《双周丛刊》，他们既是作者，又是出版者。罗兰在这份丛刊上发表了许多名人传记和剧本。

罗曼·罗兰的一生都没有停止过创作和研究，这是他的生命。而事实上，伴随着第一次世界大战的来临，罗兰已不属于他自己，而是属于整个世界。他一直为他关于英雄的理想、他的博爱的使命而战。第一次世界大战中，罗兰致力于和平运动，积极反对战争，被称为“欧洲的良心”。20 世纪 30 年代，他访问苏联，与高尔基会晤，同情社会主义革命。1916 年，他将《约翰·克利斯朵夫》的获奖奖金全部捐献给了慈善组织。第二次世界大战时，他声援中国，对中国人民寄予同情，成为伟大的反法西斯战士。

罗兰一生写了许多名人传记，如《贝多芬传》《托尔斯泰传》《甘地传》《米开朗基罗传》等。长篇小说《约翰·克利斯朵夫》是他最伟大的作品，并因此获得 1915 年诺贝尔文学奖。此外，他还有长篇小说《母与子》，音乐研究作品《贝多芬的伟大创作时期》和大量戏剧。

创作背景

1886年，罗兰给俄国著名的作家列夫·托尔斯泰写信，并收到托翁长达二三十页的回信，其中的“不以暴力抗恶”“道德上的自我修养”“博爱”等思想对他产生深刻的影响；其民主主义、对资本主义世界及其文化的批判，又形成了罗兰世界观和创作中最突出的特点。

20世纪初，在欺小凌弱和暴力成为国际秩序的时代，罗兰把社会变革与进步的希望寄托在“英雄”人物身上。时代需要高贵的精神，需要自我牺牲、以痛苦为人类献祭的榜样，罗兰决心为他心中理想的精神巨子立传，为人们的精神世界创造光辉夺目的太阳。于是他先后创作了《名人传》等多部名人传记。

内容简介

《名人传》（又称《巨人三传》）包括《贝多芬传》《米开朗基罗传》和《托尔斯泰传》三部传记。

《贝多芬传》：贝多芬出生于贫寒的家庭，父亲是歌剧演员，性格粗鲁，爱酗酒，母亲是个女仆。贝多芬本人相貌丑陋，童年和少年时代生活困苦，还经常受到父亲的打骂。贝多芬11岁加入戏院乐队，13岁当大风琴手，17岁丧母，独自一人承担着两个兄弟的教育责任。

1792年11月，贝多芬离开了故乡波恩，前往音乐之都维也纳。不久，痛苦叩响了他的生命之门，从1796年开始，贝多芬的耳朵日夜作响，听觉越来越衰退。起初，他独自一人守着这可怕的秘密。1801年，他爱上了一位名叫朱丽埃塔的姑娘，但由于他的残疾（此时他已耳聋），加之朱丽埃塔十分自私、虚荣，两年后她嫁给了一个伯爵。肉体与精神的双重折磨，都反映在他这一时期的《幻想奏鸣曲》《克勒策奏鸣曲》等作品中。之后，席卷欧洲的革命波及了维也纳，贝多芬的情绪开始高涨，这时的作品有《英雄交响曲》

《热情奏鸣曲》。

1806年5月，贝多芬与布伦瑞克小姐订婚，爱情的美好催生了一系列伟大的作品。不幸的是，爱情又一次把他遗弃了，未婚妻和另外的人结婚了。不过这时贝多芬正处于创作的极盛时期，对一切都无暇顾及。他受到世人的瞩目，但接踵而来的是最悲惨的时期：经济困窘；亲朋好友一个个死亡离散；耳朵也已全聋，和人们的交流只能在纸上进行。面对生活苦难，似乎没有什么能使贝多芬屈服，他以自己的创作风格扭转了维也纳当时轻浮的作风。

1827年3月26日，贝多芬在一个风雪交加的日子去世了。

《米开朗基罗传》：该传记分为上编“战斗”、下编“舍弃”和尾声“死”。

1475年，米开朗基罗出生于卡森蒂诺的卡普莱斯，父亲是法官，母亲在他六岁时去世，于是他被寄养在一个石匠家里。十三岁时，他进入多梅尼科·吉兰达约的画室。据说由于他的成绩优秀，使他的老师为之嫉妒。一年后他们分手了，米开朗基罗转入一所雕塑学校。不久，由于宗教信仰的冲突，他离开了那里，先后到过威尼斯、罗马等名城，雕塑水平不断地得到提高。

1505年3月，米开朗基罗被教皇尤利乌斯二世征召去替他造陵墓。不久，他又被派去画西斯廷教堂的天顶画。此后几年，他一直受着历任教皇的差遣，痛苦地去创作他并不喜爱的作品。1527年，米开朗基罗卷入了一场革命的漩涡，差一点丧命。革命结束后，教皇克雷芒又将他从隐蔽地找了出来，米开朗基罗不得不重新为他所抗拒的人劳作。1537年9月，克雷芒教皇驾崩，米开朗基罗原以为从此能安安静静地做自己的事了，但他刚到罗马就被保罗三世征用了，命运注定他似乎只能无休止地替别人工作。

1564年2月12日，米开朗基罗站了一整天来创作《哀悼基督》。14日他便开始发烧，18日下午5时，这位杰出的雕塑家兼画家终于永远地离开了人间。

《托尔斯泰传》：托尔斯泰两岁丧母，九岁丧父，青少年时代的托尔斯泰不仅常为思想苦恼，还为自己丑陋的相貌感到绝望。

1851年，托尔斯泰来到高加索，群山环抱的环境使他纷乱的大脑清醒过来。第二年，他创作出了《童年》《少年》《青年》和《一个地主的早晨》等优秀作品。俄土战争期间，托尔斯泰曾到战场，常常处于危险之境。在这样的环境中，他仍然写出了《塞瓦斯托波尔纪事》那样令人称赞的作品。这一时期的托尔斯泰是比较充实而快乐的。

1862年，托尔斯泰结婚了，幸福的家庭生活使他有足够的时间与精力创作出了震动19世纪整个小说界的巨著：《战争与和平》与《安娜·卡列尼娜》。但是，托尔斯泰是苦恼的：他本人拥有地位和财富，但时常为自己富裕的生活感到羞愧难安；他同情下层民众，又对他们缺乏信心。因此，他厌倦了自己的生活，决心和自己的社会决裂，但他又得不到人们的支持。在精神上，他一直是孤独的。82岁的时候，他选择了出走，随后病死于一个小火车站。

精彩片段

★人生是艰苦的。对不甘于平庸凡俗的人，那是一场无休无止的斗争，往往是悲惨的，没有光华的，没有幸福的，在孤独与静寂中展开的斗争。

★当全世界都在哭泣的时候是不应当嬉笑的。为了一个人的诞生而举行庆祝是缺乏知觉的人的行为。应当保留你的欢乐，在一个充分地生活了的人死去的时候发泄。

★生命还须前进。动，便是生。

★他短小臃肿，外表结实，生就运动家般的骨骼。一张土红色的宽大的脸到晚年皮肤才变得病态而黄黄的，尤其是冬天，当他关在室内远离田野的时候。额角隆起，宽广无比。乌黑的头发，异乎寻常的浓密，好似梳子从未在上面光临过，到处逆立。眼中燃烧着一股奇异的威力，使所有见到他的人为之震慑；但大多数人不能分辨它们微妙的差别。因为在褐色而悲壮的脸上，这双眼睛射出一道犷野的光，所以大家总以为是黑的，其实却是灰蓝的。平时又小又深陷，兴奋或愤怒的时光才张起来，在眼眶中旋转，那才奇妙地反映出它们真正的思想。他往往用忧郁的目光向天凝视。宽大的鼻子又短又方，竟是狮子的相貌。一张细腻的嘴巴，但下唇常有比上唇前突的倾向。牙齿非常结实，似乎可以嗑破核桃。左边的下巴有一个深陷的小窝，使他的脸显得古怪的不对称。(《贝多芬传》)

★一切使他不安；他的家庭也嘲笑这永远的不安。他如自己所说的一般，在“一种悲哀的或竟是癫狂的状态”中过生活。痛苦久了，他竟嗜好有痛苦，他在其中觅得一种悲苦的乐趣：“愈使我受苦的我愈欢喜。”

对于他，一切都成为痛苦的题目，甚至爱，甚至善。

“我的欢乐是悲哀。”

没有一个人比他更不接近欢乐而更倾向于痛苦的了。他在无垠的宇宙中所见到的所感到的只有它。世界上全部的悲观主义都包含在这绝望的呼声，这极端偏狂的语句中。

“千万的欢乐不值一单独的苦恼!”

“他的猛烈的力量把他和人群几乎完全隔离了。”

他是孤独的。他恨人；他亦被人恨。他爱人；他不被人爱。人们对他又是钦佩，又是畏惧。晚年，他令人发生一种宗教般的尊敬。他威临着他的时代。那时，他稍微镇静了些。他从高处看人，人们从低处看他。他从没有休息，也从没有最微贱的生灵所能享受的温柔——在一生能有一分钟的时间在别人的爱抚中睡眠。妇人的爱情于他是无缘的。在这荒漠的天空，只有科伦娜冷静而纯洁的友谊，如明星一般照耀了一刹那。周围尽是黑夜，他的思想如流星一般在黑暗中剧烈旋转，他的意念与幻梦在其中回荡。贝多芬的忧郁是人类的过失；他天性是快乐的，他希望快乐。米开朗基罗却是内心忧郁，这忧郁令人害怕，一切的人本能地逃避他。他在周围造成一片空虚。

这还算不得什么。最坏的并非是成为孤独，却是对自己亦孤独了，和自己也不能生活，不能为自己的主宰，而且否认自己，与自己斗争，毁坏自己。他的心魂永远在欺妄他的天才。人们时常说起他有一种“反对自己”的宿命，使他不能实现他任何伟大的计划。这宿命便是他自己。他的不幸的关键足以解释他一生的悲剧。而为人们所最少看到或也不去看的关键，只是缺乏意志和禀性懦怯。(《米开朗基罗传》)

主题思想

《名人传》是法国作家罗曼·罗兰所著《贝多芬传》《米开朗基罗传》和《托尔斯泰传》的总称。《名人传》创作于20世纪初期，无论在当时还是在后世都产生了广泛的影响。本书的三位传主都是人类历史上极富天赋而创建至伟的人物，他们的人生丰富多彩，他们的作品精深宏博，他们的影响历经世代而不衰。罗曼·罗兰没有拘泥于对传主的生平做琐屑的考述，也没有一般性地追溯他们的创作历程，而是紧紧把握住这三位有着各自领域的艺术家的共同之处，着力刻画他们在忧患困顿的人生征途上历经苦难而不改初衷的心路历程，凸显他们崇高的人格、博爱的情感和广阔的胸襟，成功地让读者在传记中跟三位大师接触，分担他们的痛苦、失败，也分享他们的诚挚、成功。罗曼·罗兰称他们为“英雄”，以感人肺腑的笔墨，写出了他们与命运抗争的勇气和担荷全人类苦难的伟大情怀，可以说是为我们谱写了另一阕“英雄交响曲”。

《名人传》最突出的特点就是，多侧面地去表现传主们在身体上和精神上遭受的磨难，和他们对无限苦难的不懈抗争，以及在抗争中爆发出来的生命激情。纵观三传，罗兰塑造的英雄们有着共同的命运图式和方向：经历长期的磨难，激流一般的生命力，体现生之意志的艺术创造和用痛苦换取欢乐的追求。

《名人传》告诉人们：悲惨命运不只降临于普通人，它同样降临在伟人身上，享有盛名并不能使他们免除痛苦的考验。然而通过跟从他们忍受痛苦的完美榜样，我们可以自觉地承担属于自己的命运，我们应当坚定自己的信仰，从信仰中产生出承受痛苦的勇气和能力——它是我们在患难中保持的纯真，在患难中结出的果实，在绝望中看到的希望所在。

艺术特色

《名人传》的艺术特色主要表现为：

一、取材的真实性

罗兰以一个史学家严谨的态度，对传记的材料做了许多收集、整理、修改工作。在写作中，罗兰经常阅读传主的书信、日记、诗文等第一手资料，并在作品中采用了大量的引文，通过他们自己最真实的书写活动来向人们展示真实的伟人。

二、构思巧妙、匠心独运

罗兰没有局限于常规传记的体例，他在忠实于人物生平经历的同时，匠心独运、巧妙安排，避免了平铺直叙，同时集中精力去把握人物高度统一的精神品格。如《贝多芬传》开篇就详细刻画了贝多芬的形象，给人以强烈的震撼，然后分别在英雄、爱情和极盛时期各章展现英雄的不同侧面。而《托尔斯泰传》则在其青年、中年、老年各个时期各选一幅画面，表现青年时期的躁动迷茫、中年时期的深邃和老年时期的平静。

三、结构的内在一致性

从结构上看，《贝多芬传》《米开朗基罗传》和《托尔斯泰传》看似各自独立、互不相干，实际上却有着内在的一致性。这种一致性既源于三位传主在精神上的相似，也源于罗兰另一重要的思想，即欧洲统一的思想和人道主义精神。

四、处处洋溢着旺盛的激情

《名人传》写作目的崇高，创造精神世界的太阳，呼吸英雄的气息，使人们在痛苦、失望的现实中获得心灵上的支撑。《名人传》洋溢着一股旺盛的激情。每一个阅读《名人传》的读者首先都会强烈地感受到作品中无法抑制的热情，都会为罗兰那极富感召力的语言而怦然心动。

人物形象

传记里的三个人，一个是音乐家， 个是雕塑家兼画家，另一个是小说家，各有自己的园地。他们或受病痛的折磨，或有悲惨的遭遇，或有内心的惶惑矛盾，或三者交叠加于一身。贝多芬的“在伤心隐忍中找栖身”，米开朗基罗的“愈受苦愈使我喜欢”，托尔斯泰的“我哭泣，我痛苦”，他们之所以能坚持自己艰苦的历程，全靠对人类的爱和信心。三部传记都着重记载了伟大的天才在人生忧患困顿的征途上，为寻求真理和正义，为创造能表现真、善、美的不朽杰作，献出了毕生精力。

贝多芬：矮小臃肿，穿着讲究，目光犀利，激昂热情，追求真理，爱自由甚于一切。他渴望幸福美满的婚姻生活，却不得不承受情感的煎熬。后来他又不幸耳聋，但他在肉体和心灵的双重痛苦的压力下仍然保持着不屈不挠的高昂的斗争精神、巨大的创造力和高尚的道德标准。任何时候他都绝不向命运屈服，任何事情不论是成功的喜悦还是身体健康带来的痛苦，都不能使他停止前进的步伐、放下自己钟爱的事业。他对于音乐有着超常的天赋，能够捕捉音乐的灵感，抓住大自然的精髓。贝多芬的一生是这样的：一个不幸的人，贫穷、残疾、孤独，由痛苦造成的人，世界不给他欢乐，他却创造了快乐来给予世界！

米开朗基罗：内心丰富，思想唯美，在艺术上的创造无与伦比。对艺术，他有独到的想法，以无穷的精力永远追求艺术上的尽善尽美；对于爱情，他纯洁虔诚。但他的意志不是英雄式的，他的精神软弱无力，谨小慎微，优柔寡断。他对自己的懦弱也感到羞耻，他厌恶自己，却只能挣扎而没有勇气和力量去改变。他孤独多疑，猜疑他的敌人、朋友甚至所有人。他经常为种种思虑而苦闷，有悲观主义倾向，面对困难会痛苦、烦躁，甚至绝望。他是一个极其矛盾的悲剧人物。

托尔斯泰：容貌丑陋，真诚，倔强，勇于尽责，胸中燃烧着热情之火和爱国之心，为了自己的祖国他甘愿奉献出自己的生命。在文学上他是一个巨匠，想法独特大胆，精力充沛，永不放弃艺术，从没有中断他的艺术创作。他宽容博爱，同情群众，从不以斗争的态度对付对手。但他有时骄傲自大，对他人的想法和判断感到厌恶，对人们表现出猜疑，对于人类理性暗藏着轻蔑。他是一个天才，一个有着纯粹的基督徒灵魂的英雄。

名家点评

★唯有真实的苦难，才能驱除罗曼蒂克的幻想的苦难；唯有看到克服苦难的壮烈的悲剧，才能够帮助我们承担残酷的命；唯有抱着“我不入地狱谁入地狱”的精神才能挽救一个萎靡而自私的民族：这是我十五年前初次读到本书时所得的教训。

——傅雷

《童年》

作者介绍

高尔基（1868～1936），原名阿列克塞·马克西莫维奇·彼什科夫，俄国和苏联无产阶级作家，苏联社会主义文学的奠基人。高尔基出生于俄国中部尼日尼·诺夫戈罗德（今高尔基城）一个贫苦的木工家庭。他 4 岁丧父，10 岁丧母，在外祖父母家度过童年。他从小受到苦难生活的折磨，只读过两年书，11 岁便开始谋生，当过学徒、跑堂、看门人、装卸工、园丁和面包师傅。20 岁时，他离开祖国开始流浪，同时进行革命宣传活动。

1892 年，以“高尔基”为笔名发表了第一篇短篇小说《马卡尔·楚德拉》。1898 年，出版两卷集《随笔和短篇小说》，从此蜚声俄国和欧洲文坛。高尔基的早期作品反映了劳动人民反抗沙皇专制统治、渴望自由解放的革命激情。其中，浪漫主义创作占有重要地位，如短篇《伊则吉尔婆婆》和《鹰之歌》。

1906 年，他在美国创作了长篇小说《母亲》，被列宁称为“一本非常及时的书”。随后发表自传体三部曲《童年》（1913）、《在人间》（1916）和《我的大学》（1923），长篇杰作《阿尔达莫夫家的事业》（1925），晚年的代表作是史诗巨著《克里姆·萨姆金的一生》。

创作背景

1905 年，俄国革命以失败告终。高尔基认识到，愚昧落后、自私野蛮、因循守旧等小市民习气是导致革命失败的重要因素。于是，他决心用自己的创作来揭露俄国黑暗的社会现实，以此来唤起俄国民众的觉醒意识。

而最终促使他创作《童年》及全部自传三部曲的，是在和列宁的一次谈话之后。当时，高尔基住在意大利，一天列宁前来探望他，高尔基谈起了童年在外祖母家的情况和少年时期的流浪生活。列宁听完后对高尔基说："您应当把这些全部写下来，老朋友，应该写！这一切都是非常有益的。"在列宁的鼓舞下，高尔基终于在十月革命前后完成三部曲。

自传三部曲独自成篇，又前后相连，艺术地再现了主人公阿廖沙成长历程的三个阶段，真实深刻地反映了19世纪末20世纪初的俄罗斯民众的生活，反映了小市民阶层的庸俗自私和空虚无聊，揭露了沙俄专制的黑暗与罪恶，被视为俄苏自传体小说的里程碑和批判现实主义文学的伟大成就。

内容简介

《童年》是高尔基自传体三部曲中的第一部。它写的是高尔基幼年时期从三岁至十岁这段时间的生活片断。

阿廖沙三岁时，得了一场大病，父亲因为照顾他，不幸自己染病身亡。母亲带着他回到外祖父母家。外祖父开着一个小染坊，已濒临破产。他为人冷酷、专横又吝啬。阿廖沙的两个舅舅为了分家产而不断地争吵斗殴，并想侵吞阿廖沙母亲因私自结婚而被扣留的嫁妆。母亲在家里毫无地位可言，人们之间到处充满着仇恨。只有外祖母关心和爱护阿廖沙，成了他最知心、最珍贵的人。

一天，阿廖沙受表哥的怂恿，把一块白桌布染成了蓝色，外祖父不顾外祖母的拦阻，把他打得昏迷过去，接着就生了一场大病。从此，阿廖沙变得小心翼翼，始终怀着不安的心情。他也逐渐明白，是他妨碍了母亲寻找新的幸福。后来，母亲还是离家出走了。

在这个污浊的环境里，还有另外一种人，另外一种生活。这里有乐观、纯朴的小茨冈和正直的徒工格利高里。小茨冈是外祖母捡来并抚养长大的弃儿。他勤劳聪敏，外祖父也很欣赏他。他虽然身世凄凉，但善良乐观，总是尽己所能爱护着阿廖沙。但他的才能受到了两个舅舅的嫉妒，他们担心小茨冈日后会对他们不利。一次，雅可夫舅舅像牲口一样使唤小茨冈，把他折磨死了。

唯一让阿廖沙感到温暖的是，外祖母为人善良公正，热爱生活。她始终小心庇护阿廖沙，用动听的歌声和优美的民间故事陪伴阿廖沙长大。

一天夜里，外祖父的染坊突然失火，化为灰烬。外祖父无奈下只好让两个儿子分家，带着外祖母和阿廖沙搬到了另一所房子。外祖父招了两个房客。其中一个是绰号叫“好事情”的先生，他衣衫褴褛、不修边幅，但思想进步，热爱祖国文化，他是阿廖沙遇到的第一个优秀人物。

后来，母亲回来了，和一个破落贵族子弟结了婚。婚后并不幸福，贫困和疾病吞蚀着她的美丽。她变得自私冷酷，经常发脾气，很少关心阿廖沙。阿廖沙在家中感受不到温暖，在学校也受歧视和刁难，在他的心灵中，“爱”的情感渐渐被对一切的恨所代替。一次，阿廖沙为保护挨打的母亲，用水果刀刺伤了继父，只好又搬回到外祖父家中。这时，外祖父已经全面破产，生活越来越困苦。不久，继父丢掉了职位，偷偷出走了，母亲回到家里，很快得了重病去世了。埋葬了母亲以后，外祖父将阿廖沙赶出了家门，让他独自谋生去了。

精彩片段

★从那时起我怀着不安的心情观察人们，仿佛我心上的外皮给人撕掉了，于是，这颗心就变得对于一切屈辱和痛苦，不论是自己的，或别人的，都难以忍受的敏感。

★各人不过有各人的名字，而权利人人都一样。

★官像顽皮的孩子，走上来就把一切法律破坏了。

★在无穷无尽的工作日里，忧伤也是节目，闹火灾就是逗乐，在一无所有的脸上，连伤痕也是点缀……

★有一天，酒馆女主人和外祖父吵架，她捎带着把没有参加吵架的外祖母也骂上了，骂得很凶，甚至向她扔胡萝卜。

“您真糊涂，我的好太太。”外祖母安详地对她说，然而可把我气坏了，我决定对这个恶婆报复一次。

我想了又想，怎样才能给这个双下巴细眼睛的红发胖女人来一次更痛的打击。

我观察邻人们的内讧，知道他们互相报复的方法是：切掉猫尾巴，把狗给毒死，打死公鸡和母鸡，或者半夜偷偷地进到仇人的地窖里，把煤油倒入腌白菜和黄瓜的木桶里，把桶里的克瓦斯放出来——但是这些办法都不合我的意；需要想一个更惊人更厉害的方法。

我想到一个法子：我瞅酒馆女主人下地窖的时候，合上地窖的顶盖，锁上，我在上面跳了一通复仇者之舞，把钥匙扔到屋顶上，就一溜烟地跑到厨房里，外祖母正在那里做饭。她没有马上明白我为什么高兴，但当她弄明白后，狠狠地朝我的屁股拍了几巴掌，把我拖到院子里，叫我到房顶上去找钥匙。我对她的态度觉得很奇怪，我默默地把钥匙拿下来，躲到院子角落里看她释放被俘获的酒馆女主人，她们俩友善地一面走过院子，一面大笑。

“我叫你知道厉害，”酒馆女主人攥紧胖胖的拳头威吓我说，但她那看不见眼睛的胖面孔露出和蔼的笑意。外祖母揪住我的领子，把我拉到厨房里，问道：“你干吗要这样做?”

“她拿胡萝卜打你嘛……”

“你是为了我吗? 原来是这么回事! 你瞧我把你这块废料塞到炉底下喂老鼠，你就知道了! 你算什么保护者啊，一个小泡泡儿，一戳就破! 你看我告诉外祖父——他不打掉你一层皮才怪呢! 到顶楼念书去吧……”

她整天不理我，到晚上，在没有祈祷以前，她在床沿上坐下，教训了我几句永志不忘的话：“阿廖沙，亲爱的孩子，你要记住：不要管大人的事! 大人都学坏了；上帝正考验他们呢，你还没有受考验，你应当照着孩子的想法生活。等上帝来开你的心窍，指示你应当做什么，领你走那应走的道路。懂不懂? 至于什么人犯了什么过失——这不是你的事。这让上帝来判断，惩罚。这要他来管，不是我们!”

她沉默了一会儿，嗅了嗅鼻烟，眯缝起右眼，补充说：“是啊，谁犯了过错，大约连上帝也不是任何时候都弄得清楚的。”

“上帝不是什么都知道的吗?”我吃惊地问道。

她轻轻地、悲哀地回答道：“他要是什么都能知道，大约有很多事情人们就不会做了。他老人家从天上向人间、向我们大家看了又看，有时会大哭起来，一面哭一面说：‘我的人们啊，我的人们啊！噢啊，我是怎样可怜你们啊！’”

她自己也哭了，带着满脸的泪痕，到墙角祈祷去了。

从那时起，她的上帝对于我更亲近更可理解了。

主题思想

苦难和奋斗是很多现实主义文学创作的主题，高尔基的作品无疑是这类文学的典型代表。

小说展现了19世纪末俄国社会广阔的历史画面，生动描写了俄罗斯底层市民生活及思想的真实状况：庸俗、自私、无聊、无奈、虔诚、怀疑、亵渎和无尽的困难，以及这一切灰色当中不断闪烁的爱的火花。他的作品对于帮助人们了解当时俄国社会的阶级关系、广大劳动人民的生活和精神状况，以及了解作家本人的成长过程，都具有很大价值。

阿廖沙以故事的讲述者和主人公的双重身份，叙述了自己幼年时代的生活历程，反映了作家童年时代的艰难及对光明和真理的不懈追求。所不同的是，《童年》是一位无产阶级文学导师的生活自传的“童年部分”，它是一个已经成为无产阶级斗士的人重新回忆自己童年生活的“结果”。

艺术特色

《童年》的艺术特色主要表现为：

一、多视角的描写手法

《童年》采用了儿童视角和成人视角交替使用的描写方法。由成年的“我”

来回忆叙述“童年阿廖沙”。一方面，用儿童视角观察描写生活，使“童年”更加生动，充满童趣。但“阿廖沙视角”并没有统领全书，只是在某些细节上起作用。另一方面，偶尔又以成人视角评点生活，清晰深刻，富于哲理。

二、典型概括的艺术手法

《童年》取材于作家的自身经历，然而它不是作家幼年生活的简单再现。作者用概括的手法，努力挖掘生活中具有典型意义的材料，并对它们进行了提炼和加工，使它们反映生活的本质。因此，书中的人物不再是单纯的个人，而成为某一类人的代表；外祖父家已不是一个普通的家庭，而是那个时代由沉重的劳动、家长制手工业的生活关系和无聊生活造就的小市民社会的缩影。

三、鲜明的人物性格特征

小说篇幅不长，出场人物众多却大都个性鲜明：善良正直的外祖母、凶恶冷酷的外祖父、自私冷漠的母亲。他们的形象既具有典型性、代表性，又不失真实和丰满，让人读后为“好人遭厄运”而鸣不平，也会因“恶人”身上存在的人性的复杂性而顿生怜悯。

人物形象

外祖母：慈祥善良、聪明能干、热爱生活，对谁都很忍让，有着圣徒一般的宽大胸怀。她温暖了阿廖沙敏感而孤独的心，把阿廖沙从黑暗中引向光明。她的爱给予了阿廖沙坚强的力量，让他看到自己的存在。

外祖父：他有着矛盾复杂的性格，内心有善良的一面，但对金钱的贪婪又腐蚀了他的灵魂。随着家业的衰落，他变得吝啬、贪婪、专横、残暴，经常毒打外祖母和孩子们，狠心地剥削手下的工人。他是恶势力的集中代表，是因循守旧、愚昧自私的小市民的集中体现者。

阿廖沙：在黑暗污浊的环境中仍保持着生活的勇气和信心，并逐渐成长为一个坚强、勇敢、正直和充满爱心的人。阿廖沙无论在哪儿，都不仅负担着一个孩童难以胜任的劳动，而且受尽屈辱，切身体会到底层劳苦大众的非人般的奴隶生活，同时也发现了劳动人民具备淳朴善良、吃苦耐劳等优秀品质。此时，书籍打开了他的眼界，为他展现了一个奇妙的新世界，促使他渴望新的生活，对他的成长起着重大的作用。

名家点评

★这本书是俄罗斯人民的，也是全世界各族人民的。

——施尔万扎

★高尔基在孩提时代就已经像一只被狗逮捕的小狼一样发出反抗的叫声，并对命运龇出他锐利的牙齿。在这个充满了艰辛、痛苦、侮辱的童年，他带着没有把握、动摇不定的感觉从一处游荡到另一处，直接接触着一些社会渣滓……高尔基个人的命运成了俄国无产阶级的象征。

——罗莎·卢森堡

《钢铁是怎样炼成的》

作者介绍

尼古拉·阿历克塞耶维奇·奥斯特洛夫斯基（1904～1936），苏联著名无产阶级革命作家。他出生于乌克兰，父亲是酿酒工人，母亲是厨娘。因家境贫寒，他只读了三年书。10岁时，由于第一次世界大战爆发，全家为逃避战火，辗转到达舍佩托夫卡定居。他11岁就开始当童工。贫困屈辱的生活培养了他对旧世界的仇恨和反抗性格。1919年，他加入共青团，随即参加国内战争。1920年，在战斗中受重伤，右眼丧失了80%的视力。1924年，加入共产党。由于长期参加艰苦斗争，健康受到严重损害。1929年，他全身瘫痪，双目失明，完全失去了活动能力。

1930年，他用自己的战斗经历做素材，以顽强的意志开始创作长篇小说《钢铁是怎样炼成的》。小说获得了巨大成功，受到同时代人的真诚而热烈的称赞。1934年，《钢铁是怎样炼成的》第二部问世。1935年，苏联政府授予他列宁勋章，以表彰他在文学方面的创造性劳动和卓越贡献。

1936年12月，他完成另一部长篇小说《暴风雨所诞生的》（第一部）的校订工作。八天后，即12月22日，奥斯特洛夫斯基在莫斯科逝世，年仅32岁。

创作背景

1917年，俄国爆发了十月革命，沙皇的黑暗统治结束了，无产阶级政权建立。新生的苏维埃国家面临着严峻的任务：对内摧毁旧的国家机器，镇压反革命势力，积极开展经济建设；对外抗击帝国主义的武装干涉，保卫新政权。

《钢铁是怎样炼成的》以俄国十月革命前后（1915年至20世纪30年代初）这一段历史时期为背景，描绘了当时的社会变革、阶级斗争和各阶层人物的心态。这部小说真实生动地反映了这一段历史时期的社会面貌，不愧为苏联革命建设的伟大史诗。

内容简介

保尔·柯察金出生于乌克兰一个贫困工人家庭。父亲过早去世，全靠母亲替人洗衣做饭维持生计。12岁时，因质疑神父虚伪的圣坛讲义，他被学校开除。母亲只好把他送到车站食堂当童工，他每天工作十几个小时，还曾遭到监工的毒打，身心受尽了凌辱。他幼小的心灵里，已播下对剥削阶级仇恨的种子。

十月革命爆发后，帝国主义和反动派妄图扼杀新生的苏维埃政权。保尔的家乡乌克兰谢别托夫卡镇也经历了外国武装干涉和内战的岁月。红军解放了谢别托夫卡镇，但很快就撤走了，只留下老布尔什维克朱赫莱在镇上做地下工作。他在保尔家住了几天，给保尔讲了关于革命、工人阶级和阶级斗争的许多道理，朱赫莱是保尔走上革命道路的最初领导人。

在一次钓鱼的时候，保尔结识了林务官的女儿冬妮娅。

一天，朱赫莱被白匪军抓走了。保尔到处打听他的下落，在匪兵押送朱赫莱的途中，保尔猛扑过去，把匪兵打倒在壕沟里，与朱赫莱一起逃走了。但不久后他们遭到出卖，保尔被抓进了监狱。在狱中，保尔经受住了拷打，坚强不屈。由于白匪的失误，保尔凭借自己的机智和勇敢，骗过白匪军官而被释放了。重获自由的保尔慌不择路，情急中跳入了冬妮娅家的花园。由于上次钓鱼时保尔救过冬妮娅，她欣赏他“热情和倔强”的性格，他的到来让她很高兴。保尔也觉得冬妮娅与其他富家姑娘不一样，他在冬妮娅家躲了好几天，两人产生了朦胧的情愫。

几天后，冬妮娅找到保尔的哥哥阿尔焦姆，他把弟弟送到喀察丁参加了红军。保尔当上了侦察兵，同时还是一名优秀的政治宣传员。他特别喜欢读《牛虻》《斯巴达克斯》等作品，还经常给战友们朗读其中的章节。保尔希望自己能真正做个浴血疆场的勇士，因此毅然参加了骑兵队。在一次激战中，他的头部受了重伤，在医院里昏迷了十多天，但他凭借顽强的毅力战胜了死神。

保尔出院后，寄居在冬妮娅居住的亲戚家里。他的身体状况使他不能再回到前线，于是他立即忘我地投入到恢复和建设国家的工作。保尔希望冬妮娅也参加他从事的工作，他需要一个与他志同道合的伴侣。但冬妮娅“有勇气爱一个工人，却不能爱工人阶级的理想”的庸俗的个人主义令他反感。志向的迥异拉开了这对昔日恋人的距离。

保尔和朱赫莱投入修建铁路的工作中。山区的条件非常艰苦：秋雨、泥泞、大雪、冻土，大家缺吃少穿，露天住宿，而且还有匪徒的袭扰和疾病的威胁。保尔在铁路工地巧遇了冬妮娅，她已和一个有钱的工程师结了婚。此时，保尔在铁路工厂任团委书记，与团委委员丽达在工作上经常接触，俩人逐渐产生了感情。但他又错把丽达的哥哥当成她的恋人，因而失去了与她相爱的机会。

在筑路工作要结束时，保尔得了伤寒并引发了肺炎，组织上不得不把保尔送回家乡去休养。半路上误传出保尔已经死去的消息，但保尔第四次战胜死亡回到了人间。病愈后，他又回到工作岗位。保尔如愿以偿，成了一名正式的党员。在全俄共青团代表大会上，保尔遇到了他一直思念的丽达。当他勇敢地向丽达倾吐心声时，却发现已经太迟了，丽达已经为人妻了。

由于种种伤病及忘我的工作和劳动，保尔的体质越来越差，最终丧失了工作能力，党组织决定让他长期住院治疗。在疗养期间，他认识了母亲老友的女儿达雅，他们相爱了。两人结婚后搬到沿海一个小城居住。保尔一边不断地帮助达雅进步，一边开始顽强地学习，提高自己的写作水平。

1927 年，不幸的事情发生了，保尔全身瘫痪，接着又双目失明，肆虐的病魔终于把这个充满战斗激情的战士束缚在床榻上。保尔也曾一度产生自杀的念头，但他很快从低谷中走了出来。这个全身瘫痪、双目失明并且没有丝毫写作经验的人，开始了他充满英雄主义的事业——文学创作。保尔忍受着肉体和精神上的巨大痛苦，动手写作中篇小说。经过半年的努力，保尔完成了小说的前三章，然而在邮寄过程中，书稿却遗失了。保尔只好重新写作，此时他已不能执笔了，于是由他口授，邻居姑娘加莉亚为他笔录。在母亲和妻子的支持下，小说终于出版了，并获得广泛的欢迎和很高的评价。保尔又拿起新的武器，开始了新的生活。

精彩片段

★人最宝贵的是生命。生命每个人只有一次。人的一生应当这样度过：回首往事，他不会因为虚度年华而悔恨，也不会因为卑鄙庸俗而羞愧；临终之际，他能够说："我的整个生命和全部精力，都献给了世界上最壮丽的事业——为解放全人类而斗争。"要抓紧时间赶快生活，因为一场莫名其妙的疾病，或者一个意外的悲惨事件，都会使生命中断。

★巴扎诺娃注意到保尔两鬓已经出现了白发，她低声对他说："我看得出，您是经受了不少痛苦。您仍然没有失去那永不熄灭的热情。还有什么比这更可贵呢？您做了五年准备，现在您决定动笔了，这很好。不过，您怎么写呢？"

保尔笑了笑，安慰她说："明天他们给我送一块有格的板子来，是用硬纸板刻出来的。没有这东西我没法写。写写就会串行。我琢磨了好长时间，才想出这么个办法——在硬纸板上刻出一条条空格，写的时候，铅笔就不会出格了。看不见所写的东西，写起来当然挺困难，但并不是不可能。这一点，我是深信不疑的。有好长一段时间怎么也写不好，现在我慢慢写，每个字母都仔细写，结果相当不错。"

保尔开始工作了。

他打算写一部中篇小说，描写科托夫斯基的英勇的骑兵师，书名不用考虑就出来了：《暴风雨的儿女》。

从这天起，保尔把全部精力投入到这本书的创作。他缓慢地写了一行又一行，写了一页又一页。他忘记了一切，完全被人物的形象迷住了，他第一次尝到了创作的痛苦，那些鲜明难忘的情景清晰地浮现在眼前，他却找不到恰当的词句表达，写出的东西苍白无力，缺少火一般的激情。

已经写好的东西，他必须逐字逐句地记住，否则，线索一断，工作就会停顿。母亲惴惴不安地注视着儿子的工作。

写作过程中，保尔往往要凭记忆整页整页地，甚至整章整章地背诵，母亲有时觉得他好像疯了。儿子写作的时候，她不敢走近他，只有乘着替他把落在地上的手稿拣起来的机会，才胆怯地说："你干点别的不好吗，保夫鲁沙？哪有你这样的，写起来就没完没了……"

对母亲的担心，他总是会心地笑一笑，并且告诉老人家，他还没有到完全"发疯"的程度。

小说已经写完了三章。保尔把它寄到敖德萨，给科托夫斯基师的老战友们看，征求他们的意见。他很快就收到了回信，大家都称赞他的小说写得好。但是原稿在寄回来的途中被邮局丢失了。六个月的心血白费了。这对保尔是一个很大的打击。他非常懊悔没有复制一份，而把唯一的一份手稿寄出去了。他把邮件丢失的事告诉了列杰尼奥夫。

"你怎么这么粗心大意呢？别生气了，现在骂也没用了。重新开始吧。"

"哪能不气愤呢，英诺肯季·帕夫洛维奇！六个月心血的结晶一下子给偷去了。我每天都要紧张地劳动八个小时啊！这帮寄生虫，真该死！"

列杰尼奥夫极力安慰他。

一切不得不重新开始。列杰尼奥夫给他弄到一些纸，帮助他把写好的稿子用打字机打出来。一个半月之后，第一章又脱稿了。

跟保尔住一套房间的是一家姓阿列克谢耶夫的。他家的大儿子亚历山大是本市一个区的团委书记。亚历山大有一个十八岁的妹妹，叫加莉亚，已经在工厂的工人学校毕业了。这是个朝气蓬勃的姑娘。保尔让母亲跟她商量，看她是不是愿意帮助他，做他的"秘书"。加莉亚非常高兴地答应了，满脸笑容，热情地走了过来。她听说保尔正在写一部小说，就说："柯察金同志，我非常愿意帮助您。这跟给我爸爸写枯燥的住宅卫生条例完全不一样。"

从这天起，写作就以加倍的速度向前进行了。一个月的工夫写了那么多，连保尔也感到惊讶。加莉亚深切地同情保尔，积极主动地帮助他工作。她的铅笔在纸上沙沙地响着，遇到特别喜爱的地方，她总要反复念上几遍，并且感到由衷的高兴。在这所房子里，几乎只有她一个人相信保尔的工作是有意义的，其余的人都认为保尔是白费劲，只是因为什么也不能干了，又闲不住，才找点事来打发日子。

因公外出的列杰尼奥夫回到了莫斯科，他读了小说的头几章以后，说：

“坚持干下去，朋友！胜利一定属于我们。还有更大的喜悦在等待着你，保尔同志。我坚信，你归队的理想很快就能实现。不要失去信心，孩子。”

这位老同志看到保尔精力十分充沛，满意地走了。

加莉亚经常来，她的铅笔在纸上沙沙地响，一行一行的字句，在不断地增加，追述着难忘的往事。每当保尔凝神深思，沉浸在回忆中的时候，加莉亚就看到他的睫毛在颤动，他的眼神随着思路的转换不断地变化，简直令人难以相信他的双目已经失明：你瞧，那对清澈无瑕的瞳孔是多么有生气啊。

一天的工作结束了，加莉亚把记下来的东西念给保尔听，她发现保尔全神贯注地倾听着，时而皱起眉头。

“您干嘛皱眉头呢，柯察金同志？不是写得挺好嘛！”

“不，加莉亚，写得不好。”

他认为写得不成功的地方，就亲自动手重写。有时候他实在忍受不了格子板的狭窄框框的束缚，就扔下不写了。他恨透了这夺去他视力的生活，盛怒之下常常把铅笔折断，把嘴唇咬得出血。

忧伤，以及常人的各种热烈的或者温柔的普通感情，几乎人人都可以自由抒发，唯独保尔没有这个权利，它们被永不松懈的意志禁锢着。但是工作越接近尾声，这些感情越经常地冲击他，力图摆脱意志的控制。要是他屈服于这些感情中的任何一种，听任它发作，就会发生悲惨的结局。

达雅常常深夜才从工厂回到家里，跟保尔的母亲小声交谈几句，就上床去睡了。

最后一章写成了。加莉亚花了几天时间把小说给保尔通读了一遍。

明天就要把书稿寄到列宁格勒，请州委文化宣传部审阅。

如果他们同意给这部小说开“出生证”，就会把它送交出版社，那么一来……

想到这里，他的心不安地跳动起来。那么一来……新的生活就要开始，这是多年紧张而顽强的劳动换来的啊。

书的命运决定着保尔的命运。如果书稿被彻底否定，那他的日子就到头了。如果失败是局部的，通过进一步加工还可以挽救，他一定会发起新的进攻。

母亲把沉甸甸的包裹送到了邮局。紧张的等待开始了。保尔一生中还从来没有像现在这样痛苦而焦急地等待过来信。

他从早班信盼到晚班信。列宁格勒一直没有回音。

出版社的沉默逐渐成为一种威胁。失败的预感一天比一天强烈，保尔意识到，一旦小说遭到无条件的拒绝，那也就是他的灭亡。那时，他就没法再活下去了。活下去也没有意义了。

此时此刻，郊区滨海公园的一幕又浮现在眼前，他一次又一次地问自己："为了冲破铁环，重返战斗行列，使你的生命变得有益于人民，你尽了一切努力了吗？"

每次的回答都是："是的，看来是尽了一切努力了。"

好多天过去了，正当期待已经变得无法忍受的时候，同儿子一样焦虑的母亲一面往屋里跑，一面激动地喊道："列宁格勒来信了！！！"

这是州委打来的电报。电报上只有简单几个字：

小说备受赞赏，即将出版，祝贺成功。

他的心欢腾地跳动起来。多年的愿望终于实现了！铁环已经被砸碎，他拿起新的武器，重新回到战斗的行列，开始了新的生活。

主题思想

《钢铁是怎样炼成的》是一部描写新人成长历程和揭示新人优秀品质的优秀小说。当一位英国记者问作者为什么以《钢铁是怎样炼成的》为书名时，奥斯特洛夫斯基回答说："钢是在烈火与骤冷中铸造而成的。只有这样它才能成为坚硬的，什么都不惧怕，我们这一代人也是在这样的斗争中、在艰苦的考验中锻炼出来的，并且学会了在生活面前不颓废。"

一、展现一个英雄的成长历程

小说的书名已经形象地概括了作者所要表达的思想内容：革命者在斗争中百炼成钢。作品通过保尔的成长道路告诉人们，一个人只有在革命的艰难困苦中战胜敌人，在生活的巨大压力中战胜自己，只有把自己的追求和祖国、人民的利益联系在一起，才会创造出奇迹，才会成长为钢铁战士。

二、崇高的革命主义理想

全书洋溢着强烈的革命主义热情，保尔以为人类解放而奋斗终身的热情，影响着他周围的所有人，也感染了无数读者。通过揭示保尔为了党和人民的事业，敢于战胜任何艰难困苦的刚毅性格，作者形象地告诉青年一代，什么是共产主义理想，如何为共产主义理想去努力奋斗，革命战士应当有一个什么样的人生。保尔在凭吊女战友娃莲时所说的那段话，就是他的共产主义人生观的自白。

艺术特色

《钢铁是怎样炼成的》和高尔基的“自传体三部曲”一样，对自传体小说的革新做出重要的贡献。它的艺术特色主要表现在：

一、主人公具有概括性和典型性

作者最初的构思设想是一部自传小说，利用回忆的形式，把自己的真实生活历程记录下来。但是在写作过程中，他改变了这一计划。主人公及其他人物的形象吸取了许多优秀青年的素材，加以虚构和典型化处理，突破了自传的局限，增加了主人公的概括性和普遍意义。“他写的不是保尔一个人，是千万个保尔。”

二、洋溢着青春的活力和革命的热情

保尔的童年饱受苦难，他的革命历程充满艰辛曲折，健康状况也日益恶化，最终全身瘫痪。但他始终充满着青春的活力和英雄主义气概，保持着一贯的乐观主义精神。在他的心中，凝聚着不可遏制的进取精神，并用热烈的革命激情燃烧着周围的人。正是这种豪情，使他和世界上所有正在奋战和前进的人们心心相印、一脉相通。

三、丰富的艺术手段和表达技巧

作者善于运用多种表达方式、各种描写手法穿插进行，包括景色描写，人物的神态动作、心理活动，以及内心独白、书信、日记、格言警句等。作者将这些手法结合得紧凑自然、生动传神，把保尔这一钢铁战士的形象塑造得格外丰满生动、光彩照人，使读者受到极大的感染，留下了深刻的印象。

人物形象

保尔：在革命烽火和艰苦环境中锻炼出来的共产主义新人的典型形象。他出身贫寒、很早就辍学谋生，走上革命道路之后，几经挫折几度受伤，最终瘫痪在床。就是这样一个饱受人间苦难的青年，依然坚强得像个钢铁战士。

保尔总是把党和祖国的利益放在第一位，从不考虑个人的名利地位，甘愿为革命事业奉献生命。为了革命，他甚至可以牺牲爱情。在全身瘫痪、双目失明后，他生命的全部需要，就是能够继续为党工作。保尔以爱憎分明的阶级立场、崇高的道德风貌、高昂的革命激情、奇迹般的生命活力和钢铁般的坚强意志，谱写着把一切献给党和人民的壮丽诗篇。

名家点评

★如果按我的阅读顺序来谈我的喜爱，在我青年时代，给我影响最大的是苏联的小说《钢铁是怎样炼成的》。且不说它的主人翁保尔·柯察金的形象如何鲜明、生动、丰满和具有强烈的艺术感染力，仅是他对人生价值的思考，就影响了多少人的生活。

——黎汝青

★被俄罗斯—苏联文学乳汁喂大的我们这一代读者头脑中，不可磨灭地印着保尔·柯察金的形象。他那段关于“人最宝贵的东西是生命”的名言，当年几乎无人不会背诵。

——哈米

《论语》

作者介绍

孔丘（前551～前479），字仲尼，后世尊称其为孔子，春秋时期鲁国陬邑（今山东曲阜）人，春秋末期思想家、教育家，我国儒家学派的创始人。

孔子的祖先本是殷商后裔。周灭商后，周成王封微子启于宋，微子启死后，其弟微仲即位，微仲即为孔子的先祖。自孔子的六世祖孔父嘉之后，开始以孔为姓，其曾祖父孔防叔为躲避宋国内乱，从宋国逃到鲁国。孔子的父亲叔梁纥（叔梁为字，纥为名）是鲁国出名的勇士，叔梁纥晚年与颜氏生下孔子。孔子三岁丧父，幼年生活贫寒，后随母来到当时鲁国的都城曲阜。

孔子15岁立志求学，博习诗书礼乐，20岁时就已经非常渊博，被当时人称赞为“博学好礼”。孔子继承了父亲叔梁纥的英勇，力量过人，身高九尺三寸（今1.9米以上），且酒量超凡。孔子青年时代曾做过“委吏”（管理仓库的小官）、“乘田”（管理牧场的小官）。约30岁时，开始私人讲学。51岁时，出任鲁国中都宰，政绩显著。后升任司空、大司寇。56岁时，又升任代理宰相，兼管外交事务。执政仅三个月，鲁国实力大增，百姓安居乐业，孔子还逼迫齐国归还了被其侵占的大片鲁国领地。但鲁国国君始终没有重用孔子。孔子离开鲁国后周游卫、宋、陈、蔡、楚列国，虽然受到大多国君的礼遇，但由于孔子坚持自己的政治理想，历经十四载不得重用。孔子于公元前484年68岁时返回鲁国。

政治上的不得意，使孔子开始致力于教育。他打破了教育垄断，开始私人讲学。为了推行自己的政治主张，他奔波一生，好学不厌，诲人不倦。传说他有弟子三千人，身通六艺者七十二人，由此建立了中国古代第一个私家学派——儒家。孔子本人“述而不作”，他的言论主要保存在由弟子们记录下来的《论语》中。《论语》中所讨论的问题，大多数是关于现实生活和伦理道德的。孔子的学说以“仁”为核心，以“礼”为手段，“祖述尧舜，宪章文武”，在政治态度上是保守的，符合了有权势者维持旧秩序的要求，成为我国漫长的封建社会的统治思想，他本人也被历代统治者尊奉为至圣先师，被后世追封“文宣王”“大成至圣先师”等名号。《史记》中有《孔子世家》。

孔子还整理过许多重要的古代典籍，晚年回到鲁国之后，致力于上古文学和书籍的编订，包括《尚书》《诗经》《周易》《春秋》《礼》《乐》。

创作背景

《论语》是儒家学派的经典著作之一，成于众手，由孔子的弟子及其再传弟子编纂而成。它以语录体和对话文体为主，记录了孔子及其弟子的言行，集中体现了孔子的政治主张、伦理思想、道德观念及教育原则等。《论语》以记言为主，“论”是论纂的意思，“语”指话语、经典语句、箴言。“论语”即是论纂（先师孔子的）语言。

《论语》在汉代有三种不同的版本：《鲁论语》《齐论语》和《古论语》。南宋朱熹将《论语》列入“四书”。通行本《论语》共二十篇，语言简洁精练，含义深刻，其中有许多言论至今仍被世人视为至理。

春秋战国时期是我国重大的历史变革时期，奴隶制日益衰败，地主阶级正在兴起。社会进步促进了科学文化的发展，一些知识分子依据自己的政治主张和思想观点，创立了较为系统的学说，并努力宣传自己的政治主张，由此形成历史上称之为“百家争鸣”的政治文化局面。孔子就是在这个时期创立了儒家学派。孔子希望借助周朝原有的礼仪，重新建立井然有序的统治秩序，强调“君君，臣臣，父父，子子”。同时，他反对暴政，强调“仁者爱人”，要求各人以自我克制和礼让的态度调和社会矛盾。而这些观点显然和当时诸侯割据、互相征伐的局面相违背。

内容简介

通行本《论语》一书共20篇，11000余字，主要内容可概括如下：

一、关于治国与安邦

1．治国的根本是“人伦纲常”。孔子说：“君君，臣臣，父父，子子。”即要治理好国家，君主必须像君主，臣子必须像臣子，父亲要像父亲，儿子要像儿子。这一思想虽然反映了孔子的宗法伦理观念，但在封建社会的历史条件下，这种伦理纲常确实起到了治理国家的重要作用。事实上，在阶级社会里，不论处于什么时代都需要各在其位、各司其职，否则国将不国、政将不政，社会将混乱不堪。

2．治国的前提是君主要严于律己。孔子曰：“苟正其身矣，于从政乎何有？不能正其身，如正人何？”即君主要治理好国家，必须端正自己本身，严格要求自己。如果自己端正，管理国政就不会有什么困难；如果自己不端正，随心所欲，为所欲为，就不可能去端正别人，其国家也无法治理。

3．治国的基本方法是“选才，富国，育人，立法”。孔子认为君主管理国家大事，要处处从大局着眼，重视选拔优秀人才。同时要重视富国，教育民众。另外，孔子也特别重视法制对国家的治理作用。

4．治国的基本原则是讲究信用，爱护人民。君主一定要重视人品、道德，要讲究信用，爱护民众。子曰：“道千乘之国，敬事而信，节用而爱人，使民以时。”即治理一个拥有千辆兵车的国家，就要认真对待政事，并讲究信用，取信于民。同时还要节俭，爱护人民，役使人民要不违背农时。只有这样，才能处理好君主与人民的关系。

二、关于务政

1．务政的对象。孔子认为只要是懂礼、有道、正直，并具备一定的从政才能的人就可以务政。

2．务政的基本要求和标准。从政者必须勤勉忠诚。孔子曰：“居之无倦，行之以忠。”“先之劳之”“无倦”是说在位不松弛懈怠，执行政令要忠心，要带头勤勉。

3．要言行一致，举止端庄。孔子曰：“言忠信，行笃敬，虽蛮貊之邦，行矣。言不忠信，行不笃敬，虽州里，行乎哉？立则见其参于前也，在舆则见其倚于衡也，夫然后行。”是说要想使自己的思想主张为他人接受，必须心意诚恳，行为端庄，这样你的主张就可以行得通了。

4. 要眼光远大，依次而进。子夏当了莒父的县长，向孔子请教怎样理政。孔子说：“无欲速，无见小利。欲速则不达，见小利则大事不成。”即要求人们处理政务不要贪图眼前利益，而应眼光放远，依次而进。另外，在处理政务时应当慎重，要深入实际，多听多见，了解实情。

三、关于学习

1. 学习的态度。第一，追求学问首先在于爱学、乐学。孔子曰：“知之者不如好之者，好之者不如乐之者。”第二，要“默而识之，学而不厌”。即学习要有踏踏实实的精神，默默地记住学到的知识，努力学习而不满足。第三，专心致志，知难而进。第四，要虚心求教，不耻下问。孔子曰：“三人行，必有我师焉。择其善者而从之，其不善者而改之。”同时，他提倡和赞扬“敏而好学，不耻下问”的学习精神。

2. 学习的方法。学习的方法最著名的莫过于“学而时习之，不亦说乎”，“温故而知新，可以为师矣”。同时，学思结合，勇于实践。“学而不思则罔，思而不学则殆。”另外，孔子还非常重视精益求精，“如切如磋，如琢如磨”，反对一知半解，浅尝辄止。

3. 学习的内容。学习要博，要广，不能偏颇、单一。“文，行，忠，信”是人的学习纲要，即文化知识、品德修养、忠诚笃厚、坚守信约。

4. 学习的目的。学习必须有明确的目的，但重点在于“学以致用”。子夏曰：“仕而优则学，学而优则仕。”这一思想体现了学与用的关系，也体现了孔子办私学的目的，即通过教育培养德才兼备的人才，让他们直接登上政治舞台或做教师培养政治人才。当然，学习的目的也在于对道义、真理的追求：“士志于道”，“朝闻道，夕死可矣”。

四、关于教育

1. 教育的指导思想是“有教无类”，即受教育者不应分贵贱、贤愚，应该机会均等。这一思想打破了教育的等级界限，扩大了教育对象，使教育扩及于广大平民，这在当时无疑具有重大的进步意义。

2. 教育的基本方法是“因材施教”。孔子很注意对自己学生的观察了解，往往采取不同的教育方法，比如冉求办事畏怯，所以要鼓励他；子路胆大过人，自以为是，所以要故意抑制他。孔子还重视诱导式的启发教育，他教育学生不死读书，而是触类旁通，同时注意循序渐进。

3. 教育的基本内容。孔子长期从事教育，教育的内容十分广泛，但他所用的教材多是沿用周代贵族学校所用的“六经”，即《诗》《书》《礼》《乐》《易》《春秋》。其中，《易》《春秋》只是在孔子的晚年才进行研究并付诸教学的内容，也因为《易》《春秋》是比较精深的学科，所以只有少数弟子才能学习。从《论语》的许多思想中可以看出，《诗》《礼》是孔子教学的主要课程。子曰："不学《诗》，无以言。""诵《诗》三百，授之以政。"

4．教育的培养目标。孔子认为教育最重要的目的在于培养具有仁义之心的"仕""君子"，即"学而优则仕"。在孔子七十二得意门生中，从政者为数不少。这说明孔子的教育思想及培养目标与当时的社会需要是相统一的。当然，孔子的教育思想不可避免地体现着阶级属性，但这些思想本身具有符合人类共性的成分，应予以辩证地分析和扬弃。

五、关于如何做人

1．做人要正直磊落。孔子认为："人之生也直，罔之生也幸而免。"一个人要正直，只有正直才能光明磊落。

2．做人要重视"仁德"。这是孔子在做人问题上强调最多的问题之一。仁德是做人的根本，处于第一位。只有在仁德的基础上做学问、学礼乐才有意义。只有仁德的人才能无私地对待别人，才能得到人们的称颂。克制自己，让言行符合礼就是仁德，其外在标准就是"刚、毅、木、讷近仁"，即刚强、果断、质朴、语言谦虚，而实践仁德的五项标准乃"恭、宽、信、敏、惠"，即恭谨、宽厚、信实、勤敏、慈惠。

3．做人要重视修养的全面发展。子曰："吾日三省吾身：为人谋而不忠乎？与朋友交而不信乎？传不习乎？"即我每天都要再三反省自己：帮助别人办事是否尽心竭力了呢？与朋友交往是否讲信用了呢？老师传授的学业是否温习了呢？强调从自身出发修养品德的重要性。在此基础上，孔子强调做人还要重视全面发展。

在学习研究《论语》的过程中，把《论语》的思想体系化、科学化，才能更好地理解《论语》中的思想精神。要做到"古为今用"，就要研究《论语》思想的时代价值。事实上，作为2000多年前的著名思想家、教育家，孔子和我们今人有许多共同之处，其中的许多思想是当代人的"精神楷模"，这说明古代的思想家与我们今天的思想非常接近。但孔子也有自己的历史局限性，还有一些思想是与历史潮流相背离的，如他政治上的复古倾向，他对等级、秩序的过分强调，他的内敛的人格价值取向等，这是不可否认的客观事实。总之，研究孔子重在吸收孔子思想精华，而不是简单地全盘否定或全盘肯定。

精彩片段

★子曰：“君子食无求饱，居无求安，敏于事而慎于言，就有道而正焉，可谓好学也已。”

［译文］孔子说:“君子吃不追求饱足，住不追求安逸，做事灵敏，言谈谨慎，时时改正自己的错误，就算好学了。”

★子曰：“不患人之不己知，患不知人也。”

［译文］孔子说：“不怕没人了解自己，就怕自己不了解别人。”

★子曰：“知之者不如好之者，好之者不如乐之者。”

［译文］孔子说：“知道学习不如喜欢学习，喜欢学习不如以学习为快乐。”

★子曰：“智者乐水，仁者乐山；智者动，仁者静；智者乐，仁者寿。”

［译文］孔子说：“智慧的人喜欢水，仁慈的人喜欢山；明智的人好动，仁慈的人好静；智慧的人快乐，仁慈的人长寿。”

★子曰：“默而识之，学而不厌，诲人不倦，何有于我哉？”

［译文］孔子说：“将知识默记在心；学习时，不感到满足；教人时，不感到疲倦，这三个方面我做到了哪些呢？”

★子曰：“见贤思齐焉，见不贤而自省也。”

［译文］孔子说:“见到贤人，要向他看齐；见到不贤的人，要反省自己。”

艺术特色

《论语》的艺术特色主要表现为：

一、浅显简练，富于哲理性

语录的基本特点是短小。短小而又要意味深长，那就必须短而见深，小而有味，蕴含令人深思乃至警醒的哲理内涵。作为一部优秀的语录体散文集，《论语》以言简意赅、含蓄隽永的语言，记述了孔子的言论。其中所记孔子循循善诱的教诲之言，或简单应答，点到即止，或启发论辩，侃侃而谈，富于变化，娓娓动人。如“逝者如斯，不舍昼夜”，以小见大，体现了自然、社会、人生的普遍规律。“得道多助，失道寡助”，揭示了政治成败的根本原理。这些简短的语录，真知灼见、哲理丰赡而具有历久常新的生命力。

二、语言精练，在简单的对话中表现人物形象

古人云：“通道必简。”这个“简”就是精练的意思。深邃的哲理内涵，必须通过精练的语言凝结下来。一是将深远难尽之意融在生动的比喻之中，如：“逝者如斯”“松柏后凋”等。这类语录的突出特点，就是意理的疆界无边，张力极大，有发人遐思、含蕴无穷之感。二是将正反两个方面凝聚在简明的对偶句中，如“其身正，不令而行；其身不正，虽令不从”、“得道多助，失道寡助”、“生于忧患，死于安乐”等。这类语录的特点，在于正反对举，意理鲜明，双向道断，理在必然，从而强化了道理的全面性和精辟性。三是不论用什么手法和句式，都要尽可能地凝缩字句，使其像格言、警语那样简洁醒豁。

三、善于通过神情语态的描写，展示人物形象

孔子是《论语》描述的中心，书中不仅有关于他仪态举止的静态描写，而且有关于他个性气质的传神刻画。此外，围绕孔子这一中心，《论语》还成功地刻画了一些孔门弟子的形象，如子路的率直鲁莽、颜渊的温雅贤良、子贡的聪颖善辩、曾皙的潇洒脱俗等，称得上个性鲜明，均能给人留下深刻的印象。

名家点评

★“读孔氏书，想见其为人。”“高山仰止，景行行止。”“虽不能至，然心向往之。”

——司马迁

《孟子》

作者介绍

孟轲（约前 372 ～约前 289），名轲，字子舆，又字子车、子居，世称孟子，山东邹城人，战国时期思想家，儒家代表人物之一。孟子生活在战国前期，远祖是鲁国贵族孟孙氏，后家道衰微，从鲁国迁居邹国。孟子三岁丧父，孟母艰辛地将他抚养成人，孟母管束甚严，其“孟母三迁”“孟母断织”等故事，成为千古美谈，是后世母教之典范。

孟子师承子思（一说是师承自子思的学生），一方面继承了孔子的政治思想和教育思想等，另一方面又有所发展，形成自己的政治和学术思想。同时，在与墨家、道家、法家等学派的激烈交锋中，孟子维护了儒家学派的理论，也确立了自己在儒学中的重要地位，成为仅次于孔子的一代儒家宗师，有“亚圣”之称，与孔子并称为“孔孟”。孟子曾仿效孔子，带领门徒游说各国，但不被当时各国所接受，于是退隐与弟子一起著书。《孟子》是孟子的言论汇编，属语录体散文集，由孟子及其弟子共同编写而成，是一部记录了孟子的语言、政治观点和政治行动的儒家经典著作。

孟子的文章说理畅达，气势充沛并长于论辩。他的思想本于孔子而有所发展。他主张“民贵君轻”，施行仁政，使人民安居乐业。他提出的理想社会，是一种黎民无饥无寒、老者安享晚年之乐的社会。

创作背景

南宋时，朱熹将《孟子》与《论语》《大学》《中庸》合在一起称“四书”，从此直到清末，“四书”一直是科举必考内容。

就地域而言，孟子所处之环境与孔子大致相同。但就时代而言，孟子生活的战国中期较孔子生活的春秋末期更为混乱，社会更加动荡不安，但因正值“百家争鸣”的时代，思想也更加活跃。就人之思想方面言之，在孔子时期，除孔子及其所遇之三五消极的“隐者”之流外，尚无其他成气候的学派与孔子对抗。即使是在墨子时期，亦只有儒、墨二派，互相攻击辩论。及至孟子时期，则思想派别已极复杂。《庄子·天下篇》所谓“百家之学”是也。孟子所谓“圣王不作，诸侯放恣，处士横议”，即其时代之情形也。

内容简介

《孟子》现存七篇，篇目为：《梁惠王》《公孙丑》《滕文公》《离娄》《万章》《告子》《尽心》，共二百六十一章。《孟子》的主要内容可概括如下：

一、民本思想

孟子根据战国时期的经验，总结各国治乱兴亡的规律，提出一个富有民主性精华的著名命题：“民为贵，社稷次之，君为轻。”意思是说，人民放在第一位，国家其次，君在最后。孟子认为君主应以爱护人民为先，为政者要保障人民权利。孟子赞同若君主无道，人民有权推翻政权。孟子十分重视民心的向背，通过大量历史事例反复阐述这是关乎得天下与失天下的关键问题。孟子认为，人民的物质生活有了保障，统治者再兴办学校，用孝悌的道理进行教化，引导他们向善，就可以造成一种“亲亲”“长长”的良好道德风尚，即“人人亲其亲、长其长，而天下平”。

正因孟子的民本思想，《汉书·艺文志》仅仅把《孟子》放在诸子略中，视为子书，没有得到应有的地位。到五代十国时，孟昶命人楷书十一经刻石，其中包括了《孟子》，这可能是将《孟子》列入“经书”的开始。到南宋孝宗时，朱熹将《孟子》并入“四书”，并成为《十三经》之一，《孟子》的地位才被推到了高峰。传说明太祖朱元璋因不满孟子的民本思想，曾命人删节《孟子》中的有关内容。

二、仁政学说

孟子继承和发展了孔子的德治思想，发展为仁政学说，成为其政治思想的核心。他把“亲亲”“长长”的原则运用于政治，以缓和阶级矛盾，维护封建统治阶级的长远利益。

孟子一方面严格区分了统治者与被统治者的阶级地位，认为“劳心者治人，劳力者治于人”，并且模仿周制拟定了一套从天子到庶人的等级制度；另一方面，又把统治者和被统治者的关系比作父母和子女的关系，主张统治者应该像父母一样关心人民的疾苦，人民应该像对待父母一样去亲近、服侍统治者。

孟子认为，这是一种最理想的政治，如果统治者实行仁政，可以得到人民的衷心拥护；反之，如果不顾人民死活，推行虐政，将会失去民心而变成独夫民贼，被人民推翻。仁政的具体内容很广泛，包括经济、政治、教育以及统一天下的途径等，其中贯穿着一条民本思想的线索。这种思想是从春秋时期重民轻神的思想发展而来的。

孟子认为统治者实行仁政，可以得到天下人民的衷心拥护，这样便可以无敌于天下。孟子所说的仁政要建立在统治者的“不忍人之心”的基础上。孟子说：“先王有不忍人之心，斯有不忍人之政矣。”“不忍人之心”是一种同情仁爱之心。但是，这种同情仁爱之心不同于墨子的“兼爱”，而是从血缘的感情出发的。孟子主张，“亲亲而仁民”，“老吾老以及人之老，幼吾幼以及人之幼”。仁政就是这种“不忍人之心”在政治上的体现。

孟子把伦理和政治紧密结合起来，强调道德修养是搞好政治的根本。他说：“天下之本在国，国之本在家，家之本在身。”后来《大学》提出的“修齐治平”就是根据孟子的这种思想发展而来的。

三、道德伦理

孟子把道德规范概括为四种，即仁、义、礼、智。同时把人伦关系概括为五种，即“父子有亲，君臣有义，夫妇有别，长幼有序，朋友有信”。孟子认为，仁、义、礼、智四者之中，仁、义最为重要。仁、义的基础是孝、悌，而孝、悌是处理父子和兄弟血缘关系的基本的道德规范。他认为如果每个社会成员都用仁、义来处理人与人的关系，封建秩序的稳定和天下的统一就有了可靠保证。

为了说明这些道德规范的起源，孟子提出了性善论的思想。他认为，尽管各个社会成员之间有分工的不同和阶级的差别，但是他们的人性却是同一的。他说："故凡同类者，举相似也，何独至于人而疑之？圣人与我同类者。"这里，孟子把统治者和被统治者摆在平等的地位，探讨他们所具有的普遍的人性。这种探讨适应于当时奴隶解放和社会变革的历史潮流，标志着人类认识的深化，对伦理思想的发展是一个巨大的推进。

精彩片段

★权，然后知轻重；度，然后知长短。

［译文］称一称，才晓得轻重；量一量，才晓得长短。

★人有不为也，而后可以有为。

［译文］人要有所不为，才能有所为。

★其进锐者，其退速。

［译文］前进太猛的人，后退也会快。

★惟仁者宜在高位。不仁而在高位，是播其恶于众也。

［译文］只有道德高尚的仁人，才应该处于统治地位。如果道德低的不仁者处于统治地位，就会把他的罪恶传播给群众。

★天子不仁，不保四海；诸侯不仁，不保社稷；卿大夫不仁，不保宗庙；士庶人不仁，不保四体。

［译文］天子不行仁，便保不住他的天下；诸侯不行仁，便保不住他的国家；卿、大夫不行仁，便保不住他的宗庙；一般的老百姓不行仁，便保不住自己的身体。

★仁者无敌。

［译文］仁德的人是无敌于天下的。

★民为贵，社稷次之，君为轻。

［译文］百姓最为重要，代表国家的土谷之神为次，君主为轻。

★君仁，莫不仁；君义，莫不义；君正，莫不正。

［译文］君主仁，没有人不仁；君主义，没有人不义；君主正，没有人不正。

★乐民之乐者，民亦乐其乐；忧民之忧者，民亦忧其忧。

［译文］以百姓的快乐为自己的快乐者，百姓也会以国君的快乐为自己的快乐；以百姓的忧愁为自己的忧愁者，百姓也会以国君的忧愁为自己的忧愁。

艺术特色

《孟子》的艺术特色主要表现为：

一、气势充沛，笔力锋芒，富于鼓动性，有纵横家、雄辩家的气概

《孟子》的文章不仅仅从逻辑上说明道理，而且具有强烈的感情色彩：行文坦露，文字通俗流畅，嬉笑怒骂，绝不做吞吞吐吐之态。《孟子》大量使用排偶句、叠句等修辞手法，使文章如长江大浪，磅礴而来，咄咄逼人，横行无阻。

二、长于论辩

在百家争鸣的时代，要阐明自己的观点，维护自己的立场，批评其他学派，就不得不进行论辩。事实上，好辩不仅是《孟子》的特征，《墨子》《庄子》《荀子》《韩非子》等莫不如此。《孟子》虽仍属于语录体，但篇幅较长，议论增多，而且很多段落都围绕着一定的中心，结构完整，条理清晰。《孟子》中的论辩文，巧妙灵活地运用了逻辑推理的方法。孟子得心应手地运用类比推理，往往是欲擒故纵，反复诘难，迂回曲折地把对方引入自己预设的结论中。

三、善用譬喻

孟子喜欢用寓言式的小故事来阐明道理，有时是短小的比喻，有时是完整的小故事、寓言，由此把抽象的道理具体生动地表现出来。《孟子》中的比喻，大多浅显简短而贴切生动、意味深长，使他的论辩富于形象性，具有极

大的艺术感染力。孟子还善于用形象帮助说理，生动而有说服力。

四、语言精练简约、明白流畅、深入浅出

《孟子》继承和发展了《论语》《左传》《国语》等开创的新的书面语言形式。可以说，后来统治了我国两千多年的标准书面语，在《孟子》那里已经成熟了。

名家点评

★今观其文章，宽厚弘博，充乎天地之间，称其气之小大。

——苏辙

★诸子之书，理纯义正，气盛词达，奇纵变化，而语不离宗，未有如孟子者也。

——方宗诚

★孟子之文，至简至易，如舟师执舵，中流自在，而推移费力者不觉自屈……孟子之文，百变不离其宗，然此亦诸子所同。其度越诸子处，乃在析义至精，不惟用法至密也。

——刘熙载

《庄子》

作者介绍

庄周（约前369～前286），名周，字子休（一说子沐）。战国时期宋国蒙（今安徽省蒙城县，又说今河南省商丘县东北民权县境内）人。战国时期散文家、哲学家，道家学派重要代表人物。庄子大概生活在齐宣王、梁惠王时代，比孟子稍晚。他一生淡泊名利，只做过漆园小吏，因厌恶政治，随即归隐。他生活穷困，却不接受楚威王的重金聘请。

庄子是老子哲学思想的继承者和发展者，先秦庄子学派的创始人。他的学说涵盖着当时社会生活的方方面面，但根本精神还是依归于老子的哲学。后世将他与老子并称为“老庄”，他们的哲学为“老庄哲学”。他的思想包含着朴素辩证法因素，认为一切事物都在变化。主张“无为”，放弃一切妄为。又认为一切事物都是相对的，否定知识，否定一切事物的本质区别，极力否定现实，倒向了相对主义和宿命论。

庄子和他的门人以及其后学者著有《庄子》，他的文章具有浓厚的浪漫主义色彩，对后世文学语言有很大影响。《庄子》在哲学、文学上都有较高的研究价值。名篇有《逍遥游》《齐物论》和《养生主》等。

创作背景

《庄子》被道教奉为《南华经》，是道家经典之一。《汉书·艺文志》著录《庄子》五十二篇，但留下来的只有三十三篇。《庄子》分“内篇”“外篇”和“杂篇”三个部分，其中：“内篇”七篇，风格接近，思想连贯，自成一体，一般认为是庄子自著；“外篇”十五篇，一般认为是庄子的弟子们所写，或者说是庄子与他的弟子一起合作写成的，它反映的是庄子真实的思想；“杂篇”十一篇应当是庄子学派或者后来的学者所写，其中一些篇幅被认为肯定不是庄子学派的思想，如《盗跖》《说剑》等。“内篇”最集中表现庄子哲学的是《齐物论》《逍遥游》和《大宗师》等。

庄子生活在战国末期。当时，新兴的封建地主阶级因符合当时的社会历史发展条件，适应社会发展规律，具有社会历史发展的进步性而不断发展壮大。相反，奴隶主阶级由于阻碍了社会经济的发展，正逐步走向没落和衰亡。在奴隶主阶级内部，出现了逃避现实的消极情绪，《庄子》正是在这个时期产生的，表现了没落阶级的思想倾向。

内容简介

一、哲学思想

1. 庄子哲学中一个重要概念就是“无为”。具体讲就是，君主治理天下，没有比无为而治更好的了。君主要顺物而动，随天而行，无为而治，万物才会升腾。庄子不绝对反对功名，而把“无为”当作最大的功名。从“无”的论点出发，进而又否认是非、大小、贵贱、有用无用的区别。所以世间也就没有了对错之分，没有客观标准判断是非，是典型的相对论观点。《庄子》中的“道”可以生万物，万物最终化为乌有。

“无为而治”属唯心主义范畴，是一种消极的治世思想。但在庄周所处的时代，面对丑恶和污浊的社会现象，愤恨当世，找寻不到摆脱现实的道路，只好凭命由天了。

2.《庄子》书中的辩证法思想极为深刻，这也是其哲学思想的精华之一。首先，庄子认为事物的变化在于自身运动。其次，事物存在着矛盾的对立统一。安与危、是与非、生与死、缓与急等都是对立的，是互相依存、相互制约的关系。事物在对立统一中还可以互相转化，转化是由量变到质变的过程，事物还可向相反方向转化。

二、伦理思想

《庄子》提出“天人合一”的思想，即天则人，人则天，两者相同相合，差别不大。

人是不可以改变天的。只有认识了一切事物的发生，都是必然发生的，才可对任何事物变化都不动激情。人性属自然属性，同自然没有差别，那么人就应该回归自然，应该保持内心的宁静安泰，就可以得到精神上的逍遥自由。

《庄子》提出的处世哲学就是顺其自然，为人做事不偏不倚。要求人们不去伤害他人，也不去施舍，不与别人争荣誉、财物，也不辞让，不凭借别人帮助，自食其力，行为与世人不同，也不赞扬古怪的人。《庄子》主张的处世哲学是“中道”。中道可以保身，可以全生，可以养亲，可以尽年。他知道树木成材，要被砍伐，甘甜井水，先被饮完。要人们效仿意怠鸟，飞行时不领先，退却时不落后，栖息时夹在中间，因此同伙不排斥它，别人不伤害它。

《庄子》中“无为”的思想贯彻于整个人生哲学中。他认为人生在世“身若槁木”“心若死灰”，所以无所谓喜、怒、哀、乐。他要求人们要像婴儿那样无知，忘掉自身，丢掉各种欲望，茫茫然彷徨于尘世之外，逍遥在无所事事之中。

不过，《庄子》书中追求的“中道”“无为”同庸俗的宿命论有所不同。虽然提出“天人合一”的自然观，但不完全把人归于自然而听天由命。他认为最悲哀的是精神之死，而不是形体之死。所以在《田子方》中明确说：“哀莫大于心死，而身死次之。”可见，庄子注重的是“心死”的问题。

三、无神论思想

春秋时期天命神鬼的观念很深，庄子毅然发起对传统观念的冲击是特别可贵的。庄子把“天”剥夺过来，赋予自然的含义。知道大自然的作用，知道人的作用，是最高的知识。知道自然的作用，即懂得宇宙万物的形成；知道人的作用，即懂得人的智慧限度。不去汲汲求知，注意养护精神，享受自然赋予的寿命，这是极高明的智慧。

精彩片段

★昔者庄周梦为胡蝶，栩栩然胡蝶也，自喻适志与！不知周也。俄然觉，则蘧蘧然周也。不知周这梦为胡蝶与，胡蝶之梦为周与？周与胡蝶，则必有分矣。此之谓“物化”。

★“吾王久闻先生贤名，欲以国事相累。深望先生欣然出山，上以为君王分忧，下以为黎民谋福。”庄子持竿不顾，淡然说道：“我听说楚国有只神龟，被杀死时已三千岁了。楚王珍藏之以竹箱，覆之以锦缎，供奉在庙堂之上。请问二大夫，此龟是宁愿死后留骨而贵，还是宁愿生时在泥水中潜行曳尾呢？”二大夫道：“自然是愿活着在泥水中摇尾而行啦。”庄子说：“二位大夫请回去吧！我也愿在泥水中曳尾而行哩。”

★庄子与惠子游于濠梁之上。庄子曰：“鯈鱼出游从容，是鱼之乐也。”惠子曰：“子非鱼，安知鱼之乐？”庄子曰：“子非我，安知我不知鱼之乐？”惠子曰：“我非子，固不知子矣；子固非鱼也，子之不知鱼之乐全矣。”庄子曰：“请循其本。子曰‘汝安知鱼乐’云者，既已知吾知之而问我，我知之濠上也。”

主题思想

庄周的思想，是以老子为依归。但《老子》的中心是阐述自然无为的政治哲学；而《庄了》的中心则是探求个人在沉重黑暗的社会中，如何实现自我解脱和自我保全的方法。在庄子看来，最理想的社会是上古的混沌状态，一切人为的制度和文化措施都违逆人的本性，因而是毫无价值的。

首先，对于个人人生，《庄子》强调“全性保真”，舍弃任何世俗的知识和名誉地位，以追求与宇宙的抽象本质——“道”化为一体，从而达到绝对的和完美的精神自由。

其次，《庄子》对现实有深刻的认识和尖锐的批判。不同于其他的人只是从统治者的残暴来看问题，作者还更为透彻地指出，一切社会的礼法制度、道德准则，本质上只是维护统治的工具。

再次，《庄子》并不主张以积极的行为来改变现实，而是对现实人生持悲观厌世的态度，甚至认为一切世界的是非、美丑、大小之对立，只是人的认识上的对立，而并非万物自身的性质。

庄子学派的思想，在中国历史上产生了极为深远的影响。从积极意义方面说，它揭示了社会统治思想的本质，表现了摆脱精神束缚的强烈渴望，为封建时代具有反传统精神和异端思想的文人提供了哲学出发点；从消极意义方面说，它所追求的自由是理念上而非实践的自由，提供给人们的只是逃避社会矛盾的方法，因而始终能够为统治者所容忍。

艺术特色

《庄子》的艺术特色主要表现为：

一、想象丰富，构思奇特，极富浪漫主义色彩

庄子的文章想象力很强，文笔变化多端，展现了一个奇幻丰富、光怪陆离的艺术想象世界。文中常常还引用神话传说，或虚构杜撰人物，利用夸张渲染，创造了许多神奇的艺术形象：从达官显贵、儒生隐士、能工巧匠到天帝鬼神、风云日月、鲲鹏雀鷃。《庄子》的浪漫主义是一种虚无的夸张想象，主观色彩浓烈而细节真实。

二、善用寓言和比喻

《庄子》全书大小寓言共计二百多个，其短者或二十多字，其长者或千余字；有些篇目全部由寓言排比而成，以寓言开篇、以寓言结尾，有些篇目干脆通篇就是一个寓言。

《庄子》的寓言大多为庄子本人虚构而成，可以说，庄子是第一个自觉地运用虚构手法的作家。《庄子》中寓言的独特性，还在于它的“多义性”。庄子在创造了如此大量、丰富多彩、变化多姿的寓言之时，其寓意却是比较隐蔽、模糊的。杰出的作品产生在后人的接受美学中，常常有一种超越，它比作者创作时的内容更为丰富、广泛、深刻。

三、行文汪洋恣肆，仪态万方

《庄子》的文章结构大都很奇特。有的文章看起来并不严密，常常突兀而来，行所欲行，止所欲止，汪洋恣肆，变化无端，有时似乎不相关，任意跌宕起落，但思想却能一线贯穿。句式也富于变化，或顺或倒，或长或短，加之词汇丰富，描写细致，又常常不规则地押韵，显得极有表现力，极有独创

性。后代文人在思想、文学风格、文章体制、写作技巧上受《庄子》影响的，可以开出很长的名单，例如陶渊明、李白、苏轼、辛弃疾、曹雪芹等，由此可见其影响之大。

名家点评

★（庄子）著书十余万言，大抵寓言，人物土地，皆空言无事实，而其文则汪洋辟阖，仪态万方，晚周诸子之作，莫能先者也。

——鲁迅

★如果你要的是纯粹的文学，在庄子那素净的说理文的背景上，也有着你看不完的花团锦簇的点缀——断素，零纨，珠光，剑气，鸟语，花香——诗，赋，传奇，小说，种种的原料，尽够你欣赏的，采撷的。

——闻一多

《三国演义》

作者介绍

罗贯中（约1330～约1400），名本，字贯中，号湖海散人，太原（今山西太原）人。元末明初小说家、戏曲家，中国章回体小说的鼻祖。他一生漂泊，浪迹江湖，曾在元末起义军领袖张士诚麾下做过谋士，“有志图王”，极力主张推翻元朝的黑暗统治。

罗贯中著述颇丰，除代表作《三国演义》外，还有多部历史小说如《隋唐志传》《残唐五代史演义》《三遂平妖传》《粉妆楼》等。他的小说创作冲破了宋元话本只分卷不分章回段落的陈旧框架，首创长篇章回体小说新体裁，对我国古代小说的发展起了重要推动作用。罗贯中还是元末明初杂剧作家中举足轻重的人物，创作了剧本《赵太祖龙虎风云会》《忠正孝子连环谏》《三平章死哭蜚虎子》等。相传他曾是施耐庵的学生，两人曾共同创作《水浒传》。

罗贯中生于元末明初的封建王朝时代。作为与“倡优”“妓艺”为伍的戏曲平话作家，当时被视为勾栏瓦舍的“下九流”，正史不可能为他写经作传。唯一流传下来的是一位明代无名氏编著的一本小册子《录鬼簿续编》，上写：“罗贯中，太原人，号湖海散人。与人寡合，乐府隐语，极为清新。与余为忘年交，遭时多故，天各一方。至正甲辰复会，别来又六十余年，竟不知其所终。”

罗贯中的传世之作《三国演义》体现了其博大精深之才、经天纬地之气。他精通军事学、心理学、智谋学、公关学、人才学……如果没有超人的智慧，丰富的实践，执著的追求，何以能成为这般全才？他主张国家统一，热爱中华民族，弘扬民族传统美德，痛恨奸诈邪恶。在《残唐五代史演义》中，我们看到了罗贯中依恋故土、缅怀英雄、忧国忧民的高尚情操，他动情地写道：两岸西风起白杨，沁州存孝实堪伤。晋中花草埋幽径，唐国山河绕夕阳。鸦谷灭巢皆寂寞，并州尘路总荒凉。诗成不尽伤情处，一度行吟一断肠。

创作背景

东汉末年，魏、蜀、吴三个统治集团相互讨伐、连年征战，晋朝史学家陈寿将这段历史编成史书《三国志》。南北朝时裴松之为陈寿的《三国志》作注，丰富了《三国志》的记载。三国故事最迟在晚唐时期，就已在民间流传，宋元时期极为流行，并被搬上舞台。元代的平话小说《全相三国志平话》，从内容和结构上，已初具《三国演义》的规模。罗贯中正是以讲史平话为基础，取材史籍、民间传说和戏曲，构建了70余万字的不朽巨著。史实部分主要依据晋代陈寿的正史《三国志》以及裴松之的注释。现存最早刊本是明嘉靖年刊刻的《三国志通俗演义》，俗称“嘉靖本”，全书共24卷，240则，每则一个七言标题。此后新的刊本迭出，卷数、回目、引用诗词等均有改动。清康熙年间，毛纶、毛宗岗父子辨正史事、增删文字，修改成今日通行的一百二十回本《三国演义》。

《三国演义》是中国第一部长篇小说，在它出现以前，中国各类小说一般都篇幅短小，有些甚至只有几十个字。中国小说如何由短篇发展至长篇的呢？原来宋代讲故事的风气盛行，说书成为一种职业，说书人喜欢拿古代人物的故事作为题材来敷演，而陈寿的《三国志》里面的人物众多，事件纷繁，正是敷演故事的最好素材。三国故事中的某些零星片段原来在民间早已流传，加上说书人长期取材，内容越来越丰富，人物形象越来越饱满，最后由许多独立的故事逐渐组合成长篇巨著。这些各自孤立的故事在社会上经过漫长时间的口耳相传，最后得到加工，集合成书，这是一种了不起的集体创造，与由单一作者撰写完成的小说在形态上有所不同。

内容简介

《三国演义》的经典情节有：桃园三结义、火烧赤壁、草船借箭、借东风、关公过五关斩六将、空城计等。

东汉末年，宦官当权，民不聊生。灵帝中平元年（184年），张角兄弟发动黄巾起义，官军闻风丧胆。为抵抗黄巾军，幽州太守刘焉出榜招兵。当时，刘备、关羽、张飞都去看那招兵榜文。刘备是中山靖王之后，汉景帝玄孙，身长七尺五寸，虽然沦落下层，以贩麻鞋、织席为业，但不失龙子龙孙的风采。关羽身长九尺，髯长二尺，面如重枣，唇若涂脂，一身英气，只因杀死富豪，正流浪江湖。张飞身长八尺，豹头环眼，燕颔虎须，声若巨雷，势如奔马，以卖酒杀猪为业，并在本地有一所庄子。三人萍水相逢，但都有为国出力之心，所以一见如故，同到张飞自家庄后的桃园饮酒。最后三人对天盟誓，结拜为弟兄，一道去投了刘焉。刘、关、张从军后就显示出非凡的才能，他们一败黄巾于琢郡，二败黄巾于青州。不久，又救出被张角打败的董卓，但董卓见刘备是白身，并不答谢。张飞大怒，要斩董卓，被刘备劝住。

刘、关、张与朱俊、孙坚进攻黄巾军，大胜。朱俊、孙坚皆受封赏，唯独刘备被冷落。过了很久，刘备才被封为定州中山府安喜县尉。到任四月，督邮来县巡视，刘备出城迎接，极为谦恭。而督邮却非常傲慢，开始时痛斥刘备诈称皇亲，虚报功绩；接着，见刘备无礼物奉送，就捏造“县尉害民”之罪，存心陷害。张飞知道实情后，大怒，骑马来到馆驿，将督邮头发揪住，扯出馆驿，一直扯到县衙门前马桩上拴住，当着众多百姓，扯下柳条，往督邮两腿上狠力鞭打，一连打断了十几根柳条。督邮疼痛难忍，大叫：“玄德公救我性命!”刘备赶来，急喝张飞住手，督邮方得逃命而去。事后，刘、关、张三人往代州投了刘恢。不久，三人参加平定渔阳之战，刘备因立功被任命为平原令，开始有了一支人马。

中平六年，汉灵帝死，少帝继位，为外戚大将军何进所制。后“十常侍”诱杀何进，袁绍等领兵诛杀宦官，西凉刺史董卓趁机进兵京师，驱逐袁绍，灭丁原，收吕布，废少帝立献帝，专权朝野，并毒死刘辩。满朝文武对董卓无可奈何。可曹操却抚掌大笑，挺身而出，表示愿亲自前往谋刺董卓。计定之后，曹操佩着司徒王允借给他的七星宝刀来到相府，进入董卓所住小阁，见吕布侍立于旁，不敢下手。过了一会儿，董卓让吕布去挑马赐与曹操，吕布去后，董卓因胖不耐久坐，于是倒身转向内卧于床上。曹操见机会已到，急抽出宝刀，待要行刺，不料董卓从衣镜中看见曹操在背后拔刀，迅速转过身子问道："孟德干什么？"吕布此时也牵马来到阁外。曹操灵机一动，忙持刀跪下说："我有宝刀一口，献与恩相。"董卓拿过宝刀，递与吕布收了。曹操马上解下刀鞘交与吕布，道："我去试试恩相赐的马。"急牵马出相府，往东南逃去。当董卓、吕布醒悟过来要捉曹操时，他已逃远了。

曹操从洛阳逃到中牟，被县令陈宫捉住。陈宫义释曹操，与他一道来到成皋，投宿吕伯奢家中。吕伯奢家人磨刀准备杀猪款待，曹操怀疑他们要杀自己，竟将吕伯奢全家杀害，并声称："宁教我负天下人，休教天下人负我！"陈宫愤怒地离开了曹操。曹操只身前往陈留，拉起一支队伍，推袁绍为盟主，联合十七镇诸侯讨伐董卓。刘、关、张也参与了这次讨伐。曹操、袁术等八路诸侯与吕布对峙于汜水关，吕布部将华雄将其杀得损兵折将。这时，担任马弓手的关羽请求上阵，曹操令人斟上一杯热酒为关羽壮行。关羽出帐提刀，飞身上马，说道："酒且斟下，我去便来！"只听得鼓声大振，喊声大作，不一会儿，关羽已跃马归来，提华雄头颅掷于地上，而酒还是热的。曹操大喜，犒赏刘、关、张。十八路诸侯乘胜出击，刘、关、张三人合战吕布，群雄围攻，吕布大败，逃至虎牢关。

董卓见吕布战败，盟军势大，于是烧洛阳，逼献帝迁都长安。盟军入洛阳后，各起异心。孙坚在宫井中得到传国玉玺，率军返回江东；曹操与袁绍发生摩擦，去了扬州。盟军瓦解。接着军阀又开始火并。袁绍攻公孙瓒，被赵云所救。赵云本是袁绍部将，见袁绍无忠君救民之心，于是弃袁绍而投了公孙瓒，但不受重用。在江东，孙坚攻荆州，被刘表军士用乱箭射死。此时，司徒王允在长安设下连环计，让董卓和吕布为争夺歌妓貂婵而发生冲突，董卓被杀。董卓部将又反扑过来，杀了王允全家。在军阀混战中，青州黄巾军又起，曹操前往收降了 30 余万人，择精壮者编为青州军，其余军士放归务农，从此威名大振，朝廷封曹操为镇东将军，屯驻兖州。这时，曹操老父被黄巾军降将所害，操为报父仇，尽起兵马亲讨徐州陶谦。刘备从公孙瓒处借赵云和兵马解救陶谦，曹操因吕布助张邈夺取兖州而退兵，徐州解围。陶谦三让徐州，刘备终受，暂管徐州军政事务。曹操与吕布混战，收复兖州。

建安元年，董卓部将发生内讧，汉献帝逃往洛阳，曹操赶往保驾，迎汉献帝于许都，大权独揽。与此同时，父死而投奔袁术的孙策，以传国玉玺为抵押，借得袁术兵马，杀回江东，江东之民呼孙策为孙郎。其后不久，曹操出兵寿春，转战徐州，败袁术，杀吕布，官封中郎将、关内侯，威权更盛。献帝不甘心受控制，在衣带中放入诏书，令董承设计除掉曹操。刘备这时正依附于曹操，也参与了预谋。为防曹操谋害，刘备于后园种菜，以为韬晦之计。一日，曹操青梅煮酒，请刘备在小亭对饮，论天下英雄只有刘备和他俩人。刘备听闻一惊，将筷子掉落在地上。幸好当时雷声乍起，刘备急中生智，沉着地俯身拾筷，说道："一震之威，乃至于此!"巧妙地掩饰了过去。不久，刘备就以截击袁术为名脱离了曹操。

建安五年正月，当刘备在徐州灭掉袁术、将传国玉玺送与曹操时，董承被家奴告密，谋杀曹操之事败露。曹操大怒，杀了董承全家，并亲自率领20万大军进攻刘备。张飞献计劫寨，曹操却早有准备，张飞败逃芒砀山，刘备只身逃往青州投靠袁绍。关羽被困于下邳，为保护刘备妻子甘、糜二夫人，他以只降汉帝、不降曹操为条件投了曹操。曹操班师回许都，故意让关羽同甘、糜二夫人同住一处，关羽则秉烛于门外，通宵伫立，待二位夫人甚为恭敬。曹操急欲招降关羽，待之甚厚，送美女、赐金银，三日一小宴、五日一大宴。但关羽拒绝了美女和金银，只受了所赐赤兔马。因为此马日行千里，待有了刘备下落，可以骑它迅速地去同刘备见面。

刘备去往青州后，劝袁绍出兵攻打许都。袁绍派颜良出兵，连折曹操两员大将。曹操令关羽出阵，关羽手起一刀，即将颜良砍于马下，害得刘备险些被袁绍杀掉。文丑为颜良报仇，也被关羽斩于马下。关羽被曹操表奏朝廷，封汉寿亭侯。不久，关羽得知刘备在袁绍处，于是带着甘、糜二夫人去寻刘备，一路闯过五关、斩六将，到了袁绍地盘，刘备却又去汝南投了刘辟。关羽继续前行，在卧牛山收了关西大汉周仓，前往古城，终于与张飞、刘备相会。三人计议结连荆州刘表以脱离袁绍。这时，孙策在江东被人射伤致死，其弟孙权继位，曹操奏封孙权为将军、会稽太守。

刘、关、张三人重会之后，曹操点兵迎击袁绍，两军相峙于官渡。袁绍不听许攸分兵袭击许都的建议，许攸便弃袁绍而投曹操。曹操采纳许攸之计，领兵烧了袁绍在乌巢囤积的粮草，袁绍军大败，部下张郃、高览投降曹操。曹操乘胜追击，于仓亭再次大败袁绍。此时，刘备率兵进攻许都，曹操回师往汝南对敌刘备。刘备诸人败逃于汉江，投荆州刘表，驻守新野。这时，袁绍吐血而亡，曹操进而攻占冀州，随后用郭嘉之遗计平定了辽东，统一了北方。曹操班师，筑铜雀台于漳河之上，领兵回许都。

建安十二年春，甘夫人生阿斗。刘表染病，刘备赴荆州代为主持丰收祭典，刘表次子之娘舅蔡瑁因刘备反对刘表废长立幼欲借机杀之，刘备逃席而出，飞马越檀溪，躲过一劫。后遇水镜先生，得其点拨，方知卧龙、凤雏。刘备访卧龙、凤雏未果，却得徐庶，并用其大败曹仁。曹操以徐庶之母为要挟将其逼至许都。徐庶辞别之前向刘备举荐了南阳诸葛亮，此人便是卧龙。刘备与关、张前往南阳隆中请诸葛亮出山。前两次都扑了空，第三次去时正遇诸葛亮昼寝未起，张飞忍无可忍，怒气大发，要放火烧房，被关羽劝阻。刘备等了一个时辰，诸葛亮方醒来，又去后堂更衣，半晌才出。刘备诚心向诸葛亮求教，诸葛亮为刘备礼贤下士之举所感动，遂为刘备分析天下大势，道破天时、地利、人和之玄机，并以据蜀、联吴、抗曹三分天下之策教之，最终出山辅佐刘备。

建安十三年七月，刘表新死，曹操率军50万南征荆州，刘表次子刘琮袭职，降了曹操。曹操攻刘备，刘备不愿诱杀刘琮以夺取荆州，弃新野而移兵樊城。后又弃樊城往襄阳撤退，百姓随其同行。众人劝刘备弃民先行，刘备不肯。来到襄阳城下，刘琮拒绝刘备入城，刘备无法只好前往江陵。行进途中，曹军杀来，冲散了刘备队伍，赵云七进七出救下阿斗，张飞在长坂桥断后。张飞叫随从的20余个骑兵在马尾上拴上树枝，往来奔跑，冲起尘雾，使曹军莫知虚实而不敢轻进。张飞立马桥头，面对桥西的曹军，发出三声巨雷般的大吼，吓死了夏侯杰，一时乱了曹军阵脚。曹操只得急令退兵，使得刘备在关羽、诸葛亮的接应下退入江夏。

这时，东吴也密切注视曹军动向，孙权亲率人马驻守柴桑。为联吴抗曹，诸葛亮前往柴桑游说孙权，舌战群儒，晓以利害，终于促成了孙刘联盟。孙权令周瑜领兵抗曹。周瑜率兵往夏口，刘备移兵樊口，共拒曹操。周瑜嫉恨诸葛亮才华不能为吴所用，先派诸葛瑾劝说诸葛亮事吴，不成，即起心暗害。诸葛亮以大局为重请鲁肃劝告周瑜共同对付曹操，不要相互谋害。周瑜在三江口初败曹军，曹操派蒋干劝周瑜投降。周瑜设下群英会款待这位旧友，大谈东吴兵强粮足的情况，让蒋干无法陈述劝降之意。晚上，周瑜又邀蒋干入帐共寝，故意将假造的曹操水军都督私通东吴的信件让蒋干得知。蒋干中计，回去报告曹操，杀了深得水军之妙的水军都督蔡瑁和张允，由此周瑜借曹操之手除去了水路进攻的一大障碍。随即，周瑜又派庞统去曹营献计，曹操误纳了庞统的连环计，将战船以铁链相连。这年冬天，吴蜀联军准备就绪，决定采用火攻之策。而曹操则在战船上置酒设乐，大会诸将，持朔赋诗。谋士们一再提醒防范吴军火攻，曹操皆不以为意，以为东吴缺少火攻所必须的东南风。然而，诸葛亮算准天时，准确预见了东南风的出现。伴随大风刮起，诈降的黄盖冲来火船，曹操被张辽救上小船，得以逃脱，此时军营、战船火焰腾空，曹军大势已去。曹操急率人马撤退，在奔往乌林的路上，被吕蒙追杀；在去合肥的路上又被太史慈、陆逊伏击；在往彝陵逃命时，又先后被赵云、张飞冲杀，曹操被杀得胆战心惊。待惊魂稍定之后，曹操往华容道逃奔，见此处并无伏兵，不禁大笑道："人人都说周瑜、诸葛亮足智多谋，依我看来，到底是无能之辈。

如在此处埋伏军队我等就只好束手被擒了!”话未说完，一声炮响，两边五百校刀手摆开，关羽跨赤兔马，提青龙刀，拦住去路。曹操见是关羽，拱手告道:“曹操兵败势危，到此无路，望将军以昔日之情为重!”关羽听了曹操哀告，又见曹军将士惊惊惶惶，哭拜于地，越发心中不忍，于是勒马回头，令众军四面散开，放了曹操一条生路。曹操败归许都，令曹仁驻守荆州。周瑜攻曹仁，被伏兵射中左肋。刘备众将则先后攻下南郡、襄阳、荆州，并招降了黄忠、魏延诸将。至此，刘备占据荆州。

建安十四年秋，孙权派鲁肃来讨荆州。刘备、诸葛亮答应取得西川后归还。当时，刘备的甘、糜二夫人已相继去世。周瑜出以招亲之计，想借此囚禁刘备索讨荆州。赵云陪同刘备往南徐同孙权之妹孙夫人成了亲，随后又依诸葛亮之计，让孙夫人陪同刘备去江边祭祀，趁机逃回荆州。周瑜大怒，决心要取荆州，他骗刘备说愿代取西川以换荆州。诸葛亮将计就计，大败周瑜。结果周瑜终因不能取荆州而气死。孙权任鲁肃为都督，总领兵马；庞统弃吴投奔刘备，被用为副军师。

刘备以助刘璋协防汉中张鲁为名进兵西川，然出师不利折了庞统。诸葛亮从荆州起兵增援，临行嘱托关羽东联孙权、北拒曹操，关羽不以为然。入川途中，张飞所向披靡，义释严颜，打开了西川的门户。不久，刘备攻入西川，占领成都，领益州牧。孙权向关羽索还荆州，关羽拒绝。孙权决定攻打荆州，但因闻知曹操要攻东吴，才未发兵。当曹操准备出兵之时，献帝与伏皇后密议，准备诛杀曹操。事泄，伏皇后三族被灭，举国震惊。

建安二十一年，曹操晋封魏王，在邺郡建造魏王宫。

刘备为保西川，出兵攻打汉中。老将黄忠从法正之计，斩夏侯渊于定军山。建安二十四年，汉中被攻克，刘备自立为汉中王，诸葛亮为军师，关羽、张飞、赵云、马超、黄忠为五虎大将。曹操大怒，要取汉中。司马懿献计，劝曹操联合东吴攻取荆州以打击刘备，曹操采纳。于是孙权以吕蒙为大都督，同曹军合击关羽，关羽被射伤。华佗为关羽刮骨疗毒。治伤之后，关羽水淹七军攻取樊城，不料吕蒙却乘虚白衣渡江夜袭荆州。关羽率军往夺荆州，但士卒皆无战心，关羽大败，退守麦城。孙权派诸葛瑾劝降，关羽不从，弃麦城往西川撤退，路遇伏兵，关羽被擒。孙权斩了关羽首级，派人送与曹操。曹操厚葬关羽于洛阳，追封荆王。

建安二十五年，曹操病死，曹丕继位。十月，曹丕逼献帝退位，封献帝为山阳公，自称大魏皇帝。

建安二十六年四月，刘备称帝于成都，改年号为章武元年。七月，为报关羽被害之仇率兵70万攻东吴。张飞此时因鞭打部将，被部将杀死，割首级献于东吴。刘备葬过张飞，屯于白帝城督战。孙权派诸葛瑾游说刘备，望重结吴蜀联盟，共同对付曹丕，刘备不允。蜀军从巫峡建平起，直至彝陵界口，大军延绵七百余里，结连四十余寨，进攻东吴。战斗中黄忠中箭身亡。刘备攻猇亭，剐东吴降将。孙权任陆逊为大都督拒刘备。陆逊坚守不战，等待时机。刘备求战不得，移寨于山谷树林中避暑。陆逊趁蜀军人疲意困之时，夜里借东南风放火，尽烧连营七百里的蜀军。刘备败走，被赵云救入白帝城。陆逊紧追，误入诸葛亮所遗石阵，方知天外有天。此时，曹丕派兵袭击东吴，陆逊退兵。

蜀汉章武三年，刘备在白帝城染病不起。诸葛亮赶来，刘备托以后事，并做出诸葛亮可取刘禅而代之的遗嘱。四月，刘备病逝，诸葛亮立刘禅为帝，是为后主，并感刘备知遇之恩全力辅佐幼主。

刘备死后，曹丕用司马懿之计，联合南蛮孟获、东吴孙权进攻蜀汉。诸葛亮击退了来犯之敌，派邓芝结好东吴，自此吴蜀通好，息了刀兵。曹丕退回许昌，任司马懿为尚书。诸葛亮率军50万南征孟获，采纳马谡心战为上、兵战为下的建议，七擒七纵孟获，以德服人，使蜀汉后方得以稳定。

蜀后主建兴四年，曹丕病死，儿子曹睿即位，任司马懿为骠骑大将军。诸葛亮采用马谡之离间计，令其散布司马懿谋反的流言，使司马懿被削职回乡。诸葛亮乘此机会，发兵汉中。蜀军一出祁山，直抵渭水，长安告急。曹睿见势不妙，启用司马懿任平西都督，令其拒守长安。司马懿老谋深算，上任之后，即夺新城，斩了私通蜀汉的孟达，乘势直逼汉中咽喉的街亭和列柳城。马谡自告奋勇驻守街亭，但他不听王平劝告，执意在山上林木深处下寨。司马懿率兵围山，断其水源，蜀兵大败，街亭失守，随即司马懿又攻下列柳城。诸葛亮闻讯，迅速安排退兵之计。但此时司马懿已逼近诸葛亮所驻守的西城。眼见城中仅2500名老弱残兵，退守两难，诸葛亮料定司马懿会认为自己平生谨慎，不会冒险，于是大开城门，让老军扮作老百姓洒扫街道，自己则在城楼上凭栏而坐，焚香弹琴。司马懿赶来，满腹狐疑，惧有伏兵，急令撤退。当撤到武功山小路时，又遇诸葛亮事先布置的兵士大喊大叫，吓得魏军不敢久停，只得尽弃辎重而逃。西城解围后，诸葛亮退回汉中。司马懿中计后，叹道："吾不如孔明也!"为正军法，诸葛亮挥泪斩马谡，并向后主上表自贬，以右将军行丞相事。此后，诸葛亮又四出祁山，但都未取得进展。这期间，孙权在武昌南郊筑坛登帝位，后定都建业。

建兴十二年，诸葛亮六出祁山，司马懿兵屯渭水相拒。诸葛亮在上方谷造木牛流马运送粮草，司马懿依样仿造中计，被蜀军劫去。诸葛亮以木牛流马诱司马懿入上方谷，雷炸火烧曹军。突遇大雨，火灭雷哑，司马懿父子才死里逃生。司马懿受挫后坚守不战，诸葛亮派使者送去巾帼、妇人缟素之服以及书信，以激他出战。司马懿看罢来信，心中大怒，但却装出笑脸，说道："孔明看我像妇人吧！"接受了衣物，并厚待使者，向使者打听诸葛亮的饮食起居。听了使者话后，司马懿心内盘算：诸葛亮食少事烦，看来活的日子不会长久。于是越加坚守不出，静观事态发展。诸葛亮强支病体处理军务，积劳成疾，吐血不止。他知命不久长，遂授兵书于姜维。八月，病逝于五丈原军中，时年54岁。姜维遵照诸葛亮遗嘱，以木雕为诸葛亮像坐于车中，从五丈原徐徐退兵。司马懿追兵至，姜维推出诸葛亮木像，司马懿吓得急令后退，被蜀军乘势猛攻，曹军大败。司马懿退兵。蜀汉全国举哀，葬诸葛亮于定军山。

诸葛亮死后，蜀后主刘禅宠信宦官，不理朝政，国势日趋衰微。魏景元四年，司马昭令钟会、邓艾伐蜀，刘禅投降，被封为安乐公，蜀汉灭亡。魏自曹睿死后，大权先被司马懿控制，后又被司马懿之子司马师、司马昭所掌握。魏咸熙二年，司马昭之子司马炎代魏而自称晋帝，魏灭亡。晋建国后，于咸宁六年灭了东吴，自此三国时代结束，晋帝司马炎统一天下。

精彩片段

★温酒斩华雄

忽探子来报："华雄引铁骑下关，用长竿挑着孙太守赤帻，来寨前大骂搦战。"绍曰："谁敢去战？"袁术背后转出骁将俞涉曰："小将愿往。"绍喜，便著俞涉出马。即时报来："俞涉与华雄战不三合，被华雄斩了。"众大惊。太守韩馥曰："吾有上将潘凤，可斩华雄。"绍急令出战。潘凤手提大斧上马。去不多时，飞马来报："潘凤又被华雄斩了。"众皆失色。绍曰："可惜吾上将颜良、文丑未至！得一人在此，何惧华雄！"言未毕，阶下一人大呼出曰："小将愿往斩华雄头，献于帐下！"众视之，见其人身长九尺，髯长二尺，丹凤眼，卧蚕眉，面如重枣，声如巨钟，立于帐前。绍问何人。公孙瓒曰："此刘玄德之弟关羽也。"绍问现居何职。瓒曰："跟随刘玄德充马弓手。"帐上袁术大喝曰："汝欺吾众诸侯无大将耶？量一弓手，安敢乱言！与我打出！"曹操急止之曰："公路息怒。此人既出大言，必有勇略；试教出马，如其不胜，责之未迟。"

袁绍曰："使一弓手出战，必被华雄所笑。"操曰："此人仪表不俗，华雄安知他是弓手?"关公曰："如不胜，请斩某头。"操教酾热酒一杯，与关公饮了上马。关公曰："酒且斟下，某去便来。"出帐提刀，飞身上马。众诸侯听得关外鼓声大振，喊声大举，如天摧地塌，岳撼山崩，众皆失惊。正欲探听，鸾铃响处，马到中军，云长提华雄之头，掷于地上。其酒尚温。后人有诗赞之曰："威镇乾坤第一功，辕门画鼓响冬冬。云长停盏施英勇，酒尚温时斩华雄。"（第五回 发矫诏诸镇应曹公 破关兵三英战吕布）

★曹操煮酒论英雄

一日，关、张不在，玄德正在后园浇菜，许褚、张辽引数十人入园中曰："丞相有命，请使君便行。"玄德惊问曰："有甚紧事?"许褚曰："不知。只教我来相请。"玄德只得随二人入府见操。操笑曰："在家做得好大事!"唬得玄德面如土色。操执玄德手，直至后园，曰："玄德学圃不易!"玄德方才放心，答曰："无事消遣耳。"操曰："适见枝头梅子青青，忽感去年征张绣时，道上缺水，将士皆渴；吾心生一计，以鞭虚指曰：'前面有梅林。'军士闻之，口皆生唾，由是不渴。今见此梅，不可不赏。又值煮酒正熟，故邀使君小亭一会。"玄德心神方定。随至小亭，已设樽俎：盘置青梅，一樽煮酒。二人对坐，开怀畅饮。

酒至半酣，忽阴云漠漠，聚雨将至。从人遥指天外龙挂，操与玄德凭栏观之。操曰："使君知龙之变化否?"玄德曰："未知其详。"操曰："龙能大能小，能升能隐；大则兴云吐雾，小则隐介藏形；升则飞腾于宇宙之间，隐则潜伏于波涛之内。方今春深，龙乘时变化，犹人得志而纵横四海。龙之为物，可比世之英雄。玄德久历四方，必知当世英雄。请试指言之。"玄德曰："备肉眼安识英雄?"操曰："休得过谦。"玄德曰："备叨恩庇，得仕于朝。天下英雄，实有未知。"操曰："既不识其面，亦闻其名。"玄德曰："淮南袁术，兵粮足备，可为英雄?"操笑曰："冢中枯骨，吾早晚必擒之!"玄德曰："河北袁绍，四世三公，门多故吏；今虎踞冀州之地，部下能事者极多，可为英雄?"操笑曰："袁绍色厉胆薄，好谋无断；干大事而惜身，见小利而忘命：非英雄也。"玄德曰："有一人名称八俊，威镇九州：刘景升可为英雄?"操曰："刘表虚名无实，非英雄也。"玄德曰："有一人血气方刚，江东领袖：孙伯符乃英雄也?"操曰："孙策藉父之名，非英雄也。"玄德曰："益州刘季玉，可为英雄乎?"操曰："刘璋虽系宗室，乃守户之犬耳，何足为英雄!"玄德曰："如张绣、张鲁、韩遂等辈皆何如?"操鼓掌大笑曰："此等碌碌小人，何足挂齿!”玄德曰:“舍此之外,备实不知。”操曰:“夫英雄者,胸怀大志,腹有良谋,有包藏宇宙之机,吞吐天地之志者也。”玄德曰:“谁能当之?”操以手指玄德,后自指,曰:“今天下英雄,惟使君与操耳!”玄德闻言,吃了一惊,手中所执匙箸,不觉落于地下。时正值天雨将至,雷声大作。玄德乃从容俯首拾箸曰:“一震之威,乃至于此。”操笑曰:“丈夫亦畏雷乎?”玄德曰:“圣人迅雷风烈必变,安得不畏?”将闻言失箸缘故,轻轻掩饰过了。操遂不疑玄德。后人有诗赞曰:“勉从虎穴暂趋身,说破英雄惊杀人。巧借闻雷来掩饰,随机应变信如神。”(第二十一回 曹操煮酒论英雄 关公赚城斩车胄)

★斩颜良

关公领诺而出,提青龙刀,上赤兔马,引从者数人,直至白马来见曹操。操叙说:“颜良连诛二将,勇不可当,特请云长商议。”关公曰:“容某观之。”操置酒相待。忽报颜良搦战。操引关公上土山观看。操与关公坐,诸将环立。曹操指山下颜良排的阵势,旗帜鲜明,枪刀森布,严整有威,乃谓关公曰:“河北人马,如此雄壮!”关公曰:“以吾观之,如土鸡瓦犬耳!”操又指曰:“麾盖之下,绣袍金甲,持刀立马者,乃颜良也。”关公举目一望,谓操曰:“吾观颜良,如插标卖首耳!”操曰:“未可轻视。”关公起身曰:“某虽不才,愿去万军中取其首级,来献丞相。”张辽曰:“军中无戏言,云长不可忽也。”关公奋然上马,倒提青龙刀,跑下山来,凤目圆睁,蚕眉直竖,直冲彼阵。河北军如波开浪裂,关公径奔颜良。颜良正在麾盖下,见关公冲来,方欲问时,关公赤兔马快,早已跑到面前;颜良措手不及,被云长手起一刀,刺于马下。忽地下马,割了颜良首级,拴于马项之下,飞身上马,提刀出阵,如入无人之境。河北兵将大惊,不战自乱。曹军乘势攻击,死者不可胜数;马匹器械,抢夺极多。关公纵马上山,众将尽皆称贺。公献首级于操前。(第二十五回 屯土山关公约三事 救白马曹操解重围)

★赵子龙单骑救主

只见一个人家,被火烧坏土墙,糜夫人抱着阿斗,坐于墙下枯井之傍啼哭。云急下马伏地而拜。夫人曰:“妾得见将军,阿斗有命矣。望将军可怜他父亲飘荡半世,只有这点骨血。将军可护持此子,教他得见父面,妾死无恨!”云曰:“夫人受难,云之罪也。不必多言,请夫人上马。云自步行死战,保夫人透出重围。”糜夫人曰:“不可!将军岂可无马!此子全赖将军保护。妾已重伤,死何足惜!望将军速抱此子前去,勿以妾为累也。”云曰:“喊声将近，追兵已至，请夫人速速上马。”糜夫人曰：“妾身委实难去。休得两误。”乃将阿斗递与赵云曰：“此子性命全在将军身上！”赵云三回五次请夫人上马，夫人只不肯上马。四边喊声又起。云厉声曰：“夫人不听吾言，追军若至，为之奈何？”糜夫人乃弃阿斗于地，翻身投入枯井中而死。后人有诗赞之曰：“战将全凭马力多，步行怎把幼君扶？拚将一死存刘嗣，勇决还亏女丈夫。”赵云见夫人已死，恐曹军盗尸，便将土墙推倒，掩盖枯井。掩讫，解开勒甲绦，放下掩心镜，将阿斗抱护在怀，绰枪上马。早有一将，引一队步军至，乃曹洪部将晏明也，持三尖两刃刀来战赵云。不三合，被赵云一枪刺倒，杀散众军，冲开一条路。正走间，前面又一枝军马拦路。当先一员大将，旗号分明，大书河间张郃。云更不答话，挺枪便战。约十余合，云不敢恋战，夺路而走。背后张郃赶来，云加鞭而行，不想趷跶一声，连马和人，颠入土坑之内。张郃挺枪来刺，忽然一道红光，从土坑中滚起，那匹马平空一跃，跳出坑外。后人有诗曰：“红光罩体困龙飞，征马冲开长坂围。四十二年真命主，将军因得显神威。”张郃见了，大惊而退。赵云纵马正走，背后忽有二将大叫：“赵云休走！”前面又有二将，使两般军器，截住去路：后面赶的是马延、张郃，前面阻的是焦触、张南，都是袁绍手下降将。赵云力战四将，曹军一齐拥至。云乃拔青釭剑乱砍，手起处，衣甲平过，血如涌泉。杀退众军将，直透重围。却说曹操在景山顶上，望见一将，所到之处，威不可当，急问左右是谁。曹洪飞马下山大叫曰：“军中战将可留姓名！”云应声曰：“吾乃常山赵子龙也！”曹洪回报曹操。操曰：“真虎将也！吾当生致之。”遂令飞马传报各处：“如赵云到，不许放冷箭，只要捉活的。”因此赵云得脱此难；此亦阿斗之福所致也。这一场杀：赵云怀抱后主，直透重围，砍倒大旗两面，夺槊三条；前后枪刺剑砍，杀死曹营名将五十余员。后人有诗曰：“血染征袍透甲红，当阳谁敢与争锋！古来冲阵扶危主，只有常山赵子龙。”（第四十一回 刘玄德携民渡江 赵子龙单骑救主）

★张飞大闹长坂桥

却说文聘引军追赵云至长坂桥，只见张飞倒竖虎须，圆睁环眼，手绰蛇矛，立马桥上，又见桥东树林之后，尘头大起，疑有伏后，便勒住马，不敢近前。俄而曹仁、李典、夏侯敦、夏侯渊、乐进、张辽、张郃、许褚等都至。见飞怒目横矛，立马于桥上，又恐是诸葛孔明之计，都不敢近前。扎住阵脚，一字儿摆在桥西，使人飞报曹操。操闻知，急上马，从阵后来。张飞睁圆环眼，隐隐见后军青罗伞盖、旄钺旌旗来到，料得是曹操心疑，亲自来看。

飞乃厉声大喝曰："我乃燕人张翼德也！谁敢与我决一死战？"声如巨雷。曹军闻之，尽皆股栗。曹操急令去其伞盖，回顾左右曰："我向曾闻云长言：翼德于百万军中，取上将之首，如探囊取物。今日相逢，不可轻敌。"言未已，张飞睁目又喝曰："燕人张翼德在此！谁敢来决死战？"曹操见张飞如此气概，颇有退心。飞望见曹操后军阵脚移动，乃挺矛又喝曰："战又不战，退又不退，却是何故！"喊声未绝，曹操身边夏侯杰惊得肝胆碎裂，倒撞于马下。操便回马而走。于是诸军众将一齐望西奔走。正是：黄口孺子，怎闻霹雳之声；病体樵夫，难听虎豹之吼。一时弃枪落盔者，不计其数，人如潮涌，马似山崩，自相践踏。后人有诗赞曰："长坂桥头杀气生，横枪立马眼圆睁。一声好似轰雷震，独退曹家百万兵。"（第四十二回 张翼德大闹长坂桥 刘豫州败走汉津口）

主题思想

《三国演义》从东汉灵帝中平元年（184 年）黄巾起义写起，到西晋武帝太康元年（280 年）全国统一为止，前后共97 年。描述了以曹操、刘备、孙权为首的魏、蜀、吴三个政治、军事集团之间的矛盾和斗争，在广阔的社会历史背景下，展示出那个时代尖锐复杂又极具特色的政治军事冲突。它的主要思想内容大致有以下几个方面：

一是通过三国之间军事、政治、外交事件的描述，形象生动地反映了当时各种斗争的经验和智慧，可供后人借鉴。如孔明身上就集中反映了各种斗争的经验、智慧和才能。

二是揭示了当时矛盾重重、动乱不安的局面。揭露了当时社会的黑暗和封建统治阶级的反动本性。

三是在一定程度上反映了动乱年代里人民群众的苦难生活与和平统一的殷切愿望。小说描述了封建军阀屠杀人民、劫掠百姓，以致田园荒芜、生产凋敝、白骨如山、饿殍遍野的历史事实。作者对坚持分裂割据的军阀进行了鞭挞和嘲讽；对于曹操，作者虽不赞成由他来统一天下，但在写他同北方军阀进行斗争时，却如实地描述了他的雄才大略；作者本来寄希望于蜀汉，把刘备、孔明作为仁君、贤相的典型来塑造，希望他们君臣际会，做出一番功业，统一中国，使百姓安居乐业，但只是一种美好愿望。这种反对分裂、主张统一的思想，反映了广大人民的愿望，符合历史发展的趋势，具有进步意义。

四是“尊刘贬曹”的思想倾向十分鲜明。尊曹或尊刘，是历史家长期的争论，这不过是封建正统观念在不同历史条件下的不同表现。《三国演义》“尊刘贬曹”的倾向，既继承了晚唐以来三国故事，直到平话一贯“尊刘”的文学传统，又继承了东晋习凿齿和南宋朱熹“尊刘”的史学传统，表现了为东晋、南宋偏安的汉族王朝争正统，反对入侵的外族统治的思想倾向，反映了元明之际汉族人民的民族意识。此外,《三国演义》还大力宣扬了刘、关、张的“义气”。所谓义气，内容十分复杂，既渗透了封建统治阶级的道德观念，也包含着当时人民的道德理想。

艺术特色

《三国演义》的艺术特色主要表现为：

一、描写战争

第一，战争的多样化。书中描述了上百场战争，可以分为陆战、水战，或水陆混合战，例如水淹七军；又可分为攻战、守战；或分伏击战、偷袭战；或分阵地战、游击战；或主将比试，或两军混战，形式多样化。

第二，军事行动与政治策略相结合。如曹操南侵并非毫无目的，是为了完成统一大业，刘备联吴抗曹是为了有立足之地，然后振兴刘氏的汉室基业。诸葛亮南征是为了解决与南方少数民族的纠纷，稳定后方，以便全力对付势力强大的曹魏。

第三，战争的胜负系于智谋。关键在于运筹者的智能，能否采纳部下的善计良策，能否正确判断敌情，能否客观分辨忠奸，能否冷静处事。大小战争的胜负无不与斗智用计拉上了关系。

第四，着重写人，不着重写战争过程。吸收《左传》描写战争的经验而详写谋略，略写战斗过程；详写占得上风者，略写位处下风者；详写将胜者，略写将败者。通过几场交锋，逐步将人物性格展示出来。

二、塑造人物形象

《三国演义》在人物塑造方面或有忠奸分明的主观意图，但并非黑白分明。孔明料事如神，但并非永无错误；曹操是奸雄，也不是毫无优点；关羽忠义勇俱全，然而骄傲自大，不顾大局，屡屡如此。例如：关羽要与马超比试武功；谩骂孙权，拒不联婚；耻与黄忠并列，不受五虎将印；轻视陆逊，因而招致失败。

三、结构艺术

三国故事基本上以魏、蜀、吴三国兴亡为纵线，以战争发展和人物活动为材料。90多年的兴亡史大约可分为三个主要阶段：由黄巾之乱至赤壁之战为第一阶段；三国鼎立至诸葛亮病逝为第二阶段；此后至晋统一天下为第三阶段。其间穿插以魏、蜀、吴之间的错综复杂的纷争，把各种大大小小的战争和文臣武将的奇谋险计逐一带出，由于传统章回体小说的结构回合之间前后呼应，在紧随主线发展之下，分散之中有集中，首尾一贯，最后形成一个统一的小说系统。

但是，在处理长达97年的历史事件中，由开始至诸葛亮病逝共51年用了一百零四回，而后面的46年，时间长度其实几近一半，却只用了十六回来概括历史演变，其分量安排明显不平均。这是因为《三国演义》以蜀汉为正统，前50年正是蜀汉由无至有，由弱至强，遂能有联吴抗曹、三分天下等光辉事迹，自然值得着力书写，但诸葛亮一死，形势急转直下，蜀汉开始面临溃亡，时日无多，因而篇幅大为缩减。可见作者在结构处理方面是有轻重之分的。

对魏、蜀、吴三国的描写，蜀、魏之间有战无和，蜀吴之间和多于战，吴魏之间则战多于和。然而，重点始终放在蜀、魏这边，对吴国描写是有些忽略的。也是因为这个原因，研究三国人物者也有意无意间偏重于蜀、魏君臣方面。换句话说，作者在确定主次方面也是颇用心思的。

由于《三国演义》是战争小说，以战争为题材，从围绕大小战争故事所形成的特殊情节去观察，也可以理出一个结构脉络。郑铁生的《三国演义艺术欣赏》就尝试这样去分析其结构，以官渡之战、赤壁之战和彝陵之战三大战役为主线，中间夹杂一些较次要的辅助性战役，贯穿了全书，形成一个战争系统。

四、语言特色

《三国演义》是用浅白的文言写成的，言简意赅，语气明快。这在封建时代，一般稍能识字者均可欣赏，有利于传播。《三国演义》一书，特别是毛评本，引用了古代文学家很多诗词。与白话文比较，使用浅白文言文更能够使之与这些诗词在语言风格上较为统一和谐。《三国演义》一书创造了很多成语，引用或自造许多谚语，生动活泼，丰富了中华民族的语言。

人物形象

曹操：曹操出场时还比较富有正义感，当他看到董卓专擅朝政、滥杀无辜百姓而朝臣又束手无策时，就挺身而出，前往相府刺杀董卓，行刺不成，后聚十八路诸侯结盟，共讨董卓。但一旦把汉献帝掌握到手中，就原形毕露，“挟天子以令诸侯”，成为欺君罔上的乱臣贼子。曹操既是敏于识人、善于用人的首领，他求贤若渴、爱才如命，又是嫉贤妒能、不肯容他人猜透他心机的小人。小说对他的这种双重人格做了许多生动而形象的描写。陈琳为袁绍撰写讨曹檄文，骂到他的祖宗三代，但他爱惜陈琳的才华，不仅没有杀他，还把他收于帐下；而对孔融、祢衡和杨修，或借刀杀之，或直接斩之。曹操猜忌多疑，他患“脑风”，华陀要为他开颅取风，他疑心要谋害自己，便斩了一代名医，如此等等。

刘备：是“中山靖王之后，孝景帝阁下玄孙”，无限忠于汉室。他听说黄巾造反，危及汉朝天下，就与关羽、张飞结为兄弟，聚集乡勇，积极镇压。当董卓擅权乱国时，他不顾兵微将寡，积极加入讨伐董卓的行列；当曹操野心暴露、把持朝政时，他见到汉献帝的玉带诏，就义无反顾地书名画押，誓灭曹贼；他对汉帝忠心耿耿，为重整汉家江山而拼杀；这一切都表现出他的“忠”。刘备少年早孤家贫，但事母极其孝顺，他贩屦织席以奉养老母；他在危难中得到谋士徐庶，当听说徐母身陷曹营，就毅然放走富有孝心的徐庶；刘备爱民如子，关怀百姓，在火烧新野之时，他事先把居民迁移他乡；在败走江陵时，在曹兵杀来的危急情势下，还要携十万军众渡江；陶谦三让徐州，他坚决不受；刘表要把荆州让于他，他也不接纳。刘备终生信守大义，关羽在华容道上义释曹操，孔明按军令状欲斩关羽，刘备以结义之情为其开释；关羽失荆州，走麦城，为东吴所杀，刘备不顾劝阻为其雪恨，以致兵败彝陵；他把赵云救护的阿斗掷之于地，因为这险些使他丧失一员爱将……这些情节都在刻画他的“义”。

诸葛亮：在小说中他是智慧的化身，也是忠臣、贤相的典型。从第三十七回诸葛亮出山，到一百零四回于五丈原病逝，他的预见和实现预见的计谋成为情节发展的主要脉络。他隐居茅庐，已预见天下可以三分；隆中对策，他提出联孙抗曹、进取益州的战略决策，对天下大势了如指掌。出山首建奇功，火烧博望坡，出奇制胜；又火烧新野，以少胜多；赤壁之战前，他舌战群儒，结成孙刘联盟；继之智激周喻、草船借箭，预测将有东南大风，又随之以三气周喻，牢固地占有荆州。这一系列的策略制定来源于他对客观形势的调查了解、分析和把握。在西城他敢于运用疑兵之计，是由于他深深了解司马懿的性格。他的众多的“神机妙算”都能获得成功，是因为他有渊博的天文、地理知识以及高超的政治、军事、外交才能。他为了报答刘备的知遇之恩，竭尽忠忱为其效力，辅佐后主忠心不二，具有“鞠躬尽瘁，死而后已”的献身精神。

关羽：骁勇善战，神武过人，为蜀汉的崛起做出了重要的贡献。温酒斩华雄，写出他超群绝伦的武艺；单刀赴会，写出他的大智大勇；刮骨疗毒，写出他惊人的自制力。拔襄阳，围樊城，水淹七军；擒于禁，获庞德，中原震动；曹操甚至因此而考虑迁都。关羽至此到达他一生事业的顶峰。可是，这赫赫的战绩却成为关羽最后的辉煌。正当关羽兵围樊城，曹仁苦苦支撑，双方相持不下的时候，吴将吕蒙乘虚而入，白衣渡江，于是形势遂急转直下。吕蒙的军队袭荆州，下南郡，蜀将傅士仁、糜芳投降东吴。上庸的刘封、孟达见死不救，孟达后来还投降了曹魏。关羽腹背受敌，最后败走麦城，身死人手。不仅如此，荆州一失，蜀汉从此被封锁在三峡以内。刘备为了替关羽复仇，虢亭一战，火烧连营，刘备仅以身免。同时，关羽居功自傲，心胸狭隘。他的意气用事，不仅给自己带来了杀身之祸，也给蜀汉事业带来了不可弥补的损失。

名家点评

★古史甚多，而人独贪看《三国》者，以古今人才之众，未有胜《三国》者。

——毛宗岗

《红楼梦》

作者介绍

曹雪芹（1715～1763），名霑，字梦阮，号雪芹，又号芹圃、芹溪。清代小说家。其先世本来是汉人，后来成为满洲正白旗“包衣”（家奴）。康熙年间，从曾祖父曹玺起，三代共四人（曹玺、曹寅、曹颙、曹頫）世袭江宁织造60年，成了煊赫一时的贵族世家。祖父曹寅曾是康熙的伴读和御前侍卫，曾主持刻印了著名的《全唐诗》。曹雪芹少年时期在江南过着锦衣玉食的奢华生活，在他10岁时，父亲曹頫获罪削官，家道日渐衰微。成年后的曹雪芹移居北京西郊，以卖画为生。就是在这种“绳床瓦灶”“举家食粥酒常赊”的窘境下，曹雪芹创作了《红楼梦》，并在悼红轩中“披阅十载，增删五次”，“滴泪为墨，研血成字”，仍可惜尚未完稿。《红楼梦》初名为《石头记》，最初定稿只有八十回，后面的文字因未整理而散失；直到乾隆56年，名士程伟元请高鹗续写了后四十回，书名也改为《红楼梦》。曹雪芹晚年贫病交加，1762年幼子夭亡，他悲痛欲绝，一病不起，于1763年2月12日去世（一说1764年去世）。曹雪芹一生傲岸狂狷，多才多艺。他不仅善写小说，而且能诗会画。其诗立意新奇，风格近于唐代诗人李贺，且喜绘突兀奇峭的石头。可惜他的诗画留存下来的不多。

高鹗（约1738～约1815），字兰墅、云士，别号“红楼外史”。清代文学家。汉军镶黄旗人，祖籍铁岭（今辽宁铁岭），先世清初即寓居北京。他热衷仕进，累试不第，乾隆五十三年（1788年），始为顺天乡试举人，乾隆六十年中进士。历官内阁中书、内阁侍读、江南道御史、刑科给事中等职。晚年家贫官冷，两袖清风。他虽著作如林，却多未及问世而赍志以终。高鹗多才多艺，热情爽朗，能言善讲。他熟谙经史，工于八股文，诗词、小说、戏曲、绘画及金石之学亦颇通晓。他诗宗盛唐，词风近于花间派，论文则“辞必端其本，修之乃立诚”，强调以意为主。在他的影响下，他的女儿高仪凤成了嘉庆、道光年间颇有名气的诗人。后世一般认为《红楼梦》的后四十回是高鹗所续。一说是程伟元与高鹗共同续成。

程伟元（？～约 1818），字小泉，苏州人。他科场失意，一生未仕。乾隆末年流寓京师，与高鹗相识，于乾隆五十六年（1791 年）共同以活字版首次刊行一百二十回《红楼梦》（世称“程甲本”）。翌年又大量改动前八十回文字情节，续书也多有修改，仍由萃文书屋印行（世称“程乙本”），此后坊间通行即此种刊本。

创作背景

18 世纪，在世界史中是一个转折时期，在封建体制之中孕育着资本主义，萌发出民主思想。在欧洲的法国、德国等国都产生过启蒙运动，宣扬人性善良和回到自然的民主思想。当时的中国，虽然闭关自守，但是由于商品经济的发展，在某些方面打破了封建的自然经济，反映到意识领域，也萌生出朦胧的民主思想。

《红楼梦》所反映的社会历史背景是清代康熙、雍正、乾隆三世。明清之际是中国社会剧烈变革的时期，在强大封建势力的压制下，朦胧的民主思想犹如巨石下的幼芽，顽强地挣扎，破土而出。这部巨著是 18 世纪中国封建社会的一面镜子，大观园是这个封闭王国的缩影。主人公贾宝玉对于仕途禄蠹的否定与对爱情，尤其是对于人性的尊重，都表现出反对封建与追求民主的主题思想。

《红楼梦》原名《石头记》，其异名还有《情录》《金陵十二钗》《风月宝鉴》《金玉缘》等。基本定稿八十回，曾以手抄本流传。《红楼梦》第五回写到舞女演奏《红楼梦》12 支曲子，由于这 12 支曲子暗示了全书主要情节的发展和主人公最后的归宿，所以在小说的流传过程中，有人就把《石头记》也称为《红楼梦》。1791 年，程伟元、高鹗第一次以活字版印刷出版此书，全书一百二十回，总字数达 107 万字左右，书名改为《红楼梦》。

内容简介

女娲炼石补天时，所炼之石余下一块未用，弃在大荒山无稽崖青埂峰下。此石已通灵性，大小随心，来去任意，因未被选中补天常悲伤自怨。和尚茫茫大士、道士渺渺真人见其可爱，便将它携至“花柳繁华地、富贵温柔乡走了一道”，即为宝玉出生时口衔之玉。后来，空空道人经过，见石上刻着那番人世所见的经历，便从头到尾抄下，交曹雪芹披阅增删、分出章回。以下便为石上所刻内容。

姑苏阊门外有个葫芦庙，乡宦甄士隐居庙旁，可怜寄居庙内的穷儒贾雨村，赠银让他赶考。元宵之夜，甄的女儿英莲被拐走。不久因葫芦庙失火，甄家又被烧毁。甄带妻子投奔岳父，遭白眼，后随跛道人出家。

姑苏林如海，曾是前科探花，今为巡盐御史，年四十得一女，乳名黛玉，聪明俊秀。贾雨村中进士，任县令，又被革职后，到林如海家教黛玉读书。林氏贾夫人病亡后，林的岳母贾母要接黛玉到身边，林便托贾雨村送黛玉到京。

在金陵荣国府，黛玉除了见到外祖母外，还见到了大舅母，即贾赦之妻邢夫人；二舅母，即贾政之妻王夫人；年轻而会管理家政的王夫人侄女、贾赦之子贾琏之妻王熙凤；贾赦之女迎春、贾政之女探春、荣国府贾珍之妹惜春等。当然，也见到了衔玉而生、深得贾母宠爱的贾政之子贾宝玉。两人第一次见面就有似曾相识之感，当宝玉见美若天仙的表妹没有玉，便一怒之下要砸自己的玉，引起一场不快。不久，王夫人的姐姐薛姨妈带着儿子薛蟠和女儿薛宝钗也在贾府住下。

贾雨村得林如海内兄贾政帮忙，得任金陵应天府。一到任即接到一桩命案，京陵豪富之子薛蟠为了买一个丫鬟派家仆打死了原买主，薛蟠即是薛姨妈之子、薛宝钗的哥哥，而那丫鬟正是甄士隐当年被拐卖的女儿英莲。贾雨村胡乱判案，放了薛蟠。

荣国府的最高统治者贾母，是贾政的母亲，即宝玉的祖母、黛玉的外祖母。她视贾政之子宝玉为掌上明珠，宝玉和黛玉两小无猜，在贾母膝前渐渐长大，相互产生了深厚的感情。薛姨妈带女儿宝钗住进贾府后，宝钗凭借温婉宽容的脾性，赢得了贾府上下的喜爱。宝钗曾得一位和尚赠予的金锁，和尚预言如果遇到有玉之人便可结为“金玉姻缘”。黛玉为此常暗暗流泪，忧虑过度，身体更加病弱。

京官后代王狗儿已沦落乡间务农，因祖上曾和王夫人、凤姐娘家联宗，便让岳母刘姥姥到荣国府找王夫人打秋风。王熙凤接待，给了二十两银子。

贾珍之父贾敬放弃世职，离家求仙学道。他生日之日，贾珍在家设宴相庆。因林如海得病，贾琏带黛玉去姑苏，他的族弟贾瑞调戏凤姐，被凤姐百般捉弄而死。林如海死后，黛玉只得常住荣国府，一种寄人篱下的凄凉感始终笼罩着她。

秦可卿病死，贾珍恣意奢华，不仅各种物品都选上等，还花千两银子为儿子捐龙禁尉，以便丧礼风光。送丧途中，凤姐贪图三千两银子，拆散有情人，使一对青年男女含恨而自杀。

贾政长女元春被册封为妃，皇帝恩准省亲。荣国府为了迎接这大典，修建极尽奢华的省亲别院，又采办女伶、女尼、女道士，出身世家、因病入空门的妙玉也住进荣国府。元妃与家人相见，唏嘘不已。因别院之对额均为宝玉所撰，元妃大为欣慰，并赐总名"大观园"。元宵之夜，元春要宝玉和众姐妹献诗。黛玉本想大展奇才，但受命只能作一首。袭人娇嗔说要离开宝玉，深感遗憾的宝玉求袭人别走，袭人趁机规劝宝玉读书"干正事"。

宝玉和黛玉因有薛宝钗或其他小事，时常争吵，在不断争吵中情感愈深。宝钗过生日唱戏，一个小旦长相颇似黛玉，贾母娘家孙女史湘云口快说出，宝玉怕黛玉生气加以阻拦，结果惹得湘云、黛玉都生宝玉的气。

元春怕大观园空闲，便让宝玉和众姐妹搬进居住。宝玉住了怡红院，黛玉挑了潇湘馆，宝钗选了蘅芜院。进园后，宝玉更整日和姑娘们厮混。书童将《西厢记》等书偷进园，宝玉和黛玉一同欣赏，两人感情愈加深厚。但因宝钗的存在，致使两人互相关心，却又不免有试探、有真伪、有顺逆。

贾政妾赵姨娘所生之子、宝玉庶弟贾环嫉妒宝玉，抄写经书时装失手弄倒蜡烛烫伤宝玉，王夫人大骂赵姨娘。赵姨娘又深恨凤姐，便请马道婆施魇魔法，让凤姐、宝玉中邪几乎死去。癞和尚、跛道人擦拭通灵玉，救回二人。

黛玉性格忧郁，暮春时节，惋惜落花，收集起来埋入土中，称为"花冢"，并写了《葬花辞》。宝玉丫环晴雯失手跌坏扇子，宝玉不满，却遭到晴雯的顶撞和讽刺，气得要赶走她。到晚间晴雯乘凉，宝玉又让她撕扇子以博她一笑。一次，史湘云劝宝玉会官员、谈仕途，被宝玉抢白，并说黛玉从不说这种混账话，恰巧黛玉路过听到，深喜知心。

宝玉与王夫人丫环金钏儿调笑，金钏儿被王夫人赶出，投井而死，被贾环告诉贾政。又逢宝玉结交了一位忠顺王爷喜欢的伶人蒋玉菡，因其失踪，王爷派人来贾府寻找。贾政大怒，毒打宝玉，贾府上下一片惊慌。王夫人嘱咐袭人随时回报宝玉的行踪。

在探春的倡导下，大观园成立海棠诗社。第一次咏白海棠，宝钗夺魁；

第二次作菊花诗，林黛玉压倒众人。

刘姥姥二进荣国府，贾母得知便留她住下。在大观园摆宴，把她做女清客取笑。这位饱经世故的老妇也甘心充当这一角色。贾母又带刘姥姥游大观园各处。在拢翠庵，妙玉招待众人饮茶。

为凤姐庆生辰，从贾母起，各人出份子办席。凤姐饮酒过多，想回家休息，撞到贾琏正勾引仆妇。凤姐哭闹，逼得仆妇上吊，贾母迫使贾琏向凤姐赔礼。

行酒令时黛玉引了几句《西厢记》的曲文，被宝钗察觉，并宽容了她，两人关系转好。黛玉模仿《春江花月夜》写出了《秋窗风雨夕》,抒发自己的哀愁。

贾赦垂涎贾母的丫环鸳鸯，让其妻邢夫人前去说合。鸳鸯哭诉贾母，邢夫人遭到斥责。薛蟠厚颜纠缠会唱戏又豪爽的柳湘莲，被柳毒打，柳怕报复，逃往他乡。薛蟠脸面无存，也外出经商。前时抢来的英莲已成为薛蟠之妾，改名香菱，如今到大观园学诗。姑娘们时常齐聚大观园，作诗、制灯谜，空前热闹与欢乐。袭人因母病回家，晴雯夜里照看宝玉，受寒伤风。宝玉为舅舅庆寿，贾母给他一件俄罗斯裁缝用孔雀毛织的雀金裘，他不慎烧了个洞，其他裁缝不敢修补，晴雯重病中连夜补好。

到了年关，人事繁杂。由于过度操劳，凤姐小产，无法理家，便由探春、宝钗、李纨等人协同理事。探春在园中实行一些改革，公正利落，众人惊服。

黛玉丫环紫鹃试探宝玉对黛玉的真心，假说黛玉要回姑苏，宝玉信以为真而神态失常。由此，黛玉更知宝玉心理，众人也以为他们定成美满姻缘。黛玉又认薛姨妈为干妈，钗黛二人相处更为融洽。

正当宝玉生日欢宴时，贾敬吞丹丧命。尤氏请母亲和妹妹尤二姐、尤三姐来帮忙。贾琏见二姐貌美，要作二房，偷居府外。二姐和贾珍原有不清白，贾珍又想搅浑水，贾琏便想把三姐给贾珍玩弄。尤三姐却正气凛然，大骂珍、琏，并表白自己非柳湘莲不嫁。贾赦派贾琏外出办事，贾琏路遇薛蟠、柳湘莲。薛蟠遇强盗，被柳湘莲搭救，二人结为兄弟，贾琏为柳湘莲提媒。到京城后，柳湘莲先向三姐之母交订礼，遇宝玉闲谈尤氏一家而起疑，又去索礼退婚，尤三姐愤而自刎，柳湘莲追悔莫及，出家为僧。

凤姐知道贾琏偷娶之事，假意接二姐进府。贾琏回来，因办事得力，贾赦赏一妾。凤姐借妾手逼使尤二姐吞金自杀。粗使丫鬟傻大姐在园中拾到绣有春宫画的香囊，王夫人大怒，在一些仆妇的撺掇下抄检大观园。迎春懦弱，听凭丫环被赶走；探春生气，怒打仆妇；惜春这时与哥嫂断绝往来；宝玉的丫鬟晴雯也被王夫人赶出，抱恨而死，贾宝玉无可奈何，写《芙蓉诔》祭她。薛蟠娶妻夏金桂后，在她的挑唆下，毒打香菱。薛姨妈不准，家中吵闹不休，薛蟠只得外出。

迎春由父做主嫁于孙绍祖，不久即被凌辱而死。宝玉年纪渐大，贾政逼他上学。宝钗被家事缠绕，大观园冷清起来。

黛玉思想终身之事无人可求，做噩梦而染重病。为奉承贾母，凤姐提出为宝玉娶宝钗的想法。黛玉听见丫鬟议论宝玉的婚事，病得不能吃饭。后来听说议而未成，病有好转。

十月里，海棠开花，大家以为喜事，置酒庆贺，就在夜里，宝玉的通灵玉不知去向，人也变得痴呆。祸不单行，元春此时死去。

由贾母做主，决定为宝玉娶宝钗，假意告诉他娶的是黛玉，同时不让黛玉知道消息。黛玉从傻大姐处知道实情，梦幻破灭，焚烧诗稿。在宝玉成亲时，她孤苦而死。洞房之夜，宝玉见是宝钗大惊，得知黛玉已死，忧伤不已。

探春远嫁之后，大观园更加凄清。荣宁两府种种行为惹恼皇帝，终于被抄家，革去两府世职。由于权贵的帮助，荣府世职恢复。不久，贾母病死，王熙凤主办丧事。一群强盗打劫荣国府，妙玉被劫走，惜春看破红尘出家。王熙凤死，巧姐被刘姥姥救出嫁给板儿。香菱死，袭人嫁给蒋玉函。

宝玉应考之后中了举人，却决意了却尘缘，出家当了和尚。

精彩片段

★假作真时真亦假，无为有处有还无。

★忽喇喇似大厦将倾，昏惨惨似灯将尽。

★都道是金玉良缘，俺只念木石前盟。

★机关算尽太聪明，反误了卿卿性命。

★好一似食尽鸟投林，落了片白茫茫大地真干净。

★一个是水中月，一个是镜中花。

★瘦死的骆驼比马大。

★千里搭长棚，没有不散的宴席。

★那刘姥姥入了坐，拿起箸来，沉甸甸的不伏手，原是凤姐和鸳鸯商议定了，单拿了一双老年四楞象牙镶金的筷子给刘姥姥。刘姥姥见了，说道："这个叉巴子，比我们那里的铁锨还沉，哪里拿得动他？"说的众人都笑起来……凤姐偏拣了一碗鸽子蛋，放在刘姥姥桌上。

贾母这边说声："请！"刘姥姥便站起身来，高声说道："老刘老刘，食量大如牛，吃个老母猪，不抬头！"自己却鼓着腮帮子不语。众人先还发怔，后来一听，上上下下都哈哈大笑起来。湘云掌不住，一口茶都喷了出来。林黛玉笑岔了气，伏着桌子只叫："嗳唷！"宝玉滚到贾母怀里，贾母笑的搂着叫"心肝"！王夫人笑的用手指着凤姐儿却说不出话来。薛姨妈也掌不住，口里的茶喷了探春一裙子。探春的茶碗都合在迎春身上。惜春离了座位，拉着他的奶母叫"揉揉肠子"。地下无一个不弯腰屈背，也有躲出去蹲着笑的，也有忍着笑上来替他姐妹换衣裳的。

主题思想

《红楼梦》以贾宝玉、林黛玉和薛宝钗的爱情悲剧为主线，通过对贾、王、史、薛四大家族荣衰的描写，展示了广阔的社会生活视野，森罗万象，囊括了多姿多彩的世俗人情。人们称《红楼梦》内蕴着一个时代的历史容量，是封建社会末世的百科全书。

贾宝玉和林黛玉的恋爱可以说在封建社会里注定是个悲剧。它表现在两个层次：首先，它违背了"父母之命，媒妁之言"的封建婚姻制度；其次，它不符合封建家庭的实际利益。在贾府这样一个封建大家庭里，贾宝玉和林黛玉是最具有叛逆性格的少男少女。宝玉对读书做官不感兴趣，并不把它看作是所谓"正途"，在这一点上，只有同样具有叛逆思想的黛玉赞成他。宝玉和黛玉一起长大，在感情不断冲突和交流过程中，志同道合，共同追求一种个性自由，企图摆脱封建束缚的生活方式，于是在心目中都把对方视为自己未来的终身伴侣。从家族发展考虑，黛玉显然不是宝玉未来妻子的最佳人选。黛玉身体羸弱、脾气孤傲以及自定终身的越轨行为，得不到贾母的喜欢，而薛宝钗圆融的人品和才干以及薛家拥有的财富，使她具备了做“宝二奶奶”的条件。贾宝玉和薛宝钗最终被安排举行了婚礼，但这只能标志着婚姻悲剧的开始，所谓“金玉良缘”的结合只能是徒有其表。

《红楼梦》可以说是一部百科全书式的长篇小说。它以一个贵族家庭为中心展开了一幅广阔的社会历史图景，社会的各个阶级和阶层，上自皇妃国公，下至贩夫走卒，都得到了生动的描画。它对贵族家庭的饮食起居等各方面生活细节都进行了真切细致的描写，园林建筑、家具器皿、服饰摆设、车轿排场等描写，都具有很强的可信性。它还表现了作者对烹调、医药、诗词、小说、绘画、建筑、戏曲等各种文化艺术的丰富知识和精到见解。《红楼梦》的博大精深在世界文学史上是罕见的。

艺术特色

《红楼梦》是一部天才的精心构撰的巨作，它在艺术上取得的成就是中国小说前所未有的。主要表现为：

一、严谨的结构

全书以宝、黛的爱情悲剧为主线，以荣、宁两府四大家族的盛极而衰的过程为副线，将复杂的人物、事件、矛盾冲突交织在一起。众多事件交互发展，彼此制约，构成一个庞大的结构体系。全书结构宏大精妙，如层波迭涌的海浪、经纬繁复的织锦，天衣无缝、自然浑成，毫无斧凿痕迹，完美地体现了作者现实主义的创作原则，达到了古代小说结构的最高造诣。

二、现实主义创作手法

《红楼梦》运用现实主义创作手法，自然、逼真地叙述和描写了丰富的现实社会生活，塑造了一大批典型人物。作者善于在日常生活矛盾中根据人物的身份地位来刻画人物形象，又善于以艺术氛围烘托人物的内心情绪。他笔下的人物，如多情而又富有叛逆精神的贾宝玉，孤芳自赏、多愁善感的林黛玉，贤淑善良又巧于迎合的薛宝钗，泼辣、狠毒的王熙凤，逆来顺受的尤二姐，刚烈不屈的尤三姐等，无一不是栩栩如生的。

三、多种对比手法的运用

在事件和人物的刻画上，作者采用多种对比的方法，将美与丑、虚与实、统治与被统治的描写相互补充，创造出一个含蓄深沉、博大精深的艺术世界。比如：巧妙安排了鲜明对照的两个世界，一个是以女性为中心的大观园，这是被统治者的世界；一个是以男性为中心的社会，这是统治者的世界。再如：大观园中，也存在着强烈的对比，宝玉、黛玉追求个性自由，背离封建礼教；宝钗、袭人等维护封建礼教。

四、纯熟的语言风格

《红楼梦》语言简洁纯净，准确传神而多彩，达到炉火纯青的境界。小说语言以北方民间的口语为基础，吸收了中国优秀的古典散文、诗歌、戏曲等文言文的精髓，创造性地把古文中的行为布局、叙事状物的精练笔法熔铸在作品中。还有诗词歌赋的运用，对人物塑造、情节展开起了很好的作用。

五、“谐音寓意”的手法

曹雪芹在写这部书时，还使用了“谐音寓意”的手法，他把贾家四姐妹命名为元春、迎春、探春、惜春，这是“原应叹息”的谐音；在贾宝玉神游太虚幻境时，警幻仙姑让他饮的茶“千红一窟”，是“千红一哭”的谐音，又让他饮“万艳同杯”的酒，这酒名是“万艳同悲”的谐音，这样的手法几乎贯穿了全书。

人物形象

贾宝玉：作为贯穿全书始终的人物，作者曹雪芹在其身上着力最多，寄托也最深，他成为了中国小说史上塑造得最为成功的艺术典型之一。作为荣国府嫡派子孙，他出身不凡，又聪明灵秀，是贾氏家族寄予重望的继承人。但他的思想性格却促使他背叛了他的家庭。他的叛逆性格的形成不是偶然的。小说充分描写了造成他性格的生活环境和具体境遇的各方面特点，深刻揭示了他性格成长的主客观原因。一方面，以男子为中心的贵族社会是那样虚伪、丑恶和腐朽无能，使他因自己生为男子而感到终身遗憾；另一方面，少女们的纯洁美好又使他觉得只有和她们在一起才称心惬意。丫鬟们的深挚纯洁、自由不羁的品格感染着他，她们由于社会地位所遭到的种种不幸也启发着他。

在贾宝玉的直感生活里，她们和那些以世俗男性为主的居于中心统治地位的势力形成鲜明的对照：聪明和愚蠢、纯真和腐朽、洁净和污浊、天真和虚伪、善良和邪恶、美好和丑陋。贾宝玉在这样的环境里，逐渐形成自己思想感情的爱憎倾向，发展了他的叛逆性格。

对于封建礼教，除晨昏定省之外，他尽力逃避参加士大夫的交游和应酬。宝玉追求的爱情婚姻也是建立在这种叛逆思想的基础上的。贾宝玉这个形象所体现的是初步的民主平等思想。但他的思想还是有一点狭隘的，例如：他不敢与封建制度彻底的决裂；他从来不敢和封建家长正面发生冲突，对抗比较消极；还有当他苦于找不到思想出路时，就产生了想死、想“化烟化灰”的虚无空幻的思想。

林黛玉：黛玉在读者心中的地位与贾宝玉几乎是等同的。她是作者精心塑造的另一封建贵族阶级的叛逆者。林黛玉出身于世袭侯爵的“清贵之家”。由于生活在思想环境比较开放的南方，加之父母钟爱，把她当作男孩来培养教育，使得她的思想比较开放，才华横溢。同时，险恶的环境也培育了她的叛逆性格。除此之外，林黛玉还直接反抗封建礼教。宝黛的爱情是一种新型的、历史上从未有过的、属于未来的爱情。这种爱情的最根本的特点，是建立在互相了解、思想一致的基础上的，表现得非常纯真、深挚、坚贞。林黛玉本是一个“情痴”“情种”，她为爱情而生，又为爱情而死，爱情是她的生命所系。她对贾宝玉爱得真诚，爱得执著，始终如一，至死不渝。但可悲的是宝、黛之间的爱情注定是一场悲剧。林黛玉始终保持着和封建势力不妥协的态度。在焚稿断痴情一回中，她一面吐血，一面焚稿，以死向这个黑暗的社会表示最后的反抗。在黛玉身上，我们又看到一种新型妇女的思想意识的萌芽。

薛宝钗：稳重大方，八面玲珑。她对不同的人自有一套不同的“社交”方式：对贾母、王夫人这样的“权威人物”，她尊重顺从；对大观园的其他姐妹，她表现出的是“宝姐姐”的稳重和宽容；对下人，她又显得平易近人，不端架子。

王熙凤：聪明能干，管理着贾府的上上下下。她善于察言观色，也喜打小算盘，可谓“机关算尽”。她头脑灵活，点子多多，想出“偷天换日”的办法把宝钗嫁给了宝玉。除此之外，她也有重情的一面，对大观园里的姐妹非常照顾。

史湘云：心直口快、不拘小节，很有男儿气概。她心无城府，曾在大家对长得像林黛玉的戏子“笑而不言”时脱口而出“是像林姐姐的样儿”；她热情大方，在大家结社作诗时当面抗议说诗社怎么能少了她；她快人快语，曾与黛玉和宝琴进行“对诗联句大战”。

贾探春：探春在贾家虽为庶出，但非常聪明能干，曾以出色的能力管理过偌大的贾府。她活跃且好奇，海棠诗社就是在她的提议下组织起来的；她性格乐观，虽远嫁他乡仍勇敢面对，而且反过来劝慰家人。

名家点评

★《红楼梦》对于我这个读者，是唯一的一部永远读不完，永远可以读，从哪里翻开书页读都可以的书。同样，当然是一部读后想不完，回味不完，评不完的书。

——王蒙

《呐喊》

作者介绍

略。详见《朝花夕拾》。

创作背景

《呐喊》是鲁迅 1918 年至 1922 年所作的短篇小说的结集，于 1923 年 8 月由新潮出版社推出。

鲁迅曾为中国革命的出路问题做过长期的苦心探索。1917 年爆发的五四运动给鲁迅带来了新的希望。在《呐喊》序中，鲁迅谈到他弃医从文的经过和目的。1902 年他由清政府派往日本留学，1904 年到仙台学医，1906 年因课堂上看到的一部画片使他弃医从文。他回忆道："有一回，我竟在画片上忽然会见了我久违的许多中国人，一个绑在中间，许多站在左右，一样是强壮的体格，而显出麻木的神情。"据解说，绑着的是替俄国做军事侦探的，正要被日军砍下头颅来示众，而围着的便是来"赏鉴"这示众的"盛举"的人们。他"便觉得医学并非一件紧要事，凡是愚弱的国民，即使体格如何健全，如何茁壮，也只能作毫无意义的示众的材料和看客，病死多少是不必以为不幸的。所以我们的第一要事，是在改变他们的精神，而善于改变精神的是，我那时以为当然要推文艺，于是想提倡文艺运动了"。

鲁迅又谈到他把《狂人日记》等小说投稿到《新青年》的经过。他曾问办《新青年》的朋友："假如一间铁屋子，是绝无窗户而万难破毁的，里面有许多熟睡的人们，不久都要闷死了，然而是从昏睡进入死亡，并不感到死的悲哀。现在你大嚷起来，惊起了较为清醒的几个人，使这不幸的少数者来受无可挽救的临终的苦楚，你倒以为对得起他们么?"那人答道："然而几个人既然起来，你不能说决没有毁坏这铁屋的希望。"于是，他便写了《狂人日记》，此后还陆续推出另外十余篇。鲁迅是希望自己的作品能叫醒"铁屋"中的人，使国人得救。谈到《呐喊》的名称，他说："在我自己，本以为现在是已经并非一个迫切而不能已于言的人了，但或者也还未能忘怀于当日自己的寂寞的悲哀罢，所以有时候仍不免呐喊几声，聊以慰藉那些在寂寞里奔驰的猛士，使他们不惮于前驱。至于我的喊声是勇猛或是悲哀，是可憎或是可笑，那倒是不暇顾及的；但既然是呐喊，则当然须听将令的了，所以我往往不恤用了曲笔，在《药》的瑜儿的坟上平空添上一个花环，在《明天》里也不叙单四嫂子竟没有做到看见儿子的梦，因为那时的主将是不主张消极的。至于自己，却也并不愿将自以为苦的寂寞，再来传染给也如我那年轻时候似的正做着好梦的青年。"

内容简介

《呐喊》收入了鲁迅 1918 年至 1922 年所作的 15 部小说。1923 年由新潮出版社推出，后再版时抽去历史小说《不周山》（后更名为《铸剑》）一篇，遂成现在的 14 部。包括《呐喊 · 自序》《一件小事》《狂人日记》《鸭的喜剧》《端午节》《故乡》《孔乙己》《药》《阿 Q 正传》《兔和猫》《社戏》《风波》《头发的故事》《明天》和《白光》。

《狂人日记》：鲁迅的第一篇白话小说，也是现代文学史上的第一篇白话小说，发表于 1918 年 5 月的《新青年》，作者首次采用了"鲁迅"这一笔名。本篇塑造了一个反封建战士——"狂人"的形象。作者通过狂人的叙述，揭露了中国社会几千年的文明史，实质上是一部吃人的历史；披着"仁义道德"外衣的封建家庭制度和封建礼教，其本质是吃人。同时，作者发出"救救孩子"的呼声，呼吁人民觉悟起来，推翻封建制度。本篇以鲜明的反封建思想和强烈的艺术感染力，在思想界、文化界引起了巨大反响，从而为整个中国新文学运动打下了坚实的基础。本篇在艺术手法上的特色，在新文化运动中产生了广泛的影响。作者将写实和象征的手法结合得天衣无缝，从而产生了极强的艺术感染力。其次是语言性格化。《狂人日记》使用的是现代文学语言。作者精心构思了一个“语言杂错无伦次”的狂人。他的语言看似杂乱而实敏锐，既符合精神病人的特点，又道出了被压迫者的心声。性格化的语言成功地塑造了貌似狂人而实具象征意义的战士形象。

《孔乙己》：塑造了一个封建社会中没落知识分子的典型形象，穷困、潦倒、迂腐、麻木的孔乙己，在封建科举制度的毒害、摧残下终被封建社会所吞噬。作者抨击了国民精神的麻木和社会对苦难者的漠视，同时对腐朽的封建科举制度进行了尖锐的谴责。本篇的艺术特色之一在于结构严谨，工于匠心。作品先是在开端交待了环境和气氛；其次是发展，介绍人物；再是高潮，即小说中心——提示了社会的冷酷无情。特色之二在于以侧面描写来塑造人物性格。作品用第一人称“我”——酒店小伙计耳闻目睹的情况来写孔乙己，他的肖像刻画、对话、经历，都通过“我”的概括叙述来表现，由此塑造的人物显得真实可信，从而把人物描绘得栩栩如生。小说的语言也极精练简洁。作者刻画的酒店掌柜、小伙计、短衣帮顾客、孩子们等众多人物都以简练的几笔勾画出来，惟妙惟肖。孔乙己结结巴巴地为自己靠不住的清白辩解时，那一句自欺欺人的“窃书不能算偷”，将旧时代知识分子自命清高而又迂腐不堪的形象毕现无余。

《药》：以 1907 年民主革命英雄秋瑾就义为背景，经过艺术加工和典型创造而写成的。小说描写了革命者流血牺牲而不被理解，他们的鲜血反被做成人血馒头去医治痨病这样一个旧民主主义革命时期的悲剧，发人深省地剖析了这一革命之所以不成功的历史原因。本篇独具匠心地采用了双线结构。一条线索写华老栓为儿子治病—华老栓买人血馒头—华小栓吃人血馒头—华大妈上坟；另一条线索写夏瑜的革命活动和牺牲。两个悲剧交织起来，形成了一幅悲壮的图景。作者精细的构思，突出体现在采用特殊的反射和暗示的写作手法。用“华”“夏”这两个具有象征意义的姓氏作为流血者和吃血者的代称，其强烈深远的意蕴极为丰富悠长。全篇其实只是写一个革命者牺牲事件的反面，通过一群不觉悟的人的印象及其反应，反射出革命者生存状况的惨烈。夏瑜被杀没有明写，而是从围观人的动作描写中暗示出来；其被杀地点为古轩亭口，这正是秋瑾被害的地方；其视死如归的精神是通过牢卒和听客们愚妄的反应反射出来的；其坟上的花圈则暗示他的同志们仍在坚持斗争。小说末尾以坟头比喻阔人祝寿的馒头，其中的暗示意味就更加深远和令人警醒了。小说全篇笼罩着浓重阴冷的气氛，也是作者为突出人物和主题而成功营造出来的，使吃人血的故事更具有震撼人心的效果。

《明天》：鲁迅着力反映妇女悲惨命运的小说之一。作品通过寡妇单四嫂子痛失独子的描写，令人震悚地展示了一幅中国妇女孤立无助的图景，同时抨击了黑暗社会的吃人本质和没落社会中人们的无情和冷漠。在作品中，作者采用了极为强烈的对照映衬手法：一面将人物形象凸显出来，一面将人物命运勾勒出来。在宝儿垂死之际，单四嫂子心乱如麻的时候，红鼻子老拱和蓝皮阿五之流在唱小调，打她的歪主意；何小仙慢条斯理，不紧不慢；而同是妇女，似乎有同情心的王九妈，也终于被证实并非出于真情。至此被作者一再称之为有古风的人们，在办丧事时，凡动过手、开过口的人都吃了单四嫂子一顿饭，对她无异于雪上加霜，而明天等着单四嫂子的又是什么呢？作者虽然没有明说，实际上却通过种种迹象，把一个残酷的世界摆在了读者面前。美的事物被毁灭，丑的事物甚嚣尘上，而众人对此漠然处之。作者冷峻的写作风格显示出他对黑暗社会的愤恨，精练而写实的艺术风格显示了作者写作手法的纯熟，洗练而朴实的笔致精彩勾勒了一幅小镇风俗画，而人物心理的刻画与对话的描写，更难有一字更改，实在是精品中的精品。

《一件小事》：全文仅一千字左右，短小精悍，内容警策深邃。作者描写的是日常生活中的一件小事，在歌颂下层劳动人民崇高品质的同时，还反映了知识分子的自我反省，表现出真诚向劳动人民学习的新思想。在五四时期能有如此认识是很不寻常的，具有深远的社会意义。本篇的写作特点是运用对比手法，将车夫和“我”对丁同一事件的不同态度进行对照，显露出“我”自私自利的渺小，映衬出车夫光明磊落、敢做敢当、关心别人的高大形象。这种对比的妙处在于以间接而含蓄的笔墨突出劳动者的淳朴无私。在表现形式上，本篇好似一幅速写画，又近于当代的“小小说”，短小精悍、清新可人而意味深长，情节真实可信，成为现代小说中传颂最广的名篇之一。

《头发的故事》：通过N先生与“我”的对话——实际上几乎通篇是N先生的独白——从纪念“双十节”联想到辛亥革命的表面成果——剪去了辫子，从而理性地总结了辫子在中国的历史及其在人们精神上造成的弊病。辛亥革命后，剪掉辫子仍被辱骂，此文鞭辟入里地说明了封建思想在国民心理上造成的印痕，是绝非一次民主革命所能消除的，给人以深刻的启迪和回味。在艺术形式上，本篇几乎是一个人的独白，夹叙夹议，声情并茂，去掉头尾，去掉引号便纯然成了一篇杂文。显然，作者借主人公之口说出了自己的感受，而又使之与作者保持距离，以增强故事性效果。这样也使人物语言更自由更个性。N先生关于“本多博士”这段议论，读来发人深思。篇末的语句，呼应了篇首的话题，更是余音绕梁，令人倍觉警策。

《风波》：这篇小说创作于1920年。1917年7月封建余孽张勋乘北洋军阀内部争权夺利之际，带兵入京，捧清废帝宣统（溥仪）复辟上台。这个反革命阴谋激起了广大人民的义愤，各地纷纷声讨张勋。作者以张勋复辟的事件做背景描述了江南农村中的一场风波。作品围绕“辫子”的危机，提示了这一事件的实质，即复辟终究挡不住历史前进的步伐，沉渣短暂泛起之后，终究要被重新淘汰。小说通过一个偏僻乡村的场景，喻示了整个中国的状况。本篇刻画的人物性格各具特色：七斤愚昧、麻木、驯服、盲从、无知，是当时中国农民的典型；赵七爷无政治主见，报复心重，是一个陈腐守旧的顽固派形象；其他如七斤嫂的精明泼辣、九斤老太的固执保守等，众多人物都是性格鲜明，语言极富个性，真实体现了典型环境中的典型人物。虽然所花笔墨有限，但其中人物如九斤老太、赵七爷等已成为中国现代文学作品中不朽的典型形象。

《故乡》：作于1921年，小说通过一次回故乡的经历，描绘了一幅五四时期中国农村凋零破败的真实情景，深刻提示了农村危机背后的社会危机。小说在艺术上偏重抒情，基调是沉郁、悲凉、压抑的，面对中国农村的破败和凋敝，作者以感伤的笔触淡淡地写来，有看见故乡萧索的悲凉，有重逢少年时代朋友时的喜悦，有与闰土隔起的障壁的困惑，有对下一代新生活的憧憬。作者流露出的浓烈、深切的悲凉之情真挚动人，增强了作品的艺术感染力。作者笔下真实的农村图景及特有风情，为作品增添了极大的艺术魅力，以致作家群起仿效，从而形成“乡土文学”的第一次创作高潮。在表现手法上，作者采取了对比反衬的手法：写故乡二十年前后的对比，反映了兵匪官绅给农民带来的沉重灾难；写闰土二十年前后的对比，反映了在残酷的阶级压迫下农民的悲惨命运；写迅哥和闰土之间感情前后二十年的对比，反映了贫困农民因生活磨难而导致的麻木、愚昧。这些都有效地增强了作品的震撼力，显现了作者敏锐的洞察力和深广忧愤。

《阿Q正传》：鲁迅小说的代表作，是中国文学史上的名篇。作者创作这部小说的目的是暴露国民的弱点，写出“现代我们国人的灵魂来”，“揭出病苦，引起疗救的注意”。作品成功地塑造了一个集中体现中国国民性弱点的典型人物——阿Q的形象，抒发了作者对于落后农民哀其不幸、怒其不争的胸臆。阿Q，姓名、籍贯不详，以做短工度日。阿Q自尊又自卑，对受居民尊敬的赵太爷和钱太爷独不崇奉，不是想自己“先前阔”，就是想“儿子会阔多了”，他总能在精神上获胜。被王胡揍了一顿，又被“假洋鬼子”打了一棍，想着“儿子打老子”便忘却了，调戏小尼姑更觉晦气全消。但这却勾起了他的欲望，尽管严守“男女之大防”，但又压不住自然的本能，就对吴妈叫着“我和你困觉”，被秀才的大竹杠打了一顿。阿Q的爱情梦被打破，随即生计又成问题，于是决定进城。回来曾获得村里人一时的敬畏，但人们探听底细后又对他“敬而远之”。得知革命党进村，本是“深恶痛绝”，但一看举人和村里人都怕他们，便有些神往。然而阿Q一直没弄懂革命，直到被抓、被杀。临死前的遗憾是画押的圈不圆。小说深刻地表现了封建文化窒息下形成的中国国民的劣根性，阿Q则是这种国民性弱点的集中体现。“精神胜利法”是阿Q的主要特征。作品采用了改造过的章回体小说的形式，分九章讲述了一个个既独立又关联的故事，形象地刻画了阿Q的性格特征，往往能引起读者会心一笑，但笑过以后却又不禁同情怜悯阿Q。作者的语言修养极深，独具匠心，使用的词汇自然而又恰到好处，如：阿Q调戏了小尼姑而“十分得意地笑”，酒店里的人也“九分得意地笑”，阿Q从城里发财回来，大名从“浅闺”传到“深闺”里去了。相对于“深闺”的“浅闺”和相对于“十分”的“九分”，用得十分形象而幽默。作品中鲁迅使用的词汇既新颖又妥帖，常给人以新颖别致之感。

《端午节》：作于1922年，其最为显著的特色是非凡的讽刺手法。端午节是中华民族的传统节日，中国人的风俗是逢年过节大家欢天喜地，大凡讨债一类事，都在年关前解决。本篇写了政府欠薪和教员索薪，“索薪”的时间从年关提前到端午节前，还从教员索薪写到官员索俸，这是对当局莫大的讽刺。作者的笔法从容有致、委婉含蓄，在不露声色的描述中，暴露了政府的腐败。对政府的官员，如方玄绰之流的小官僚，作者也加以无情的讽刺。方玄绰自私自利，自命清高，他的“差不多”一说挟带私心，但偏要戴上忧国的花环。他不加入“索薪”行列，认为索薪欠斟酌，而一旦经济拮据，他也赞同索薪了。方玄绰口头上责备太太提出的买彩票“无教育”，但对“头彩几万元”的广告也是动心的。方玄绰表里不一的虚伪相，被作者刻画得惟妙惟肖。作者对于方玄绰的内心描写，以及通过方玄绰与方太太的对话来刻画人物性格也是很成功的，把这个可怜又可恶的小官僚塑造得活灵活现。

《白光》：作于1922年，此文通过一个疯狂追求功名利禄的旧知识分子的遭遇，控诉了封建制度吃人的阴鸷。为揭露这种阴鸷，作者营造了一个阴冷、诡秘的气氛，并在阴森森、凄惨惨的氛围中展开情节，展现了主人公悲惨的命运。作者通过四个方面来描写小说独特的氛围：一是陈士成的幻觉，这种幻觉极易感染读者；二是环境描写，月光的阴冷，默认的静谧，都能使读者身临其境；三是祖母讲的故事，富有神秘感；四是白光的描写。白光将陈士成一步步导向死路，白光也是封建科举制度下功名利禄的形象化身。就写作风格而言，这篇小说明显受到安德列耶夫的影响，但更带有鲁迅小说那特有的犀利、敏锐之风格。

《兔和猫》：这篇小说带有寓言的色彩，作者以小动物为对象，抒发了自己的爱憎之情。作者同情新生弱小的兔子，憎恶大黑猫的凶恶，并由此寓射社会现象，从而更加反衬出代表黑暗势力的大黑猫的凶残，和作者对其的憎恶之情。作者以极强的观察力、传神的笔致把白兔的外形、动作、神态描绘得栩栩如生，语言生动准确，从而增强了作品的艺术魅力。

《鸭的喜剧》：一篇带有纪实性色彩的小说，作者与俄国盲诗人爱罗先珂在北京有过一段交往，本篇即以此为素材。作品结构简单明了，但内容丰富深广。作者塑造的主人公爱罗先珂对世界充满爱心，那是一种博大的爱，他爱一切生物，爱充满活力的生命，爱欢乐的世界，但世界并非尽如人意。作者通过鸭的喜剧——也就是由蝌蚪的悲剧，提示了生存竞争、弱肉强食的生命现象所折射出的社会现象，委婉地表达了人间不可能无所不爱，唯有反抗强暴，才能保护弱者的思想。本篇在写作上有散文化特色，情节性不强，但语言朴实、亲切、雅致，别有一番韵味。

《社戏》：鲁迅先生的代表作品之一，作于1922年10月。作者少年时代在农村看的社戏经久不忘，到了成年，在北京看的京戏却索然无味。作者在回忆对比中赞美了农民子女的优秀品质，给读者留下了质朴、温厚、可爱的农村小朋友的形象。农村是作者少年时代的乐土，可以不必读书，可以钓鱼放牛，可以看社戏。同时，作品的心理描写也非常出色，如对看社戏雇不到船时的急切和有船时的轻松两种心情，刻画得真切动人。作品对人物的刻画相当生动形象，展示了其个性：双喜热情、机灵、直率，阿发无私、能干，六一公公纯朴、大度，都只用寥寥几笔便勾画出了他们各自的特征。作者用抒情的笔语写自然山水景致，诸如豆麦和水草的清香、月色的朦胧、笛声的宛转悠扬，营造了一种恬静淡雅的夜景，给作品增添了魅力。作品还描写了淳厚的民风，演社戏、看社戏的习俗，都发出浓厚的乡土气息，民风的描述起了陪衬作用，使作品读来饶有情趣，亲切感人。

精彩片段

★我这时突然感到一种异样的感觉，觉得他满身灰尘的后影，刹时高大了，而且愈走愈大，须仰视才见。而且他对于我，渐渐的又几乎变成一种威压，甚而至于要榨出皮袍下面藏着的“小”来。(《一件小事》)

★我翻开历史一查，这历史没有年代，歪歪斜斜的每页上都写着“仁义道德”几个字。我横竖睡不着，仔细看了半夜，才从字缝里看出字来，满本都写着两个字是“吃人”！(《狂人日记》)

★我在朦胧中，眼前展开一片海边碧绿的沙地来，上面深蓝的天空中挂着一轮金黄的圆月。我想：希望本是无所谓有，无所谓无的。这正如地上的路；其实地上本没有路，走的人多了，也便成了路。(《故乡》)

★孔乙己一到店，所有喝酒的人便都看着他笑，有的叫道，“孔乙己，你脸上又添上新伤疤了！”他不回答，对柜里说，“温两碗酒，要一碟茴香豆。”便排出九文大钱。他们又故意的高声嚷道，“你一定又偷了人家的东西了！”孔乙己睁大眼睛说，“你怎么这样凭空污人清白……”“什么清白？我前天亲眼见你偷了何家的书，吊着打。”孔乙己便涨红了脸，额上的青筋条条绽出，争辩道，“窃书不能算偷……窃书！读书人的事，能算偷么？”接连便是难懂的话，什么“君子固穷”，什么“者乎”之类，引得众人都哄笑起来：店内外充满了快活的空气。(《孔乙己》)

★老栓也向那边看，却只见一堆人的后背；颈项都伸得很长，仿佛许多鸭，被无形的手捏住了的，向上提着。静了一会，似乎有点声音，便又动摇起来，轰的一声，都向后退；一直散到老栓立着的地方，几乎将他挤倒。

“喂！一手交钱，一手交货！”一个浑身黑色的人，站在老栓面前，眼光正像两把刀，刺得老栓缩小了一半。那人一只大手，向他摊着；一只手却撮着一个鲜红的馒头，那红的还是一点一点的往下滴。(《药》)

★闲人还不完，只撩他，于是终而至于打。阿 Q 在形式上打败了，被人揪住黄辫子，在壁上碰了四五个响头，闲人这才心满意足的得胜的走了，阿

Q站了一刻，心里想，“我总算被儿子打了，现在的世界真不像样……”于是也心满意足的得胜的走了。

阿Q想在心里的，后来每每说出口来，所以凡是和阿Q玩笑的人们，几乎全知道他有这一种精神上的胜利法，此后每逢揪住他黄辫子的时候，人就先一着对他说：“阿Q，这不是儿子打老子，是人打畜生。自己说：人打畜生!”

阿Q两只手都捏住了自己的辫根，歪着头，说道：“打虫豸，好不好？我是虫豸——还不放么?”

但虽然是虫豸，闲人也并不放，仍旧在就近什么地方给他碰了五六个响头，这才心满意足的得胜的走了，他以为阿Q这回可遭了瘟。然而不到十秒钟，阿Q也心满意足的得胜的走了，他觉得他是第一个能够自轻自贱的人，除了“自轻自贱”不算外，余下的就是“第一个”。状元不也是“第一个”么？“你算是什么东西”呢!?（《阿Q正传》）

主题思想

在《呐喊》自序中，作者回顾了自己的人生经历，其中反映了作者思想发展的过程和从事文艺活动的目的和态度。作者从学洋务、学医、走科学救国之路，到推崇文艺，把文艺作为改变国民精神的武器，表现了他爱国主义思想的发展和求索救国救民道路的精神历程。

作品真实地描绘了从辛亥革命到五四运动这段时期的社会生活，揭示了种种深层次的社会矛盾，对中国旧有制度及陈腐的传统观念进行了深刻的剖析和彻底的否定，表现出对民族生存浓重的忧患意识和对社会变革的强烈渴望，反映了五四运动前后中国社会被压迫者的痛苦生活和悲惨命运。

艺术特色

鲁迅的小说具有自己鲜明的风格和特征，他的创作证明了他是一位成熟的艺术大师，他熟练地驾驭着独特的艺术方法和技巧，用以展开生活的描写和形象的创造。

一、关于人物的塑造

鲁迅在描绘人物时，都经过典型化的过程。他的典型塑造方法带有自己的特点，即“杂取种种人，合成一个人”。这里所谓“杂取种种人”，不能理解成互不联系的人物性格的杂凑。相反，作者对于所写的人物，都是经过长期的静观默察而烂熟于心的，他洞悉人物特定的社会属性及其复杂的内容，因此他杂取的是那些足以充分地、真实地揭示人物性格的细节。例如：阿Q的形象，虽有较多的细节取自谢阿桂，如偷窃东西出卖等；但“舂米能手”这个特征，则是取自谢阿有；向吴妈下跪求爱，则是取之于破落子弟桐少爷。这些都是阿Q事迹的一端，孤立起来看，并无什么意义，但经过作家的艺术概括，集中在阿Q的身上，就成了栩栩如生的典型形象。在这里，艺术的真实比起生活的真实来，显然是“更高，更强烈，更有集中性，更典型，更理想，因此就更带普遍性”。

二、善于运用白描的手法和“画龙点睛”的手法来塑造典型形象

白描手法的特点就是真实、朴素、不加修饰。小说中很少出现冗长的描写和辞藻的堆砌，也没有曲折离奇的情节，总是以平易近人的生活描写来展现人物的性格。当然，白描手法决不是什么“纯客观”的描写，它包含着作者鲜明的爱憎，这主要表现在生活细节的选取上，有时也表现为直接的抒情。与白描手法相联系的是，鲁迅最能抓取人物的性格特征，以十分简练的笔墨来刻画人物的灵魂，这就是“画龙点睛”也即传神的手法。他说：“忘记是谁说的了……要极省俭地刻画出一个人的特点，最好是画他的眼睛。我以为这话是极对的。倘若画了全副的头发，即使细得逼真，也毫无意思。”鲁迅的创作，有着明确的战斗目的，在广泛的生活经验和深刻的社会历史理解的基础上，产生了他的主题和人物。人物内涵的社会内容和思想意义，在下笔之前，鲁迅是深入思考过的，这就使他有可能精选那些最富有特征、最能揭示人物精神面貌的细节，摒弃那些偶然的、表面的东西，从而鲜明地凸显人物的性格。例如孔乙己的形象，由于作者对这类文人有最深透的认识，了解他们所受科举制度的深入骨髓的毒害，在形象塑造上主要抓取他的穷酸的性格，通

过他的穿长衫、满口“之乎者也”和站着喝酒的外形描写，以及喃喃申辩“窃书不能算偷”和教孩子“茴字有四样写法”等细节描写，便很成功地塑造了这个人物。

三、单线发展的结构，很少运用复合交错的手法

在单线发展中，不是以曲折的故事情节，而是以日常生活的断片、场景和插曲相互连接起来的。这种结构手法主要是服从人物性格的要求，而不是根据一个完整的故事来布局，它缺乏强烈的故事性，但写到作品里的任一断片、场景和插曲，却能有力地揭示人物的性格特征。例如《故乡》的结构就是如此，它以第一人称“我”回故乡的所见所闻，通过几个生活场面的转换来安排作品的结构。作者不是以人物的完整经历来描写闰土和杨二嫂，而是以现实和回忆中的两幅生活场面和形象来描写他们，从而深刻地反映出由于生活重压所引起的人物精神面貌的可悲的变化。《阿Q正传》的故事情节比较完整，但仍然是用日常生活的场景、断片连接起来的。

四、精练的语言

语言的精练和描写人物的传神手法是分不开的。由于作者对人物的性格了解得十分深刻，在描写时紧紧抓住性格特征，没有繁冗的笔墨，所以就能写得精练。鲁迅自己说过：“我力避行文的唠叨，只要觉得够将意思传给别人了，就宁可什么陪衬拖带也没有……所以我不去描写风月，对话也决不说到一大篇。”这些话很精确地说明他的创作和语言的特点。《药》里的夏瑜是一个杰出的范例。如上所述，作者只是通过一个敌视革命的刽子手的几句话来描绘他，而革命者的崇高形象便被鲜明地塑造出来。至于作品里的陪衬人物，作者往往只用了三笔两画，便清楚地勾画出人物的面貌、性格。鲁迅的小说很少出现景物描写，在仅有的一些写景的例子里，都是十分节省笔墨的。他经常把写景和叙事揉合在一起，使人们分不清是写景还是叙事。而且这些描写，往往是通过作家心灵的体验和感情的渲染来着笔，所以它又富有抒情色彩。鲁迅小说的语言和写景之所以能达到如此精练的程度，首先取决于他思想的修养和观察的细致。其次，作者的古典文学造诣和严肃的写作态度，对于形成作品的这一特点也是很有帮助的。

五、具有独特的民族风格和特点

作者善于批判地继承我国古典文学和外国文学的精华，在现实生活的基础上加以革新创造。他对中国历史和现实生活有深邃的研究与观察，熟悉中国古老的农村社会和农民生活，了解同时代知识分子的思想面貌。这些条件使他善于在作品里描绘民族的生活和风俗，传达民族的精神与气派。《阿Q正传》所描写的未庄的农村社会是辛亥革命前后中国农村的一个标本；《药》和

《孔乙己》所描写的小集镇的酒店、茶馆也是地道中国式的。鲁迅笔下的人物，不论是闰土、阿 Q 等农民，或是赵太爷、鲁四老爷等封建士绅，还是孔乙己一类的旧式文人，完全是当时中国社会的人物，他们的外貌、服饰和气质都带有不可代替的中国特点。在艺术手法上，白描和传神的手法，正如作者所说，是继承了中国古典文学和民间艺术的优良传统。语言的精练是我国古汉语和古典文学的显著特征，这在鲁迅小说里也可以看到一种明显的继承关系。鲁迅小说的语言，主要是以人的唇舌作为源泉，融合了他所吸收的中国古代语言和外国语言的优良成分创造而成的。总之，鲁迅的小说是中国式的，是我国现代文学中批判地继承中外文学遗产的杰出典范，体现了我国现代文学与古典文学的渊源关系及其所受外国文学的影响。

鲁迅作品的思想内容和艺术形式达到了相当高度的统一，它具有难于模拟的中国作风和中国气派。他的作品不仅属于中国，而且属于世界最杰出的作品之列。

人物形象

小说是塑造人物形象的作品，通过人物形象的塑造，来表达作者自己的观点。《呐喊》塑造了大量性格鲜明、个性突出的人物形象，大致有以下几种类型：

第一种是压迫者。《阿 Q 正传》里的举人老爷、赵太爷，《风波》里的赵七爷等。他们识字，有财产，地位高，说话牛，一般老百姓见到他们都觉得气短。《阿 Q 正传》里的赵太爷说话凶猛：赵太爷愈看愈生气了，抢进几步说："你敢胡说！我怎么会有你这样的本家？你姓赵么?"阿 Q 不开口，想往后退了；赵太爷跳过去，给了他一个嘴巴。"你怎么会姓赵！——你哪里配姓赵！"这些人物既占有话语权，又拥有相当大的财力，他们对于旧时代的各种礼仪、陋习都非常习惯，对任何不符合这种恶习的行为都特别憎恨。如果有什么以下犯上的事情出现，他们不是暴跳如雷、痛心疾首就是唉声叹气。鲁迅对于这类人物的鄙视和憎恶是显而易见的。他们的"权威"和他们代表的旧时代、旧文化，一直是鲁迅不遗余力鞭挞的对象。

第二种是革命者。《药》里的夏瑜最为典型。他是资产阶级民主革命者。

他家境贫寒，以致贪婪的牢头从他身上“榨不出一点油水”；他对资产阶级民主革命有明确的认识，推翻清朝统治，建立“我们大家”的天下是他的斗争纲领；他意志坚定，在狱中坚持宣传革命道理，甚至劝牢头造反；在对敌斗争中“不要命”，不怕打，英勇无畏，毫不动摇。最后，在敌人的屠刀下慷慨就义，表现出革命者大义凛然的英雄气概。

夏瑜的革命斗争，在当时的历史条件下，代表了广大人民群众的利益，因此鲁迅先生热情赞扬了他为革命献身的精神，但同时也描写了他的斗争的悲剧性。他的革命主张不为广大群众所理解，他的革命行动没有得到广大群众的支持，甚至连他的牺牲也没有赢得群众的同情。更可悲的是他为革命所喷洒的热血，竟成了华老栓给儿子治病的“药”。所以，夏瑜的死是寂寞的、悲凉的。清明时节坟头出现的花环，说明革命者仍在怀念他，革命火种还没有也不会被扑灭，它在黑暗中给人以希望。夏瑜在小说中始终没有出场，作者是用侧面描写，通过刽子手和茶客们的谈话刻画他的形象的。

第三种是帮闲。在鲁迅的小说里，帮闲是一个非常重要的群体，他们无处不在。《药》里的“驼背五少爷”“花白胡子”，《阿 Q 正传》里“未庄的闲人们”等，都是闲人。帮闲既可以是帮凶，也可以是庸众，反正他们永远都是应声虫。正是这样的一些帮闲，构成了“压迫者”随从众多的表象。鲁迅对于帮闲的厌恶由来已久，这些帮闲作为一个群体目标非常不明显，不容易打击。他们对于革命者自然是具有伤害性的，但是同时，革命者对于他们也束手无策。

第四种是受苦受难兼愚昧无知的人物形象。《药》里的华老栓，《明天》里的单四嫂子。他们的命运非常凄苦，但从来没有想过去改变。华老栓是求人血馒头，单四嫂子是盼望明天。他们构成了社会中最大的底层，就像河底的淤泥一样无声无息。这类人物为读者熟知，所谓“哀其不幸，怒其不争”的一类人物就是这些。写到这些人时，鲁迅的笔墨变得沉重起来。

第五种是旧式文人形象。《孔乙己》里的“孔乙己”，《白光》里的“陈士成”，《端午节》里的“方玄绰”，都是这些因循守旧、看不惯新的事物、总是喜欢在过去的世界里思考问题的人物代表。鲁迅通常用轻快和嘲讽的语气来写这类人物，这表明这些人所代表的一些势力，在鲁迅的心中并没有占主要的位置。

第六种是善良人的形象。《一件小事》里的“车夫”，《故乡》里的“闰土”，《社戏》里的“六一公公”和“双喜”“阿发”，在这些人物里，“车夫”的人物形象最高大，“双喜”“阿发”“闰土”则是一群可爱少年的形象，“六一公公”善良可亲。

第七种是阿 Q 们。在鲁迅的小说里，阿 Q 可以作为一个最为独特的形象而独自作为一个类型人物。在他的其他小说里，没有一个人物形象具有阿 Q 这样的完整性。但是我们可以看到，在鲁迅略带嘲讽的语调中，阿 Q 的身上可以说是没有一点可亲的特质。他的“自欺欺人”“精神胜利法”，他的“欺软怕硬”“自我作践”，都具有相当大的普遍性。所以，虽然阿 Q 只有一个，但是其他的人物身上或多或少地带有阿 Q 的特点。作为改造“国民性”理想中的一个最大成果，鲁迅成功地塑造了阿 Q 这样一个人物形象，把中国人的深层性格揭示得淋漓尽致，这是他的一个巨大贡献。

名家点评

★《呐喊》是最近数年来中国文坛上少见之作，那样的讥诮而沉挚，那样的描写深刻，似乎一个字一个字都是用刀刻在木上的。

——郑振铎

★其实，不仅鲁迅的全部著作与实践足以证明他是一位中国多少年才可能出现的伟大思想家，就是一部《阿 Q 正传》也已经可以成为明证了，如不是思想家，仅是一位诗人和战士的话，怎么可能塑造出阿 Q 这样一个包含极为深厚的思想底蕴、永远解读不尽的世界级艺术典型呢？

——张梦阳

《子夜》

作者介绍

茅盾（1896～1981），中国现代作家，无产阶级革命文艺运动领导人之一，原名沈德鸿，字雁冰，“茅盾”是发表《幻灭》时始用的笔名。他是浙江桐乡乌镇人。他的父亲是医生，过早去世。茅盾对文学的兴趣主要得益于母亲的指引。1913 年，他考入北京大学预科。1916 年毕业后，在上海商务印书馆编译所工作。1921 年 1 月，茅盾参与发起和组织了我国第一个新文学社团——文学研究会，主编并改革了文学刊物《小说月报》。1928 年创作了处女作《蚀》三部曲，包括三个中篇：《幻灭》《动摇》《追求》。

1930 年，茅盾在上海加入中国左翼作家联盟，与鲁迅一起担任左联领导工作。1932 年，相继完成长篇小说《子夜》和短篇小说代表作《林家铺子》《春蚕》。1933 年创作《秋收》《残冬》，与《春蚕》合称“农村三部曲”。抗战爆发后创作长篇小说《第一阶段的故事》。20 世纪 40 年代初，写下了《白杨礼赞》《风景谈》等优秀散文。其他长篇小说还有《腐蚀》和《霜叶红于二月花》等。中华人民共和国成立以后，茅盾曾出任作家协会主席、第一任文化部长等职。

1981 年 3 月 27 日，茅盾在北京逝世，生前留下遗嘱，用他的稿费设立“茅盾文学奖”，专项奖励长篇小说的创作。

创作背景

1930年，茅盾通过与一些亲戚朋友、商人、银行家、革命实践者的接触，产生了“大规模地描写中国社会现象的企图”，当然，茅盾的“大规模”“全面”描写，并不是把各个生活片段随意拼接在一起。他精心设计，细密布局，通过主人公吴荪甫的事业兴衰史与性格发展史，牵动其他多重线索，从而使全篇既展示了丰富多彩的场景，又沿着一个意义指向纵深推进，最终以吴荪甫的悲剧，象征性地暗示了作家对中国社会性质的理性认识：“中国没有走向资本主义发展的道路，中国在帝国主义的压迫下，是更加殖民地化了。”

茅盾近乎以写史的态度创作小说。《子夜》的情节，是被镶嵌在1930年5月到7月这一真实的历史时空里的。这是中国人民苦难深重的时期，是旧社会所固有的阶级矛盾进一步激化的时期，也是中国共产党领导的工农革命星星之火以燎原之势向前发展的时期。1929年下半年开始的世界资本主义国家的经济危机已波及中国，使得国内原有的种种矛盾更加尖锐。中国民族资产阶级为转嫁危机，加紧了对工人的剥削，从而激起了工人强烈的反抗。《子夜》正是置于这一广阔的历史背景上，对当时的中国社会做了广泛而深刻的描绘，一些真实的历史事件都或明或暗地表现在作品中。

内容简介

20世纪30年代初的上海，云集着全国最大的工业资本家和金融资本家以及浓烟滚滚的高大厂房，上流社会过着纸醉金迷的生活。

裕华丝厂的老板吴荪甫与二姐、二姐夫一起，将父亲吴老太爷由家乡双桥接到上海避乱。扑朔迷离的都市景观使这个足不出户的老朽吴老太爷深受刺激而猝死。

第二天，吴府举丧。上海滩的头面人物都来吊唁，他们中间有实业界的经理、董事，金融界的寡头巨子，混迹政界的军人，跻身财界的政客，充满市侩气的学者文人，各色人等潮水一般涌入吴公馆。他们聚集在客厅，打听战况、谈生意、搞社交。善于投机的买办资本家赵伯韬找到吴荪甫和他的姐夫杜竹斋，拉拢他们联合资金结成公债大户“多头”，想要在股票交易中贱买贵卖，从中牟取暴利。杜竹斋心下犹疑，赵伯韬遂向他透露了用金钱操纵战局的计划。吴、杜决定跟着赵伯韬干一次。这次合作，小有波澜而最终告捷。

因为金融公债上混乱、投机的情形妨害了工业的发展，太平洋轮船公司总经理孙吉人、大兴煤矿公司总经理王和甫、光大火柴厂老板周仲伟等人推举吴荪甫联合实业界同仁，开办一家银行，做自己的金融流通机关，并且希望将来能用大部分的资本来经营交通、矿山等几项企业。这正合吴荪甫的心意，他的野心很大，又富于冒险精神。他喜欢和同他一样有远见的人共事，而对那些半死不活的资本家却毫无怜悯地施以手段。很快地，益中信托公司成立起来了。

这时，吴荪甫在家乡双桥镇的工厂，发生了工潮。一个叫姚金凤的女工，组织女工们罢工。为对付工人罢工，吴荪甫起用了一个有胆量、有心计的年青人屠维岳。屠暗中收买了领头的女工姚金凤，瓦解了工潮的组织。却不料秘密泄露，姚金凤被工人看作资本家的走狗，罢工反而愈演愈烈。但屠维岳沉着应对，他让吴荪甫假令开除姚金凤而提拔那个泄密者。这个做法使女工们相信姚是被冤枉的，姚的威信立即恢复。女工们反而不肯接受对她的处置。厂方正好收回成命，不开除姚，并给女工们放假一天。吴荪甫依计而行，果然平息了罢工。

成立银行之后，重视民族工业的吴荪甫并不是要利用筹措来的资本从事股票生意，他看不起姐夫杜竹斋之流买空卖空的做法，他要扩大民族工业资本，发展几个燕尾服工厂。他的事业在一波三折中较顺利地发展着。现在，除了他的丝织企业，他又低价收购了八个小型工厂，经营生活日用品。然而，由于新收购的厂房需要资金去扩大规模，给工人开出工资，之后才能有望发展，所以筹资就是吴荪甫的当务之急。困难不仅于此，由于战事频繁，生产的货品一时没有销路，好似一双大手卡住了企业发展的脖颈。吴荪甫和孙吉人等决心咬紧牙关，赴此劫难。有时吴荪甫不免气馁地想：“开什么厂？”顿一顿，遂又态度坚定：“不！我还是要干下去的！中国民族工业就只剩下屈指可数的几家了！丝业关系中国民族的前途！只要国家像个国家，政府像个政府，中国工业一定有希望的！”

就在吴荪甫的事业渐渐有所发展的时候，赵伯韬出面捣乱来了。赵伯韬背景极为复杂，不仅有政界做后台，军界也与他有很深的关联。赵伯韬盯上了吴荪甫这块肥肉，想把他的企业吞食掉。他看准吴荪甫最大的困难就是资金短缺，于是广布流言，说吴荪甫组建的银行将不按时付息，鼓动股民将存款提出来。吴荪甫当机立断，贴出告示告知股民，谁要在半个月内提取没到期的款子，可以特别通融，利息照日子算。只此一招，就扑灭了流言。

但是，资金对吴来说日益吃紧。家乡双桥镇又生变故，农民的反抗使得他在家乡的一些产业蒙受巨大的损失，所以不得不使出全部的手段伎俩来筹资。他开始恶毒地盘剥工人的劳动，增加了工作量，同时还要扣除20%的工资。工人大哗，新的罢工即将开始。新的罢工意味着新的危险，很快吴荪甫就将内外交困了。

在他和赵伯韬斗法的当儿，赵的一位姘头投靠了吴，她自愿当吴的耳目。于是，吴决定迎战。赵向吴亮出了底牌。他要向吴的银行投资300万，实际是为了控制住吴企业的股份。如果不接受赵的建议，吴的资金将无法维持各个企业的改建，也无法坚持到商品销路好转的那一天。吴和孙吉人、王和甫商量后，决心与赵拼一把。他们将八个厂房全部抵押出去凑齐了60万，吴又抵押了房产，这些钱都用来做公债，也就是股票生意。果然，吴得到确实消息，赵也全力以赴。僵局形成了，赵伯韬也感到极大的压力，资金也周转不灵了。

吴荪甫紧张到了极点，终于知道在中国这个社会里要想发展民族工业是何等困难。不知不觉，他也被卷入到买空卖空的投机市场来了。他不得不依靠典当他心爱的工厂来与金融资本家赵伯韬做殊死一搏。在金融、企业和家乡投资三线作战使他精疲力竭。平生第一次，他离开了他的工作，和朋友及妓女消磨了一个晚上。

在厂房，罢工的热潮重新燃起，这次是全市有组织的总罢工。工人在共产党的领导下，十分团结。屠维岳又重演分化瓦解的伎俩，却阻碍重重。一群吴荪甫的亲戚为了削弱屠维岳的权柄，暗地里拉襟掣肘，寻衅捣乱。好好的一个厂子，刚刚费尽心机使女工们复工，自己人之间的一场打架斗殴事件使局面又急转直下。焦头烂额的吴荪甫暂时放下其他重要的事情，亲自赴厂视察。

公债已经做到关键的时候了。力气不支的赵伯韬又亮出了他的王牌。他利用“国内公债维持会”的名义电请政府禁止卖空。正好做这卖空方的吴荪甫听后并不相信。王和甫则苦笑着回答说，赵伯韬的手腕不止这些，他还直接去运动交易所理事会和经纪人会，怂恿他们发文要增加卖方的保证金，要增加一倍多。这等于是使得赵伯韬一分钱可以顶吴荪甫的两分钱使。绝望的吴荪甫还剩下最后一个希望，就是请姐夫杜竹斋加盟，把他的强大的资金投入卖空中，或可一搏。

吴荪甫担心在最后的收盘时刻杜竹斋不去交易所，但他的担心是多余的。吴荪甫在交易所突然晕倒后要被送回家，他的汽车驶出交易所时，杜竹斋的汽车恰好缓缓驶进。杜竹斋终于露面了。吴荪甫从电话中得知杜已到达，才长出一口气。但是，等待这位民族资本家的结局是十分不幸的。被他视为救星的姐夫杜竹斋进入公债交易市场后，不是站在吴荪甫一边做空头，而是背叛了他的妻弟，做了多头。吴荪甫彻底破产了。

精彩片段

★吴荪甫狞起眼睛看了屠维岳一会儿。屠维岳很自然很大方地站在那里，竟没有丝毫局促不安的神气。能够抵挡吴荪甫那样尖利狞视的职员，在吴荪甫真还是第一次遇到呢；他不由得暗暗诧异。他喜欢这样镇静胆大的年青人，他的脸色便放平了一些。他转了口气说："无论如何，你是不应该说的。你看你就闯了祸!"

"我不能承认。既然有了要减工钱的事，工人们迟早会知道。况且，即使三先生不减工钱，怠工或是罢工还是要爆发，一定要爆发!"

"你这话是什么意思?"

"我的意思是——工人们也已经知道三先生抛售的期丝不少，现在正要赶缫交货，她们便想乘这机会有点动作，占点便宜。"

吴荪甫的脸色突然变了，咬着牙齿喊道："什么！工人也知道我抛出了期丝？工人们连这个都知道了么？也是你说的么?"

"是的！工人们从别处听了来，再来问我的时候，我不能说谎话。三先生自然知道说谎的人是靠不住的!"

吴荪甫怒叫一声，在桌子上猛拍一下，霍地站起来："你这混蛋！你想讨好工人!"

屠维岳不回答，微笑着鞠躬，还是很自然，很镇静。

"我知道你和姓朱的女工吊膀子，你想收买人心!"

"三先生，请你不要把个人的私事牵进去!"

屠维岳很镇定而且倔强地说，他的机警的眼光现在微露忿意，看定了吴荪甫的面孔。

吴荪甫的脸色眼光也又已不同；现在是冷冷的坚定的，却是比生气咆哮的时候更可怖。从这脸色，从这眼光，屠维岳看得出他自己将有怎样的结果，然而他并不惧怕。他是聪明能干，又有胆量的；但他又是倔强的。"敬业乐业”的心思，他未始没有；但强要他学莫干丞那班人的方法博取这位严厉的老板的欢心，那他就不能。他微笑地站着，镇静地等候吴荪甫的最后措置。

主题思想

《子夜》的命名蕴涵着深刻的寓意。“子夜”即半夜，既已半夜，离黎明就不远了，作者运用象征手法反映出小说的故事发生在黎明前最黑暗的旧社会，同时也表达了作者对中国人民即将冲破黑暗走向黎明的坚定信心，“子夜”高度概括了小说的时代背景和思想内容。

小说以民族工业资本家吴荪甫和买办金融资本家赵伯韬的矛盾、斗争为主线，生动、深刻地反映了当时的社会面貌。开始，赵伯韬拉拢吴荪甫进行公债投机，而吴荪甫又联合其他资本家组成信托公司，想大力发展民族工业，因而与赵伯韬产生了矛盾。赵伯韬依仗外国的金融资本做后台，处处与吴荪甫作对，加上军阀混战，农村破产，工厂的工人怠工、罢工，尽管吴荪甫和同伙竭尽全力，拼命挣扎，最后也没有改变全盘失败的命运。这幕悲剧说明，在帝国主义的侵略、控制、压迫下，中国的民族工业是永远得不到发展的。小说结尾侧面带出中国工农红军日益强大，指出了中国革命的真正出路。

《子夜》是茅盾最优秀的社会分析小说。文中通过对民族资本家吴荪甫等人物的刻画，展示了30年代初中国社会生活的广阔画卷，史诗性地再现了中国民族工业在帝国主义、买办资产阶级、统治阶级重压下的悲剧命运。

艺术特色

《子夜》的艺术特色主要表现为：

一、宏伟而严谨的艺术结构

《子夜》在整体布局上具有史诗般的宏阔，但细节描写的笔触又极为委婉细致，剖析人物心理直至其微妙颤动的波纹。在环境的选择上，作者以吴荪甫为中心选择了吴公馆、交易所和纱厂三个主要场所开展活动，广汇各色人物，凸显宏大社会背景。情节上，以吴荪甫与赵伯韬、双桥镇农民暴动等错综复杂的矛盾为主线，逐步展现人物的性格特征，表现出民族资产阶级的奋斗与挣扎。早在20世纪30年代，吴宓就曾赞赏《子夜》："笔势具如火如荼之美，酣姿喷薄，不可控搏。而其细微处复能婉委多姿，殊为难能可贵。"

二、逼真传神的细节描写

《子夜》以逼真的笔法描写了人物的生活细节，并且常常寓深刻的思想于平凡的生活细节描写之中。这些细节描写的特点既是实在的，又是具有象征性的。作者反复描写吴老太爷虔诚信奉所谓劝善惩恶的《太上感应篇》的细节，这个细节象征着他的老朽、顽固的地主阶级的思想性格。

三、虚实相间的取材手法

小说中描写的一些情景，如公债交易、蒋冯阎大战等，都是有据可查的史实。《子夜》把这类非虚构性的话语引进小说，与虚构性话语融汇、辉映，应该说是相当大胆而富有创造性的文体试验。《子夜》的史诗品格，无疑得益于"诗"与"史"两种语言的巧妙调适与组合。

四、突出的理性思维

优秀小说家茅盾具有社会科学家的气质，擅长以严谨的理性思辨剖析社会现象，构建长篇巨制。

人物形象

吴荪甫：是20世纪30年代初期有着鲜明阶级特征和时代色彩的中国民族工业资本家的艺术典型。他外强中干，色厉内荏，有比较雄厚的资金和先进的科学管理经验。他刚毅果断、富有胆略和冒险精神，雄心勃勃地想摆脱帝国主义的控制，独立发展民族工业。然而他生不逢时，作为世界经济危机冲击下的中国民族资本家的代表，本身带有种种不可克服的矛盾。在与买办资本家赵伯韬的斗争中，不能不感到自己在政治、经济上的软弱无力。他在表面的果决善断背后是狐疑惶惑，在充满自信的背后是悲观绝望，在遇事胸有成竹的背后是张皇失措，最后导致了精神上的崩溃。

吴荪甫具有双重性格：一方面强大、自信、有抱负、有手腕；另一方面却软弱、空虚。一方面对帝国主义、买办资产阶级、封建官僚不满；另一方面又敌视工农。吴荪甫与裕华丝厂工人的对立，反映出他凶残、阴险、反动的一面。同时，他的凶残、阴险又常常和怯弱、恐惧结合在一起。他和妻子的同床异梦，揭示了他封建家长制的专横、粗暴，精神的孤独与空虚。

赵伯韬：美帝国主义豢养的买办金融资本家。他是帝国主义垄断资产阶级的走狗，并且与反动统治阶级有着千丝万缕的联系，凭借这些后台的撑腰，他主宰着上海滩的金融市场，而且还扼住了民族工业的咽喉。他狡诈、阴险、彪悍，玩弄女性、荒淫无耻。我们可以从他那兽性的表演中看出这个具有流氓习气的洋奴精神世界的卑鄙肮脏，那种强烈的对私欲的渴求与满足的阶级本性。

屠维岳：是小说中别具特色的人物。他富于戏剧性的出场，就已显示出善于揣摩主子心理的特点。吴荪甫对屠维岳从斥退忽而又起用和提拔并予以重用，既显示了吴荪甫的善于用人，也表现出屠维岳的机灵和城府。手握权柄之后，他对工人软硬结合，欺骗分化，为吴荪甫竭尽忠诚。他还利用工会的派别纷争，借刀杀人，以提高自己的地位。

名家点评

★这是中国第一部写实主义的成功的长篇小说……应用真正的社会科学，在文艺上表现中国的社会关系和阶级关系，在《子夜》不能够不说是很大的成绩。

——瞿秋白

《家》

作者介绍

巴金（1904～2005），中国现当代作家。原名李尧棠，字芾甘，四川成都市人（祖籍浙江嘉兴）。他出生于四川成都一个官僚地主家庭，父亲做过四川广元县县官。封建家长制的专横和腐败、劳动者的苦痛和悲惨命运，使他在少年时代便萌生了对旧制度的反叛思想，也构成他终生创作的基调。巴金1919年考入成都外语专门学校，1923年和三哥来到上海，后到南京，入东南大学附中，同时积极参加社会活动。他于1927年初赴法国留学，1928年创作了处女作长篇小说《灭亡》，发表时始用“巴金”这个笔名。1928年底他回到上海，从事创作和翻译工作。

1931年九一八事变后，巴金积极参加抗日救亡活动，与鲁迅来往密切。1929年到1937年之间，创作了主要代表作长篇小说“激流三部曲”中的《家》，和《海的梦》《春天里的秋天》《砂丁》《萌芽》《雪》《新生》，以及“爱情三部曲”（《雾》《雨》《电》）等中长篇小说。抗战时期他创作了《家》的续集《春》和《秋》，长篇小说“抗战三部曲”《火》，中篇小说《憩园》《第四病室》，长篇小说《寒夜》等。还有不少短篇小说、童话、杂文和翻译作品，编过不少刊物和丛书。1958年至1962年，出版了《巴金全集》十四卷。2001年获诺贝尔文学奖提名。

巴金小说创作以取材于旧家庭的崩溃和青年一代的叛逆反抗著称，《家》就是这方面写得最成功、影响最大的代表作，曾激荡过几代青年读者的心灵，奠定了他在现代文学史上的重要地位。他善于在娓娓动听的叙述和真挚朴实的描写中，倾泻自己感情的激流，细腻独到，自有一种打动人的艺术力量。

创作背景

在巴金出生的李氏家族中，有近20位长辈、30多位兄弟姐妹、数十个女仆。巴金在这个压抑虚伪的大家族中生活了19年，因为对封建家庭的压迫忍无可忍，他愤然远行。封建社会在中国经历了特别漫长的历史岁月。它的解体是极其缓慢的，而且一面走向灭亡，一面继续虐待、摧残、杀害各阶层的人们，包括封建阶级成员自身。巴金清楚地看到封建家庭的罪恶都是封建专制的恶果，于是怀着一种强烈的责任感，把这些无辜者的悲剧展示出来，促人警醒，推动人们去进行斗争。

新文学诞生以来的小说，十部之中有九部在写作时都怀有一个文学以外的目标，巴金也是如此。但是《家》是为纪念他大哥写的，他必须放下自己的“目的”，尽量接近真实。这也促使《家》成为一部人情味最纯、生活味最浓的小说。

1951年，巴金在《家》的《后记》最后一行写道：“我始终记住：青春是美丽的东西，而且这一直是鼓舞我的源泉。”在他一切的作品中都满溢着纯洁的青春气息，《家》尤其浓厚。这种气息反映一颗单纯的心灵，读他的小说，丝毫感觉不到是写出来的，而是唱出来的，呻吟出来的，是自然的天吁。这不是艺术，而是天赋。如他所说：“永生在青春的原野。”

内容简介

一个风雪交加的冬日傍晚，路上走着两个年轻人——高觉民和高觉慧兄弟。他们一边走，一边激动地谈论着今天在学校排练话剧的事。到了家，婢女鸣凤招呼他们吃饭，并告诉他们家里来了客人，是他们的姑妈张太太和姑妈的女儿琴（大名张蕴华），她是高家的亲戚里面最美丽、最活泼的姑娘，也是一个有着理想、有着抱负的勇敢的新青年。晚宴之后，三位年轻人——琴、觉民、觉慧谈得很投机。二少爷觉民悄悄告诉琴，他所在的外国语专门学校明年准备招女生，琴为此惊喜不已，让觉民代她了解招生的具体情况。三少爷觉慧一直想和鸣凤说几句话，谈谈下午的排练，但她被觉慧的妹妹淑华叫走了。鸣凤是高公馆年轻的婢女，十六七岁，觉慧很喜欢她，希望自己能帮助她改变命运，但又认为自己还不具备条件，只得将这份感情深深埋在心里。

夜深了，鸣凤坐在床沿，回忆着自己的过去，思索着自己的归宿。几年前，当她被一个面貌凶恶的女人送到高公馆后，就再没有梦想和期望了，只有屈辱和苦楚。只有当她想起觉慧时，才感到一丝暖意。

琴随母亲回到家里，请求母亲让她报考表哥的学校，可母亲回绝了，这让她很失望，但她并没有灰心。她决定要"坚决地奋斗"。

高觉新是高家的长孙，觉民、觉慧的大哥。他清秀聪慧，也充满了美丽的梦想。但他是长孙，注定要被剥夺学业与爱情。19岁时，和祖父指定的姑娘瑞珏结了婚。他所有的幻梦都被打破，他被迫放弃学业，放弃了自己所爱的钱家表妹（梅表姐）。他和两个弟弟一样接受新思想，但他却无法反抗。20岁时，父亲去世，家里的重担落在他的身上，他成了一位暮气十足的青年。

觉慧在路上遇见同学张惠如，得知有同学被军人打伤。觉慧义愤填膺地和一些学生加入了向总督示威游行的队伍。请愿并没有结果。而祖父高老太爷很快知道了他游行的事，便让觉新把他囚禁在家里。觉慧在家里不耐烦地四处闲逛，在梅林里碰见了鸣凤，有了一次互诉衷肠的机会。这一天夜里月色很好，觉民、觉慧兄弟俩在天井里说着知心话，觉民向弟弟透露了他对琴的爱意。这时他们听到了大哥觉新凄凉的箫声，知道他在思念梅表姐，而此时大哥还不知道，他所爱的梅表姐出嫁一年就守了寡，因和婆家不和，回到了娘家，憔悴而孤独。

旧历新年快到了，高公馆忙着准备过新年。除夕的前一天下午，觉慧买了一本小说《前夜》，并读给他的两个哥哥听。书里的内容激起了觉慧的热情，也唤起了觉新痛苦的回忆，他向两兄弟述说了自己身为长孙承担的重任，和自己失去理想的无奈。除夕之夜，高公馆热闹非凡。高家四世同堂一起吃年夜饭，高老太爷看着满堂儿孙，心里非常高兴，"四世同堂"的愿望已经实现。年轻人一起说笑、行酒令，痛快地、忘记一切地笑着，直到散席。

觉新告诉觉慧他遇见梅表妹了，并痛苦地自责，表达自己的悔恨。觉慧责备觉新当初为什么不反抗，落到现在的地步，是罪有应得。觉新苦笑着说现实的环境不允许他这样做。觉慧突然感觉在思想上跟他的大哥是离得愈来愈远了。

鸣凤和三房的丫头婉儿在悄悄议论着冯乐山要讨姨太太的传闻，听说准备在大房同三房的丫头中挑一个去。觉慧听到了她俩的谈话，鸣凤向觉慧发誓她绝对不会跟别人。

元宵节的夜晚，他们几个年轻人在湖中荡舟赏月，可是并不很快乐。此时他们接到了消息：督军下令讨伐张军长，前线已经开火。

仗终于打起来了，高公馆上下都沉浸在一片恐惧和绝望之中。此时张太太带着琴和梅表姐来到高家避难。觉新的妻子瑞珏第一次见到了梅表姐，两人成了投缘的姐妹。

恐怖的时期总算过去了，高公馆又热闹起来。梅向瑞珏倾诉着自己的不幸和生存的悲哀，引起了瑞珏深深的同情和爱怜。

觉民弟兄的几个同学创刊了《黎明周报》，刊载新文化运动的消息，介绍新的思想，批评和攻击不合理的旧制度和旧思想。觉慧热心地参加《周报》的工作，经常在《周报》上发表文章，以至于忘记了纯洁的少女鸣凤的爱情。而鸣凤还是那样热烈地爱着他，暗中为他祝福。至于觉民，他白天忙着功课，晚上按时去琴那里教书，对于《周报》并不像觉慧那样热心。

琴因为她的好朋友许倩如把长辫剪了，她也想这么做，但遭到母亲的反对，并要把她嫁出去。琴心里爱的是觉民，她伤心地哭了起来。

就在琴伤心痛苦的晚上，鸣凤也同样伤心至极。原来高老太爷要把她送给60多岁的孔教会会长冯乐山做姨太太，而且就在三天之后。谁也违背不了高老太爷的命令。此时，觉慧是鸣凤唯一的希望了，而此时的觉慧正忙着他的刊物，无暇顾及鸣凤。鸣凤彻底地绝望了，她记得她曾说过宁死也不会去，她带着对觉慧深深的爱和对这世上的不公平的恨跳进了湖里。觉慧得知鸣凤死的消息，痛苦不已，几近疯狂。鸣凤的死很快被这大公馆里的人忘记，而觉慧却不能忘，因为他的自私，他没有把他心爱的人留住。他这时才发现自己也是一个没有胆量的人，他对现在的生活已厌倦了，他有了远离这个家庭的想法。哥哥觉民安慰他并激励他重新振作起来。

觉慧他们创办的《黎明周报》被警察局勒令停刊。他们又筹备创刊新的周报。

高老太爷66岁诞辰到了。祝寿宴上，客人们恣意取乐，丑态百出。席间冯乐山向高老太爷提亲，把自己的侄孙女许配给觉民，高老太爷一口答应。可是觉民爱的是琴，他立即表示要自己的事自己做主。觉民去找觉新商议此事，觉新却劝他答应这门亲事。觉民在觉慧的鼓励和帮助下选择了逃婚。觉慧请觉新帮忙，觉民也在信中希望觉新不要制造出第二个梅表姐来。可觉新却无能为力。在觉慧的安排下，觉民与琴见面了。两人互相安慰，互相鼓励，觉民更坚定了抗婚的信念。

觉新在这时听到了梅表姐去世的消息。他忍着悲痛，细心地为梅办理了丧事。

觉新的四叔、五叔瞒着高老太爷，在外过着荒淫无耻的生活，还借了许多外债。高老太爷得知真相，一病不起，他做了多年的“四世同堂”的好梦，彻底破灭了。高老太爷让觉慧把觉民召回来，并答应解除与冯家的婚约，然后便离开了人世。

觉新的妻子瑞珏的预产期临近了，以陈姨太为首的高家长辈们，认为高老太爷的灵柩还停在家里，瑞珏此时在公馆里生产，全家会有“血光之灾”。懦弱的觉新再一次答应了这个荒谬的要求，把端珏送到了城外。瑞珏痛苦地生下儿子，自己却死了。觉新没有能见她最后一面。是旧的制度、礼教和迷信夺去了他的青春、他的幸福、他的前途，也夺去了他最爱的两个女人。他意识到了这一点，而他又不能够抵抗这一切，他只有绝望，只有痛苦。

觉慧真的无法在这个家中待下去了，他与觉新商量，觉新由一开始的不同意到终于决心帮助弟弟离开家。“他想：‘我们这个家需要一个叛徒。我一定要帮助三弟成功。他也可以替我出一口气。’便忍不住自语道：‘你们看着吧。家里头并不全是像我这样服从的人！’”

觉慧在同学和哥哥的帮助下，终于告别了过去18年的生活，怀着新的希望和憧憬，奔赴上海。

精彩片段

★三十日终于到了。鸣凤的事公馆里知道的人并不太多，觉慧一点也不知道，因为：一则，在外面他们的周报社里发生了变故，他用了全副精神去应付这件事，就没有心肠管家里的事情；二则，他在家里时也忙着写文章或者读书，没有机会听见别人谈鸣凤的事。

三十日在觉慧看来不过是这个月的最后一日，然而在鸣凤却是她一生的最后一天了，她的命运就要在这一天决定了：或者永远跟他分离，或者永远和他厮守在一起。然而事实上后一个希望却是非常渺茫。她自己也知道。自然她满心希望他来拯救她，让她永远和他厮守在一起；但是在他们两个人的中间横着那一堵不能推倒的墙，使他们不能够接近。这就是身份的不同。她是知道的。她从前在花园里对他说“不，不……我没有那样的命”时，她就已经知道这个了。虽然他答应要娶她，然而老太爷、太太们以及所有公馆里的人全隔在他们两个人的中间，他又有什么办法？在老太爷的命令下现在连太太也没有办法，何况做孙儿的他？她的命运似乎已经决定，是无可挽回的了。然而她还不能放弃最后的希望，她不能甘心情愿地走到毁灭的路上去，而没有一点留恋。她还想活下去，还想好好地活下去。她要抓住任何的希望。她好像是在欺骗自己，因为她明明知道连一点希望也没有了，而且也不能够有了。

这一天她怀着颤抖的心等着跟觉慧见面。然而觉慧回来的时候已经是晚上九点钟了。她走到他的窗下，听见他的哥哥说话的声音，她觉得胆怯了。她在那里徘徊着，不敢进去，但是又不忍走开，因为要是这一晚再错过机会，不管是生与死，她永远不能再看见他了。

好容易挨过了一些时候，屋里起了脚步声，她知道有人走出，便往角落里一躲，果然看见一个黑影从里面闪出来。这是觉民。她看见他走远了，连忙走进房里去。

觉慧正埋着头在电灯光下面写文章，他听见她的脚步声并不抬起头，也不分辨这是谁在走路。他只顾专心写文章。鸣凤看见他不抬头，便走到桌子旁边胆怯地但也温柔地叫了一声：“三少爷。”

“鸣凤，是你？”他抬起头惊讶地说，对她笑了笑。“什么事？”

“我想看看你……”她说话时两只忧郁的眼睛呆呆地望着他的带笑的脸。她的话没有说完，就被他接下去说：“你是不是怪我这几天不跟你说话？你以为我不理你吗？”

他温和地笑道，“不是，你不要起疑心。你看我这几天真忙，又要读书，又要写文章，还有别的事情。”他指着面前一大堆稿件，几份杂志和一叠原稿纸对她说：“你看我忙得跟蚂蚁一样。……再过两天就好了，我就把这些事情都做完了，再过两天。……我答应你，再过两天。”

“再过两天……”她绝望地悲声念着这四个字，好像不懂它们的意义，过后又茫然地问道：“再过两天？……”

“对，”他笑着说，“再过两天，我的事情就做完了。只消等两天。再过两天，我要跟你谈许许多多的事情。”他又埋下头去写字。

“三少爷，我想跟你说两句话。……”她极力忍住眼泪，不要哭出声来。

“鸣凤，你不看见我这样忙？”他短短地说，便抬起头来。看见她的眼里闪着泪光，他马上心软了。他伸手去捏了捏她的手，又站起来，关心地问道：

“你受了什么委屈吗？不要难过。”他真想丢开面前的原稿纸，带着她到花园里好好地安慰她。可是他马上又想起明天早晨就要交出去的文章，想起周报社的斗争，便改变了主意说：“你忍耐一下，过两天我们好好地商量，我一定给你帮忙。我明天会找你，现在你让我安安静静地做事情。”他说完，放下她的手，看见她还用期待的眼光在看他，他一阵感情冲动，连自己也说不出是为了什么，他忽然捧住她的脸，轻轻地在她的嘴上吻了一下，又对她笑了笑。他回到座位上，又抬起头看了她一眼，然后埋下头，拿起笔继续做他的工作。但是他的心还怦怦地跳动，因为这是他第一次吻她。

鸣凤不说一句话，她痴呆地站在那里。她甚至不知道自己在这时候想些什么，又有什么样的感觉。她轻轻地摩抚她的第一次被他吻了的嘴唇。过了一会儿她又喃喃地念着：“再过两天……”

这时外面起了吹哨声，觉慧又抬起头催促鸣凤：“快去，二少爷来了。”

鸣凤好像从梦中醒过来似的，她的脸色马上变了。她的嘴唇微微动着，但是并没有说出什么。她的非常温柔而略带忧郁的眼光留恋地看了他几眼，忽然她的眼睛一闪，眼泪流了下来，她的口里迸出了一声：“三少爷。”声音异常凄惨。觉慧惊奇地抬起头来看，只看见她的背影在门外消失了。

“女人的心理真古怪。”他叹息地自语道，过后又埋下头写字。

觉民走进房里，第一句话就问：“刚才鸣凤来过吗？”“嗯。”觉慧过了半晌才简单地答道。他依旧在写字，并不看觉民。

“她一点也不像丫头，又聪明，又漂亮，还认得字。可惜得很！……”觉民自语似的叹息道。

“你说什么？你可惜什么？”觉慧放下笔，吃惊地问。

“你还不晓得？鸣凤就要嫁了。”

“鸣凤要嫁了！哪个说的？我不相信！她这样年轻！”

“爷爷把她送给冯乐山做姨太太了。”

“冯乐山？我不相信！他不是孔教会里的重要分子吗？他六十岁了，还讨小老婆？”

“你忘记了去年他们几个人发表梨园榜，点小旦薛月秋做状元，被高师的方继舜在《学生潮》上面痛骂了一顿？他们那种人什么事都做得出来，横竖他们是本省的绅士，名流。明天就是他接人的日子。我真替鸣凤可惜。她今年才十七岁！”

“我怎么早不晓得？……哦，我明明听见过这样的消息，怎么我一点儿也记不起来？”觉慧大声说，他马上站起来，一直往外面走，一面拼命抓自己的头发，他的全身颤抖得厉害。

“明天！”“嫁！”“做姨太太！”“冯乐山！”这些字像许多根皮鞭接连地打着觉慧的头，他觉得他的头快要破碎了。他走出门去，耳边顿时起了一阵悲惨的叫声。突然他发现在他的面前是一个黑暗的世界。四周真静，好像一切生物全死灭了。在这茫茫天地间他究竟走向什么地方去？他徘徊着。他抓自己的头发，打自己的胸膛，这都不能够使他的心安静。一个思想开始来折磨他。他恍然明白了。她刚才到他这里来，是抱了垂死的痛苦来向他求救。她因为相信他的爱，又因为爱他，所以跑到他这里来要求他遵守他的诺言，要求他保护她，要求他把她从冯乐山的手里救出来。然而他究竟给了她什么呢？他一点也没有给。帮助，同情，怜悯，他一点也没有给。他甚至不肯听她的哀诉就把她遣走了。如今她是去了，永久地去了。明天晚上在那个老头子的怀抱里，她会哀哀地哭着她的被摧残的青春，同时她还会诅咒那个骗去她的纯洁的少女的爱而又把她送进虎口的人。这个思想太可怕了，他不能够忍受。

去，他必须到她那里去，去为他自己赎罪。

他走到仆婢室的门前，轻轻地推开了门。屋里漆黑。他轻轻地唤了两声“鸣凤”，没有人答应。难道她就上床睡了？他不能够进去把她唤起来，因为在那里还睡着几个女佣。他回到屋里，却不能够安静地坐下来，马上又走出去。他又走到仆婢室的门前，把门轻轻地推开，只听见屋里的鼾声。他走进花园，黑暗中在梅林里走了好一阵，他大声唤：“鸣凤”，听不见一声回答。他的头几次碰到梅树枝上，脸上出了血，他也不曾感到痛。最后他绝望地走回到自己的房里，他看见屋子开始在他的四周转动起来……

其实这时候他所寻找的她并不在仆婢室，却在花园里面。鸣凤从觉慧的房里出来，她知道这一次真正是一点希望也没有了。她并不怨他，她反而更加爱他。而且她相信这时候他依旧像从前那样地爱她。她的嘴唇还热，这是他刚才吻过的；她的手还热，这是他刚才捏过的。这证明了他的爱，然而同时又说明她就要失掉他的爱到那个可怕的老头子那里去了。她永远不能够再看见他了。以后的长久的岁月只是无终局的苦刑。这无爱的人间还有什么值得留恋？她终于下了决心了。

她不回自己的房间，却一直往花园里走去。她一路上摸索着，费了很大的力，才走到她的目的地——湖畔。湖水在黑暗中发光，水面上时时有鱼的唼喋声。她茫然地立在那里，回想着许许多多的往事。他跟她的关系一幕一幕地在她的脑子里重现。她渐渐地可以在黑暗中辨物了。一草一木，在她的眼前朦胧地显露出来，变得非常可爱，而同时她清楚地知道她就要跟这一切分开了。世界是这样静。人们都睡了。然而他们都活着。所有的人都活着，只有她一个人就要死了。过去十七年中她所能够记忆的是打骂，流眼泪，服侍别人，此外便是她现在所要身殉的爱。在生活里她享受的比别人少，而现在在这样轻的年纪，她就要最先离开这个世界了。明天，所有的人都有明天，然而在她的前面却横着一片黑暗，那一片、一片接连着一直到无穷的黑暗，在那里是没有明天的。是的，她的生活里是永远没有明天的。明天，小鸟在树技上唱歌，朝日的阳光染黄树梢，在水面上散布无数明珠的时候，她已经永远闭上眼睛看不见这一切了。她想，这一切是多么可爱，这个世界是多么可爱。她从不曾伤害过一个人。她跟别的少女一样，也有漂亮的面孔，有聪明的心、有血肉的身体。为什么人们单单要蹂躏她，伤害她，不给她一瞥温和的眼光，不给她一颗同情的心，甚至没有人来为她发出一声怜悯的叹息！她顺从地接受了一切灾祸，她毫无怨言。后来她终于得到了安慰，得到了纯洁的、男性的爱，找到了她崇拜的英雄。她满足了。但是他的爱也不能拯救她，反而给她添了一些痛苦的回忆。他的爱曾经允许过她许多美妙的幻梦，然而它现在却把她丢进了黑暗的深渊。她爱生活，她爱一切，可是生活的门面面地关住了她，只给她留下那一条堕落的路。她想到这里，那条路便明显地在她的眼前伸展，她带着恐怖地看了看自己的身子。虽然在黑暗里她看不清楚，然而她知道她的身子是清白的。好像有什么人要来把她的身子投到那条堕落的路上似的，她不禁痛惜地、爱怜地摩抚着它。这时候她下定决心了。她不再迟疑了。她注意地看那平静的水面。她要把身子投在晶莹清澈的湖水里，那里倒是一个很好的寄身的地方，她死了也落得一个清白的身子。她要跳进湖水里去。

忽然她又站住了。她想她不能够就这样地死去，她至少应该再见他一面，把自己的心事告诉他，他也许还有挽救的办法。她觉得他的接吻还在她的唇上燃烧，他的面颜还在她的眼前荡漾。她太爱他了，她不能够失掉他。在生活中她所得到的就只有他的爱。难道这一点她也没有权利享受？为什么所有的人都还活着，她在这样轻的年纪就应该离开这个世界？这些问题一个一个在她的脑子里盘旋。同时在她的眼前又模糊地现出了一幅乐园的图画，许多跟她同年纪的有钱人家的少女在那里嬉戏，笑谈，享乐。她知道这不是幻象，在那个无穷大的世界中到处都有这样的幸福的女子，到处都有这样的乐园，然而现在她却不得不在这里断送她的年轻的生命。就在这个时候也没有一个人为她流一滴同情的眼泪，或者给她送来一两句安慰的话。她死了，对这个世界，对这个公馆并不是什么损失，人们很快地就忘记了她，好像她不曾存在过一般。“我的生存就是这样地孤寂吗？”她想着，她的心里充满着无处倾诉的哀怨。泪珠又一次迷糊了她的眼睛。她觉得自己没有力量支持了，便坐下去，坐在地上。耳边仿佛有人接连地叫“鸣凤”，她知道这是他的声音，便止了泪注意地听。周围是那样地静寂，一切人间的声音都死灭了。她静静地倾听着，她希望再听见同样的叫声，可是许久，许久，都没有一点儿动静。她完全明白了。他是不能够到她这里来的。永远有一堵墙隔开他们两个人。他是属于另一个环境的。他有他的前途，他有他的事业。她不能够拉住他，她不能够妨碍他，她不能够把他永远拉在她的身边。她应该放弃他。他的存在比她的更重要。她不能让他牺牲他的一切来救她。她应该去了，在他的生活里她应该永久地去了。她这样想着，就定下了最后的决心。她又感到一阵心痛。她紧紧地按住了胸膛。她依旧坐在那里，她用留恋的眼光看着黑暗中的一切。她还在想。她所想的只是他一个人。她想着，脸上时时浮出凄凉的微笑，但是眼睛里还有泪珠。

最后她懒洋洋地站起来，用极其温柔而凄楚的声音叫了两声：“三少爷，觉慧。”便纵身往湖里一跳。

平静的水面被扰乱了，湖里起了大的响声，荡漾在静夜的空气中许久不散。接着水面上又发出了两三声哀叫，这叫声虽然很低，但是它的凄惨的余音已经渗透了整个黑夜。不久，水面在经过剧烈的骚动之后又恢复了平静。只是空气里还弥漫着哀叫的余音，好像整个的花园都在低声哭了。

主题思想

《家》以20世纪20年代初期中国内地城市四川成都为背景，真实地写出了高家这个很有代表性的封建大家庭腐烂、溃败的历史。作品中的高家是中国封建社会和家族制度的缩影。从表面看，高家“一家人读书知礼、事事如意”，家庭内部尊卑有序，礼法森严；但实际上，在这个大家族中处处都充满着激烈的尔虞我诈和勾心斗角。为了争夺家产，陈姨太、克安、克定等打着维护家族荣誉和高老太爷的招牌，要尽了花招。他们先是闹“鬼”，吓死了老太爷，接着又闹“避血光”，害死了瑞珏。他们很清楚是军阀混战导致商场被毁，却硬逼着觉新赔偿股票的损失，并在老太爷尸骨未寒时大闹分家。除此之外，这个封建大家庭挥霍奢侈的寄生生活，还造就了一代整日只会挥霍无度、过着穷奢极欲糜烂生活的“败家子”，这在高家“克”字辈人物身上显得尤为突出。如高老太爷最喜欢的五儿子克定，不但嫖、赌、抽大烟、玩小旦样样精通，而且还骗取妻子的金银首饰去当卖，在外面私设公馆，蓄妓取乐。

作品在揭露这个封建家庭罪恶的同时，还侧重表现了封建制度、封建礼教对青年一代的摧残和迫害。觉新和梅本是青梅竹马、真诚相爱的一对恋人，只是因为双方母亲在牌桌上有了磨擦，就儿戏般地拆散了这对情侣，使梅在痛苦的折磨中悲哀寂寞地离开了人世。瑞珏是在陈姨太之流闹“血光之灾”的邪说中丧命的，她和梅一样，也是封建礼教的牺牲品。被封建礼教摧残的除了梅和瑞珏外，还有在高家做丫头的鸣凤、婉儿等。鸣凤只有 17 岁，被高老太爷当做一件礼物，打算送给“孔教会”的老恶棍、年已花甲的冯乐山做小，鸣凤逼得走投无路，投湖自尽了。然而，鸣凤的死却没有使这场悲剧完结，丫头婉儿又很快被高家用来替代鸣凤，继续着人生的悲剧。

作品还表现了以觉慧为代表的一代觉醒了的青年同这个罪恶家族的斗争。这些青年受“五四”反封建巨浪的影响，一方面在社会上积极参加宣传革命思想的学生运动，一方面在家庭内部和封建势力、封建礼教展开勇猛的战斗，最后，他们真正敲响了这个封建大家庭的丧钟。

《家》是一部思想相当深刻的现实主义力作，作品通过以觉慧为代表的青年一代与以高老太爷为代表的封建腐朽势力的激烈斗争，反映了当时的社会面貌，深刻地揭露了封建社会和家族制度的腐败与黑暗，控诉和揭示了大家族和旧礼教、旧道德的罪恶以及吃人本质，并且揭示了其必然灭亡的历史命运。同时，作品还以极大的激情歌颂了青年知识分子的觉醒、抗争以及他们与罪恶封建家庭的决裂。

艺术特色

《家》代表了巴金前期的创作风格：只求与青年读者情绪沟通，不求深刻隽永，倾向单纯、热情、坦率，以情动人。情感汪洋恣肆，语言流水行云，虽然有时少锤炼，不耐咀嚼，整体上却有一种冲击力，能渗透读者的心。这种风格自然与巴金激情化的写作状态有关。《家》的艺术特色表现为：

一、细腻的人物塑造

在人物塑造上，作品非常善于通过细致入微的人物心理刻画，展示人物丰富复杂的内心世界，从而突出人物性格。如作品写鸣凤投湖时的心理，就非常细腻，是全书极感人的篇章。它将一位年仅 17 岁的少女在即将走向生命尽头时的痛苦、惘然、哀怨、挣扎以及最终绝望，一层层真实细致地剖示出来，使读者从这位被凌辱的少女身上，看到旧制度摧残人性的罪恶，看到这位弱小者生命的宁折不弯。又如，作品写觉慧在鸣凤死后的内心也极细致，作者还利用梦幻来剖示人物内心的隐秘，笔墨中透露出人物内心极度的悲哀与懊悔。除此之外，作品在塑造梅、觉新等人物时，也非常注重采用细腻的心理描写方法来刻画人物。正是由于作品细致地写出了梅的内心，梅多愁善感的性格才得以淋漓尽致地表现出来；觉新是一位有着“两重人格的人”，作品多处细致地剖析他的内心，表现了人物内心深处无力抗争的苦闷、矛盾，使人物复杂的性格得以凸显。

二、巧妙的结构艺术

一般说来，一部作品所描写的人物多、事件多，就需要作家有精心布局的能力。这部小说描写的人物多达 70 人左右；作品所写的事件也相当多，如闹学潮、梅与觉新的感情悲剧、鸣凤之死、觉民逃婚、瑞珏惨死等诸多事件。尽管作品表现的人多、事件多，但却采用了单纯明快地讲故事的结构方式，以事件为线索，以场面串连故事，巧妙地把高家内外的各种人物、各种矛盾纠葛，同祖孙两代的矛盾冲突这条主线交织成一体，环绕作品的主题思想有条不紊地分别展开，使作品故事情节波澜起伏、跌宕有致，始终保持着庞大而紧凑、严密而不游离于主要情节的结构特点。

三、充满热情的语言

巴金的作品一向语言简洁生动，流畅奔放，具有浓烈的感情色彩。《家》在语言上也同样体现着巴金作品的独特风格。在作品中，作者无论是写人，或是叙事，甚至剖析人物心理，都是带着浓郁的感情色彩，这就使读者在领略人物命运时，一同体味到作者的喜怒哀乐，使作品具有格外感人的情感力量。

人物形象

高觉新：高家的大少爷。他是巴金在中国现代文学史上树立的一个痛苦灵魂的典型形象。觉新的塑造已经超出了人物本身的意义，成为人类普遍性的悲剧。这个形象以巴金刚刚辞世的大哥为生活原型，是《家》里面唯一

“真实的人物”，他的身上凝聚着作者对自己最亲爱的人的深切痛惜，最真实也最动人。

觉新是一个新旧掺半的人物。他继承了传统文化的精华，仁爱忠厚、性情温和、处事稳重、顾全大局、尊敬长辈、疼爱妻儿、关爱弟妹，同情下等人。他接受了封建主义的正统思想，但也对封建家庭的腐败不满，性格上具有较突出的两重性：在旧家庭中是个暮气沉沉的大少爷；在与觉慧、觉民等年轻人在一起时，又是一个渴望新生活的青年。由于承受着太重的旧文化的因袭重担，在封建意识的压迫和自我思想矛盾的痛苦中，他无力自拔。他在梅林里的憧憬，他在洞房外月下的独叹，他在面对梅前来避难时的借酒抒怀，点点滴滴为我们呈现的是一个有血有肉、懂风情、有学养、会思考、有灵气的觉新形象。而正是这样一个人物做出了许多令人难以理解的选择。这选择恰恰也是深思熟虑的结果。这种悲剧的意味更加耐人寻味。

觉新是联系高家和张家、周家、冯家等大家族的纽带。在觉新看来，他的“无抵抗主义”和“作揖主义”使他暂且过上了安静的生活，但他没有看到，他的两个弟弟也没有看到，他所做的牺牲，真正地换来了觉民和觉慧的幸福。

高觉慧：高家的三少爷。他是大胆而幼稚的叛逆者的形象。五四新思潮掀起了青年一代的热情和理想，给了他们民主主义、人道主义的思想武器。觉慧便是被五四新思潮唤醒的新生的民主主义力量的代表。他讨厌别人说自己坐轿子，是因为他不想让别人把他当作有钱人的纨绔子弟；他大胆地跟鸣凤示爱，希望可以选择自己爱的人；他积极参加五四爱国学生运动，渴望推翻这腐朽的封建制度；他公开支持觉民抗婚，主张青年人主宰自己的命运；他积极投身学生运动，热心办刊物（《黎明周报》），宣传进步思想。他的信念很单纯，对旧势力“不顾忌，不害怕，不妥协”。最后，他义无返顾地走出家庭。

高老太爷：是封建家长制和封建礼教的代表。作为这个封建大家庭至高无上的统治者，他专横、冷酷，在高家，他的话就是法律。为了维护封建礼教和封建制度，他坚决反对孙子们进学堂和参加一切社会活动。他逼觉新和瑞珏结婚，制造了觉新和瑞珏、梅三个人的爱情悲剧。他对家中男女仆人视同牲畜，把 17 岁的鸣凤送给 60 多岁的冯乐山做小老婆。在高老太爷的生命中，维护大家庭的秩序、兴盛，是他意志的全部。

高觉民：高家的二少爷。一个积极进步、逐渐上进的新青年，他的性格介于觉新和觉慧之间，他比觉新少了思想上的落后，又比觉慧多了遇事、抉择时的沉着和稳重。他温和稳健，不爱参加社会活动，对学生运动缺乏应有的关注。但作为被五四新思潮唤醒的年轻一代，他向往民主自由。当祖父为他一手包办婚姻的时候，他毅然离家出走，表现了不妥协的斗争精神，和琴成为小说中唯一的一对胜利者。像觉慧一样，他也不是一个完美的斗士，也跨不过阶级的鸿沟，忘不了主人与奴才的差距，在年初九舞龙人的惨叫、求饶声中，他表现出麻木的神情："太平淡了，小时候看起来倒有趣味，现在却不然。"

瑞珏：觉新的妻子。她善良厚道、贤惠谦和、柔情似水。作为高家的长孙媳，又为了照顾自己的儿子和丈夫，只能在这个家中和觉新一起维护着封建礼教的权威，但在某些事情上，还是可以看到她对新生活的向往。

梅芬：即梅表姐，高家的亲戚，具有林黛玉性格的女子。在对觉新的爱情上失利后，就变得沉沦乏志，没有了反抗精神，温顺驯良地吞咽着旧礼教的无情恶果。

鸣凤：高家的年轻婢女。在家中地位低下，性情刚烈，但心灵纯洁，有"灰姑娘"的心态。对觉慧的爱情，她并没有因主仆差异而感到无望。她既然敢大胆地冲破封建制度和封建礼教，以一个丫头身份去爱一个"少爷"，就足以说明她已具备叛逆性格。虽然觉慧也爱她，但不合理的制度不允许他们相爱。她幻想能继续给三少爷做奴婢，认为这也是一种幸福。谁知，她根本没有爱的权利，连选择身份的权利也没有。于是，她选择用死回击这个旧制度的压迫，用生命的全部作为最激烈的诠释。

琴：觉民的恋人。她是一个大胆追求个性解放、敢于反抗封建礼教的形象。她主张男女应同校、男女应平等，她还自己主动要求到觉慧的学校去学习。虽然遭到母亲等的反对，但她还是成功了。她与觉民大胆恋爱，努力追求婚姻自由。琴的抗争，因卫道士们的妥协和同盟军的支持，最终逃脱厄运。

名家点评

★巴金从"家"这一独特视角出发，热切关注封建专制和礼教制度下青年男女的命运，并把奋斗性的人格理念同青年的人格建构结合起来进行探索和思考，表达了积极的反封建主义立场和深切的人道主义关怀，具有鲜明的现代性意义和当代启示作用。

——汪太伟

★觉慧的形象有巴金青少年时期的影子，但又是广阔社会生活的概括。通过对觉慧思想和言行的分析，可以看到巴金深深的忧患意识，既恨“吃人”的礼教，也忧麻木不仁的国民。

——张慧敏

《边城》

作者介绍

沈从文（1902～1988），现代作家、历史文物研究家、京派小说代表人物。原名沈岳焕，苗族湖南凤凰县人。14 岁时投身行伍，浪迹湘川黔边境地区。他在 1922 年到北京求学失败后顽强自学，1924 年开始文学创作。1928 年，应胡适之邀，他担任上海“中国公学”讲师；1930 年起，到武汉大学、山东大学任教。1934 年，他创作小说代表作《边城》及散文代表作《湘行散记》。抗战爆发后，他到西南联大任教，1946 年回到北京大学任教。1949 年，在中国历史博物馆和中国社会科学院历史研究所工作。1964 年完成文化研究专著《中国古代服饰研究》。1988 年病逝于北京。

沈从文一生创作的结集约有 80 多部，由于创作风格的独特，在中国文坛中被誉为“乡土文学之父”。20 世纪 30 年代起，他开始用小说构造心中的“湘西世界”，完成一系列代表作，如《边城》《长河》《湘行散记》。乡村生命形式的美丽，以及与它的对照物——城市生命形式批判性结构的合成，使他提出了人与自然“和谐共存”的，本于自然、回归自然的哲学。“湘西”所代表的健康、完善的人性，是一种“优美、健康、自然，而又不悖乎人性的人生形式”，这正是他全部创作负载的内容。

创作背景

中篇小说《边城》写于1934年，是一部充溢着浓浓湘西乡土味、乡土情的佳作。

沈从文曾从湘西随军到四川，在泸溪县城一家绒线铺遇到一个叫翠翠的少女，她长得俊秀可爱，同行的一个叫赵开明的好友发誓要娶她为妻。17年后，沈从文又到泸溪，在铺子里看到一个和翠翠长得十分相似的少女，原来这是翠翠的女儿小翠，当年翠翠嫁给了赵开明，这时她已死去，留下了父女两人。沈从文后来创作《边城》时，渡船工孙女的形象便由绒线铺的少女脱胎而来。

沈从文为读者营造的边城世界，就如同一个安静平和的桃源仙境。这里没有惊心动魄的社会巨变和激烈复杂的矛盾冲突，这里的人民保持着淳朴自然、真挚善良的人性美和人情美。这部小说被誉为“现代文学史上最纯净的一个小说文本”，是“中国现代文学牧歌传说中的顶峰之作”。

内容简介

川湘交界的茶峒边城依山傍水，远离尘嚣，和平安详，如世外之境。城边“有一条小溪，溪边有座白色小塔，塔下住了一户单独的人家。这人家只一个老人，一个女孩子，一只黄狗。小溪流下去，绕山岨流，约三里便汇入茶峒的大河，人若过溪越小山走去，只一里路就到了茶峒城边。溪流如弓背，山路如弓弦，故远近有了小小差异。小溪宽约二十丈，河床为大片石头作成。静静的水即或深到一篙不能落底，却依然清澈透明，河中游鱼来去皆可以计数”。这座小小的山城，鸟语花香，青山翠竹；古朴的吊脚楼，耸立的小白塔，一脉清流相伴随……花自开来水自流，自然的生命季节循环不息，到处是一片宁静与和平。碧溪嘴白塔下摆渡的老船夫已年过七十，老船夫抚养的女儿的遗孤翠翠，转眼间有了十五岁。城里管码头的顺顺，他的儿子天保和傩送也已长成。属于这地方男子的勇敢、豪爽、诚实、热情，在天保和傩送身上皆不缺少，他们是“自然”的儿子。

翠翠在风日里长养着，把皮肤变得黑黑的，触目为青山绿水，一对眸子清明如水晶，自然养育她且教育她。她为人天真活泼，处处俨然如一只小兽物；人又那么乖，如山头黄麂一样，从不想到残忍事情，从不发愁，从不动气。平时在渡船上遇陌生人对她有所注意时，便把光光的眼睛瞅着那陌生人，做成随时都可举步逃入深山的神气，但明白了面前的人无心机后，就又从从容容地在水边玩耍了。

当年翠翠的母亲，老船夫的独生女，同一个清绿营屯防士兵“唱歌相熟”，肚子里有了孩子，却“结婚不成”——黄罗寨那片林子里，立着那可怜的嫡亲祖母，一个苗族妇女的假坟，一抔黄土埋藏着一个民族的悲剧故事——屯防士兵顾及军人名誉，首先服了毒，老船夫女儿待孩子生下后，到溪边故意吃了许多冷水，也死去了。老船夫无从理解这悲剧的前因后果。这些事对老船夫说来谁也无罪过，只应由天去负责。

翠翠的祖父口中不怨天、不尤人，心中却不能同意这种不幸的安排。到底还像年轻人，说是放下了，也还是不能放下莫可奈何的一件事情。

翠翠已经长大了。这一代人面临的，又将是怎样一种命运？泸溪城绒线铺里的“小翠”、杨家嘴那个爱好、怀着某种期待的夭夭、沅水流域吊脚楼上的牛保和妓女……正各自接受着摊派到他们头上的一份命运。

正因为翠翠长大了，证明老船夫已真正老了。可是无论如何，得让翠翠有个着落。翠翠既是她那可怜的母亲交给他的，翠翠长大了，他也得把翠翠交给一个可靠的人，手续清楚，他的事才算完结！

然而，人的良好愿望却不免与事实冲突。边城已不是“改土归流”前的边城，那时，这里的婚嫁还保留着充分的自由形式。爱情需要的，不是门第，不是金钱，而是从心里流出的热情的歌。老船夫不曾料到，早在两年前的端午节，翠翠与傩送二老在河边第一次相遇，傩送已爱上翠翠，翠翠下意识里已朦胧生出对傩送的爱恋。不巧的是傩送的哥哥天保大老也爱上了翠翠。更严重的，一座新碾坊又加入了这场竞争——团总将它做女儿的陪嫁，正托人向顺顺放口风，要傩送做女婿！

周围人议论纷纷。一个女人说：“事弄成了，好得很呢。人家在大河边有一座崭新碾坊陪嫁，比雇十个长工还得力些。”

有人问：“二老怎么样，可乐意？”

又有人轻轻地可极肯定地说：“二老已说过了，这不必看，第一件事我就不想做那个碾坊的主人！”“你听二老亲口说的吗？”

“我听别人说的。还说二老欢喜一个撑渡船的。”“他又不是傻小二，不要碾坊，要渡船吗？”

“那谁知道。横顺人是‘牛肉炒韭菜，各人心里爱’，只看各人心里爱什么就吃什么，渡船不会不如碾坊！”

在这同时，天保想到翠翠，托杨马兵向老船夫探口风。老船夫回答说：“下棋有下棋的规矩，车是车路，马是马路，各有走法。大老若走的是车路，应当由大老爹爹做主，请了媒人来正正经经同我说。若走的是马路，应当自己做主，站到渡口对溪高崖上，为翠翠唱三年六个月的歌。”一切由翠翠自己做主！

走“车路”与走“马路”（托媒说亲与唱歌求爱），要碾坊和要渡船（追求金钱和忠于爱情），两种不同的民族文化形态发生着强烈的碰撞。天保当真请了媒人，走车路向老船夫提亲。老船夫要让翠翠满意，问翠翠对这事的意见。翠翠却不作声。

翠翠弄明白了，人来做媒的是大老！“不曾把头抬起，心怦怦地跳着，脸烧得厉害，仍然剥她的豌豆，且随手把空豆荚抛到水中去，望着它们在流水中从从容容地流去，自己也俨然从容了许多。”

老船夫思前想后，明白了翠翠的心事：隐隐约约体会到一件事情——翠翠爱二老不爱大老。想到这里时，他笑了，为了害怕而勉强笑了。其实他有点忧愁，因为他忽然觉得翠翠一切全像那个母亲，而且隐隐约约便感到这母女二人共同的命运。

事实证明了老船夫的担忧：端午节龙舟竞渡，团总女儿随母亲来看热闹。“其实是看人，同时也让人看”。而且，这母女二人被安排在顺顺家吊脚楼上“两个最好的窗口”。老船夫自然明白一座碾坊对翠翠的威胁：“十六岁姑娘多能干，将来谁得她谁福气！”“有什么福气？又无碾坊做陪嫁，一个光人！”

为了翠翠的幸福，老船夫愿意让翠翠自己做主，因此没有直接答应天保的提亲。待天保明白傩送也爱翠翠，同意傩送提出的公平解决办法：兄弟俩轮流对翠翠唱歌，谁唱动了翠翠的心，翠翠便归谁。结果，天保自知不敌傩送，赌气乘船下行，不料不小心被竹篙弹入激流淹死了。顺顺家以为这事与老船夫有关，傩送也以为他做事“弯弯曲曲”，不爽快，面子上对他冷淡了许多。为了求得人对自己命运的自主，老船夫陷入不为人理解的孤独。

傩送父子的冷淡，中寨人关于傩送决定要碾坊的谈话，翠翠外柔内刚的脾性，当年女儿悲惨的死，全都综合在一起，“命运”仿佛给了老船夫当胸一拳，他终于无力再抵抗，在一个雷雨交加的晚上，伴随白塔的坍塌而死去了。

后来便说到老船夫死前的一切，翠翠因此明白了祖父活着时所不提及的许多事。二老的唱歌，大老的死，顺顺父子对于祖父的冷淡，中寨人用碾坊作陪嫁妆奁诱惑傩送二老；二老既记忆着哥哥的死亡，且因得不到翠翠的理会，又被逼着接受那座碾坊，因此赌气下行；祖父的死因，又如何和翠翠有关……凡是翠翠不明白的事情，如今可全明白了。翠翠把事情弄明白后，哭了一个晚上。

翠翠终于独自守在渡口，等待傩送的归来。“这个人也许永远不回来了，也许明天回来！”

精彩片段

★月光如银子，无处不可照及，山上竹篁在月光下变成一片黑色。身边草丛中虫声繁密如落雨。间或不知道从什么地方，忽然会有一只草莺“嘘”啭着它的喉咙，不久之间，这小鸟儿又好像明白这是半夜，不应当那么吵闹，便仍然闭着那小小眼儿安睡了。

★“爷爷，你说唱歌，我昨天就在梦里听到一种顶好听的歌声，又软又缠绵，我像跟了这声音各处飞，飞到对溪悬崖半腰，摘了一大把虎耳草，得到了虎耳草，我可不知道把这个东西交给谁去了。我睡得真好，梦的真有趣。”

“翠翠，梦里的歌可以使你爬上高崖去摘那虎耳草，若当真有谁来在对溪高崖上为你唱歌，你预备怎么样？”

主题思想

《边城》寄寓着沈从文“美”与“爱”的美学理想，是他的作品中最能表现人性美的一部。小说以翠翠的爱情悲剧作为线索，淋漓尽致地表现了湘西地方的风情美和人性美。沈从文以如椽巨笔，为我们绘就了一幅如诗如画、如梦如烟、田园牧歌式的美丽的湘西世界。沈从文在后来曾经表白："我要表现的本是一种'人生形式'，一种'优美、健康、自然，而又不悖乎人性的人生形式'。"小说以牧歌式的情调描绘出田园诗般的边城世界。这里的人民保持着淳朴自然、真挚善良的人性美和人情美。他们诚实勇敢、乐善好施、热情豪爽、轻利重义、守信自约，"凡事只求个心安理得"，就连吊脚楼妓女的性情也浸染着边民的淳厚，俨然是一个安静的、平和的桃源仙境。这里的人民诗意地生活、诗意地栖居。这是抒情诗，也是风俗画。关于《边城》的主旨，用沈从文自己的话说就是，"我要表现的本是一种'人生的形式'，一种'优美、健康、自然'而又不悖乎人性的人生形式"。

《边城》以撑渡老人的外孙女翠翠与船总的两个儿子天保、傩送的爱情为线索，表达了对田园牧歌式生活的向往和追求。这种宁静的生活若和当时动荡的社会对比，简直就是一个脱离滚滚尘寰的"世外桃源"。在这块世外桃源中生活的人们充满了原始的、内在的、本质的"爱"。正因为这"爱"才使得川湘交界的湘西小城、酉水岸边茶峒里的"几个愚夫俗子，被一件普通人事牵连在一处时，各人应得的一份哀乐，为人类'爱'字做一度恰如其分的说明"。

《边城》正是通过抒写青年男女之间的纯纯情爱、祖孙之间的真挚亲爱、邻里之间的善良互爱来表现人性之美的。作者想要通过翠翠、傩送的爱情悲剧，去淡化现实的黑暗与痛苦，去讴歌一种古朴的象征着"爱"与"美"的人性与生活方式。翠翠与傩送这对互相深爱着对方的年轻人既没有海誓山盟、卿卿我我，也没有离经叛道的惊世骇俗之举，更没有充满铜臭味的金钱和权势交易，有的只是原始乡村孕育下的自然的男女之情，这种情感像阳光下的花朵一样，清新而健康。作者不仅对两个年轻人对待"爱"的方式给予热切的赞扬，而且热情地讴歌了他们所体现出的湘西人民行为的高尚和灵魂的美好。

作者以"乡下人"的主体视角审视当时城乡对峙的现状，批判现代文明在进入中国的过程中所显露出的丑陋，这种与新文学主将们相悖反的观念大大丰富了现代小说的表现范围。

艺术特色

《边城》的艺术特色主要表现为：

一、诗意的气息

整部小说洋溢着诗一般的气息，如梦如幻，虚虚实实，朦朦胧胧，若即若离，像一幅绝美的山水画。这里的自然民风、人性之美与充满牧歌情调的地方色彩结合在一起，形成别具一格的韵味。作者不使用情节的波澜起伏，仅用纯粹不加修饰的文字，就把读者带进那样一个至纯至善的生活环境当中。沈从文认为，营造气氛和描述人事几乎同等重要。

二、人物的塑造

《边城》对人物性格的塑造，显然受到中国传统艺术写意传神笔法较深的熏陶，它的人物更具东方式的恬静的美，如翠翠是湘西山川灵气化育而成的自然之女，天真、纯洁、活泼，柔情似水，“翠翠在风吹日晒里长养着，把皮肤变得黑黑的，触目为青山绿水，一对眸子清明如水晶。自然既长养她且教育她，为人天真活泼，处处俨然如一只小兽物”。

三、语言富于特色

《边城》的语言明净澄澈、一尘不染。沈从文在生机勃勃的湘西口语的基础上，吸取了书面语、文言语的特长，使得小说的长句精确、曲折而富人性，短句重感兴、活泼而有生气。与小说的整体氛围、主题思想、审美风格达到了和谐统一。

人物形象

翠翠：她是小说中刻画得最成功的人物形象，是湘西山水孕育出来的一个精灵。边城的风日、山水，使她出落成一个眉清目秀、聪慧温柔，且带着几分矜持、几分娇气的少女。她是美的精灵与化身。傩送远走他乡，爷爷溘然长逝，她痛苦、悲伤但并没有倒下。她谢绝船总让她住进他家的好意，像爷爷那样守着摆渡的岗位，苦恋并等待着傩送归来，充分表现出她性格中坚强的一面，展现着柔中有刚的美。她怀着希望与自己的坎坷命运进行着持久的抗争。

老船夫：忠厚老实，重义轻利，一副古道热肠。他几十年如一日地守着渡船，不计报酬，不贪图便宜，“从不思索自己职务对于本人的意义”，只是以给人方便为乐。真诚的老船夫同时获得人们对他的关爱。卖肉的不肯收他的肉钱，水手们送红枣给他，小商贩们送粽子给他。这种超越阶级关系、金钱关系的乡邻之情在现实生活中是很少见的，但沈从文却通过这种感情揭示了人物身上所蕴含的美好人性。

船总顺顺：他尽管有财却不吝财，为人明事明理，正直温和。老船夫死后，他不计前嫌，依然一片盛情邀请那分明与他的两个儿子的不幸遭遇有密切干系的孤女翠翠到家里安住。他的两个儿子天保和傩送在这种良好的家庭氛围中，都“结实如老虎，却又和气亲人，不骄惰，不浮华，不倚势凌人”。傩送为了纯真的爱情，宁愿放弃一座碾坊的陪嫁而选择渡船；天保则宁愿牺牲自己的幸福，也希望成全弟弟的爱情。他们都胸怀宽广、光明磊落。

名家点评

★“一部 idyllic（田园诗的、牧歌的）杰作”，“一颗千古不磨的珠玉”。

——刘西渭（《咀华集》）

★“它表现受过长期压迫而又富于幻想和敏感的少数民族心坎那一股沉郁隐痛”，“唱出了少数民族的心声”。

——朱光潜

《堂吉诃德》

作者介绍

米盖尔·德·塞万提斯·萨维德拉（1547～1616），西班牙著名的小说家、剧作家、诗人。塞万提斯的文学创作展现了文艺复兴时期西班牙文学的最高成就，代表作《堂吉诃德》是欧洲第一部有现实主义倾向的长篇讽刺小说。

塞万提斯出生在一个穷苦的医生家庭，祖父是没落贵族。由于家贫，他只上过中学。1569 年他受教皇派遣到罗马，受到意大利文学艺术的熏陶，接受了人文主义思想的影响。1570 年他从军，参加了著名的勒多班海战，身负重伤，并失去了左手。1575 年归国途中他被海盗俘虏，做了 5 年奴隶，后由家人和朋友交付巨额赎金，才得以返回家乡。回到西班牙的塞万提斯已经 33 岁，并没有得到国家的妥善安置，生活困顿。他四处谋职，曾先后当过军需员和收税员，后因得罪权贵和教会而数度入狱。塞万提斯一生艰辛，经常面临着债务和失业，他的两次婚姻也都不幸福。《堂吉诃德》就是他在坎坷境遇下孕育出的作品，其中自然映照出作者自我的体验和情感。他用了 8 年时间完成了《堂吉诃德》的第一部，1615 年《堂吉诃德》的第二部出版，然而次年穷困交加的塞万提斯在马德里逝世。

创作背景

塞万提斯生活在16世纪中叶到17世纪初西班牙由强盛至衰落的时期，此时西欧其他国家的骑士文学已经过时，但西班牙出于政治需要，又因为骑士的荣誉和骄傲是建立世界霸权的精神力量，因此骑士文学仍相当流行。塞万提斯对这种荒唐怪诞的封建文学深恶痛绝，觉得要使拙劣的骑士小说绝迹，最好的办法就是创作一本更好的骑士小说。于是，他创作了《堂吉诃德》，这部小说彻底摧毁了泛滥一时的骑士文学。《堂吉诃德》一出，西班牙再没有出现过新的骑士文学。

塞万提斯在贫病交加的境况下完成了《堂吉诃德》的第一部，历时8年。小说于1605年发表，立即受到人们的喜爱，书中的两个形象堂吉诃德和桑丘·潘沙几乎家喻户晓。然而，这并未改变塞万提斯经济上的窘境。1605年后，塞万提斯着手写小说的第二部。他在1614年即将完成之时，听到有人出版了《堂吉诃德》的续集，十分气愤，因此他在书中揭露了伪作，并结束了堂吉诃德的故事。《堂吉诃德》第二部于1615年出版，人们的热情和喜爱依然不减。

《堂吉诃德》真实而全面地反映了17世纪初西班牙的封建社会现实，全书出现了近700个人物，描写的生活画面十分广阔，揭露了正在走向衰落的西班牙王国的各种矛盾，谴责了贵族阶级的荒淫无耻，对人民的疾苦表示了深切的同情。

内容简介

西班牙有一位年近50岁的单身穷绅士吉哈诺先生，他身体瘦弱，迂腐而顽固，整天沉浸在骑士侠义小说里，梦想做一个勇敢的骑士游侠，去闯荡天涯、扶困济危，扫尽世间不平，扬名寰宇。于是他拼凑了一副祖上传下来的破烂不全的盔甲，并给那匹皮包骨的瘦马取了个高贵而响亮的名字，叫“驽驿难得”，意思是原本是一匹驽马，现在成为骑士的坐骑是世间少有而难得的事。他还给自己取名“堂吉诃德”，并且模仿古代骑士忠诚于某位贵妇人的传统做法，物色了邻村一个养猪姑娘做自己的意中人，并给她取了个贵族名字叫杜尔西内娅·台尔·托波索，决心终身为她效劳。

一切齐备，幻想成真。他穿甲执盾，离家出走，去做他的游侠事业。堂吉诃德先后三次出门游历，经历了种种的遭遇，闹了不少笑话。

第一次出游从七月的一个早晨开始，历时两天。堂吉诃德骑上他那匹和主人一样瘦骨嶙峋的老马，一个人来到郊外，看到被地主绑在树上痛打的放羊孩子，他命令地主给孩子松绑，并如数付给孩子工钱，地主被吓得一一照办。但他走以后，地主把小孩重新绑在树上，狠狠抽打了一顿。堂吉诃德继续游荡，遇到一队商人，他骄傲地要求他们承认他的意中人是绝世佳人，商人的骡夫一点也不买账，两人打斗起来，堂吉诃德被打得遍体鳞伤，被过路的邻居送回家。

他的家人和朋友痛心他竟被骑士小说毒害到这等程度，他们在堂吉诃德的外甥女和女管家的协助下，搜查了藏书室，把积存了一屋子的骑士小说全部烧掉。但堂吉诃德还是顽固地认为“世上最迫切需要的是游侠骑士，而游侠骑士道的复兴全靠他一人”。他暗中说服老实的邻居桑丘·潘沙做他的随从，一起开始第二次冒险，条件是有朝一日让他当海岛总督。

第二次冒险在15天后开始了。他们来到郊野，远远望见三四十架高高耸立的风车，堂吉诃德对邻居说：“那边出现了30多个大得出奇的巨人。我打算去跟他们交手，把他们打死，咱们得了战利品就可以发财。”桑丘反复告诉他那是风车，不是巨人。但堂吉诃德脑子里装满了妖魔鬼怪，不但不听，反而责备桑丘胆小。堂吉诃德横托着长枪驰马向风车冲杀过去，一枪刺中了风车正在转动的叶轮，风车把他连人带马抛在空中。堂吉诃德翻滚在地，长枪也折成几段，狼狈不堪。但他坚持认为是魔术师把巨人变成风车来与他作对。当天，他们在林子里度过了倒霉的一夜。

第二天，堂吉诃德遇见了两个修士，后面还有一辆马车，车上坐着一位贵妇。堂吉诃德认为走在前面的两个戴面罩、撑阳伞的修士是劫持公主的强盗。他提起枪冲过去，修士们吓得落荒而逃。接着，他又和贵妇的仆人大战一场，贵妇连忙恳求堂吉诃德手下留情，饶了她仆从的性命。堂吉诃德快乐地答应了。这样，他便赢得出游以来的第一次胜利。桑丘佩服得五体投地，以为跟随这样一位英勇的主人，不久他总督的封赠就可以到手了。

大路上来了两群羊。堂吉诃德把公羊、母羊的叫唤当成是“萧萧马嘶、悠悠角声、咚咚鼓响”，把羊群看成是出现在他面前的左右两支军队。他便紧握长枪，像一道电光似的冲了上去，举枪乱刺，杀伤了不少羊。结果他也被牧羊人乱石打倒，还磕掉了三四颗牙齿。桑丘在一旁直揪自己的胡子，咒骂自己倒霉，跟随了这样一个疯主人。等牧羊人走后，他才上去把堂吉诃德扶了起来，并抱怨主人不该自找烦恼。堂吉诃德对他解释说，他被魔法师捉弄了。魔法师由于妒忌他胜利，便把敌对的两军变成两群羊。晚上，堂吉诃德又冲散了一队送葬行列，因为他把车上的死人看作是被害的骑士。

在一处山谷，堂吉诃德听到一阵怪声，便把它当作重要敌情的信号，吩咐桑丘在原地等他，他要单独去冒险。这时，天已黑下来了，胆小的桑丘很害怕，不想让主人离开，便悄悄把主人的马腿用绳子系住，另一头捆在自己的骡子身上。堂吉诃德鞭马前进，马只在原地打转。他以为自己又着魔了，便在马上一直坐着。天亮后，桑丘悄悄地把绳子解开了。他不愿意单独留下，便和堂吉诃德沿着响声传来的方向寻去。他们来到一条溪边，发现响声原来是安装在那里的一台砑布机发出的。

这时，天下起雨来。一位路过的理发师把铜面盆顶在头上遮雨。堂吉诃德一见，硬说那是骑士的光灿灿的头盔，举枪冲了上去。理发师以为是剪径大盗，赶快跳下骡背逃走了。堂吉诃德夺得了铜盆，戴在自己头上。桑丘把理发师的骡子牵过来，并把他的行囊收归己有。

堂吉诃德遇见一队被押送到海船上服苦役的犯人。他一一询问了他们被关押的原因，很同情他们的遭遇，因此杀了押送人，把犯人全放了。可是，他和其中一个最凶狠的犯人希内斯冲突起来，堂吉诃德要犯人把他行的善事去报告给他的意中人杜尔西内娅，但希内斯不干。结果，堂吉诃德挨了犯人一顿揍。他懊丧地对桑丘说："对坏人行善，就是往海里倒水。"为了躲避巡逻队的追究，堂吉诃德不敢走大路，他和桑丘走进了一座深山。在这里，他们遇到一个叫卡迪纽的青年。卡迪纽因爱人陆苇达被花花公子堂费南铎夺走，悲观失望，躲进深山过着野人一样的生活。堂吉诃德受了启发，决定自己也要为意中人受苦，在深山过过修炼的生活。他打发桑丘回家去。桑丘大为惊异，但也改变不了主人的想法。

桑丘往回走，在客店里遇见了同村的神甫和理发师。他把堂吉诃德入山修炼的事告诉他们，他们便一起商议如何把堂吉诃德弄回家。最后，他们定下一条计策：由理发师化装成落难的贵妇人，神甫化装成家丁，引堂吉诃德出山为贵妇人复仇，以达到骗他回家的目的。于是，桑丘带路回山里寻找堂吉诃德。他们先遇见那位失恋青年卡迪纽，接着遇到一个女扮男装的姑娘多若泰，她刚从家里逃出来。她受了花花公子堂费南铎的诱骗，他原本答应要娶她，后来又看上了卡迪纽的恋人陆苇达，便把她抛弃了。神甫一行很同情她的遭遇，尤其是卡迪纽听到她提起堂费南铎和陆莘达的名字，更是怒火中烧。这时，神甫把搭救堂吉诃德的目的讲了出来，请他们一同帮助寻找。多若泰说自己更合适扮演落难女子，神甫和理发师听了都很高兴，便让她扮成一位公主，伪称她的王国被奸贼篡夺了，请求堂吉诃德前去帮她复国，其他人都化装成公主的随从。计划进行得很顺利，他们在山里找到了堂吉诃德。他也满口应允了“公主”的请求，认为这是他作为一名骑士义不容辞的职责。于是，大家一起下山。

堂吉诃德一行借宿在一家旅店里，店主也颇受骑士小说的影响，把堂吉诃德安顿在一间房里，那儿堆放着许多装满红酒的酒袋。堂吉诃德惦记着替多若泰复仇的事，连做梦都在和迫害公主的巨人交战。他把酒袋当作巨人的头颅砍杀，结果红酒流了一地，他还认为这是巨人的血。店主知道后，也无可奈何。

客店里来了一伙客人，押送着一个戴面罩的姑娘。这姑娘便是陆莘达，她被堂费南铎强迫结婚的那天，自杀未遂。晕倒后，堂费南铎在她身上搜到了匕首和绝命书，婚礼便没有举行。她被救醒后，逃进了修道院。可是，堂费南铎又把她找到了。现在，他正要把她押解回家。多若泰认出了堂费南铎，便上前求情，请他成全陆莘达和卡迪纽的婚事。最初，堂费南铎不肯。后来，他拗不过众人，终于同意了。这样一来，堂费南铎和多若泰也重归于好了。

次日，客人们要各自分开了。他们想了一个处置堂吉诃德的办法：人们在半夜冲进他的房间，把他捆绑起来，装进一个木笼子里，然后把他放在牛车上，使他相信自己着了魔，然后由神甫和理发师把他押送回家。由此，堂吉诃德结束了他的第二次游侠活动。

堂吉诃德第三次出游是在相隔一个月之后。女管家用了600个鸡蛋把他的身体调养好了。他从邻居参孙·加尔拉斯果学士那里打听到萨拉果萨城要举行一年一度的比武大会的消息。他想到那里去赢得荣誉，便和桑丘暗暗商量了一阵，又瞒着家人出游了。加尔拉斯果得知后，便化装成“镜子骑士”，在半路拦截他。加尔拉斯果原想把堂吉诃德打败后，迫使他回家。可是，加尔拉斯果的马绊了一跤，反而被堂吉诃德冲倒在马下。这一胜利使堂吉诃德得意非凡。他下决心“要使衰亡的骑士道重新振兴”，把“扶弱锄强，救危济困”当作自己应尽的职责。

堂吉诃德在路上遇见一辆运载狮子的车辆，那狮子是献给皇上的。他决定和这兽中之王较量一番，便用长枪威逼驯狮人把笼门打开。那只狮子似乎对堂吉诃德无理的冒犯并不在乎，它漫不经心地向四周看了看，掉转一下身体，懒洋洋地又在笼子里躺下了。堂吉诃德便吩咐驯狮人打它几棍，让狮子发脾气跑出来。驯狮人说，是狮子不敢出来应战，您的盖世神威已经有目共睹了，随后把笼门关上了。这之后，堂吉诃德便给自己加了一个光荣的称号——“狮子骑士”。紧接着这次胜利，他又帮一个穷小伙子从有钱的财主手里夺回了心爱的恋人。人们都认为他是个有胆识的人。

有一天，堂吉诃德主仆在林子里遇到一对正在游猎的公爵夫妇。他们对堂吉诃德荒唐的事迹早有耳闻，便想捉弄他们一番。他们以隆重的迎接骑士的典礼，把堂吉诃德迎回自己的城堡。公爵夫人尤其喜欢桑丘有趣的谈吐，便专门找他寻开心。他们在夜间举办了一个大型的游猎会。公爵夫妇暗中命仆从化装成魔法师和堂吉诃德的意中人杜尔西内娅。魔法师把假的杜尔西内娅带到堂吉诃德面前，对他说她已着了魔，唯一的解救办法是桑丘要承受三千三百鞭的鞭打，以惩罚桑丘曾欺骗主人，把一个过路的乡下女人说成是杜尔西内娅的过错。桑丘害怕鞭打，但他在主人的恳求下，只好答应了。不过，他提出一个条件：鞭打不能一下子兑现，这样他受不了，要在以后陆续偿清。公爵的总管又化装成“三尾裙伯爵夫人”，恳求堂吉诃德上天去和魔法师战斗，因为魔法师把她这样一个有身份的夫人和她的女仆都变成满脸胡子的男人。堂吉诃德毅然答应了，但他担心上不了天。“伯爵夫人”说，他可以和他的仆从骑一匹神奇的木马去。

在公爵花园里，堂吉诃德和桑丘被蒙上眼睛，坐在一只大木马上。公爵叫人抬来几只大风箱，朝着他们拼命鼓风，弄出各种声响。堂吉诃德凭自己的想象，以为正飞翔在空中和魔法师作战呢。然后，人们用亚麻点燃木马的尾巴，马肚子里装满了花炮，一阵“噼噼啪啪”的爆炸，把堂吉诃德和桑丘都抛落在地上。堂吉诃德睁开眼，看到人们都伏在地上，他的长枪插在一张白羊皮纸上，上面写着上天对他功绩的褒扬，说他已使伯爵夫人脱离了苦难。公爵夫妇装作十分惊讶的样子，把一场闹剧表演得像真的一样。

公爵夫妇为满足桑丘的夙愿，假意把他封作海岛总督，让他到自己的领地去上任。临行时，堂吉诃德郑重其事地对桑丘进行了一番训诫，要他“上应天意，下顺人情”，在任职期内尽量实行“宽恕”，因为“仁爱比公正更光荣伟大”。交代他生活上要勤俭、朴素、清洁，不要贪睡。桑丘一一接受了，认为这些都是“金玉良言”。

桑丘上任后，公爵总管布置了各种难断的诉讼为难“总督大人”，但桑丘毫无私心，断案英明，秉公执法，大大出乎人们的意料。办完案，桑丘被送到一个富丽的官邸，饭厅里摆好了一桌供王公享用的盛馔。桑丘一进门，乐师们便“嘀嘀嗒嗒”吹奏起来，四个小厮上来给他倒水洗手。桑丘又饥又累，入席便要用饭。他身旁站着一个手拿鲸鱼骨棍子的人，每当桑丘要动手去吃一盘菜时，他便把棍子迅速一指，上菜的小厮连忙上来把菜撤了下去。这样反复了十来次，菜被撤光了，桑丘一口也没吃到。他生气地质问手下，那位拿鲸鱼骨棍子的人说，他是他的医生，应当为他的健康负责，“总督大人”想吃的菜，正是他不能吃的。桑丘发火了，说他做总督连饭菜都吃不上，这个官不要也罢。人们见他发了这么大的脾气，才让他取食面包和葡萄。

在任职期间，桑丘廉洁奉公，亲自制定法令，规定价格，不准贩卖粮食，严禁淫荡歌曲。尽管桑丘把小镇“海岛”治理得井井有条，但他们二人还是受尽公爵的残酷捉弄，几乎丧命。

最后，总管导演了一场“外敌”入侵的把戏，要桑丘穿着铠甲去打仗。那铠甲又窄又长，把他折磨得半死。“外敌”平息后，桑丘感到做总督真是不容易。他说：“我生来不是总督的料……一个人最好干自己的老本行。”于是，他弃官逃走了。主仆二人离开公爵府，不禁感叹自由的可贵。

萨拉果萨城比武会逼近了，堂吉诃德主仆动身前往。路上，堂吉诃德想去拦截一队斗牛群。结果真是不堪设想，堂吉诃德主仆都被牛群冲倒，还遭到踩踏，差点送命。然后来了一位“白月骑士”，他指名要和堂吉诃德决斗，而且他们双方商定：谁输了，便让对方发落。结果“白月骑士”把堂吉诃德撞下马来，把他斗败了。“白月骑士”罚他回家去，一年之内不准外出。原来这个“白月骑士”不是别人，正是同乡参孙·加尔拉斯果学士化装的。堂吉诃德不明就里，只好遵从约定，灰心丧气地往家走。在回家路上，桑丘在堂吉诃德的请求下偿清了三千三百鞭的鞭打，以便让“杜尔西内娅”脱离魔法。但他自己打自己，打得既轻，又作弊。他一面把鞭子抽在树干上，一面大叫，当成是打在自己的屁股上。

堂吉诃德回到家，发了高烧，一连躺了六天，最后已奄奄一息了。临终前，他醒悟过来，表示“对骑士小说已经深恶痛绝”了，叮嘱他的外甥女要“嫁个从未读过骑士小说的人”，否则就剥夺她的遗产继承权。

精彩片段

★这时候，他们远远望见郊野里有三四十架风车。堂吉诃德一见就对他的侍从说："运道的安排，比咱们要求的还好。你瞧，桑丘·潘沙朋友，那边出现了三十多个大得出奇的巨人。我打算去跟他们交手，把他们一个个杀死，咱们得了胜利品，可以发财。这是正义的战争，消灭地球上这种坏东西是为上帝立大功。"

桑丘·潘沙道："什么巨人呀？"

他主人说："那些长胳膊的，你没看见吗？那些巨人的胳膊差不多二哩瓦（译者注：一哩瓦合6.4公里）长呢。"

桑丘说："您仔细瞧瞧，那不是巨人，是风车；上面胳膊似的东西是风车的翅膀，给风吹动了就能推转石磨。"

堂吉诃德道："你真是外行，不懂冒险。他们确是货真价实的巨人。你要是害怕，就走开些，做你的祷告去，等我一人来和他们大伙儿拼命。"

他一面说，一面踢着坐骑冲出去。他的侍从桑丘大喊道，他前去冲杀的明明是风车，不是巨人；他满不理会，横着念头那是巨人，既没听见桑丘叫喊，跑近了也没看清是什么东西，只顾往前冲，嘴里嚷道："你们这伙没胆量的下流东西！不要跑！前来跟你们厮杀的只是个单枪匹马的骑士！"

这时微微刮起一阵风，转动了那些庞大的翅翼。堂吉诃德见了说："即使你们挥舞的胳膊比巨人布利亚瑞欧的还多，我也要和你们见个高下！"

他说罢一片虔诚向他那位杜尔西内娅小姐祷告一番，求她在这个紧要关头保佑自己，然后把盾牌遮稳身体，托定长枪飞马向第一架风车冲杀上去。他一枪刺中了风车的翅膀；翅膀在风里转得正猛，把长枪迸作几段，一股劲把堂吉诃德连人带马直扫出去；堂吉诃德滚翻在地，狼狈不堪。桑丘·潘沙趱驴来救，跑近一看，他已经不能动弹。

桑丘说："天啊！我不是跟您说了吗，仔细着点儿，那不过是风车。除非自己的脑袋里有风车打转儿，谁还不知道这是风车呢？"

堂吉诃德答道："甭说了，桑丘朋友，打仗的胜败最拿不稳。看来把我的书连带书房一起抢走的弗瑞斯冬法师对我冤仇很深，一定是他把巨人变成风车，来剥夺我胜利的光荣。可是到头来，他的邪法毕竟敌不过我这把剑的锋芒。"

桑丘说："这就要瞧老天爷怎么安排了。"（上卷第八章）

★"好，谁要来，来吧！即使和头号的魔鬼交手，我也有这胆量！"插着旗子的大车已经近前来。车上没几个人，只有几头骡子拉车，赶车的骑着当头一匹，另有个人坐在车头上。堂吉诃德跑去拦在车前道："老哥们哪儿去？这是什么车？车上拉的是什么东西？车上插的是什么旗？"

赶车的答道："这是我的车，车上拉的是关在笼里的两头凶猛的狮子，是奥兰总督进贡朝廷、奉献皇上的礼物。车上插的是咱们万岁爷的旗子，标明这里是他的东西。"

堂吉诃德问道："狮子大不大?"

坐在车门前的那人答道："大得很；非洲运来的许多狮子里，最大的都比不上这两头。我是管狮子的，运送过别的狮子，像这样的我还没见过。这是一公一母，前头笼里是公的，后面笼里是母的；两头狮子今天还没喂过，都饿着肚子呢。所以请您让开一步，我们得赶到前头站上去喂它们。"

堂吉诃德听了冷笑道："拿狮崽子来对付我吗？挑这个时候，拿狮崽子来对付我！好吧，我凭上帝发誓，我要叫运送它们的两位先生瞧瞧，我是不是害怕狮子的人！老哥，你请下车。你既是管狮子的，请打开笼子，放那两头畜生出来！魔术家尽管把狮子送来，也吓不倒我！你们两位可以在这片野地里瞧瞧我堂吉诃德·台·拉·曼却究竟是个什么样的人!"

那位绅士暗想："罢了！罢了！我们这位好骑士露了馅了！准是给乳酪泡软了脑袋，脑子发酵了。"

这时桑丘赶来对绅士说："先生，请您看上帝分上，想个办法叫我主人堂吉诃德别和狮子打架；不然的话，咱们大家都要给狮子撕成一块块了。"

绅士说："你怕你主人和那么凶猛的野兽打架呀？你以为他会干这种事吗？他竟疯到这个地步吗?"

桑丘说："他不是疯，是勇敢。"

绅士说："我去劝他。"

堂吉诃德正在催促管狮子的打开笼子，绅士赶到他面前，对他说："骑士先生，游侠骑士应该瞧事情干得成功才去冒险；决计办不到的事，就不去冒险。勇敢过了头是鲁莽，那样的人就算不得勇士，只是疯子。况且这两头狮子又没来干犯您；它们一点没这个意思啊。那是献给皇上的礼物，拦着不让走是不行的。"

堂吉诃德答道："绅士先生，您照管您那些驯良的竹鸡和凶猛的白鼠狼去；各人有各人的事，您甭插手。我是干自己分内的事；狮子先生和狮子夫人是不是来找我的，我心里明白。"

他转身向管狮子的人说："先生，我对天发誓，要是你这混蛋不马上打开这两个笼子，我就用这支长枪把你钉在车上!"

赶车的瞧这个浑身披挂的怪人固执得很，就说："我的先生，请您行个方便，让我先卸下这几头骡，安顿了它们，再打开笼子。我没别的产业，只有这辆车和这几头骡，要是牲口给狮子咬死，我这一辈子就完了。"

堂吉诃德答道："你真是个没有信心的！下车把骡儿卸下吧，你要干什么，干吧。你回头就知道这都是白费手脚。"

赶车的跳下车，急忙卸下那几匹骡子。管狮子的人就高声叫道："在场的各位先生们请做个见证：我开笼放出这两头狮子是迫不得已。我还要警告这位先生：两头畜生闯下的祸、外加我的工资和全部损失，都得归在他账上。各位快躲开吧，我就要开笼了。我是不怕的，狮子不会伤我。"

绅士又劝堂吉诃德别干这种丧心病狂的事去讨上帝的罚。堂吉诃德说，他干什么事自己有数。绅士说他准有误会，劝他仔细考虑。

堂吉诃德说："好吧，先生，您如果以为我这件事准没好下场，不愿意亲眼看我遭难，您不妨踢动您的灰马，躲到安全的地方去。"

桑丘听了这话，含泪求堂吉诃德别干这种事。他主人从前碰到风车呀，碰到吓坏人的砑布机呀，反正他主人一辈子遭逢的桩桩件件，比了这件事都微不足道了。

桑丘说："您想吧，先生，这里没有魔术的障眼法。我从笼子门缝里看见一只真狮子的脚爪；一只爪子就有那么大，可见那狮子准比一座山还大呢。"

堂吉诃德说："你心上害怕，就觉得狮子比半个世界还大。桑丘，你躲开去，甭管我。我如果死在这里，你记得咱们从前约定的话，你就去见杜尔西内娅，我不用再吩咐你。"

堂吉诃德还讲了许多话，显然要他回心转意是办不到的了。绿衣人想拦阻他，可是赤手空拳，敌不过他的武器，而且堂吉诃德明明是个十足的疯子，自己犯不着和疯子打架。堂吉诃德又催促管狮子的人，连声恫吓。当时那位绅士、桑丘和赶车的只好趁狮子还没放出来，各自催动自己的牲口，赶紧逃得越远越好。桑丘深信主人这番要在狮子爪下丧命了，只顾哭，又咒诅自己的命运，怪自己千不该、万不该再出门当侍从。他一面自嗟自怨，一面不停手地打着他的灰驴往远处跑。管狮子的瞧那一群人都已经跑得老远，就对堂吉诃德再次来一番警告。堂吉诃德说，这些话他听过了，不用再提，枉费唇舌；他只催促快把笼门打开。

堂吉诃德趁管狮子的还没开笼，盘算一下，和狮子步战还是马战。他防驽骍难得见了狮子害怕，决计步战。他跳下马，抛开长枪，拔剑挎着盾牌，仗着泼天大胆，一步一步向大车走去，一面虔诚祈祷上帝保佑，然后又求告杜尔西内娅小姐保佑。本书作者写到这里，不禁连声赞叹说："堂吉诃德·台·拉·曼却啊！你的胆气真是非言语可以形容的！你是全世界勇士的模范！你可以和西班牙骑士的光荣堂玛奴艾尔·台·雷翁先生比美！我哪有文才来记述你这番惊心动魄的事迹呢？叫我怎样写来才能叫后世相信呢？我竭力尽致的赞扬，也不会过分呀。你是徒步，你是单身；你心雄胆壮，手里只一把剑，还不是镌着小狗的利剑；你的盾牌也不是百炼精钢打成的；你却在等候非洲丛林里生长的两头最凶猛的狮子！勇敢的曼却人啊，让你的行动来显耀你吧！我只好哑口无言，因为找不出话来夸赞了。”

作者的赞叹到此为止，言归正传。管狮子的瞧堂吉诃德已经摆好阵势，他如果不打开狮笼，这位威风凛凛的骑士就要不客气了。他就把前面笼子的门完全打开，里面是一头公狮子。那狮子大得吓人，形状狰狞可怕。它原是躺在笼里，这时转过身，撑出一只爪子，伸了一个懒腰；接着就张开嘴巴，从容打了一个大呵欠，吐出长有两手掌左右的舌头来舔眼圈上的尘土，洗了个脸；然后把脑袋伸出笼外，睁着一对火炭似的眼睛四面观看，那副神气，可以使大勇士也吓得筋酥骨软。堂吉诃德只是目不转睛地看着它，专等它跳下车来相搏，就把它斫成肉丁。

他的疯劲儿真是破天荒的。可是那只气象雄伟的狮子并不摆架子，却彬彬斯文，对胡闹无理的冒犯满不在乎。它四面看了一下，掉转身子把屁股朝着堂吉诃德，懒洋洋、慢吞吞地又在笼里躺下了。堂吉诃德瞧它这样，就吩咐管狮子的打它几棍，叫它发了火跑出来。

管狮子的人说：“这个我可不干，我要惹火了它，我自己先就给它撕成一片片了。骑士先生，您刚才的行为真是勇敢得没法儿说；您这就够了，别把坏运气招上身来。笼门敞着呢，狮子出来不出来都由得它；不过它这会儿还不出来，那就一天也不会出来了。您的盖世神威已经有目共睹，依我说，决斗的人有勇气挑战，有勇气出场等待交手，就是勇敢透顶；对方不出场，那是对方出丑，胜利的桂冠就让那个等待交手的人赢得了。”

堂吉诃德说：“这话不错。朋友，把笼门关上吧。我还请你做个见证，把你这会儿亲眼看见我干的事，尽力向大家证实一番：就是说，你放开了狮子，我等着它出来，它不出来，我还等着；它还是不出来，又躺下了。我该做的都已经做到；魔术家啊，滚开吧！上帝庇佑正道和真理！庇佑真正的骑士道！现在你照我的话关上笼子，我就去招呼逃走的人，让他们从你嘴里，听听我这番作为。”（下卷第十七章）

主题思想

作者以喜剧的手法深刻地揭示了人们自身存在的理想与现实的矛盾。堂吉诃德和桑丘是一组既互相关联又相互衬托的人物，前者体现了人对理想的追求，后者体现了人对实际生活的关注，二者相互影响。到后来，堂吉诃德渐渐看到理想的梦幻性质，桑丘则看到他的主人的精神世界的美好。二人一路上风趣幽默的对话，以及小说对西班牙现实生活的生动描写，使得读者从他们身上看见自身存在的对立矛盾，从堂吉诃德的喜剧性形象中看到悲剧的色彩。

《堂吉诃德》在表现人性及社会现实的同时，还表现了作者对文学创作的思考。小说第二部还描写了人们对第一部的反映和批评，从人物对堂吉诃德的不同态度表现了社会各个阶层不同人物的形象。因此，小说揭示了文学作品对读者的影响，揭示了作家、作品和人物的相互关系，表现了作者对文学创作强烈的自我意识。

艺术特色

《堂吉诃德》是欧洲最早的现实主义长篇小说之一，无论在反映现实的广度和深度上，还是在塑造典型方面，都取得很高的成就。

小说采用喜剧性的手法塑造了一个带有悲剧色彩的人物。它把人物放在一个个不同的情境之中，用讽刺的笔调和夸张的手法，一再描写人物的荒唐行为，造成喜剧性的效果。小说还着重描写人物主观动机与它的客观后果之间的矛盾，在喜剧性的情节中揭示其悲剧性的内涵。

小说多用对比的手法。在作品中，桑丘与堂吉诃德无论在外形还是形象的内涵上，都形成鲜明的对比。两两相比，相得益彰。这一构思也是塞万提斯的创造，它不仅有利于塑造人物，而且增添了小说的情趣，突出了作品的哲理意味。

作者善于运用典型化的语言、行动刻画主角的性格，反复运用夸张的手法强调人物的个性，大胆地把一些对立的艺术表现形式交替使用，既有发人深思的悲剧因素，也有滑稽夸张的喜剧成分。

小说在结构上采用单线发展，书中的一个个故事都可以独立成篇，情节的进展并没有内在的联系，只是为了在重复之中，突出和加强喜剧效果。尽管小说的结构不够严密，有些细节前后矛盾，但在思想性和塑造人物方面，都比欧洲在此以前的小说前进了一大步，标志着欧洲长篇小说创作跨入了一个新的阶段。

人物形象

堂吉诃德：是一个复杂和矛盾的形象。一方面，他受骑士小说毒害，坚信骑士道，脱离现实、耽于幻想、行动盲目，全身心浸透着对理想的忠诚，为理想而承受种种艰难困苦。另一方面，他具有渊博的学识，坚持真理，不满人间苦难，憎恨奴役和压迫，崇尚自由平等，对社会极尽批评，他在战争、法律、道德、文学艺术方面都具有远见卓识，他身上闪耀着人文主义的理想之光。

堂吉诃德已成为世界文学宝库中不朽的艺术形象，和鲁迅笔下的阿Q一样，是一种典型精神的代表。他“不畏强暴，不恤丧身”，披着游侠的外衣，立志扫尽人间不平，是人文主义者不切合实际的理想化悲剧的典型。他的动机中充满着崇高的理想主义精神，是个思想先进的人物，是欧洲文学作品中一个正面的主人公形象，“是一个好人形象，一个优秀人物形象”，只不过因为行动与客观现实之间的冲突，而成为一个带有悲剧因素的、有崇高精神境界的“疯子”。

堂吉诃德游侠冒险活动的指导思想基于对现实的不满。他想重振乾坤，渴望铲除强暴，申雪冤屈，改革弊端，扶弱济贫，惩罚不义；但他把封建时期的骑士道精神应用在资本主义兴起的时期。因此，他犯了时代错误，不但没有帮助别人解除困难，反而给人们带来灾难。他的善良动机，得到的却是危害人的恶果。但他性格中的高贵品质，即为了追求正义、理想而置自身安危于不顾，愿为社会而不惜牺牲自己生命的精神也反映出来了。

堂吉诃德的带有人文主义特色的思想，反映了当时西班牙社会的进步要求。他反对旧的门第观念，认为衡量一个人不在于他的地位和血统，而在于品质。他反对奴役、剥削，提倡人的自由；他肯定世俗爱情，反对禁欲主义，鼓吹平等的爱情观；他认为法律是保护劳动人民摆脱饥寒、丰衣足食的。对于社会的构想，他幻想一个没有剥削、没有自私的太平盛世。总之，他的思想既有唯心主义，也有唯物主义。

堂吉诃德的性格复杂、丰富、多方面，其性格矛盾体现了处于新旧交替时代西班牙现实社会的矛盾。堂吉诃德言行一致，有为理想奋斗的勇气和行动，他勇敢、执着、不怕牺牲，但他却偏偏时而清醒，时而糊涂：糊涂时以骑士道精神追求理想境界，成为夸张、滑稽、喜剧性的角色的“疯子”。清醒时他知识渊博，见解独特，闪耀着人文主义的光辉。临死前，他幡然醒悟，并叮嘱外甥女“千万不要嫁给读过骑士小说的人”，这一实际行动表达了他理智上的觉悟。

桑丘·潘沙：是塞万提斯刻意安排的与堂吉诃德相互对立又相辅相成的角色。作者在描写他们的游侠生涯中，广泛地采用对比与夸张的手法，反复强调他们从外形到性格上的特征，形成鲜明的对照。桑丘的表面愚钝配合堂吉诃德的疯癫，取得独特的艺术效果。

桑丘是一个又胖又矮、乐观风趣的西班牙普通农民，由于家境贫寒，在堂吉诃德的劝诱下当了游侠的侍从，指望能通过冒险生涯，做个海岛总督。他性格中既有农民的善良纯朴、狭隘自私、目光短浅的一面，又有讲求实际、冷静与清醒的一面。他最大的特点就是务实精神，对现实有判断力，这一点正是堂吉诃德所不具备的。桑丘时时提醒堂吉诃德从幻想中回到现实中来。在他眼里，风车不是巨人，就是风车；羊群不是大军，就是羊群。在堂吉诃德的每次冒险之前，桑丘总是要劝阻，而每次劝阻都毫无效果，而最终却总是证明桑丘的劝阻是正确的，这正好与堂吉诃德的狂热形成强烈的对比。

桑丘身上同时具有西班牙农民的机智、善良和乐观精神。他逐渐克服小农意识，追随着堂吉诃德，视野逐渐扩大，思想逐渐变化、进步，堂吉诃德的品德及人文主义理想也吸引了他。他追随堂吉诃德一路走来，上演了一出出人间喜剧。尽管他吃尽苦头，但始终没有抛弃他的主人，对堂吉诃德的忠诚与友谊感人至深。任总督期间他忠于职守、廉洁奉公、断案如神，成为一个追随人文主义者的进步农民形象，是作家民主精神的体现。这也向世人表明：思想狭隘者一旦被崇高的理想精神所熏陶，他的精神世界同样会焕发异彩！

名家点评

★人生在世，如果有什么必读的作品，那就是《堂吉诃德》。它不仅故事讲述得神奇精彩，语言也十分淳朴。

——奥克斯

★在欧洲一切著名的文学作品中，把严肃的滑稽、悲剧性和喜剧性、生活中的琐屑和庸俗与伟大和美丽如此水乳交融……这样的范例仅见于《堂吉诃德》。

——别林斯基

《巴黎圣母院》

作者介绍

维克多·雨果（1802～1885），法国著名的诗人、小说家、文学评论家和政论家，也是诗歌的革新者、浪漫派戏剧的创建者，是法国19世纪浪漫主义文学的杰出代表。雨果生于法国东部，父亲是木匠，曾参加1789年的资产阶级大革命，在拿破仑时期转战南欧。于是幼年的雨果经历了转战异国的军旅生活。母亲是虔诚的天主教徒和保皇主义者，对少年雨果影响颇深。雨果在少年时期就爱好文学，13岁开始写作，15岁即初露头角。刚涉入文坛的雨果在政治信仰上是保守的，拥护波旁王朝，反对拿破仑。

1824年查理十世上台后推行的反动政策与雨果追求的理想目标相去太远，他的政治态度开始有了转变。1827年，他的诗歌中开始出现了与复辟王朝对立、歌颂拿破仑的主题，同年发表的《〈克伦威尔〉序言》成为浪漫主义文学运动的宣言，也使雨果成为浪漫主义文学运动的领袖。《序言》猛烈地抨击了古典主义盲目仿古的清规戒律，提出美丑对照的审美原则。

1831年，雨果完成了他的第一部长篇小说《巴黎圣母院》，把浪漫主义文艺观扩大到长篇小说领域，被誉为浪漫主义的代表作品，受到法国人民的珍爱，也赢得了世界读者的赞赏。七月王朝建立后，对现实的妥协换来了雨果仕途上的顺利，他当上了法兰西学士院的院士，成了议会中民主派的主要成员。

1848年的欧洲大革命震醒了雨果，使他坚定地站到共和的立场上来。1851年12月，路易·波拿巴发动政变，给自己戴上了王冠。雨果反对他的独裁专制，并参加了共和党人的起义。起义失败后雨果遭到迫害，开始了长达19年的国外流亡生活。流亡期间，雨果始终不妥协，坚决反对拿破仑三世的独裁统治，文学创作也随之出现一个新高潮，他的许多著名作品都产生在这个时期。如《小拿破仑》《一个罪行的始末》《惩罚集》等。长篇小说是雨果流亡期间的突出成就，如《悲惨世界》（1862）、《海上劳工》（1866）、《笑面人》（1869）等。《悲惨世界》是一部现实主义与浪漫主义相结合的艺术珍品，被人们誉为杰出的史诗性文学巨著。

1870 年，拿破仑三世垮台后，雨果终于结束了流亡生活回到了巴黎。他在晚年仍积极参加政治活动。在普法战争中，他创作了一些反映人民斗争的重要作品，如诗集《凶年集》（1872）、小说《九三年》（1874）等。

雨果的一生曲折复杂，度过了 19 世纪 5/6 的时间。目睹了拿破仑帝国的兴衰、波旁王朝的两次复辟、第二帝国的建立与崩溃以及第三共和国的建立。他的文学生涯达 60 年之久，一生为民主和和平而斗争。随着历史的推进，他创作了大量的诗歌、戏剧、小说和理论著作，反映了 19 世纪法国的重大历史进程和文学斗争，他的鲜明的贯穿着人道主义激情和浪漫主义色彩的小说，对后来的作家产生了深远的影响，在法国和世界文学史上占有重要地位。

创作背景

一次，雨果在参观巴黎圣母院时，在一座尖顶钟楼的阴暗角落里，发现墙上有个手刻的字：命运。这几个大写的希腊字母，历经岁月侵蚀，黑黝黝的，深深凹陷在石头里面，观其字形和笔势，呈现哥特字体的特征，仿佛是为了显示这些字母出自中世纪某个人的手迹。这些难以言状的符号，尤其是所蕴藏的宿命和悲惨的意义，深深震撼了作者的心灵。作者左思右想，这苦难的灵魂是谁，非把这罪恶的烙印，或者说这灾难的烙印留在这古老教堂的额头上不可，否则就不肯离开这尘世？

《巴黎圣母院》写于法国风云变幻、阶级斗争激烈的年代。由于出版商规定了期限，雨果仅用 6 个月就完成了。据雨果夫人的叙述：“他用一块厚披肩把自己从头到脚裹起来，而其他衣服都锁在别处，免得自己忍不住出门，他奋笔疾书，仿佛蹲监狱一般。”除了吃饭睡觉，从不离书桌，终于完成了这部具有巨大的思想力量和艺术力量的小说。小说问世后很受读者的欢迎，热销一空，一版又一版地重印。

19 世纪 20 年代中期以前，由于雨果少年时期一直处在崇信君主政体和天主教的家庭教师和母亲影响下，因此他的政治立场和文艺观都是保守的。

1826 年，随着国内反对查理十世的斗争和国际上争取独立解放的革命浪潮对神圣同盟的冲击，雨果的政治和文艺思想都发生了巨大的变化。他用理论文章和创作实践同古典主义进行斗争。他的作品充满了强烈的反封建反教会的精神。

1831 年创作的《巴黎圣母院》，是雨果对自己的保皇主义做的一次清算，表达了对波旁王朝和天主教会的憎恶，因而小说鲜明地体现了反封建、反教会的意识和对人民群众的赞颂。

内容简介

愚人节是一个能够激起巴黎市民们情绪的日子。在这一天，人们可以恣意欢乐，没有什么恶劣行为不被许可，而且被认为是神圣的。全巴黎城从早到晚沉浸在极其欢乐的气氛之中。

1482 年的这一天，人们从四面八方向旧城区涌去，这里正在进行“愚人之王”的选举，选举的标准是谁长得最丑陋，谁笑得最难听，谁就有望当选。当幸运的“愚人之王”出现时，人们的惊奇和赞赏达到了最高点。只见他巨大的头颅上长着红头发，四面体的鼻子，马蹄形的嘴，一颗大瘤子遮没了他的右眼，驼背，脚跛，身体的高度和宽度差不多。但他却有一种不容质疑的坚定、严肃和勇敢，他就是巴黎圣母院的敲钟人卡西莫多。他生来就是个畸形儿，被父母遗弃在巴黎圣母院的门前，是副主教弗罗洛收养了他。后来他成为圣母院的敲钟人，虽然因此而成了聋子，他也获得无尽的欢乐，并对弗罗洛感恩戴德、唯命是从。人们给卡西莫多穿上用硬纸板做的王冠和道袍，把他抬上轿子向广场走去。

人群中突然有人喊道：“爱斯梅拉达来了！”游行的人们立刻狂欢起来，蜂涌向广场。靠卖艺为生的吉卜赛女郎爱斯梅拉达，带着她的小山羊，正在一条波斯地毯上跳舞。她轻盈、飘逸的舞姿，时时引起人们狂欢的掌声。成百上千的人随着爱斯梅拉达的舞姿一起旋转。这时，作为怀疑派的哲学家和讽刺诗人甘果瓦，被这个灿烂的景色迷住了，他不知道这个女郎究竟是人，是仙，还是天使。所有围观的人群中，还有一个严肃而阴沉的中年人，一双贪婪的眼睛始终盯着爱斯梅拉达，他就是巴黎圣母院的副主教弗罗洛。他从小受到教会的教育，仁慈和博学使他在宗教界拥有很高的威望。18 岁那年，巴黎城发生了一场大规模瘟疫，他的父母双双病故，从那时起，他一面致力于宗教事业，一面细心照顾年幼的弟弟，后来又收养了卡西莫多。弗罗洛性情忧郁孤僻，平时寡言少语，清贫而严肃，回避一切世俗的欢乐与享受，但今晚看到翩翩起舞的爱斯梅拉达，却立即为她无与伦比的姿色所倾倒。他身上潜伏的淫欲像一头沉睡多年的野兽猛然挣断了锁链。虽然他懂得若不加以收敛必将陷入极其可怕的深渊，但欲望似乎是无法抗拒的。他分明看到眼前摆着两条路供他选择：或者占有她，或者毁灭她，以求得自己灵魂的安宁。此时，第一种选择占了上风。

在广场一角的荷兰塔内，女修士居第尔因自己的女儿在 15 年前被吉卜赛人抢走，正用憎恶的声音呵斥爱斯梅拉达，令这位美丽的姑娘感到惊骇和不安。

傍晚时分，愚人节联欢高潮已过，人们渐渐散去。爱斯梅拉达带着她的小山羊离开了节日广场，授命于弗罗洛的卡西莫多正等候在广场旁的小巷，准备劫持爱斯梅拉达，爱斯梅拉达奋力反抗，高声呼救。国王的近卫队长弗比斯带领他的士兵巡逻经过，解救了爱斯梅拉达，擒获了卡西莫多。爱斯梅拉达被弗比斯的英俊容貌和英雄行为所打动。而穷诗人甘果瓦在混乱中误入了流浪人和乞丐们的聚集地——“奇迹王朝”。这里是一个地狱般的奇幻世界，居住着不同国籍、不同信仰的下层人，他们白天是乞丐，晚上是小偷。爱斯梅拉达回来时，乞丐王克洛潘正在审判甘果瓦，按“王朝”的法律，甘果瓦将被绞死，除非有人愿意嫁给他。善良的爱斯梅拉达不愿看到无辜的人罹难，表示愿意嫁给甘果瓦，其实只是与他做四年名义上的夫妻。

第二天，广场上搭起了临时刑台。昨天还是“愚人之王”的卡西莫多今天被判处两个小时的当众鞭笞。指使卡西莫多的副主教弗罗洛却躲在人群中默不作声，任由众人嘲笑和愚弄自己的养子。烈日中卡西莫多被打得鲜血直流，口渴难忍。他绝望地叫道：“给我水喝！”人们都无动于衷，只有善良的爱斯梅拉达不计前嫌，走上刑台，将怀中的水葫芦温柔地送到卡西莫多干裂的嘴边，台下的群众都被感动了。生平第一次，卡西莫多干枯的眼睛滚出了一行眼泪。后来，卡西莫多回到圣母院接着当敲钟人，爱斯梅拉达继续在广场上跳舞，卡西莫多倚着圣母院的钟楼欣赏着爱斯梅拉达的舞蹈，眼中流露着温柔的爱意。

爱斯梅拉达自从被卫队长弗比斯搭救后，一直念念不忘这位年轻英俊的军官。弗比斯虽然已经订婚了，但还是偷偷与她幽会。副主教弗罗洛知道后，妒火中烧，跟踪了他们，寻机刺伤了弗比斯，爱斯梅拉达惊恐地晕了过去。

当她醒来时，被指控为刺杀弗比斯的凶手，爱斯梅拉达被逮捕了。副主教弗罗洛亲自主持法庭审判，爱斯梅拉达被屈打成招，被判处绞刑。然而，晚上弗罗洛秘密来到冰冷潮湿的牢房中，跪在爱斯梅拉达面前，坦白了自己的罪行，并毫不掩饰地向爱斯梅拉达求爱，提出要带她一起逃走，但被爱斯梅拉达严词拒绝了。

爱斯梅拉达被押到广场执行死刑。受伤已愈的弗比斯为了自己的名誉，不敢站出来证明爱斯梅拉达的无罪。副主教再次逼迫姑娘屈从于他，但爱斯梅拉达毅然选择了绞刑架。这时，卡西莫多从天而降，从刑场上将美丽的姑娘救出，躲进了圣母院，圣母院是个不受法律管辖的“圣地”，他们可以安全地藏在这里。卡西莫多怀着一种混合着感激、同情和尊重的柔情，无微不至地照顾和保护她，因为自惭形秽，他爱得更加无私。他发现爱斯梅拉达仍在想念着弗比斯，便自告奋勇去找他，但弗比斯拒绝去探望爱斯梅拉达。为了保护心爱的姑娘，卡西莫多开始违抗他曾经顶礼膜拜的养父，副主教的几次不怀好意的企图都因卡西莫多的抵抗而遭到失败。

教会和皇家对爱斯梅拉达在圣母院避难，十分恼火，扬言爱斯梅拉达是女巫，亵渎教堂圣地，法庭也不顾圣地的避难权，要逮捕爱斯梅拉达。“奇迹王朝”的流浪人、乞丐闻讯后，在乞丐王克洛潘的率领下纷纷赶来攻打圣母院，准备把爱斯梅拉达救出。不明真相的卡西莫多以为他们是来加害爱斯梅拉达的，拼死抵抗。国王路易十一下令镇压群众，绞死“女巫”。流浪人、乞丐们在圣母院前尸横遍野、血流成河。

混战之际，弗罗洛利用爱斯梅拉达对甘果瓦的信任，说服了甘果瓦，让他去劝说爱斯梅拉达，悄悄地跟着化了妆的弗罗洛，从圣母院后门溜出来，然后渡河逃离了险地。弗罗洛占有爱斯梅拉达的淫心不死，他把爱斯梅拉达带到格雷沃广场的绞架前，威胁她，要她顺从自己。爱斯梅拉达宁死不屈，弗罗洛狂怒之下，将她交给隐居在广场旁边的隐修女居第尔看管，自己去叫官兵。居第尔一直对爱斯梅拉达怀着仇恨，撕打之中，看到了姑娘胸前挂的小鞋，原来爱斯梅拉达就是自己15年前失散的女儿，母女相认，悲喜交加。然而官兵已至，母亲虽竭力搭救女儿，但被刽子手一脚踢开，跌倒身亡。

爱斯梅拉达被送上绞架，当绞索套在她的脖颈上的时候，弗罗洛躲在教堂楼顶，发出一阵狰狞的狂笑。卡西莫多此时已认清了弗罗洛的真面目，怒不可遏，将弗罗洛从高高的楼顶推了下去。爱斯梅拉达被绞死了，卡西莫多发出撕心裂肺的呼喊：都是我爱过的人啊！

第二天，卡西莫多失踪了。两年以后，人们在一个墓窖里发现了两具抱在一起的尸骨，一具是一位驼背跛脚的男人尸骨，一具是一位少女尸骨，他们紧紧拥抱在一起，当人们将他们分开时，尸骨立即化成灰烬。

精彩片段

★或者不如说他整个人就是一副怪相，硕大的脑袋栽着红棕色的毛发，两肩之间拱起硕大的驼背，要靠鸡胸维持平衡。下肢部分畸形扭曲，膝盖仅能接触。从正面看，活像刀把相接的镰刀；脚板宽厚，手掌巨大。奇形怪状，却显示出力量、矫捷、勇敢的可怖体态。力与美是和谐的结果，这本是永恒的法则，它却是奇特的例外。这就是大家选出来的胡闹王。

他就像一个被打碎后又胡乱拼凑的巨人。

这个独眼巨人在小教堂门槛上露脸。他凝立不动，敦敦实实，身材的高度几乎与宽度相等。就如一位伟人所说："底座为正方形。"民众看见他披着半红半紫，点缀着银色钟形图案的大氅，尤其是这么一副丑得无以复加的面相，马上就认出了他，都异口同声地喊："他是卡西莫多，敲钟人！是卡西莫多！圣母院的驼背！独眼龙卡西莫多！瘸子卡西莫多！妙啊！妙啊！"

★在这慈母般的建筑中，他最爱的，唤醒他的灵魂，使他的灵魂展开可怜的双翅——它们一直可怜兮兮地折起来，缩在岩穴里，有时使他欣喜的东西，就是钟。他爱它们，抚摸它们，与它们讲话，理解它们。从尖塔里的编钟到大门上的巨钟，他全都柔情脉脉地爱恋。拱顶上面的钟楼和另外两座大钟楼，就如三只大鸟笼，钟是他养在鸟笼中的鸟，只为他鸣啭歌唱。正是这几口钟震聋了他的耳朵，但母亲常常最偏爱令她吃苦最多的孩子。

★确实，钟声是他能听见的唯一的声音：唯其如此，巨钟便是他心爱的情人。每逢佳节，这群钟姑娘们在他四周扭动喧嚷，他最宠爱的就是这口名叫玛丽的巨钟。它与妹妹雅克琳娜独自待在南塔楼，妹妹身材比它小，关在姐姐身旁一只较小的笼子里。雅克琳娜得名于约翰·德·蒙塔古的妻子雅克琳娜。蒙塔古把这口钟捐给教堂，却也未能因此躲过在隼山枭首示众的命运。北塔楼有六口钟，还有六口更小的钟及一口木钟居住在大堂与耳堂相交处顶上的钟楼里。木钟仅在周四晚饭后至复活节瞻礼前一日的早晨才敲响。这样，卡西莫多的后宫便有十五名钟姬妾，最受他宠幸的是玛丽。

★群众围着火，中间留下了一块宽阔的空地，有个姑娘在那里跳舞。

这姑娘是人，是仙，还是天使？甘果瓦尽管是个怀疑派哲学家，是个爱讽刺的诗人，一上来也没闹清楚，因为那眩目的景象简直使他魂灵儿出了窍。

她个儿不高，可是在他看来好像身材高大，因为她那苗条的身段显得挺拔，亭亭玉立。她肤色微黑，不过，白天里看，一定是发出安达卢西亚姑娘或罗马女人那种耀眼的闪闪金光。她那纤纤秀足也是安达卢西亚式的，穿在她那俏丽的鞋子里窄窄的正好合适自如。她舞着，转着，飞旋着，脚下马马虎虎铺垫着一张旧波斯地毯；旋转着，每逢她那容光焕发的脸闪过你面前，她那黑色的大眼睛就向你投射灼灼的目光。

她周围的人都瞪大了眼睛，张着嘴巴。她舞着，滚圆洁白的双臂高举过头，把那巴斯克手鼓嘣嘣敲响，俊俏、纤弱的脸庞蜜蜂似的活泼地转动，金色胸衣平滑无纹，色彩斑驳的衣裙飘舞鼓胀，双肩袒露，裙子撒开，不时可见美妙线条的小腿，秀发如漆，目光似火——真是一个超自然的生灵！

★“水！”卡西莫多第三次叫喊，上气不接下气。正当这时，他看见人群闪开，进来一个服饰古怪的姑娘，一只金角山羊跟着她。她手里拿着一面巴斯克手鼓。

卡西莫多的独眼目光一闪，这正是他昨夜企图抢走的吉卜赛姑娘。他模模糊糊感觉到自己此刻受处罚，就是为了这一暴行。其实丝毫也不是，他受惩罚只是因为他不幸是个聋子，更倒霉的是审判他的法官也是聋子。不过，他毫不怀疑她也是来报仇的，来和别人一样给他打击。

果然，看着她迅速登上梯子。愤怒和怨恨使他窒息。他恨不得自己能够震坍这耻辱柱，自己的眼睛如果能够发射雷霆，吉卜赛女郎来不及爬上平台早已化为齑粉。

她一声不响，走近这枉自扭曲身子想要避开她的罪人，从腰带上解下一个水壶，轻轻地把它送到不幸人的焦渴的嘴唇边。

于是，他那迄今完全干涸、犹如火烧的独眼里，大滴的泪珠转动，缓缓滴落，顺着那由于绝望而长久抽搐的畸形的脸庞流下。也许这是这苦命人生平第一次流泪。这时，他忘了喝水。吉卜赛姑娘不耐烦了，撅起了小嘴唇，笑笑，又把水壶贴上卡西莫多紧绷着的嘴唇。他大口大口地喝着，口干得火烧火燎似的。

可怜的人喝完以后，伸出他那乌黑的嘴唇，大概是想吻吻这救援了他的美丽的小手。但是，姑娘也许心存戒备，也许想起了昨夜的暴力企图，急忙把手缩回，好像是孩子害怕被野兽咬，吓得缩手不及。

于是，可怜的聋子死死盯着她，眼睛里流露出责备和无可表达的伤感。这样美丽的姑娘，鲜艳、纯洁、妩媚，同时又这样纤弱，却这样虔诚地跑去救助如此不幸、如此畸形、如此邪恶的怪物。这样的景象在任何地方见了，都是令人感动的；出现在耻辱柱上，这更是壮丽的场面。

即使民众也深为感动，鼓起掌来，大声欢呼："妙啊！妙啊！"

主题思想

《巴黎圣母院》艺术地再现了法国路易十一统治时期的历史真相，无情地揭露了专横、残暴的封建王朝和阴险卑鄙的教会势力对善良无辜者的残害，揭示了在禁欲主义的压抑下人性的扭曲和堕落的过程，表明了雨果反封建反教会的民主精神和资产阶级的人道主义思想。《巴黎圣母院》虽然是以中世纪的巴黎作为背景，但是它与19世纪30年代法国人民的生活与斗争紧密相连，整部作品弥漫着浓郁的时代气息。

小说中，作者以极大的同情心描写了巴黎最下层的人民、流浪者和乞丐。他们衣衫褴褛、举止粗野，却拥有远远胜过那个所谓有教养、文明的世界里的人的美德，他们互助友爱、正直勇敢和舍己为人。小说中巴黎流浪人为救出爱斯梅拉达攻打圣母院的场面，悲壮、激烈、慷慨、惊心动魄，显然是在一定程度上融入了七月革命中巴黎人民显示的英勇精神和巴黎人民捣毁圣日耳曼教堂和巴黎大主教府的事件。小说写到这里，还通过书中人物之口预言人民将起来捣毁巴士底狱，暗示了1789年大革命的爆发。

《巴黎圣母院》是浪漫主义文学的里程碑，其中充满了浪漫的色彩和奇幻的想象。愚人节上演神秘剧的古风，数量可观的乞丐形成的国中之国，巴士底狱的阴森恐怖以及雄伟神秘的巴黎圣母院，这使15世纪末的法国风貌得以完美再现。而把卡西莫多与美仑美奂的圣母院融为一体，赋予一座石头建筑物以灵性，赋予一个残疾人以惊人的美的心灵，这更是雨果浪漫主义想象最经典、最成功的例证。

艺术特色

《巴黎圣母院》是雨果最有代表性的浪漫主义小说，它以不同寻常的人物，奇特巧合的情节，强烈绚丽的色彩，显示了动人的浪漫主义风采。

一、离奇的情节，巧合、夸张、怪诞、富于幻想

小说的情节神秘莫测富于戏剧性，充满了现实生活中不可能有的巧合、夸张和怪诞，及作者起伏跌宕的大手笔。平民女子居第尔的女儿被过路的吉卜赛女人偷走，并扔下一个畸形儿，这个弃儿便是后来的圣母院敲钟人卡西莫多。而被偷走的孩子后来成为吉卜赛姑娘爱斯梅拉达，她长大后来到巴黎卖艺，奇迹般地与卡西莫多相遇，而丑陋无比的卡西莫多竟然爱上了漂亮活泼的爱斯梅拉达。居第尔在失去心爱的女儿后痛恨吉卜赛人，并迁怒于爱斯梅拉达，却在她临刑前发现是自己失散15年的女儿。母女重逢的欢乐立刻又成了生离死别的悲哀，双双死在绞刑台上。再如聚集了巴黎流浪者和乞丐的“奇迹王朝”，充满了奇幻色彩。这些想象丰富、曲折多变的情节大大加强了小说的戏剧性。

雨果通过对环境、情节、人物描写的丰富想象，自由而充分抒发了他的爱憎感情，热切地倾诉了作者对美好未来的无限向往。

二、多方面运用了对照方法，使人物和主题都得到更鲜明的凸显

雨果早就阐述过在艺术作品中美丑对照的原则：“丑就在美的旁边，畸形靠近着优美，粗俗藏在崇高的背后，恶与善并存，黑暗与光明相共”。整部作品通过两个王朝与两个国王，两个法庭与两种审判，两个社会与两种场面，两组人物与两种命运的鲜明对照，突出了作品反封建、反教会的主题。

首先是环境与事件的对照。作者用大量篇幅介绍了圣母院的建筑史，描绘了圣母院的崇高圣洁、和谐壮丽。然而，它的背后到处布置着绞架、牢房，发生着耸人听闻的悲惨事件。

其次是两个王朝与两个国王，两种法庭与两种审判的对照。一个是历史上确实存在的法兰西国王路易十一的封建专制王朝，冤狱遍布；另一个是虚构平民、乞丐、流浪者们的乐园——“奇迹王朝”，互助互爱、团结一致。还有两种法庭：封建王朝的法庭则是貌似尊严，实则残酷卑鄙；而与之对照的“奇迹王朝”的审判，看似森严恐怖，实则公正合理。

《巴黎圣母院》对照方法的运用，最集中也最重要的还是体现在人物形象

的塑造上。这里既有外貌美丑的对照，也有内心善恶的对照。反叛者吉卜赛女郎爱斯梅拉达和面容丑陋的残疾人卡西莫多作为真正的美的化身，而道貌岸然的副主教弗罗洛和英俊的卫队长弗比斯则拥有着残酷、空虚的心灵和罪恶的情欲。除了善恶两组人物的对照外，正面人物之间也有对照，爱斯梅拉达和卡西莫多，在形体上是美与丑的对比，两个人的心灵却都是那么自然无瑕。人物本身的对照有助于挖掘人物的心灵，而卡西莫多的丑美统一尤其具有美学价值和伦理意义。

总之，《巴黎圣母院》以其丰富的想象、奇特的情节、鲜明的对照，成为一部浪漫主义巨著，为浪漫主义奠定了一座丰伟的文学纪念碑，至今仍是广大读者喜爱的一部艺术珍品。

人物形象

《巴黎圣母院》的情节始终围绕着三个主要人物展开：美丽的吉卜赛姑娘爱斯梅拉达、圣母院副主教弗罗洛、相貌丑陋的敲钟人卡西莫多。此外，还有皇家卫队队长弗比斯和落魄诗人甘果瓦。

爱斯梅拉达：是作者理想中“美”的化身。她既有美丽动人的容貌，更有纯洁无邪的心灵和诚挚善良的品德，表现出外貌美和心灵美的和谐统一。她纯真、仁慈，富有同情心，先是挽回了误入“奇迹王朝”的诗人甘果瓦的性命，又以德报怨，送水给在烈日下惨遭鞭打的卡西莫多，使这个没有思想、没有欲望、没有快乐的可怜人的心灵复活了。

爱斯梅拉达对爱情充满憧憬和渴望，所以当弗比斯在巡逻中偶然搭救她之后，她就把爱情献给了他。正因为她追求纯真的爱情，所以丝毫没有怀疑他会欺骗和背叛自己，始终幻想他会再来搭救自己，其纯真令人心痛欲裂。

同时，爱斯梅拉达不畏强暴、品格坚贞。弗罗洛几次让她在死亡或屈服中选择，她都断然拒绝，望着绞架回答：“它还没有你那样使我害怕”，她宁愿选择绞架，而不屈从于卑鄙的伪君子，再次维护了自己的尊严和人格。

副主教弗罗洛：是一个人格上充满了矛盾的人，他一方面是宗教恶势力的代表，另一方面是宗教禁欲主义的牺牲品。他博学多识，恪尽圣职，过着刻板严肃、清心寡欲的生活。为了补偿过错，他无微不至照顾幼小的弟弟；他慈悲为怀，抚养丑陋的弃儿卡西莫多长大成人。这时的弗罗洛体现出一个献身宗教的神职人员的本分。然而，中世纪天主教的刻板教条严重扭曲了他的灵魂，压抑得愈长久，爆发的强力也愈大。他难以抵挡世俗权力的诱惑，躲在密室里苦心研究炼金术。同时，压抑日久的情欲也在折磨着他。当天使般的爱斯梅拉达出现时，其郁积的情欲便如开闸的洪水一般不可阻拦。从此刻开始，弗罗洛也成了一个悲剧人物。当他想尽办法得不到她时，他选择了毁灭她。他施展出各种恶毒手段，亲手把爱斯梅拉达送上绞架，成了一个伪善而凶残的恶魔。通过这个形象，作者无情地鞭挞了教会的罪恶，也有力地控诉了宗教对人性的窒息。

卡西莫多：是作者理想中“善”的化身。他与爱斯梅拉达同属于下层人物，是另一个受尽凌辱和摧残的人。从外表看，这是个令人恐怖和滑稽的人物，出身不明和面貌奇丑这两重灾难，使他在唾骂和嘲笑中长大。这使“他从周围发现的只是憎恨，他也学会了憎恨”，他拿起别人用来伤害他的武器，变得凶狠、粗暴。但他是个富于正义感、富于感情的人，面对弗罗洛，他用深厚、热情的感激来报答他。爱斯梅拉达的出现，使他第一次认识到了善与美，滋生出对生命的热爱，并由感激之情逐渐发展为爱情，爱使“魔鬼”变成了一个高尚的人，成了日后爱斯梅拉达忠诚的保护者。他劫法场，将爱斯梅拉达救至圣母院避难，悉心照料她。爱斯梅拉达被杀害了，这使卡西莫多失去了他唯一的爱，失去了生活的意义，他认清了弗罗洛凶狠残暴的真面目，于是毫不犹豫地惩处了弗罗洛。最后，他找到爱斯梅拉达葬身的墓窖，紧紧拥抱着她的尸体随她而去了。

皇家卫队队长弗比斯：是个徒有华丽外表的花花公子，整日周旋于上流社会。聪明的弗比斯非常善于利用他的有效资源，他选择了拥有丰厚嫁妆的表妹做未婚妻，同时又去追逐爱斯梅拉达的美色。弗比斯的可恶之处在于他只爱恋爱斯梅拉达的美色，却丝毫也不爱惜她的生命。当爱斯梅拉达以谋杀的罪名被判处死刑时，弗比斯为了不使自己的丑行暴露，竟然不敢去指证真正的凶手。

落魄诗人甘果瓦：一个在夹缝中苟且偷生的懦夫，为了生存可以抛弃爱情、抛弃尊严、抛弃责任，作者对这个人物的描写充满了鄙夷和嘲讽。

名家点评

★这是一部巨人般的著作，一件诺亚时代大洪水以前的作品。我们看不到在我们的时代有任何东西可以和《巴黎圣母院》相比拟。这是小说中莎士比亚式的作品，这是中世纪的史诗。

——拉马丁

《欧也妮·葛朗台》

作者介绍

奥诺雷·德·巴尔扎克（1799～1850），19世纪法国伟大的批判现实主义作家，欧洲批判现实主义文学的奠基人和杰出代表。他经历了法国近代史上一个动荡的时期（拿破仑帝国、波旁王朝、七月王朝）。

巴尔扎克出生于法国古城图尔市一个中产阶级家庭，小时候成绩不好，因此父母和教师都对巴尔扎克期望不高。大学毕业后进入了薪资丰厚的律师事务所，但年轻的巴尔扎克不顾家庭反对，辞去职务专心写作。1819年他独自住在贫民区的一间阁楼上，开始他的写作生涯。处女作悲剧《克伦威尔》未获成功，尔后创作了大量神怪小说，并投资出版和印刷，均以失败告终，并且负债累累。巨额债务像噩梦一样缠绕着巴尔扎克，直至1850年他生命的最后一刻。但他并未消沉，在书房中布置了一座拿破仑像，并写下激励自己一生的座右铭："我要用笔完成他用剑所未能完成的事业。"

1819年到1829年，是巴尔扎克在创作上探索的10年，他也在困境中深刻地认识了生活。1829年发表长篇小说《朱安党人》，迈出了现实主义创作的第一步。《驴皮记》（1931）更使他声名大震。在20世纪三四十年代，他以惊人的毅力创作了大量作品，写出了91部长、中、短篇小说和随笔，合称《人间喜剧》。这部作品真实地反映了当时的社会生活，揭露了资产阶级的贪婪、掠夺和一切建立在金钱基础上的社会关系，被称为"社会百科全书"。其中著名的篇章有：《高利贷者》《欧也妮·葛朗台》《高老头》《纽沁根银行》《幻灭》《农民》《贝姨》等。

巴尔扎克是一位具有浓厚浪漫情调的伟大作家，一边因奢华的生活而负债累累，一边以崇高深刻的思想创作出博大精深的文学巨著。他的生活趣事层出不穷，而作品更被誉为“法国社会的一面镜子”。

1850 年 8 月 18 日夜，伟大的天才彻底摆脱了病痛的折磨，带着没有完成《人间喜剧》的遗憾离开了人世。100 多年来，巴尔扎克的作品传遍世界，对世界文学的发展和人类社会的进步产生了巨大的影响。

创作背景

19 世纪上半叶是法国资本主义建立的初期，拿破仑 1815 年在滑铁卢战役中彻底败北，由此波旁王朝复辟，统治一直延续到 1830 年。由于查理十世的反动政策激怒了人民，七月革命仅三天时间便推倒了复辟王朝，开始了七月王朝，由金融资产阶级掌握了政权。《欧也妮 · 葛朗台》发表于 1833 年，即七月王朝初期。这时，贵族阶级的实际地位与法国大革命以前已不可同日而语，因为资产阶级已经强大起来。刚上台的路易十八不得不颁布新宪法，实行君主立宪，向资产阶级做出让步。资产阶级虽然失去了政治权力，却凭借经济上的实力与贵族相抗衡。巴尔扎克比同时代作家更敏锐，独具慧眼地观察到这个重大社会现象。

埃尔 · 巴尔贝里有这样的评价：巴尔扎克写作这部小说时事先并没有反复考虑，但小说一面世即受到大家的欢迎，成为一部现实主义新文学和刻画内心世界的杰作。《欧也妮 · 葛朗台》是一部批判现实主义的杰作，它震撼着每一位读者，在法兰西文学史上具有独特的魅力。

《欧也妮 · 葛朗台》是巴尔扎克小说创作的一次飞跃。这部小说在人物塑造、环境描写、故事叙述等方面取得惊人的成就。此外，作品结构紧凑，步步深入，一气呵成，各线索之间互相联系，显得跌宕有致。行文如滚滚洪流直泻而下，笔势酣畅，具有浓烈的抒情意味。

内容简介

索漠城一条起伏不平的大街尽头，有一座灰暗、破败、静寂的老屋，住着远近闻名的大富翁葛朗台先生。

葛朗台本是一个箍桶匠，因得到岳父的资助而起家，拿破仑称帝前还曾任行政委员、市长。后来虽然被免职，但他善于钻营、狡诈贪婪，加上接连继承了几笔遗产，已跃升为城中首富。他财产的数目，只有替他放债的公证人克罗旭和银行家格拉桑才略知一二。

除了理财投机的本领，葛朗台更以吝啬而出名。尽管早已家财万贯，却非常节省。家中陈设简陋，让人很难相信这里的主人竟是城中首富。贪婪吝啬的葛朗台，在家里更是个专横刻薄的暴君。他的家中只有妻子、女儿欧也妮和仆人拿侬。一家人穿着朴素，粗茶淡饭。每顿吃的食物，每天点的蜡烛，葛朗台都亲自定量分发。给妻子的零用钱每次不超过6法郎，只在女儿每年过生日时才忍痛送她一枚金币。仆人拿侬任劳任怨，一年的薪水只有60法郎，但她忠心耿耿，因为葛朗台在她穷困之际雇用了她。对老葛朗台来说，最大的快乐就是占有别人的每个金币。索漠城里的人们都相信他有一个堆满黄金的秘库，说他半夜里瞧着累累的黄金快乐得无法形容，连他的眼睛都是黄澄澄的，染上了金子的光彩。

1819年11月中旬的一天，是女儿欧也妮23岁的生日。众所周知她是葛朗台巨额财产的唯一继承人，因此追求者很多，都梦想猎取欧也妮的百万陪嫁。其中，最有竞争力的是公证人克罗旭的侄子和银行家格拉桑的儿子，他们争先恐后，都在欧也妮生日这天前来做客，并带来了丰厚的礼品。葛朗台心里明白，他们都是为了他的财产。正当大家兴致勃勃之时，来了一位英俊的不速之客，他就是葛朗台的侄儿，23岁的查理。查理一家住在巴黎，家产丰厚，生活优越。查理出色的外表和不凡的谈吐立即吸引了欧也妮，她细心地招待查理，体贴入微。其实查理的父亲已经破产，且负债400万，第二天的报纸上登载了老查理自杀的死讯。查理得知噩耗，痛哭得死去活来，欧也妮也为可怜的表兄弟洒下了同情的泪水。她对查理更为关怀，使他感到温暖和安慰。

当老葛朗台得知查理是来投靠自己的，立即变得冷若冰霜。随后葛朗台廉价收买了查理的全部黄金首饰，并想方设法把查理打发到海外去经商。欧也妮悄悄将自己的全部积蓄近6000法郎送给查理，作为他创业的资本。查理感激涕零，也把装有母亲肖像的梳妆匣交托给欧也妮保管，两人私定终身。

葛朗台没想到单纯善良的女儿爱上了查理，并将历年的积蓄送给了查理。新年时，他照例要女儿把她的全部金币拿出来欣赏一番，这时才得知真相。他大发雷霆，气急败坏地将欧也妮锁进房里，每天只供给冷水和面包。葛朗台太太竭力向丈夫求饶，也无济于事。葛朗台太太经此惊吓，一病不起。葛朗台软禁女儿的事情很快传开，引起了公愤，但依然改变不了葛朗台的决定。后来公证人克罗旭告诉葛朗台，如果他太太死了，根据法律，他的财产就要和女儿共有。这句话使葛朗台异常震惊，为了财产，他才决定原谅女儿。

查理走后，欧也妮感到十分空虚，每天早晚都要打开查理交给她保管的镶金梳妆匣，把叔母的肖像端详一番，寻找查理的影子。一天晚上，葛朗台正巧碰上母女俩在看梳妆匣，他立刻像老虎一样扑过来，抱住匣子不放。欧也妮气得发抖，以自杀相抗。葛朗台见势不妙，只得作罢，和妻女讲和，并同意女儿嫁给查理。

1822 年，葛朗台太太终于可怜而懦弱地死去了。太太尸骨未寒，葛朗台便请来克罗旭要欧也妮在财产文契上签字，放弃继承权，全部财产归父亲管理。不懂世事的欧也妮毫不犹豫地签了字，葛朗台对女儿表示了无限的感激。

1827 年，葛朗台已感到衰老的迫近，才开始让女儿参与管理田产的事务。年底，83 岁的葛朗台将不久于人世了。弥留之际，他让女儿把金子堆在桌上，贪婪地看着。他吩咐女儿：“把一切照顾得好好的，到那边来向我交账。”神父来做临终法事，把一个镀金的十字架送到他唇边亲吻，葛朗台看见了金子，立刻回光返照，想要抓住它，这一下努力使他最终送了命。

葛朗台死后，欧也妮才得知她继承了 1700 万法郎的财产。于是，她给了拿侬一笔钱，促成了拿侬和田产看守人高诺阿莱的婚姻。欧也妮 30 岁了，虽有偌大的家产，但她的精神极端空虚和寂寞，唯一的寄托便是查理，自从与查理分手后，7 年来她总是思念着他。

查理自从离开索漠，为了赚钱不择手段，贩卖人口、放高利贷、倒卖海盗赃物，此时已相当富有了。他和各类女子交往，生活糜烂，早已忘了欧也妮的情分。1827 年，他在回巴黎的途中结识了曾做过内廷行走的奥勃里翁先生，查理为得到“新贵”头衔，和丑陋无比的奥勃里翁小姐联姻。不久欧也妮收到查理寄来的一张 8000 法郎的汇票，作为给欧也妮这位“债主”的回报，同时要欧也妮交还他的梳妆匣。欧也妮虽遭到遗弃，但仍为查理偿还了 400 万法郎的债务。查理这才得知欧也妮如此富有，追悔莫及。

欧也妮在悲愤中嫁给了公证人克罗旭的侄子，但条件是只做名义上的夫妻。几年后，欧也妮 33 岁时，丈夫就死了。富有寡居的她依旧和当年一样过着节俭的生活，但她并不吝啬，热心公益事业，出资修建了一个个慈善机构、养老院、学校和图书馆，她用行为去改变他人对父亲的不良印象。

这就是欧也妮的一生，她现在能做的就是静静地等待死亡，并希望自己在天国里会得到人世间得不到的快乐。

精彩片段

★吝啬鬼是不信有来生的，对他们来说，现在就是一切。

★人类所有的力量，只是耐心加上时间的混合。所谓强者就是既有意志，又能等待时机的人。吝啬鬼的生活就是不断利用这种力量，为自我服务。

★有些人的头脑，或许像有些动物一般，离开了当地的水土，就没法繁殖。

★到了1827年，她父亲感到年事已高，腿脚不灵，只好将田地房产的秘密告诉她，对她说，有困难就去找公证人克罗旭，此人忠实可靠。大约到了这一年的年底，老家伙终于在82岁高龄得了瘫痪，病情迅速恶化，贝日冷先生说已经没有希望了。

欧也妮想到在这个世界上自己很快便成了孤零零一个人，便更加亲近父亲，更使劲地攥紧亲情这最后一环。在她的思想中，像所有心有所属的女人一样，爱情就是整个世界，而查理却不在身旁。她对老父亲照料得无微不至。父亲虽然体力开始下降，但吝啬的天性不减。所以这个人的死和生简直没什么两样。

一清早，他便叫人将他坐的轮椅在他房间的壁炉和无疑装满金子的密室之间推过来，推过去。他坐在那里纹丝不动，但极不放心地来回看着每一个来访的人和钉着铁皮的门。听见什么声音都要问个明白。令公证人大为吃惊的是，他连狗在院子里打哈欠都听得见。每当到了收地租和管庄园的算账，或者开收据的日子和钟点，他便从昏迷中清醒过来，推动轮椅，直到密室的门前，叫女儿将门打开，亲自看着女儿秘密地将一袋袋钱摞好，然后把门关上。等女儿将宝贝的钥匙还给他，他便一声不响地回到原来的位置。钥匙他总放在背心口袋里，不时用手摸一下。他的老朋友公证人，觉得查理·葛朗台如果不回来，那位有大笔财产继承的姑娘肯定会嫁给他那个当庭长的侄子，于是更加殷勤周到，每日都来听葛朗台的吩咐，执行他的命令，巡视地产、葡萄园和草场，卖掉收成，将所得一律换成金银，和密室原有的金子堆放在一起。

终于，弥留的时候到了，老家伙结实的身板与毁灭做垂死的斗争。他想坐在火炉旁，面对密室。他将堆在他身上的被子都拉过来，掖好，对拿侬说："掖紧，都掖紧，别让人偷了。"他整个生命都退守到眼睛里，当他能够睁眼时，目光立即转到他堆放财产的密室门上，对女儿说："还在那儿吗？还在那儿吗？"声音流露着极度的惊恐。

"还在，父亲。"

"看好金子，把金子摆在我面前。"

欧也妮将金币摊放在桌子上，他便一连几小时用眼睛盯着金币，像一个刚刚有视力的孩子呆看着同一件东西，同时也像孩子一样，露出一丝费劲的笑意。"这让我感觉到暖和！"有时他脸上掠过幸福的表情，说出这样一句话。

教区的本堂神甫来给他做临终洗礼的时候，他那双似乎已经没有生气的眼睛，一看见十字架、烛台、银圣水盘，突然又活动起来，紧盯着这些东西，那颗肉瘤最后也动了动。神甫把镀金的十字架送到他嘴边，让他亲吻基督，他做了一个可怕的动作，想抓住十字架。这一使劲要了他的命。他喊欧也妮，尽管女儿就跪在他的前面，流着泪亲吻他已经冰冷的手，他也看不见。

"父亲，祝福我吧！"她要求到。

"好好照看一切，到了那边向我交账。"他说的这最后一句话证明基督教应该是守财奴的宗教。

主题思想

《欧也妮·葛朗台》是欧洲文学史上第一部全面而深刻地揭示资本主义社会的里程碑式的作品，法国著名文艺批评家皮埃尔·马尔贝也曾说过："巴尔扎克小说真正定型是从《欧也妮·葛朗台》开始的。"

这部作品也是巴尔扎克的代表作，是《人间喜剧》中“最出色的画卷”之一，是巴尔扎克创作的一次飞跃。这部小说在人物塑造、环境描写、故事叙述等方面都取得了惊人的成就，语言精美生动，细节描写精彩独到，情节紧凑，布局细腻严密，人物形象的塑造尤其出色。

小说描写了资产阶级暴发户发家的罪恶手段，深刻揭露了资产阶级的贪婪本性与资本主义社会的罪恶，从而塑造了葛朗台老头这样一个举世闻名的吝啬鬼的形象。

作者以真实的笔触，向读者描绘了一幅法国大革命前后的社会历史画卷。这里有阴暗陈旧的老宅，有毫无生机的大街，有革命者和非革命者的交替，有投机商、公证人、神甫、裁判所长、纨绔子弟，也有软弱顺从的“贤妻孝女”，这一切都在向我们默默地诉说当时的历史。

艺术特色

《欧也妮·葛朗台》的艺术特色主要表现为：

一、成功的人物塑造

巴尔扎克的辉煌艺术的最高成就，是他的人物塑造。他的笔下，每一个人物都是有血有肉有灵魂的，他善于通过人物的言行揭示人物的灵魂。很多人物不仅具有一定的社会代表性，而且都是特定阶级的典型。全书共塑造了2400多个人物，并且一个人物往往在多部小说中出现。葛朗台的贪婪吝啬，葛朗台太太的软弱顺从，欧也妮的胆怯、寂寞以及对爱情的渴望，都展现得生动鲜明。

二、细致入微的环境描写

巴尔扎克注重具体、详尽的环境描写，他认为典型环境可以反映整个社会的面貌，并且环境与人物之间存在着有机的联系。通过索漠城阴暗沉闷的环境，再现了法国19世纪20年代资本主义的风气已蔓延开来的外省生活。

三、结构布局严谨，情节曲折生动

全书在不长的篇幅里安排了葛朗台家、侄儿查理、欧也妮与求婚者三条线索，但并没有平铺直叙，而是开篇就把三者交叠在一起，至家庭纠纷后立即推向高潮，又突然收尾，在多线索中显得条理清晰、主次分明，令人叫绝。

人物形象

葛朗台：他的形象是文学上吝啬鬼的典型代表，被称为世界四大吝啬鬼之一。他的一言一行都绕着“金钱”这个轴心转，“看见金子，占有金子”“好一个金子般的天气”。金钱哲学就是他的人生信条。

葛朗台也代表了那个时代资产阶级的本质特征：贪婪吝啬、卑鄙狡诈、阴险恶毒。他的性格显然与守财奴的传统形象大不相同。他不只是守财，更善于发财。他精于计算，能审时度势，看准时机会果断迅速地出击，万无一失地把大堆金银吞进血盆大口般的钱袋。他革命财也发，复辟财也发。索漠城里没有一个人不曾尝到过他的利爪的滋味，却没有人恨他，大家反而敬佩他，把他看成索漠的光荣。他实际上成了人们心目中的上帝，因为他代表了在那个社会具有无边法力的金钱。对金钱的追逐是一种顽固的意念，他的致富史无疑是资产阶级血腥掠夺的罪恶发家史的一个缩影。

欧也妮：是作者心中的理想女性，她温柔、勤劳，不漂亮，但很健康。对父母顺从孝敬，对爱情执着追求，对穷人充满同情。不幸的是，她生长在一个不近人情的家庭。

欧也妮的性格发展大致经历了三个阶段，以堂兄弟查理的到来和葛朗台去世、她接管家业、被查理遗弃为界。遇到查理之前，她像母亲一样，过着传统女性的生活，与世隔绝，安宁平静。堂兄查理的到来，是欧也妮性格发展的重要转折点，她释放出被压抑许久的感情。叔叔破产自杀后，她潜意识里的女性的温柔、同情和怜悯之心，更是展露无遗。在漫长的岁月中，她焦急地等待着查理的归来，并努力保全这份爱情，“我22岁了，应该有自己的秘密”。她已具有女性觉醒的意识，懂得追求那份纯真的爱情。

欧也妮的一生具有一种残缺的美。第一次也是仅有的一次爱情，成为她今生永远的痛。而在物欲横流的社会中，欧也妮质朴而博爱的形象也显得特别美丽明亮。

名家点评

★他紧紧地抓住现代社会，他从所有人身上都抽出某种东西来，他写出一些人的幻想，另一些人的希望，这些人的呼声，那些人的假面。他搜索恶习，解剖情欲。他发掘和探查人的灵魂、心地、肺腑、头脑以及每个人身上都深藏着的奥秘。

——《巴尔扎克传》

★《欧也妮·葛朗台》像巴尔扎克后来的许多小说一样，在情节中糅合了外省风俗的描述和人物的奇遇，这是“细心安装机器的胜利”，它安排细密，对抗和联合巧妙地组织好，节奏中断非常有力，肖像刻画有条有理。

——《19 世纪法国文学史》

《匹克威克外传》

作者介绍

查尔斯·狄更斯（1812～1870），英国小说家、批判现实主义的创始人。出生于英国朴资茅斯的波特西地区，父亲是海军会计处的小职员，嗜酒好客、挥霍无度、债台高筑。家境的日渐穷困，使他们被迫举家迁居到伦敦。移居未久，父亲终于负债入狱，此时狄更斯10岁。于是，他11岁便辍学当了童工，备受屈辱。后来又做过律师事务所的文书、法院的速记员等工作，艰苦的经历使他熟悉穷苦大众的生活并对他们怀有深切的同情心。担任报社记者期间，与国会接触频繁，使他对政治和社会问题具有敏锐的观察力，对他的创作有深远影响。

1837年他创作了长篇小说《匹克威克外传》，发表后风行一时，使他得以靠写作维持生活，开始了著作生涯。《匹克威克外传》是他14部长篇小说中的第一部，也是代表作之一。其他名篇有《老古玩店》《大卫·科波菲尔》《小杜丽》《双城记》《远大前程》和《荒凉山庄》等。

狄更斯是欧洲19世纪少数杰出的批判现实主义大师之一。他的伟大不仅在于他深刻地暴露了英国各个社会阶层的生活实况，而且也在于他掀起了真正的文学革命。在他以前的英国文学中，劳苦大众是没有地位的，狄更斯虽不是第一个却是最有效地改变了这种现象的人。

创作背景

狄更斯生活的时代，正是英国资本主义日益发展，资产阶级已经取得胜利的时代。但狄更斯虽同情工人，却不同情工人的革命运动，他是一个阶级调和论者。他幻想可以用道德和教育把那些残酷的剥削者改造过来，他揭发了资本主义的罪恶，却不想推翻资本主义制度本身，始终只是一个小资产阶级的人道主义者。所以，他的作品一方面具有深刻的批判力量，另一方面也含有不少消极因素。虽然如此，由于狄更斯用生动而热情的笔触描绘了19世纪初叶英国社会的真实面貌，对人民怀着无限的深切同情，还是属于进步的。他的作品不仅在当时产生了巨大的进步作用，直到现在还为人们所喜爱和珍视。

狄更斯是一位十分关注社会问题的作家，他的第一部长篇小说虽然写了许多滑稽的冒险故事，不同阶层的读者都赞赏这部雅俗共赏的小说，甚至一度出现过《匹克威克外传》热，但它不是供人消遣的闲书，而是具有丰富且深刻内容的严肃文学作品。这部小说之所以能畅销至今，是因为它植根于现实生活，书中尽管宣扬善良终归战胜邪恶的道德理念，但看不到抽象的说教，作者的道德理念天才地渗透到多姿多彩的艺术世界，使作品的思想性和艺术性达到高度的统一。

《匹克威克外传》的情节从匹克威克在旅途中的见闻和遭遇展开，一些故事虽然有相对的独立性，但是故事的进展又能自然地衔接起来，这正适合以分期连载的形式发表。作者的艺术构思和发表形式决定作品的某些艺术特征。这部小说起先是作为一本漫画书的配图文字而创作的，后来演变为漫画师为他的文字配画。小说发表后，热销全国，一度成为街谈巷议的话题。

内容简介

匹克威克是个不谙世事的单身老绅士，他爱好学术，也热爱结交朋友。为了增长见识，开阔眼界，他约请了“匹克威克俱乐部”的信徒们一起出门游历和考察，其他三位同伴是：喜欢自吹自擂的文克尔先生、年迈多情的特普曼先生、附庸风雅的史诺格拉斯先生。他们准备把自己的行程、对人物和风俗的考察、全部奇遇以及有关景物等如实记录下来，随时向伦敦的匹克威克通讯社汇报。

他们第一个旅行目标是洛彻斯特。在车站，匹克威克拿出笔记本正要记录采访到的新闻时，却被误认为密探，遭到围攻。幸亏一个叫金格尔的青年出面替他们解围，于是大家和金格尔一起结伴同行。到达目的地后，金格尔怂恿特普曼乘文克尔喝醉酒的机会，偷来文克尔的礼服让金格尔穿上一起参加舞会。在舞会上，金格尔向一位富有的寡妇献殷勤，不料激怒了这位女士的另一个爱慕者，对方提出要与金格尔决斗。第二天，穿着礼服的文克尔被误认为是昨晚的挑衅者，被迫出来决斗，幸亏错误及时得到纠正，才避免了一起流血事件。

翌日，匹克威克一行结识了华德尔一家，并应邀到华德尔家的庄园做客。主人华德尔先生请他们第二天外出打猎，一心想在众人面前显露自己好枪法的文克尔偏偏一枪打伤了同伴特普曼。华德尔的妹妹自愿照料伤员。刚刚对特普曼萌生爱意的华德尔小姐，又受到不期而至的金格尔的引诱。金格尔看中了华德尔家的钱财，巧舌如簧，竟骗得华德尔小姐跟他私奔了。经众人的努力劝说，金格尔高高兴兴地放弃了华德尔小姐而获得120英镑。

暂回伦敦后，匹克威克先生由于言语失误，让房东巴德尔太太误以为匹克威克向她求婚，由此开始了巴德尔太太控告匹克威克毁婚的诉讼。后来，匹克威克等人去了伊顿斯威镇。镇上有两个相互敌对的党派，两党成员经常互相诘难、造谣中伤。这天正逢国会议员竞选，两派的报纸互相攻击，把全镇搅得不得安宁。投票时，全镇选民过于兴奋而发狂，乃至许多人毫无知觉地躺在人行道上。

选举后的第三天，匹克威克听说金格尔拐骗了女子寄宿学校的一位富家小姐，准备半夜私奔。匹克威克冒雨躲藏在寄宿学校的花园里，想营救那位无辜的女孩，谁知反中了金格尔的陷阱，被寄宿学校当局抓住，差点被当作坏人惩办。

法院送来一张传票，原来是他的房东巴德尔太太受两个黑心律师的挑唆，控告匹克威克毁弃婚约。在啼笑皆非的开庭中，匹克威克败诉了，他宁可选择入狱，也坚决拒绝赔偿所谓的罚金。

随后，匹克威克等去了巴斯，在那里遇到了两个医科学士艾伦和索耶。艾伦想把自己的妹妹艾拉贝拉嫁给自己的好朋友索耶，但小妹坚决不从，原来她另有所爱，就是匹克威克的挚友文克尔先生。匹克威克先生精心安排这对有情人在花园幽会，他俩互诉衷肠，决心不顾家人的反对私下结婚。

匹克威克正忙着替朋友张罗婚事，自己却因拒付“罚金”而被关入伦敦监狱。他的得力男仆山姆精心安排自己也成为犯人，到狱中照顾匹克威克，后来山姆成了匹克威克的终身良友。匹克威克在狱中见识了种种黑暗和穷人的痛苦，这里有自生自灭的犯人，也有敲诈金钱的狱监。匹克威克在狱中巧遇金格尔和他的亲密搭档，他不计前嫌，帮金格尔还清了债务。

不久巴德尔太太也因拖欠两个讼棍的诉讼费被关进监狱。文克尔为了请求匹克威克成全他与艾拉贝拉的婚事，说服匹克威克同意赔偿罚金，换得自由，并慷慨解囊，将巴德尔太太也赎出监狱。出狱后，匹克威克先生分别说服了艾伦小姐的哥哥和文克尔的父亲，使文克尔和艾拉贝拉终成眷属。此时，华德尔先生也带着女儿艾米丽来找匹克威克，原来艾米丽与史诺格拉斯一直相爱着。匹克威克大喜，欣然促成了这门婚事。

骗子金格尔慢慢地受到匹克威克的感化，终于改邪归正。而匹克威克先生经历了两年的社会调查后，决定带着忠仆山姆隐居在伦敦郊区，安度晚年。“匹克威克俱乐部”宣告解散了。匹克威克的女仆玛丽也与山姆组成了幸福的家庭。这位与人为善的老绅士受到人们的尊重，他的许多故事已成为人们的谈资。

精彩片段

★突然，马车停了。“哈罗!”我伯父说，“怎么啦?”

“这里下车。”车掌说，放下踏板。

“这里!”我伯父叫。

“这里。”车掌答。

“我才不干。”我伯父说。

“很好——那么你留在原处不许动。”车掌说。

“是嘛。”我伯父说。

“得。”车掌说。

别的乘客们对这段对话很关注，发现我伯父决定不下车，那年轻些的人就从他旁边挤过去，把那小姐扶下车。这时候，恶相的人在察看着他的三角帽顶上的洞。

那青年女士走过去的时候，掉下一只手套在我伯父手里，并且轻声地对他耳语——她的嘴唇这样贴近他的脸，他的鼻子上都感觉到她的温暖的呼吸了——简简单单两个字“救命!”绅士们，我伯父马上跳出了马车，跳得如此猛，使车子又在弹簧上摇起来。

“啊！你改变了想法，是不是?”车掌看见我伯父站在地上的时候说。

“我伯父对车掌看了片刻，犹疑着好不好把他的敞口枪抢过来，对那拿大剑的人脸上开一下，再用枪柄对另外一个当头打一下，使那青年女士赶快逃走。但是转念一想，他放弃了这个计划，因为实行起来有点太离奇了，于是就跟着那两个神秘的男子。他们把女士看守在他们之间，正走进一所古老的房屋，马车就停在这房子前面。他们转进了过道，我伯父也跟了进去。

在我伯父见过的一切荒凉的地方中，这里是最严重的了。看起来它好像曾经是一座很大的娱乐场所；不过屋顶好几处已经坍下来，楼梯是陡峭的、崎岖的、脏乱的。他们走进去的一间房，里面有一只巨大的火炉，烟囱被烟熏得漆黑，不过现在没有温暖的火焰照亮它了。白色的羽毛一般的柴灰仍然铺在炉底，不过炉子是凉的，而一切都是阴暗的。

“嗨，”我伯父四面看着的时候说，“一部邮车用一小时六里半的速度赶路，并且在这样一个洞似的地方无限期地停下来，真是一件极不正当的事情呢，我想这是要查清楚的，我要写信给报纸。”

我伯父说这话用的是很大的声音，并且持公开的毫无保留的态度，目的是尽可能地引那两个陌生人和他说话。但是，他们对他根本不注意，只是一面向他狠狠地盯着，一面互相小声说话。那位小姐是在房间的最里面，她冒险挥了一次手，好像乞求我伯父救助似的。

最后，两个陌生人走近了一点，很认真地开始谈判了。

“你不知道这是私人的房间吧，我想，家伙?”穿深蓝色上衣的人说。

“不，我不知道，家伙。”我伯父答。“不过若这就是临时特地开的私人房间，那我相信公共房间一定是极其舒服的房间了。”说着我伯父就在一把高背椅子上坐下，用两只眼睛打量那位绅士。打量得这样精细，只要根据他的估计，就可以替他做一套印花布衣服，不会大一寸，也不会小一寸。

“离开这房间。”那两人不约而同地说，抓住他们的剑。

“呃?”我伯父说，像是根本不懂他们的意思。

“离开这房间，否则就要了你的命。”拿着大剑的恶相的人说，同时拔出剑来在空中舞着。(第 49 章)

主题思想

这部小说是狄更斯最为重要、最具代表性的作品之一。《匹克威克外传》在英国文学史上最主要的贡献是最早以当代现实生活为创作素材，并把平民当作小说的主人公。小说描写当时社会生活的各种场景和当时社会上不同阶层的人物。匹克威克虽然是位老绅士，但他不通世事、打抱不平、助人为乐，是作者有意把他塑造成仁慈和博爱的典型，客观上他具有小人物的品格，是平民的化身。

小说中不仅有匹克威克一行出游途中许多令人忍俊不禁的滑稽故事的精彩描述，而且以喜剧的手法对法官、律师、法庭、监狱、议会、选举等做了深刻的揭露和无情的嘲讽。小说中对于田园生活的描写带有理想的浪漫色彩，是作者向往的不受封建压迫和资产阶级剥削的人间乐园，反映作者心目中古老而美好的英格兰，而对于尔虞我诈的城市生活的讽刺和谴责，正表现了作者对当时社会制度弊端的认识和愤懑。

小说中但凡写到与法律有联系的人，不是被金钱收买，就是罪犯。匹克威克被一心想嫁给他的房东巴德尔太太莫名其妙地起诉子虚乌有的毁弃婚约，后因拒付赔偿费入狱，而律师由于无法从赔偿费中拿到酬金，巴德尔太太也被投入监狱，这真是极其荒诞不经的审判。对于暗无天日的监狱中的场景和人物的描绘，让人觉得那简直是人间地狱，这些荒诞的情节是对法庭和监狱的极端挖苦和嘲讽。书中还绘声绘色地描绘了伊顿斯威镇荒谬的选举场面，镇上两个敌对的党派在竞选国会议员时相互攻击，弄得镇上居民也兴奋到发狂的境地，结果在选民中晕病大流行。对于资产阶级两党制和民主选举如此的丑化、漫画化，是对当时英国政治制度最辛辣的嘲讽。

艺术特色

《匹克威克外传》的艺术特色主要表现为：

一、喜剧手法

作者怀着鲜明的爱憎，运用引人入胜的讲故事的写作技巧和精彩无比的喜剧手法，塑造出一个个生动鲜活的人物，几乎描绘了当时社会上所有不同阶层的人物。匹克威克和他的俱乐部成员虽然是有产者，但作者没有赋予他们本阶级的恶习，却予以平民阶层的习性。作者不仅给正面人物都敷上一层喜剧色彩，而且对反面人物和丑恶现象也都采用喜剧的艺术手段，加以夸张、漫画化，令人看到他们可鄙又可笑的形象，达到尖刻嘲讽和愤怒谴责的艺术效果。作品里充满了光辉四射、妙趣横生的幽默和细致入微的心理分析，这些人物形象有许多能使人一读之后就长久地活在读者的心目中。

二、讽刺手法

以讽刺的笔法，对新兴的工厂主、银行家等资产阶级以及资产阶级社会，资产阶级虚伪的“民主政治”和“党派活动”，资本主义制度下的不平等和不合理现象，资产阶级法律的非人道本质，都做了无情的揭露和抨击。作者以高度的艺术概括和生动的细节描写，反映了英国19世纪初叶的社会的真实面貌。

三、结构艺术

小说松散的结构明显受到英国流浪汉小说的影响，是文学创作的弱点，但其在狄更斯笔下却另有其用。俱乐部主席匹克威克带着三名会员到各地游历，对社会进行广泛的考察，并将沿途的景色、人物、风土人情及大家的遭遇与经历一一记录下来，这样以旅游考察为主线逐步展开情节，让人视野开阔，作品内容丰富，共同构成了一幅19世纪前期英国社会生活的长轴画卷。

人物形象

匹克威克：他是一位英国小说中从来没有过的人物。他身材肥胖，圆头圆脑，甚至连眼镜也是圆的。他是一位单身老绅士，却丝毫不通世故，好像“人诞生了，过了二十五年才长心眼”。他热爱学问，近乎迂腐；也热爱朋友，无论是挚友还是人品卑劣之徒，他都表现出伟大的友爱和宽容。他对朋友热心相助，文克尔和史诺格拉斯的婚姻都有赖于他的帮助。他对骗子金格尔也以德报怨、慷慨相助，令金格尔幡然醒悟，重新做人。同时他也极为正直，绝不向卑鄙小人妥协。

他出发去旅行，本意是考察社会，却处处碰壁、屡遭挫折，出了很多洋相，陷入多重困窘的境地，但他仍旧保持着乐观开朗的天性。他具有小人物的品格，是平民的化身，他是可爱的，也是可敬的。这种人物形象就是从整个文学史上来看，在流浪汉小说中也是独一无二的。而他的性格前后也是有变化的，“他从一个爱好地方上古老风俗习惯的退休商人膨胀成一个向周围散发友谊和欢乐的英国式酒神”。

山姆：匹克威克的仆人山姆是一个身份低微的马车夫，他出身贫苦，但丰富的经历使他通晓世故，一次次为他的主人解围，充分表现出机智多谋、勇敢干练的品格。他们主仆一愚一智，相映成趣，为大家平添了许多笑料。

名家点评

★一个人如果不是只凭勇气，而是具有更富挑战性的温和品性，那么所有的大门都会一下子向他敞开。全部道理可以确切地用一句难得的妙语表达出来——他永远要“上当”。到处上当也就是洞察一切。上当是环境对他的殷勤接待。生活举着火把、吹着喇叭像迎接客人似的接待这个初出茅庐的人，而怀疑论者却被生活赶出门外。

——杰斯特顿

《复活》

作者介绍

列夫·尼古拉耶维奇·托尔斯泰（1828～1910），俄国批判现实主义文学的代表作家。托尔斯泰生于距莫斯科百余公里的波利亚纳庄园，自幼接受典型的贵族家庭教育。父亲尼古拉·伊里奇伯爵参加过1812年卫国战争，母亲玛丽亚是公爵的女儿。托尔斯泰一岁半丧母，九岁丧父，由姑母监护长大。1844年考入喀山大学东方系，后转到法律系。托尔斯泰不专心学业，迷恋社交生活，喜欢哲学和文学，受到卢梭、孟德斯鸠等启蒙思想家影响。1847年退学，回到波利亚纳庄园，这是他母亲的陪嫁产业，他漫长一生的绝大部分时间在这里度过。他企图改善自己庄园里农奴的生活，因得不到农民的信任而中止。1851年至1855年，他进入军队服役并开始创作，感受到平民出身的军官和士兵的英勇精神和优秀品质，加强了他对普通人民的同情和对农奴制的批判态度。成名作《童年》（1855）和《少年》（1857）反映了他对贵族生活的批判态度，"道德自我修养"的主张和擅长心理分析的特色。1857—1861年间，他出国考察，创作了《琉森》《三死》《家庭幸福》和《哥萨克》等。1862年与莫斯科名医的女儿别尔斯结婚。

长篇历史小说《战争与和平》（1863～1869），是他创作历程中的第一个里程碑。1873～1877年，他经过12次修改，完成其第二部里程碑式巨著《安娜·卡列尼娜》。19世纪70年代末，《忏悔录》（1879～1882）标志着托尔斯泰的世界观发生巨变。80年代创作了《黑暗的势力》《教育的果实》《魔鬼》《克莱采奏鸣曲》《哈泽·穆拉特》《舞会之后》等作品。

长篇小说《复活》（1889～1899）是他长期思想、艺术探索的总结，也是对俄国社会批判最全面、深刻、有力的一部著作。

托尔斯泰晚年力求过简朴的平民生活，他不断为自己的思想和生活与农民之间有难以消除的差距而深感不安。1910 年 10 月，他离家出走，途中患肺炎，11 月 20 日病逝于阿斯塔波沃车站，享年 82 岁，一代文学巨匠走完了其人生旅程。

托尔斯泰的创作历程从 19 世纪 50 年代到 20 世纪初，跨越了俄国的贵族革命、资产阶级民主革命和无产阶级革命三个历史时期。他的思想中充满了矛盾，这种矛盾正是俄国社会错综复杂的矛盾的反映，是一个富有正义感的贵族知识分子在寻求新生活中，清醒与软弱、奋斗与彷徨、呼喊与苦闷的生动写照。托尔斯泰的作品纵然其中有负面和空想的内容，但仍不失为人类的骄傲，他已被公认为全世界的文学泰斗。列夫·托尔斯泰被列宁称为“俄国革命的镜子”。

创作背景

《复活》是根据一个真实案件的情节加工而成的，小说初名《科尼的故事》。1887 年 6 月，托尔斯泰接待了一位特殊的客人——彼得堡的法官科尼，他给作家讲述了一个真实的故事：法院审理一个妓女因被控偷窃嫖客钱财的案件时，陪审团一位青年成员发现这个妓女是他过去在亲戚家寄居时诱奸的养女，青年人良心发现，到监狱探望女犯人，并提出愿意与她结婚，后来女犯人病死狱中。这个素材吸引了托尔斯泰，他深入挖掘这个故事，写成了《复活》。托尔斯泰接连几次到法庭，并将女主人公写成无辜受冤者，更加有力地批判了当时司法制度的不公，使小说的主题超越了道德和赎罪的范围。《复活》的创作，前后长达 11 年，修改 20 余次。

在 19 世纪俄罗斯知识分子中有一种常见的观念“原罪说”，他们认为自己对社会的悲惨现实有不容推卸的责任。俄罗斯民族传承了丰厚的东正教文化，“原罪说”把远古以来就存在着的罪感意识绝对化、普遍化了。18 世纪以后，“原罪说”与“人生而平等”的思想相结合，使纯然自省的涤罪观念转换为对俄罗斯普遍存在的专制压迫现象的社会反思，这种社会性反思又加深了知识分子的罪感与忏悔意识。托尔斯泰读大学的时候发现了卢梭，发现了《忏悔录》和《爱弥儿》。这对他来说是一个晴天霹雳。他读了许多卢梭的作品，并吸纳了他的大量思想，他开始耻于过贵族生活。

托尔斯泰献身于改造社会的事业，常常是被这种罪感所驱使。这也成了他思考俄罗斯的苦难和实行农业改良的重要驱动力。他孜孜寻求解放农奴的方式，同时他身体力行，最大限度地接近农民，亲身参加体力劳动以实现自我修身和道德完善，最终完成自己世界观从贵族地主向宗法制农民的转变。

托尔斯泰创作《复活》时已70高龄，他从高处注视一切，艺术与生命是一致的，他的作品时常带有自传性。《复活》男主人公聂赫留朵夫是一个“忏悔的贵族”的形象，他身上表现了作者自己世界观的矛盾。

内容简介

聂赫留朵夫公爵是莫斯科地方法院的陪审员。一次他参加审理一个妓女谋财害命的案件。他仔细端详眼前的囚犯，发现她竟是自己青年时代的恋人喀秋莎·玛丝洛娃。对于那双略带斜睨的黑眼睛，他记忆深刻。

十年前的往事一幕幕展现在他眼前：当时他还是一个大学生，暑期住在姑妈的庄园里写论文。他善良热情，充满理想，热衷于西方进步思想，并爱上了姑妈家的养女兼婢女玛丝洛娃。她是一个女农奴与一个过路吉普赛人的孩子，三岁时母亲病死，聂赫留朵夫两位善良的姑姑收养了她。他们一起玩耍谈天，感情纯洁无瑕。后来聂赫留朵夫进了近卫军团，在彼得堡的上流社会浑浑噩噩、放浪形骸地过了三年。精神上已经堕落的他再次路过姑妈的庄园，情欲使他在临行前占有了玛丝洛娃，并抛弃了她，后来听说她沦为了妓女。

现在，望着被告席上的玛丝洛娃，聂赫留朵夫意识到自己的罪过，但又担心被玛丝洛娃当场认出，他内心紧张、思绪纷乱。最终，法庭错判玛丝洛娃流放西伯利亚服苦役四年。聂赫留朵夫原以为她会无罪释放，正在考虑如何对待她。现在，她被判有罪，自己可以不受干扰地和贵族小姐米西结婚了。然而，玛丝洛娃听到判决后失声痛哭，看到她的惨状，聂赫留朵夫的良心受到强烈的谴责，恐惧和悔恨同时向他袭来，他完全忘却了刚才宣判时的庆幸，后悔刚才心不在焉，以致造成重判。他决定设法补救，尽力减轻厄运带给她的痛苦。

聂赫留朵夫怀着复杂激动的心情按约去米西小姐家赴宴。原本这里的豪华气派和高雅氛围常常使他感到安逸舒适，但今天他仿佛看透了每个人的本质，觉得他们都那么可厌，他借故提前辞别。

回到家中，他开始反省，以前的自己胸怀坦荡、诚恳正直，现在的自己却深深陷在虚伪和自私中。他自己和周围的人都是“又可耻又可憎”：母亲生前的行为；他和贵族长妻子的暧昧关系；他反对土地私有，却又继承母亲的田庄以供挥霍。而且，他是玛丝洛娃落到今天这种悲惨境地的罪魁祸首，他应该赎罪，请求她的宽恕。

聂赫留朵夫一边替玛丝洛娃上诉，一边到监狱探望她。他问起他们的孩子，她不愿触动旧伤，只告诉他，主人看出她有了身孕，就辞退了她，孩子生下来就死了。聂赫留朵夫第二次探监时表示要和她结婚，以挽救她和自己的灵魂。玛丝洛娃发出悲愤的指责：“你今世利用我作乐，来世还想利用我来拯救你自己！”后来聂赫留朵夫无私地帮助她的难友，玛丝洛娃慢慢对他产生了信任。聂赫留朵夫决定改变全部生活，他分散土地，辞退仆役，搬出豪宅，并断绝了和米西小姐的关系。

他奔走于彼得堡上层，但亲友们对聂赫留朵夫的行为无法理解，不愿伸出援助之手，结果上诉仍被驳回。他只好上书皇帝，请求减刑，同时立即返回莫斯科，跟随玛丝洛娃去西伯利亚。途中，为了减少男刑事犯对玛丝洛娃的纠缠，他设法将她调到政治犯的队伍中。玛丝洛娃感到犹如到了一个平等的世界，这使她的性格发生了很大变化。一个叫西蒙松的政治犯非常尊重和体贴她，这种高尚的情感涤荡了玛丝洛娃心灵上的污垢，复活了她纯洁明朗的天性。

西蒙松坦率地告诉聂赫留朵夫，他要和玛丝洛娃结婚，聂赫留朵夫有点失望，但也为玛丝洛娃能遇到一个关心和保护她的人而高兴。玛丝洛娃为了聂赫留朵夫的幸福，也果断接受了西蒙松的求婚。这时皇帝将玛丝洛娃的苦役改为就近执行，但她表示愿意和西蒙松在同一处服刑。聂赫留朵夫于是中途返回，他最后从《圣经》中读到：“人类应该相亲相爱，不可仇视。”

精彩片段

★尽管好几十万人麇集在不大的一块地方，千方百计把他们聚居的那块土地毁坏得面目全非；尽管他们把石头砸进地里去，不让任何植物在地上长出来；尽管出土的小草一概清除干净；尽管煤炭和石油燃烧得烟雾弥漫；尽管树木伐光，鸟兽赶尽，可是，甚至在这样的城市里，春天也仍然是春天。太阳照暖大地，青草在一切没有锄绝的地方死而复生，不但在林荫路的草地上，甚至在石板的夹缝里长出来，绿油油的。桦树、杨树、野樱树长出发黏和清香的树叶，椴树上鼓起一个个快要绽裂的花蕾。寒鸦、麻雀、鸽子像每年春天那样已经在欢乐地搭巢，被阳光照暖的苍蝇沿着墙边嗡嗡地飞。植物也罢，鸟雀也罢，昆虫也罢，儿童也罢，一律兴高采烈。唯独人，成年的大人，却无休无止地欺骗自己而且欺骗别人，折磨自己而且折磨别人。人们认为神圣而重要的不是这个春天的早晨，也不是上帝为造福众生而赐下的这个世界的美丽，那种使人趋于和平、协调、亲爱的美丽；人们认为神圣而重要的却是他们臆想出来借以统治别人的种种办法。

★“我说过，我来是为了求您的饶恕。”聂赫留朵夫说。

“嘿，何必呢，总是饶恕饶恕的，用不着来那一套……您最好还是……”

“我说过我要赎我的罪，”聂赫留朵夫继续说，“不是嘴上说说，我要拿出实际行动来。我决定跟您结婚。”

玛丝洛娃脸上顿时现出恐惧的神色。她那双斜睨的眼睛发呆了，又像在瞧他，又不像在瞧他。

“这又是为什么呀？”玛丝洛娃愤愤地皱起眉头说。

“我觉得我应该在上帝面前这样做。”

“怎么又弄出个上帝来了？您说的话总是不对头。上帝？什么上帝？咳，当初您要是记得上帝就好了。”她说了这些话，又张开嘴，但没有再说下去。

聂赫留朵夫这时闻到她嘴里有一股强烈的酒味，才明白她激动的原因。

“您安静点儿。”他说。

“我可用不着安静。你以为我醉了吗？我是有点儿醉，但我明白我在说什么。”玛丝洛娃突然急急地说，脸涨得通红，“我是个苦役犯，是个……您是老爷，是公爵，你不用来跟我惹麻烦，免得辱没你的身份。还是找你那些公爵小姐去吧，我的价钱是一张红票子。”

“不管你说得怎样尖刻，也说不出我心里是什么滋味。”聂赫留朵夫浑身哆嗦，低声说，“你不会懂得，我觉得我对你犯了多大的罪！”

“我觉得犯了多大的罪……”玛丝洛娃恶狠狠地学着他的腔调说，“当初你并没有感觉到，却塞给我一百卢布。瞧，这就是你出的价钱……”

“我知道，我知道，可如今我该怎么办呢?”聂赫留朵夫说。

“如今我决定再也不离开你了。”他重复说，“我说到一定做到。”

“可我敢说，你做不到!”玛丝洛娃说着，大声笑起来。

“喀秋莎!”聂赫留朵夫一面说，一面摸摸她的手。

“你给我走开！我是个苦役犯，你是位公爵，你到这儿来干什么?”她尖声叫道，气得脸都变色了，从他的手里抽出手来。“你想利用我来拯救你自己。”玛丝洛娃继续说，迫不及待地把一肚子怨气都发泄出来。“你今世利用我作乐，来世还想利用我来拯救你自己！我讨厌你，讨厌你那副眼镜，讨厌你这个又肥又丑的嘴脸。走，你给我走!”她霍地站起来，嚷道。

主题思想

《复活》是托尔斯泰的晚期代表作。这时作家的世界观已经发生激变，抛弃了贵族阶层的传统观点，用宗法农民的眼光重新审查了各种社会现象，通过男女主人公的遭遇淋漓尽致地描绘出一幅幅沙俄社会的真实图景：草菅人命的法庭和监禁无辜百姓的牢狱；金碧辉煌的教堂和褴褛憔悴的犯人；荒芜破产的农村和豪华奢侈的京都；茫茫的西伯利亚和戴着手铐脚镣的囚犯。托尔斯泰以最清醒的现实主义态度对当时的全套国家机器进行了激烈的抨击。

托尔斯泰身为贵族，却始终关注着农奴的命运。他否定农奴制，但反对以革命暴力来消除农奴制，这是他在思想上的局限。在《复活》中，他急于利用他所掌握的文艺武器宣传他的“不以暴力抗恶”“道德自我完善”以及基督教的宽恕和博爱等一套托尔斯泰主义的说教，并且揭发批判他所憎恶的社会。这是一部“有了思想才去寻找形式”的作品，其中有着作者自己的影子。因此，在作品中我们看到，主人公聂赫留朵夫也是一位贵族，一次偶然的事件激发了他的忏悔，他的精神开始“复活”，逐渐完成一次“个人道德的自我完善”，开始与自己的贵族阶层决裂。这是托尔斯泰为主人公设定的出路，是典型的托尔斯泰主义的解决方式。

《复活》是男主人公聂赫留朵夫和女主人公玛丝洛娃精神的复活，主要是聂赫留朵夫精神的复活。在聂赫留朵夫身上，精神的人与兽性的人经常在较量。聂赫留朵夫大学时期是一个纯洁、热诚、朝气勃勃、有美好追求的青年；进入军队和上流社会后，过起花天酒地、醉生梦死的生活。兽性的人统治了他，精神的人被压制了，沉睡了。他第二次见到玛丝洛娃，以及后来的七八年，便是兽性的人统治着他的时期。正是在这一时期他诱奸了玛丝洛娃，并将她抛弃，而使她沦落到后来的悲惨地步。直到在法庭上巧遇玛丝洛娃，回想当年，良心发现，精神的人苏醒了，渐渐战胜兽性的人，精神的人终于复活了。

艺术特色

《复活》的艺术特色主要表现为：

在人物塑造上，作者善于把他对俄国社会的深刻认识融于故事情节和人物形象，塑造了充满思想探索而又力求解决社会问题的内省型人物形象。托尔斯泰以卓越的现实主义艺术才能，不仅揭示出造成玛丝洛娃不幸的原因和导致聂赫留朵夫深刻内省和精神觉醒的原因，还提示出劳苦大众悲惨现状的原因，提出一系列重大的社会问题，使作品成为俄国社会生活的真实写照。

小说对人物的心理描写细腻深刻。作者非常善于准确地抓住瞬息的思想变化，提示和再现人物的心理体验。书中人物的心理不是简单的、静止的，而是复杂的、处于变化之中的。

作品大量运用对比和讽刺的手法，这也是托尔斯泰常用的手法。通过貌似平静叙述的手法描述人物之间、贫富之间的对立状态，从而加强批判的力量。通过展示形式与内容间的尖锐矛盾，表达讽刺效果的意义。

《复活》是明显的单线结构，高度集中、目标专一。

人物形象

聂赫留朵夫：是一个丰满而复杂的文学形象，是文学史上一个著名的

“忏悔的贵族”的典型。他具有19世纪末俄国一些贵族出身的进步知识分子的基本特征，他否定了贵族阶级的生活方式和传统观念，最终与贵族思想决裂了。这正是托尔斯泰本人的经历。

聂赫留朵夫的性格发展，经历了纯洁—堕落—复活三个阶段。青年时期，他单纯善良，追求真挚的爱情，但是贵族风气使他堕落为自私自利者，玷污了天真纯洁的少女玛丝洛娃，从此把她推入不幸的深渊。这不只是他个人的罪行，而是贵族社会和沙俄军界纸醉金迷、放浪荒唐的生活风气使他堕落，因此他是贵族地主阶级罪恶的体现者。

当他在法庭上再次看到玛丝洛娃时，意识到自己是造成她堕落和不幸的罪魁祸首。在为玛丝洛娃申冤上诉的过程中，他广泛接触了社会各阶层，进一步认识了社会的弊病，认识到人民的苦难是地主阶级和社会造成的。他的思想开始升华，从地主阶级立场转到宗法制农民的立场。上诉失败后，他在《福音书》中找到消灭恶势力的办法，那就是在上帝面前永远承认自己有罪，要宽恕一切人，按照上帝的意志为人类幸福而工作。

玛丝洛娃：她是农奴的私生女，被地主太太收养，半婢女半养女的身份也不能使她逃脱厄运。先是被地主少爷诱骗，怀孕后被赶出家门，走投无路，终于沦落为妓女，既而蒙冤被判刑，完全成了社会的牺牲品。因此她对这个社会怀着刻骨仇恨，以致当聂赫留朵夫去向她忏悔时，她还加以斥责。不过她的转变也是可信的，因为男主人公不仅已经开始关心她今后的命运，而且还要为其他无辜的犯人申诉。她开始信任他，接受他的规劝，表示要“向善”。她在去西伯利亚的路途中，受到同行的革命者的思想影响，感情发生了变化，终于完成转变，达到精神和道德上的“复活”。她从人民中来又回到人民当中，这个归宿也是符合实际的。

名家点评

★《复活》写出了精神的人的复活，人性的复活！

——罗曼·罗兰

★他（托尔斯泰）能把丰富而复杂的历史面貌加以高度概括，他善于把人们极普通的故事提炼描绘得惊心动魄。

——黑格尔

★《复活》的本身是生活的一场搏斗！

——巴金

《老人与海》

作者介绍

欧内斯特·米勒尔·海明威（1899～1961），美国小说家，1954 年诺贝尔文学奖获得者，获奖之作就是《老人与海》。海明威出生在美国芝加哥郊外的橡树园镇，父亲是一位医生，酷爱户外活动，喜欢研究自然，母亲爱好文学，是个虔诚的信徒。成长环境对海明威以后的生活和创作产生了重要影响。中学毕业后，海明威在美国西南的堪萨斯《星报》当了 6 个月实习记者，受到了良好的训练。第一次世界大战爆发后，海明威投身意大利战场，担任战地司机，后来为救战友受重伤。大战结束后，海明威被意大利政府授予十字军功奖章，伴随荣誉的是身上 237 处伤痕和赶不走的恶魔般的战争记忆。康复后的海明威作为加拿大多伦多《星报》的记者常驻巴黎，一面当记者，一面写小说。他在近 10 年的时间里出版了多部作品，其中的《太阳照常升起》（1926）和《永别了，武器》（1929）使他声名远播，标志着海明威在艺术上的成熟，他也被认为是“迷惘的一代”的代表作家。1928 年，海明威离开了巴黎，居住在美国的佛罗里达州和古巴，过着宁静的田园生活。他根据在非洲的见闻和印象写了《午后之死》（1932）、《非洲的青山》（1935）和他最好的短篇小说《乞力马扎罗山的雪》（1936）。

第二次世界大战爆发后，1937～1938 年，他以战地记者的身份奔波于西班牙内战前线，并参加了解放巴黎的战斗。1940 年，他发表了以西班牙内战为背景的反法西斯主义的长篇小说《丧钟为谁而鸣》。1941 年底太平洋战争爆发后，海明威立即将自己的游艇改装成巡逻艇，侦察德国潜艇的行动，为消灭敌人提供情报。1944 年，海明威随同美军去欧洲采访，在一次飞机失事中受重伤，痊愈后仍深入敌后采访。战争结束后，他获得一枚铜质奖章。

二战后，海明威的创作进入晚期，1952 年完成其代表作《老人与海》，并因此获得1954年诺贝尔文学奖。获奖后的海明威患有多种疾病，给他的身心造成极大的痛苦，他没有再创作出很有影响的作品，这使他精神抑郁，产生消极悲观的情绪。1961年7月2日，海明威用猎枪结束了自己的生命，整个世界为之震惊，这也许是海明威“硬汉子精神”的一种追求。

海明威是一位具有独创性的小说家。他的最大贡献在于创造了一种洗练含蓄的新散文风格，这种风格对欧美作家产生了很大影响。

创作背景

《老人与海》这部小说是根据真人真事写的。海明威移居古巴期间，认识了老渔民格雷戈里奥·富恩特斯。1930年，海明威乘坐的船在暴风雨中遇难，富恩特斯搭救了海明威。从此，海明威与富恩特斯结下了深厚的友谊，并经常一起出海捕鱼。1936年，富恩特斯出海很远捕到了一条大鱼，但由于这条鱼太大，在海上拖了很长时间，结果在归程中被鲨鱼袭击，回来时只剩下了一副骨架。海明威觉察到它是很好的小说素材，但一直没有机会动笔。

1950年圣诞节后不久，海明威产生了极强的创作欲，开始动笔写《老人与海》（起初名为《现有的海》）。完成初稿仅用了八周。作品在当年就获得了普利策奖，两年后又获得了诺贝尔奖。海明威本人也认为这是他“这一辈子所能写的最好的一部作品”。

内容简介

老渔夫桑提亚哥生活在古巴的哈瓦那港，年轻时是最好的渔夫。到了晚年，他的精力和反应都不如从前了。老伴去世后，他一个人孤独地住在海边简陋的小茅屋里。他瘦削憔悴、满身伤痕，但双眼还是像海水一样湛蓝。

最近，老渔夫接连出海84天，一条鱼也没有捕到。一直陪伴他的男孩曼诺林也离开了他，因为孩子的父母认为桑提亚哥老人走了霉运，吩咐孩子跟随别的船出海了。但曼诺林还是经常来看望他，陪他聊天，帮他收拾渔网，给他带来食物和鱼饵。在曼诺林的眼里，桑提亚哥是最出色的渔夫，他们打渔不只是为了赚钱，而是他们共同的爱好。当人们都嘲笑桑提亚哥时，只有曼诺林关心和鼓励他。

第85天凌晨，桑提亚哥又独自出海了。他在寒冷的黎明前的黑暗中，把小船划出了港口。他向远海航行，一面划船，一面与大海、鱼、海鸟交谈，自从曼诺林离开他以后，他便养成这种自言自语的习惯。天还没有亮，海岸像一条接近地平线的绿带子。桑提亚哥娴熟地把鱼饵套上钩，鱼饵是曼诺林为他准备的新鲜沙丁鱼，香气四溢，味道鲜美。他把钓丝深深地下到一英里深的海水里，然后目不转睛地守候着。突然，他感到钓竿动了，一根露出水面的绿色竿子急遽地沉入水中。他拉动钓丝，根据钓丝的分量他知道那准是一条大鱼。那条鱼上钩后并不惊惶地逃窜，也不浮出水面，反而拉着小船向浩渺的海面缓缓游去。桑提亚哥把钓丝绕在肩膀上，做好了打持久战的准备。他虽然孤身一人，体力也不如从前，但是他掌握了许多诀窍，耐心地等待大鱼疲乏下来的时候。

夜晚来临了，繁星满天，寒意袭人，大鱼一直向北游，一点儿陆地的影子都看不见了。老人根据对星座的观察做出判断：那条大鱼一直都没有改变方向。半夜，大鱼在水底猛地一拉，桑提亚哥跌倒在船舱里，划破了脸颊。黎明时分，大鱼又一个跳跃，钓丝勒伤了他的右手。为了能坚持下去，他不断地和鱼、鸟、大海对话，不断地回忆往事，并想到了曼诺林，他大声地自言自语："要是孩子在这儿多好啊，好让他帮帮我，再瞧瞧这一切。"

第二天早上，大鱼跳出了水面，这是一条桑提亚哥从未见过的最大的马林鱼，它足有18英尺长。在阳光下，它浑身明亮夺目、色彩斑斓，它的吻长得像一根垒球棒，尖得像一把细长的利剑，还有一条大镰刀似的尾巴。大鱼不肯轻易屈服，又向下沉去，转向了东方。昨夜的寒冷让桑提亚哥全身僵硬、隐隐作痛，他的体力明显下降，而大鱼依然没有疲倦的迹象。炽热的下午，桑提亚哥喝了点水。为了忘掉全身的不适，他回想起过去人们如何称他为"优胜者"，他如何在一家酒馆里和一个大个子黑人比手劲。他吃了几片鱼肉，把划破的双手放在海水里清洗。桑提亚哥和大鱼的持久战又从黑夜延续到天明。

第三天早上，大鱼开始旋转起来，桑提亚哥知道，大鱼已经坚持不住了，但自己的体力也几乎耗尽。他在大鱼每转一圈时把它拉得离船更近一些，钓丝慢慢缩短了。终于，桑提亚哥把大鱼拉近船边，在它跃起的瞬间，使出全身力气，将鱼叉猛地刺进鱼腰。大鱼从空中轰然落入水中，浪花溅湿了整条小船。大鱼银白色的肚皮翻上来，从它的心脏流出来的血染红了蓝色的海水。桑提亚哥把大鱼绑在小船的一侧，这条马林鱼比船还长两英尺，哈瓦那港从来没有捕到过这么大的鱼。桑提亚哥升起带有补丁的船帆，开始返航。

然而，战争并未结束，一小时后，死鱼的血腥味引来了鲨鱼。成群的鲨鱼追赶着小船，疯狂撕咬着鱼肉。桑提亚哥拼尽全力，用鱼叉、船桨、短棍甚至船舵与鲨鱼搏斗，大鱼还是被咬得支离破碎。半夜，小船终于驶回了港口，三昼夜的搏斗已使桑提亚哥筋疲力尽了。那条大鱼也只剩下一副鱼骨。他悲哀而寂寞地放下桅杆，收拾起损坏了的渔具，神情恍惚、踉踉跄跄地走回自己的陋屋。他疲惫不堪，沉沉睡去。

第二天桑提亚哥还没有醒来，人们已在小船旁围观那具硕大无比的白色鱼脊骨，大家都发出惊奇的呼声。曼诺林一如既往地给桑提亚哥带来了食物和安慰，他自豪地宣布："它没有把你打垮!"简短地休整之后，桑提亚哥和曼诺林又开始筹划下一次出海了。因为他们都相信：在梦里，总会看见给人以力量和勇气的狮子。

精彩片段

★"不过人不是为失败而生的，"他说，"一个人可以被毁灭，但不能被打败。"

★人不抱希望是很傻的。

★每一天都是一个新的日子。走运当然是好，不过我情愿做到分毫不差。这样，运气来的时候，你就有所准备了。

★不过话得说回来，没有一桩事是容易的。

★现在不是去想缺少什么的时候，该想一想凭现有的东西你能做什么。

★“我跟那孩子说过来着，我是个不同寻常的老头儿，”他说，“现在是证实这话的时候了。”

★鲨鱼飞速地逼近船艄，它袭击那鱼的时候，老人看见它张开了嘴，看见它那双奇异的眼睛，它咬住鱼尾巴上面一点儿的地方，牙齿咬得嘎吱嘎吱地响。鲨鱼的头露出在水面上，背部正在出水，老人听见那条大鱼的皮肉被撕裂的声音。这时候，他用鱼叉朝下猛地扎进鲨鱼的脑袋，正扎在它两眼之间的那条线和从鼻子笔直通到脑后的那条线的交叉点上。这两条线实际是并不存在的，只有那沉重、尖锐的蓝色脑袋，两只大眼睛和那嘎吱作响、吞噬一切的突出的两颚，可是那儿正是脑子的所在。老人直朝它扎去，他使出全身的力气，用糊着鲜血的双手，把一支好鱼叉向它扎去。他扎它，并不抱着希望，但是带着决心和十足的恶意。

鲨鱼翻了个身，老人看出它眼睛里已经没有生气了，跟着它又翻了个身，自行缠上了两道绳子。老人知道这鲨鱼快死了，但它还是不肯认输。它这时肚皮朝上，尾巴扑打着，两颚嘎吱作响，像一艘快艇般划动水面。它的尾巴把水拍打得泛出白色，四分之三的身体露出在水面上，绳子被绷紧了，抖了一下，啪地断了。鲨鱼在水面上静静地躺了片刻，老人紧盯着它。然后它慢慢地沉下去了。

主题思想

《老人与海》描述的不仅仅是如何面对挑战，更多的是一种生活方式、生活理念。“一个人并不是生来要被打败的，你尽可以把他消灭掉，可就是打不败他。”这是桑提亚哥的生活信念，也是此书的主题。《老人与海》是一曲英雄主义的赞歌，通过桑提亚哥的形象，作者热情地赞颂了人类在面对艰难困苦时所显示的坚不可摧的精神力量。孩子准备和老人再度出海，他要学会老人的一切“本领”，这象征着人类这种“打不败”的精神将代代相传。

桑提亚哥是海明威所崇尚的完美的人的象征：坚强、宽厚、仁慈、充满爱心，即使在人生的角斗场上失败了，面对不可逆转的命运，他仍然是精神上的强者，是“硬汉子”。“硬汉子”是海明威作品中经常表现的主题，也是作品中常有的人物。他们在外界巨大的压力和厄运打击时，仍然坚强不屈，勇往直前，甚至视死如归，他们尽管失败了，却保持了人的尊严和勇气，有着胜利者的风度。

小说除了用曼诺林的同情和崇拜来衬托桑提亚哥的伟大之外，还展示了《老人与海》的另一主题：回归。孩子带回了老人早已失去的青春，使他怀念过去的自我。所以独自在海里与鲨鱼搏斗的三天里，老渔夫常念叨着："但愿那孩子在这儿就好了。"

艺术特色

《老人与海》的艺术特色主要表现为：

一、象征手法的运用

作品中蕴藏了多个层次的象征性含义。例如：马林鱼象征人生的理想；鲨鱼象征命运中的种种艰难险阻和无法摆脱的悲剧命运；大海象征变化无常的人类社会；而梦中出现的狮子则为勇武健壮、仇视邪恶、能创造奇迹的象征；男孩曼诺林象征希望和善良，寄托了作者"人类的智慧和力量代代相传"的美好理想；桑提亚哥则是人类中的完美的人的象征，勇于与强大势力搏斗的"硬汉子"代表；而捕鱼的不幸遭遇象征人类总是与厄运不断抗争。

二、白描手法的运用

小说避免使用过多的描写手法，避免过多地使用形容词，特别是华丽的辞藻，尽量采用直截了当的叙述和生动鲜明的对话，因此句子简短、语汇准确生动。在塑造桑提亚哥这一形象时，他的笔力主要集中在真实而生动地再现老人与鲨鱼搏斗的场景上。鲨鱼的来势凶猛，老人的沉着迎战，机敏矫捷，都写得生动逼真。如写鲨鱼出现的情形，"当一大股暗黑色的血沉在一英里深的海里然后又散开的时候，它就从下面水深的地方蹿上来。它游得那么快，什么也不放在眼里，一冲出蓝色的水面就涌现在太阳光下。"这段描写没有一个比喻句和形容词，但鲨鱼的凶猛、快捷，形势的紧迫却立刻展示在读者面前，清新洗练的叙述文字和反复锤炼的日常用语，使人读来有身临其境之感。

三、"冰山原则"的运用

遵奉美国建筑师罗德维希的名言"越少，就越多"，海明威提出文学创作的“冰山原则”，以冰山来比喻创作。创作要像海上的冰山，八分之一露在上面，八分之七应该隐含在水下，使作品充实、含蓄、耐人寻味。露出水面的是形象，隐藏在水下的是思想感情，形象越集中鲜明，感情越深沉含蓄。

人物形象

桑提亚哥：一个典型的“硬汉”形象，是海明威所塑造的一系列拳击师、斗牛士、猎人、战士等“硬汉”形象的发展与升华。他面对浩瀚的海洋，凶猛的大马林鱼和凶恶的鲨鱼，恶劣的气候和多舛的命运，表现出顽强的毅力和必胜的信心。在英雄与环境的斗争中，桑提亚哥是一个失败的英雄。然而在对待失败的风度上，他赢得了胜利。

桑提亚哥绝好地体现了“重压下的优雅风度”。而且，在睡梦中，小孩还在陪伴着他，他也正在梦见狮子。这是对未来胜利的向往，是对人的精神力量的进一步肯定。老人桑地亚哥象征着一种哲理化的硬汉子精神，一种永恒的、超越时空的存在，超越了人生中的磨难、辉煌、成功抑或是失败的一种压倒命运的力量。

名家点评

★《老人与海》是一首田园诗，大海就是大海，不是拜伦式的，不是麦尔维尔式的，好比荷马的手笔；行文又沉着又动人，犹如荷马的诗。真正的艺术家既不象征化，也不寓言化——海明威是一位真正的艺术家——但是任何一部真正的艺术品都能散发出象征和寓言的意味，这一部短小但并不渺小的杰作也是如此。

——贝瑞孙

莫泊桑短篇小说

作者介绍

居伊·德·莫泊桑（1850～1893），法国中短篇小说家。他和美国的欧·亨利、俄国的契诃夫齐名为世界三大短篇小说巨匠。莫泊桑出生于法国诺曼底省狄埃卜城附近一个没落的贵族家庭。父亲是交易所的经纪人，母亲文雅聪慧、酷爱文学，指引他走上文学创作的道路，在他成名以后，母亲仍是他忠实的读者和直言不讳的批评者。莫泊桑出生不久，父母因感情不和而分居，幸好莫泊桑在母亲身边度过了幸福的童年。他的父亲穷奢极侈，侵吞母亲的财产，造成婚姻的最后破裂。这就是莫泊桑日后写了大量以父母离异而造成家庭悲剧为题材的短篇小说的原因。13岁时，母亲将莫泊桑送进一所教会学校，但不久便因写了一首爱情小诗而被除名。进入鲁昂中学后，诗人路易·布耶成为他的导师，他开始多种体裁的文学习作。1870年，莫泊桑进入巴黎大学攻读法律。同年普法战争爆发，他应征入伍。后来他创作了大量以普法战争为题材的作品。1871年战争结束，莫泊桑退役，定居巴黎。他先后在海军部和教育部任职，长达数十年，这些经历使他对小职员的生活状况和精神境界有了深刻的认识，成为他日后创作的重要主题。这个时期，他在福楼拜亲自指导下练习写作，并通过福楼拜结识了左拉、屠格涅夫等人。1876年他与左拉等人创立自然主义文学集团，文学史上称其为梅塘集团。1880年短篇小说集《梅塘之夜》出版，莫泊桑的成名作《羊脂球》即收录在其中，这是他公开发表的第一篇重要小说，他也因此一举成名。

莫泊桑的传世佳作大多是在1880～1890年创作的。他的文学成就以短篇小说最为突出。自1885年后，他转向长篇小说的创作，6部长篇小说中的5部都是在这个时期完成的。莫泊桑终身未婚，他继承了父亲的放荡习气，加上滥用麻醉药，从青年时代起便健康状况不佳，后来发展到偏头痛、视力受损、出现幻觉和精神错乱，并企图自杀。他于1893年与世长辞，年仅43岁。

莫泊桑一生创作了300多篇中短篇小说和6部长篇小说。短篇小说除《羊脂球》外，还有《一家人》《我的叔叔于勒》《米隆老爹》《两个朋友》《项链》《西蒙的爸爸》《珠宝》《小步舞》《珍珠小姐》等名篇。6部长篇小说为：《一生》（1883）、《俊友》（1885）、《温泉》（1886）、《皮埃尔和若望》《像死一般坚强》（1889）、《我们的心》（1890）。

创作背景

福楼拜是莫泊桑的舅舅，后来成为莫泊桑文学上的导师，他们两人结下了亲如父子的师徒关系。莫泊桑非常重视严师的教诲，每篇习作都要送给福楼拜审阅。福楼拜对他的要求非常严格，并一丝不苟地为他修改习作，对莫泊桑的不少作品表示赞赏，但劝他不要急于发表。因此，在19世纪70年代里，莫泊桑的著述很多，但发表的却很少，这是他文学创作的准备阶段。

莫泊桑的作品题材丰富、内容广泛，歌颂了人民的爱国主义热情，表现了农村的习俗和世态，真实地反映了小职员的单调刻板的生活。它们在艺术上各有特色，并不雷同，犹如宝石上的各个面，共同折射出灿烂的光芒。

内容简介

莫泊桑一生著有300余篇短篇小说，最擅长的题材是他亲身参加过的普法战争、长达十年的小职员生涯和青少年时代在诺曼底故乡的生活，这三种环境为他的短篇小说提供了极为丰富的题材。

一、描写普法战争

这类作品反映和歌颂了法国人民的爱国主义精神，如《米隆老爹》《蛮大妈》《羊脂球》《菲菲小姐》等。

二、描写小职员的生活

这些作品揭露了世态炎凉的社会现实和官僚机构里腐败昏聩的作风，讽刺了小职员的自私虚荣和尔虞我诈，同时又对他们的刻板生涯寄予了人道主义的同情。如：《骑马》和《项链》表现了主人公因虚荣心而自食其果；《我的叔叔于勒》和《伞》讽刺了拜金的势利小人；《散步》写了一个小职员因数十年单调乏味的生活而悲愤地上吊自尽的故事。

三、描绘诺曼底农村的生活

作品从各个方面反映了贫苦农民的悲惨遭遇，表现了农村的习俗和世态。如：《瞎子》《绳子》《穷鬼》，其中的主人公都因备受欺凌而死去；《皮埃罗》讽刺了地主婆的吝啬；《流浪汉》谴责了把好人逼成盗贼的社会风气；《真实的故事》中的地主玩弄女佣，使她绝望而死。也有一些作品表现了农民的狭隘，例如：《老人》中的夫妇为了不耽误农活而希望垂危的老人快点去世；《图瓦》中的女主人公竟让因肥胖而中风的丈夫孵鸡蛋等。

四、多姿多彩的感情生活

如：《月光》是反对禁欲主义的名篇，写一个神父在皎洁的月光下理解了爱情；《橄榄园》谴责了不负责任的放荡行为；《巴蒂斯特太太》则批判了歧视受辱女子的不良风俗。值得指出的是，妓女的题材在莫泊桑的中短篇小说里占有很大的比重，如《衣橱》等反映了妓女的悲惨生活。

五、描写资产阶级风俗习气

这类小说揭露了资产阶级的腐化堕落和拜金主义，如《遗产》《穷鬼》等。

下面介绍两篇主要作品：

《羊脂球》：一个绰号羊脂球的妓女和几位贵族同乘一辆马车逃离德军占领区，因为她的身份，同车人对她的态度极其恶劣。大家出逃前都没有准备食物，在人们都饿得发昏的时候，羊脂球将自己的一篮食物分享给大家，贵族们对她的态度立刻转变，厚着脸皮吃光了她的所有美味。路过一个小镇时，马车被拦住了，占据该镇的普鲁士军官要求羊脂球陪他过夜，否则不予放行。大家开始千方百计地劝说羊脂球，他们和两个修女大谈历史上某女子为了民族利益而牺牲自己，说什么只要动机是纯洁的，行为本身可以得到天主的原谅等。羊脂球终于同意为他们做出牺牲。贵族们脱离危险后，立刻恢复了先前鄙视她的嘴脸，并任凭她陷于孤独和挨饿的境地。

《皮埃罗》：皮埃罗是一只小狗的名字。一个吝啬的贵族太太，因为院子里种的洋葱半夜被偷走了，于是把小狗捡来看门，因为它不用花钱买，还吃得很少。后来得知养狗需要纳税，她决定扔掉小狗。当地有一个深达 20 多米的泥灰岩坑，专供人们丢弃那些已遭淘汰的动物。坑里常常传出哀怨的犬声，散发着难闻的腐朽气味。由于贵族太太觉得送狗人索取的报酬太高，只好亲自和女仆一起把皮埃罗扔到了坑里。在这儿，每只被扔进坑里的狗，只能以坑里其他狗的尸体为食，或者将坑里正在挨饿的狗吃掉，然后等待新的后来者把自己吃掉。回到家里的贵族太太晚上开始做噩梦，梦见皮埃罗出现在汤盆里，跳出来咬了她的鼻子。她找到专业人员打算把皮埃罗救出来，又因为报酬太高而作罢。为了安慰自己，她和女仆每天到坑边给皮埃罗扔几片面包下去，以免它饿死。但几天后她们听到坑里来了一只新狗，扔下的面包全被新狗吃了，皮埃罗因争不到面包而发出惨叫。她想到不能喂养所有被抛弃的野狗，决定不再送面包了。

精彩片段

★马车似蜗牛般地缓慢前行，到了 10 点钟还没有走上 10 英里。他们本来打算在多特吃午饭，但现在看来傍晚前都不可能到达那里。

他们想找家路边的小客栈，但连最简陋的酒馆的影子也见不着。他们渐感饥饿，心情亦变得沮丧起来，因为身边没带一点吃的。偶尔在路旁碰到一些农夫，这些男人便想方设法向他们索取食物，但他们连面包都没有得到。

将近下午 1 点钟，他们觉得越来越饿，也不闲聊了，人人都饿得发慌。

“我觉得真难受，”伯爵说，“我怎么就没想到得带点食物?”

羊脂球好几次弯下腰，好像要从她的衬裙下面取什么东西似的，但每次她都迟疑了一下，又坐直了身子。约莫 3 点钟，马车行至荒无人烟的平原上，她又躬身，这次从座位下拖出一只大篮子，上面盖着餐巾。

她先从里面取出一只陶制的小盘子，然后拿出一个精致的银杯，最后才端出一只大碟子，里面装着两只切好的裹着胶冻的子鸡。在篮子里还可看到其他的好东西——馅饼、水果、美味的食物，甚至还有酒，看上去足够三天的旅行所需。

诱人的食物香味四散，吸引了饥饿的旅客们的注意力。

贵妇们现在对这个风尘女子的蔑视已上升成愤怒。当她们饿得要死时，她还一样样地摆弄食物！她们真想杀掉她。

罗瓦索先生首先起来得体地应付这种情况。

“天啦！”他说，“夫人，你一直都考虑得很周全。”

羊脂球转身向着他。

“先生，要用一点吗？”她说，“一整天没吃东西是很难受的。”

他欠了欠身。

“啊，”他回答道，极力显得诙谐，“要避风还想择港？我们得随遇而安嘛。”

他拿了张报纸铺在腿上，摸出总是随身携带着的叉子，挑起一只满是胶冻的鸡腿，开始贪婪地嚼起来。

之后，羊脂球以温和的嗓音低声问两个修女，是否愿意与她一道进餐。这两个虔诚的信徒毫不迟疑地接受了，高尼岱也接受了邀请。他们把报纸铺在膝上，算是摆了张桌子，就开始狼吞虎咽地吃起来。

罗瓦索先生默不作声地催促他的老婆也学他们那样。最初她拒绝了，但饥饿感实在太强，难以长久抗拒。罗瓦索先生问羊脂球他能否取一小份给他妻子。

“可以的，当然行，先生。”她答道，满脸欢笑，并递给他那只碟子。

随后有人打开了那瓶波尔多葡萄酒，虽然只有一只杯子，他们还是传着喝，每个轮到的人都把杯子揩一下，唯独高尼岱偏偏把嘴唇放到他美丽旅伴在酒杯上喝过尚未干的地方，以示殷勤。

这些人在德布雷维尔伯爵夫妇和卡雷·拉马东夫妇周围又吃又喝，而他们此刻胃饿得发痛，口渴得冒烟。

突然，厂长的妻子面如土色，双眼紧闭，晕了过去。她丈夫大叫帮忙，其他乘客都惊慌失措。年长的修女端起羊脂球的杯子，放到那女人的嘴边，喂了她几滴葡萄酒。

贵妇人睁开了眼睛，表达了感激之情，说自己没事了。

“不打紧，”修女说，“全是给饿的。”

羊脂球胆怯地望着那四个还空着肚子的高贵的夫人和先生，吞吞吐吐地说：“哎呀，能让我给……”

她突然停住，怕被断然回绝。罗瓦索先生抓住了这个暗示。

“俗话说得好，我们现在是同舟共济。”他说，“我们得互相帮助。赶快，赶快！女士们，先生们，快接受吧。”

他们都迟疑不决，怕自己成为第一个向空腹低头的人。还是伯爵作了决定。他不失身份地说：“我们以感激之情接受你的提议，夫人。”（《羊脂球》）

主题思想

莫泊桑的短篇小说，选材典型、思想尖锐，常常深入到人们心灵深处，思想深度与高度并不亚于长篇小说。主要表现在：

一、在日常生活、平凡的事物中发掘出具有重大思想价值的含义

在选材上，莫泊桑对特殊的、奇特的事件不感兴趣，他的短篇都以日常生活故事或图景为内容，描摹日常生活中的人情世态，平淡准确一如现实生活。没有人工的编排与臆造的戏剧性，不以惊心动魄的开端或令人拍案叫绝的收尾取胜，而是以一种真实、自然的叙述艺术与描写艺术吸引人。莫泊桑很多小说篇幅虽短，寓意却极深，平淡小事，给人以以小见大的艺术享受。如：《散步》中，一次午饭后的散步，竟要了一条人命；《绳子》中，一条绳子逼死了一位善良的老人；《月光》中，美丽的月光净化了一个腐朽的灵魂。莫泊桑是悲观主义者，那么《月光》的最后是他少有的最美的结局。在人类自由与禁欲的冲突中，大自然的和谐解决了这对不可调和的矛盾，令人感受到爱情与月光融洽的完美境界。人类自古以来描写月光的篇章不计其数，但无人像莫泊桑这样赋予它如此深刻的思想内涵，这是值得千古称颂的一篇月光曲。

二、人物形象丰富，且平凡普通化

莫泊桑小说中的主人公，有农民、木匠、船工、修椅垫的女人、公务员、乞丐、妓女、小资产阶级者，这些正是他着意观察和描绘的。莫泊桑刻画的人物形象主要有金钱型、麻木型、悲剧型。金钱型，如《我的叔叔于勒》中的父亲，还有《伞》里面有着卑鄙灵魂的女守财奴奥莱依太太；《老人》的女儿女婿和《图瓦》的老太婆是麻木型。在这些形形色色为生活所奴役的人类性格中，莫泊桑寄予了深深的同情，同时也有着浓厚的悲观主义色彩，因此最多的也是最成功描写的则是悲剧型的人物。楚楚可怜的巴蒂斯特太太，她让我们想到祥林嫂，遭到命运的不怀好意的捉弄后，还要忍受同胞们的折磨。莫泊桑听任他的人物目光短浅、举止平庸、毫无出众之处，但正是因为这样，众多的平凡小人物成为莫泊桑创作的特殊领域，使他的小说别有新意。

人物形象的自然化与英雄人物的平凡化，是通过人物在日常生活中的自然状态与在一定境况情势下必然有的最合理的行动、举止、反应、表情，来揭示出其内在的心理与性格。福楼拜要求写作“不要妖怪，不要英雄”，莫泊

桑笔下的人物性格都是通过情节展开自然而然地流露出来，很少斧凿痕迹。《羊脂球》能脱颖而出，正如评论所说“一个马车拉了整个法国”，莫泊桑选取了处于社会最底层、受人歧视的妓女作为正面人物描写，背后以形形色色的资产阶级人物做对比。文中几乎没有心理描写，却把一群假仁假义、道貌岸然的资产阶级人物形象展现得淋漓尽致。这些人物作品犹如一幅幅小巧的素描，表面看去似乎毫无关系，实际上却是19世纪法国社会完整的风俗画。

三、具有人道主义的关爱

莫泊桑更关注的是伦理道德层次的问题，揭示了不少人性的弱点。如巴蒂斯特太太的跳河，瞎子的冻死，《绳子》中可怜的老人，他们都曾受到同阶层的欺凌，遭到普通大众的遗弃嘲笑，是民众的麻木愚昧杀死了善良的没有反抗力量的人。《皮埃罗》是一只可怜的小狗，贵族太太些许的人道主义关爱远远比不上她的吝啬；《套中人》映射了沙皇专制制度的束缚；《苦恼》和《万卡》异曲同工，都描述了上层的腐朽欺压造成下层劳动人民的贫困艰难，黑暗社会制度的存在，使他们连自力更生的机会都没有。与当时的作家相比，莫泊桑不像司汤达那样具有强烈的政治意识，也不像巴尔扎克从经济入手反映社会赤裸裸的金钱关系。除了一些写普法战争的题材外，他更多地关注下层人民的生活精神境界、小人物的生活困境。他洞察他们的心理，鄙弃他们的平庸、卑俗、虚荣、琐屑、麻木、自私，同时抱着同情怜悯与无可奈何的复杂心情。他诉说的是社会的现状，立足于人道主义立场，使用感性批判的武器，同情多于批判。

艺术特色

在写作技巧和表现形式上，莫泊桑已达到炉火纯青的境界，他不拘成法、不恪守某种既定的规则，写作自由自在、真实自然。其作品的艺术特色主要表现为：

一、白描手法，态度客观冷静

在福楼拜的指导和帮助下，莫泊桑形成了逼真、自然的写作风格。他不追求离奇的效果，只描写那些司空见惯的平凡小事，叙述的笔调几乎到了白描的程度。不过他的叙述看似自然流畅、不着痕迹，其实都是经过了巧妙的构思，留下一处处为情节发展所需要的伏笔。莫泊桑的天才在于他既叙述生动又惜墨如金，寥寥数笔就使环境的气氛跃然纸上，几句对话就使人物的形象活灵活现。

二、语言准确、明晰、生动

莫泊桑的描写用词准确凝练、言简意赅，具有行云流水般的自然文笔。福楼拜告诫他："不论一个作家要描写的东西是什么，只有一个词可供他使用，用一个动词要使对象生动，一个形容词要使对象的性质鲜明。因此就得去寻找，直到找到了这个词，而决不要满足于差不多。"因此，莫泊桑无论是塑造人物、叙述故事或写景，从不拖泥带水或故意雕琢，总是给人一种轻快朴实、简约优美的艺术享受。

三、巧妙的情节设置

莫泊桑能根据素材的特点和需要采取相应的结构布局，而情节则是平静宁和的一汪水潭，下面才是暗斗，看不见的激烈和喧嚣。小说取材于平凡的生活，开始时情节平稳地展开，突然发生转折，往往出现一个意想不到的结局，生动却并不夸张，丰富却并不造作。

人物形象

于勒：《我的叔叔于勒》的主人公。于勒年轻时是个浪荡公子，他把自己所得的遗产花光了，又花了哥哥菲利普的一些钱，因而被视为全家的"恐怖"。按照惯例，他被送到美洲。后来，据说他在那里做生意赚了钱，并给菲利普夫妇写信，打算发了财回法国来和哥哥团聚。于是，他又被哥哥一家看作全家的"希望和福音"，但于勒在美洲生意破产，再次潦倒。他被一个法国船长带回来，在船上靠卖牡蛎过日子，他重新被哥哥一家弃之门外。

玛蒂尔德：《项链》的主人公。她漂亮聪明、活泼单纯、爱慕虚荣、沉湎于梦想，是一个典型的小资产阶级女性形象。在经历了失项链、赔项链之后，玛蒂尔德的生存环境发生了剧变，在她性格层面迸发出新的特性——勇毅。她完全依靠自己的意志、自己的双手，"偿还这笔可怕的债务”。十年的艰辛，使她成熟、坚强。丢失项链后的玛蒂尔德，与她之前的形象反差极大，所以说这个艺术形象具有多样性和复杂性，玛蒂尔德是可悲而可敬的。

名家点评

★一个“无与伦比的艺术家”。

——列夫·托尔斯泰

契诃夫短篇小说

作者介绍

安东·巴甫洛维奇·契诃夫（1860～1904），小说家、戏剧家，19世纪俄国批判现实主义作家。他和法国的莫泊桑、美国的欧·亨利齐名为世界三大短篇小说巨匠。契诃夫生于罗斯托夫省塔甘罗格市的一个小市民家庭。祖父是赎身农奴，父亲曾开设杂货铺。1876年父亲破产，全家迁居莫斯科。但契诃夫只身留在塔甘罗格，靠担任家庭教师以维持生计和继续求学。1879年他进入莫斯科大学医学系，1884年毕业后在兹威尼哥罗德等地一边行医，一边写作。与社会和人民的广泛接触，丰富了他的阅历，为日后的创作积累了素材。从入学的第二年开始，契诃夫便在一些幽默刊物上发表短篇小说。1888年出版小说集《黄昏》，因此而一举成名，他的创作也进入高峰期。其他小说集有《梅尔波梅尼的故事》（1884）、《五颜六色的故事》（1886）、《天真的话》（1887）、《短篇小说集》（1888）。契诃夫晚年的创作转向戏剧，主要剧作有《海鸥》《万尼亚舅舅》《三姊妹》《樱桃园》等。

在20多年的创作活动中，契诃夫共写了470多篇中、短篇小说，10多个剧本，创造了一种风格独特、言简意赅、艺术精湛的抒情心理小说。

创作背景

在19世纪80年代的俄国，书刊的检查制度空前严格，庸俗无聊的幽默刊物风靡一时。契诃夫开始创作时常以安东沙·契洪特等为笔名，向这类杂志投稿。此时，他写下大量诙谐的小品和幽默的短篇小说，很多是无甚价值的笑料和趣事，但其中也有一些比较优秀的作品，继承了俄罗斯文学的民主主义优良传统，针砭当时社会的丑恶现象。他迫于生计和缺乏经验，在当时主要只求速成和多产。

1886年3月，名作家格里戈罗维奇写信要他尊重自己的才华，他深受启发，开始严肃对待创作。写于1886年的《凡卡》《苦恼》和1888年的《渴睡》，表现了作家对穷苦劳动者的深切同情。1888年问世的著名中篇小说《草原》描绘和歌颂了祖国的大自然，思考农民的命运，表达人民对幸福生活的渴望。《命名日》（1888）和《公爵夫人》（1889）等暴露了伪善、爱慕虚荣和庸俗等习气。这些作品在思想内容和艺术技巧方面都有明显进步。但受小资产阶级环境影响的契诃夫在这时不问政治，只“想做一个自由的艺术家”，要有“最绝对的自由”。他从1886年起为反动文人苏沃林发行的《新时报》撰稿。1888年10月，契诃夫获“普希金奖金”半数。这时他已是5部短篇小说集的作者，声誉和地位的日益提高，这使他强烈地意识到自己作为作家的社会责任，开始认真地思索人生的目的和创作的意义。他说：“自觉的生活，如果缺乏明确的世界观，就不是生活，而是一种负担，一种可怕的事情。”

内容简介

契诃夫一生创作了470多篇小说，其中短篇小说占绝大多数，代表作有：《变色龙》《脖子上的安娜》《在钉子上》《小职员之死》《醋栗》《第六病室》《胖子和瘦子》《嫁妆》《苦恼》《困》和《农民》等。

契诃夫的短篇小说有的反映了底层人民的悲惨生活，如《凡卡》《苦恼》；有的写出小人物战战兢兢、卑躬屈膝的心态和面貌，如《小官吏之死》《胖子和瘦子》；有的鞭笞了见风使舵的奴颜媚骨，如《变色龙》；有的刻画了忠实维护专制暴政的奴才及其专横跋扈之态的丑恶嘴脸，如《普里什别叶夫中士》；有的揭露了专制制度对社会的压制及其保守和虚弱，如《套中人》；有的针砭了追求虚荣、庸俗无聊、鼠目寸光的人生哲学，如《跳来跳去的女人》《脖子上的安娜》。

1890 年，他到政治犯人流放地库页岛考察后，创作出表现重大社会主题的作品，如：《第六病室》（1892）猛烈抨击了沙皇专制暴政；《带阁楼的房子》（1896）揭露了沙俄社会对人的青春、才能、幸福的毁灭，讽刺了自由派地方自治会改良主义活动的于事无补；《农民》（1897）真实地描述了农民极度贫困的生活现状，表现了他对农民悲惨命运的关心与同情；《新娘》（1903）表现了他坚信旧制度一定灭亡，“新生活早晚会来”的信念。

精彩片段

★《小职员之死》（全文）

一个美好的晚上，一位心情美好的庶务官伊凡·德米特里·切尔维亚科夫，坐在剧院第二排座椅上，正拿着望远镜观看轻歌剧《科尔涅维利的钟声》。他看着演出，感到无比幸福。但突然间……小说里经常出现这个“但突然间”，作家们是对的：生活中确实充满了种种意外事件。但突然间，他的脸皱起来，眼睛往上翻，呼吸停住了……他放下望远镜，低下头，便……阿嚏一声！他打了个喷嚏，你们瞧。无论何时何地，谁打喷嚏都是不能禁止的。庄稼汉打喷嚏，警长打喷嚏，有时连达官贵人也在所难免。人人都打喷嚏。切尔维亚科夫毫不慌张，掏出小手绢擦擦脸，而且像一位讲礼貌的人那样，举目看看四周：他的喷嚏是否溅着什么人了？但这时他不由得慌张起来。他看到，坐在他前面第一排座椅上的一个小老头，正用手套使劲擦他的秃头和脖子，嘴里还说着什么。切尔维亚科夫认出这人是三品文官布里扎洛夫将军，他在交通部门任职。

“我的喷嚏溅着他了！”切尔维亚科夫心想，“他虽说不是我的上司，是别的部门的，不过这总不妥当。应当向他赔个不是才对。”

切尔维亚科夫咳嗽一声，身子探向前去，凑着将军的耳朵小声说：“务请大人原谅，我的唾沫星子溅着您了……我出于无心……”

“没什么，没什么……”

“看在上帝分上，请您原谅。要知道我……我不是有意的……”

“哎，请坐下吧！让人听嘛！”

切尔维亚科夫心慌意乱了，他傻笑一下，开始望着舞台。他看着演出，但已不再感到幸福。他开始惶惶不安起来。幕间休息时，他走到布里扎洛夫跟前，在他身边走来走去，终于克制住胆怯心情，道：“我溅着您了，大人……务请宽恕……要知道我……我不是有意的……”

“哎，够了！……我已经忘了，您怎么老提它呢！”将军说完，不耐烦地撇了撇下嘴唇。

“他说忘了，可是他那眼神多凶！”切尔维亚科夫暗想，不时怀疑地瞧他一眼，“连话都不想说了。应当向他解释清楚，我完全是无意的……这是自然规律……否则他会认为是我故意的。他现在不这么想，过后肯定会这么想的！……”

回家后，切尔维亚科夫把自己的失态告诉了妻子，他觉得妻子对发生的事过于轻率。她先是吓着了，但后来听说布里扎洛夫是“别的部门的”，也就放心了。

“不过你还是去一趟赔礼道歉的好，”她说，“他会认为你在公共场合举止不当！”

“说得对呀！刚才我道歉过了，可是他有点古怪……一句中听的话也没说。再者也没有时间细谈。”

第二天，切尔维亚科夫穿上新制服，刮了脸，去找布里扎洛夫解释。走进将军的接待室，他看到里面有许多请求接见的人。将军也在其中，他已经开始接见了。询问过几人后，将军抬眼望着切尔维亚科夫。

“昨天在‘阿尔卡吉亚’剧场，若大人还记得的话，”庶务官开始报告，“我打了一个喷嚏，无意中溅了……务请您原……”

“什么废话！……天知道怎么回事！”将军扭过脸，对下一名来访者说：“您有什么事？”

“他不想说！”切尔维亚科夫脸色煞白，心里想道，“看来他生气了……不行，这事不能这样放下……我要跟他解释清楚……”

当将军接见完最后一名来访者，正要返回内室时，切尔维亚科夫一步跟上去，又开始嗫嚅道：“大人！倘若在下胆敢打搅大人的话，那么可以说，只是出于一种悔过的心情……我不是有意的，务请您谅解，大人！”

将军做出一副哭丧脸，挥一下手。

“您简直开玩笑，先生！”将军说完，进门不见了。

“这怎么是开玩笑？”切尔维亚科夫想，“根本不是开玩笑！身为将军，却不明事理！既然这样，我再也不向这个好摆架子的人赔不是了！去他的！我给他写封信，再也不来了！真的，再也不来了！”

切尔维亚科夫这么思量着回到家里。可是给将军的信却没有写成。想来想去，怎么也想不出这信该怎么写。只好次日又去向将军本人解释。

“我昨天来打搅了大人，”当将军向他抬起疑问的目光，他开始嗫嚅道，“我不是如您讲的来开玩笑的。我来是向您赔礼道歉，因为我打喷嚏时溅着您了，大人……说到开玩笑，我可从来没有想过。在下胆敢开玩笑吗？倘若我们真开玩笑，那样的话，就丝毫谈不上对大人的敬重了……谈不上……”

“滚出去！”忽然间，脸色发青、浑身打战的将军大喝一声。

“什么，大人？”切尔维亚科夫小声问道，他吓呆了。

“滚出去！”将军顿着脚，又喊了一声。

切尔维亚科夫感到肚子里什么东西碎了。什么也看不见，什么也听不着，他一步一步退到门口。他来到街上，步履艰难地走着……他懵懵懂懂地回到家里，没脱制服，就倒在长沙发上，后来就……死了。

主题思想

契诃夫的小说短小精悍、简练朴素、结构紧凑、情节生动、笔调幽默、语言明快、寓意深刻。他善于从日常生活中发现具有典型意义的人和事，通过幽默可笑的情节进行艺术概括，塑造出完整的典型形象，以此来反映当时的俄国社会，深刻地揭露了当时俄国社会的各种诟病，猛烈抨击了沙皇专制制度。

他在观察生活和表现生活时，都是以“冷眼旁观”的态度，让人物回避一切复杂的解释和议论，让思想倾向从客观描写的场面、情节中自然而然地流露出来。

他的小说风格朴实、简练，同时富于幽默感，善于用不多的文字表现深刻的主题。其代表作《变色龙》《装在套子里的人》，前者成为见风使舵、善于变相、投机钻营者的代名词，后者成为因循守旧、畏首畏尾、害怕变革者的符号象征。

艺术特色

契诃夫创造了一种风格独特、艺术精湛的抒情心理小说。其艺术特色主要表现为：

一、淡化情节，提取精髓

作者将故事的情节淡化，截取平凡的日常生活片段，凭借精巧的艺术手法，展示人物的思想变化和性格发展。或觉醒或迷茫，或积极或消沉，或矛盾或堕落。抒情意味也巧妙地融于小说之中，或同情或厌恶，或赞扬或否定，或表现对丑恶现实的抨击。作者还善于把自己的感情倾注在对景物的描写之中，巧妙地借景抒情。

二、通过语言和行为描写，展示人物心理活动

短篇小说的篇幅不允许对人物的心理活动做细致地直接描绘，契诃夫力求从描写人物的行为和举止中让读者看出其内心活动和性格发展，勾勒出他们精神面貌的变化过程。这是契诃夫有别于托尔斯泰和陀思妥耶夫斯基的地方。契诃夫说：“在心理描写方面也要注意细节……最好还是避免描写人物的精神状态，应当尽力使得人物的精神状态能够从他的行动中看明白。”契诃夫在创作短篇小说的实践中，一直遵循着这个原则，同时不断探索艺术手段，以充实和丰富这个心理描写原则，使篇幅有限的短篇小说也具有具体生动地展示人物精神状态的可能。

三、高超的抒情艺术才能

契诃夫善于找准适当的时机和场合，巧妙而多样地流露他对觉醒者的同情及赞扬，对堕落者的否定和厌恶，对美好未来的向往，以及对丑恶现实的抨击，而且浓郁的抒情意味常以“客观”而含蓄的叙述笔法为载体。

人物形象

奥楚蔑洛夫：《变色龙》的主人公是一个高度概括的典型形象。他专横跋扈、欺下媚上、见风使舵，是沙皇专制制度的走狗。变色龙这个名字起得十分巧妙，变色龙本是一种蜥蜴类的四脚爬虫，能够根据四周物体的颜色改变自己的肤色，以防其他动物的侵害。作者在这里是只取其“变色”的特性，用以概括社会上的一类人。

别里科夫：《装在套子里的人》的主人公是一个可恶可憎，然而又可悲可怜的人物。他的最大特点是把一切都装在套子里，不仅要将自己的躯体和物品用套子套起来，而且连自己的思想、精神也要“套”起来。政府告示、法令和保守报刊的文章是他的唯一准则。凡是脱离常规、不合规矩的事，虽然与他无关，他也很不高兴。人们之所以怕他，是因为他有着沙皇政府做后盾。他扮演的也正是旧制度、旧秩序、旧传统的卫道士的角色。因此，作为这一角色的别里科夫是可憎可恶的。然而，作为一个小人物的别里科夫，他实际上也是一个受害者，“套子”在危害别人的同时，也毁坏和扭曲了他正常的人性。

名家点评

★如果俄国的全部短篇小说都毁于一炬，而这个短篇小说（《苦恼》）留存下来的话，我也不会感到可惜。

——卡特琳·曼斯菲尔德

★契诃夫是一个“无与伦比的艺术家”。

——列夫·托尔斯泰

★毫无疑问，契诃夫的艺术在欧洲文学中属于最有力、最优秀的一类。

——托马斯·曼

欧·亨利短篇小说

作者介绍

欧·亨利（1862～1910），原名威廉·西德尼·波特，欧·亨利是其笔名。他是美国短篇小说家、批判现实主义作家，和法国的莫泊桑、俄国的契诃夫齐名为三大短篇小说巨匠。欧·亨利出生于美国北卡罗来纳州，父亲是医生。他3岁丧母，15岁开始谋生，做过药剂师、会计师、制图员、记者、出纳员等。20岁时在得克萨斯州的牧牛生活使他积累了对西部生活的亲身经验。1887年，亨利结婚，并在妻子的鼓励下开始创作。1897年，他被指控挪用银行资金，入狱五年。在狱中他开始以欧·亨利为笔名发表短篇小说。1901年他提前获释，迁居纽约开始专职写作，这一时期创作了大量佳作。1907年，欧·亨利再婚，可惜第二次婚姻并未给他带来幸福。写作的劳累与过度饮酒使他的健康不断恶化，于1910年死于肝硬化，年仅48岁。

欧·亨利一生创作了大量短篇小说和一部长篇小说，还有少量诗歌。欧·亨利善于描写美国社会尤其是纽约百姓的生活。他的作品构思新颖，语言诙谐，结局常常出人意料。又因描写了众多的人物，富于生活情趣，他的作品被誉为“美国生活的幽默百科全书”。短篇小说代表作有：《麦琪的礼物》《警察与赞美诗》《最后一片常春藤叶》《爱的牺牲》《带家具出租的房间》《双料骗子》《黄雀在后》《市政报告》等，收录在《四百万》《西部的心》《善良的骗子》《剪亮的灯盏》等小说集中。

创作背景

19世纪80年代至20世纪初，是美国资本主义由自由竞争向垄断发展的时期，各种社会矛盾日益显露突出。欧·亨利一生困顿，长期生活在下层社会，常与失意落魄的小人物同甘共苦，形形色色的社会现象使他对这些矛盾感同身受，并由此获得了丰富的人生体验和取之不尽的创作素材。曲折的人生、丰富的经历、独特的视角和敏锐的观察，使他情不自禁地把社会的各种现象形象地概括在自己的作品中，如下层劳动群众生活的贫穷艰辛，道貌岸然的上流骗子，巧取豪夺的金融寡头，肆无忌惮的买卖官爵，小偷、强盗、流浪汉的生活，以及失业、犯罪问题等。他对贫民充满了同情，对资产阶级剥削者从不同角度予以批判与揭露，道出下层劳动群众对剥削、压迫的愤怒反抗与心声。

欧·亨利因给美国的短篇小说带来新的气息而久负盛名，并具有世界影响。美国自1918年起设立“欧·亨利纪念奖”，以奖励每年度的最佳短篇小说，由此可见其声望之卓著。

内容简介

欧·亨利在大约10年的时间内创作了300多篇短篇小说，从题材的性质来看，大致可分为三类：一类以描写美国西部生活为主；一类写的是美国大城市的生活；一类则以拉丁美洲生活为对象。这些不同的题材，显然与作者一生中几个主要生活时期的不同经历有着密切的关系。而三类作品当中，无疑又以描写城市生活的作品数量最多、意义最大。如：《爱的奉献》《带家具出租的房间》《生活的陀螺》是一曲曲刻骨铭心的爱情礼赞；《刎颈之交》歌颂感人至深的真挚友谊和善良人性；《汽车等待的时候》表现都市小职员的虚荣心；《忙碌经纪人的浪漫史》《我们选择的道路》抨击唯利是图的经纪人和钩心斗角、尔虞我诈的行径；《财神与爱神》讽刺了拜金主义以及持有“有钱能使鬼推磨”观念的资本家；《二十年后》表现警察秉公执法、不徇私情的行为；《改邪归正》《一位幽默家的自白》则力图探索复杂的人性。

《麦琪的礼物》：德拉一心想给丈夫吉姆买一件像样的圣诞礼物。为了实现这个心愿，她卖掉了自己一头美丽的、也为丈夫所钟爱的秀发，用换得的20美元买了一条朴素淡雅的白金表链来配丈夫祖传的怀表。吉姆终于在德拉忐忑不安的等待中回来了，他送给德拉一套嵌着宝石的玳瑁梳子，而变成短发的麦琪已用不上了。同样，吉姆也用不着表链了，他已经卖掉怀表以换取这套美丽的、德拉曾梦寐以求的梳子。尽管彼此的礼物都失去了使用价值，但他们从中获得的情感却是无价的。欧·亨利称这对夫妻的礼物为“麦琪”（即《圣经》中向耶稣致圣礼的东方圣人）的礼物，因为它是神圣而充满爱意的。

《警察与赞美诗》：苏比是个流浪儿，冬天就要来了，他计划到布莱克威尔监狱度过最严寒的3个月，那儿至少吃喝不愁。他得想方设法让警察逮捕他：他去餐馆吃饭，结账时告诉侍者他没有钱，侍者愤然地将他摔出门去，但并没叫警察；他勾引少妇，希望引得警察前来干涉，不料那貌似少妇的女子却是妓女，苏比吓得慌忙逃窜；他在街上大叫大嚷，渴望被冠以扰乱治安的罪名，但警察却误以为他是某校大学生，正在庆祝自己球队的胜利而不予理睬；他又顺手拿了别人的伞，但那人的伞是早晨刚捡来的，误以为苏比是伞的主人。苏比希望被警察逮捕的愿望一个一个地破灭了，他只得怏怏地返回他露宿的公园。途中他听见教堂传来风琴师的赞美诗，那温馨的氛围使他回忆起过去美好的一切。他决定从明日起便找份职业，像样地活着。但警察却在这时逮捕了他，将他送进了布莱克威尔监狱。

《最后一片常春藤叶》：苏和琼西住在华盛顿广场西面，这儿住着许多像她们一样的穷艺术家。琼西得了肺炎，她认为自己快死了。她对苏说，当窗外最后一片常春藤叶掉下的时候就是她死去的时候。苏竭尽全力，希望燃起她生存的意志，并把此事告诉了她们楼下的一位老画家。这位老画家已执笔40年了，可他口中所说的杰作仍未问世。一个北风呼啸的夜晚过去了，可那最后一片藤叶还是顽强地挂在枝上。琼西从这片不落的叶子上重新找回了生存的勇气和希望，渐渐康复了。可老画家却染上肺炎去世了，原来是他冒着风雪在对面墙上画下了那片永不凋落的藤叶。他终于用生命画出了他一生的杰作。

精彩片段

★《最后一片常春藤叶》（全文）

在华盛顿广场西边的一个小区里，街道横七竖八地伸展开去，又分裂成一小条一小条的“胡同”。这些“胡同”稀奇古怪地拐着弯子，一条街有时自己本身就交叉了不止一次。有一回一个画家发现这条街有一种优越性：要是有个收账的跑到这条街上，来催要颜料、纸张和画布的钱，他就会突然发现自己两手空空，原路返回，一文钱的账也没有要到！

所以，不久之后不少画家就摸索到这个古色古香的老格林尼治村来，寻求朝北的窗户、十八世纪的尖顶山墙、荷兰式的阁楼，以及低廉的房租。然后，他们又从第六街买来一些锡蜡酒杯和一两只火锅，这里便成了“艺术区”。

苏和琼西的画室设在一所又宽又矮的三层楼砖房的顶楼上。“琼西”是琼娜的爱称。她俩一个来自缅因州，一个是加利福尼亚州人。她们是在第八街的“台尔蒙尼歌之家”吃份饭时碰到的，她们发现彼此对艺术、生菜色拉和时装的爱好非常一致，便合租了那间画室。

那是五月里的事。到了十一月，一个冷酷的、肉眼看不见的、医生们叫作“肺炎”的不速之客，在艺术区里悄悄地游荡，用他冷冰的手指这里碰一下，那里碰一下。在广场东头，这个老家伙明目张胆地踏着大步，一下子就击倒几十个受害者，可是在迷宫一样、狭窄而铺满青苔的“胡同”里，他的步伐就慢了下来。

肺炎不是一个你们心中行侠仗义的老年绅士，一个身子单薄、被加利福尼亚州的西风刮得没有血色的弱女子，本来不应该是这个有着红拳头的、呼吸急促的破坏者打击的对象。然而，琼西却遭到打击。她躺在一张油漆过的铁床上，一动也不动，凝望着小小的荷兰式玻璃窗外对面砖房的空墙。

一天早晨，那个忙碌的医生扬了扬他那毛茸茸的灰白色眉毛，把苏叫到外面的走廊上。

“我看她的病只有十分之一恢复的希望。”他一面把体温表里的水银柱甩下去一面说，“这一份希望就是她想要活下去的念头。有些人好像不愿意活下去，喜欢照顾殡仪馆的生意，简直让整个医药界都无能为力。你的朋友断定自己是不会痊愈的了，她是不是有什么心事？”

“她……她希望有一天能够去画那不勒斯的海湾。”苏说。

“画画？真是瞎扯！她脑子里有没有什么值得她想了又想的事……比如说，一个男人？”

“男人？”苏像吹口琴似的扯着嗓子说，“男人难道值得……不，医生，没有这样的事。”

“哦，那么就是她病得太衰弱了。”医生说，“我一定尽我的努力用科学所能达到的全部力量来治疗她。可要是我的病人开始算计会有多少马车送她出丧，我就得把治疗的效果减轻百分之五十。只要你想法让她对冬季大衣袖子的时新式样有兴趣而提出一两个问题，那我可以向你保证把医好她的机会从十分之一提高到五分之一。”

医生走后，苏走进工作室里，把一条日本餐巾哭得湿成一团。后来她手里拿着画板，装作精神抖擞的样子走进琼西的屋子，嘴里吹着爵士音乐调子。

琼西躺着，脸朝着窗口，被子底下的身体纹丝不动。苏以为她睡着了，赶忙停止吹口哨。

她架好画板，开始给杂志里的故事画一张钢笔插图。年轻的画家为了铺平通向艺术的道路，不得不给杂志里的故事画插图，而这些故事又是年轻的作家为了铺平通向文学的道路而不得不写的。

苏正在给故事主人公，一个爱达荷州牧人的身上，画上一条马匹展览会穿的时髦马裤和一片单眼镜时，忽然听到一个重复了几次的低微的声音。她快步走到床边。

琼西的眼睛睁得很大。她望着窗外，数着数字。

“十二，”她数道，歇了一会儿说，“十一，”然后是“十”和“九”，接着几乎同时数着“八”和“七”。

苏关切地看了看窗外。那儿有什么可数的呢？只见一个空荡阴暗的院子，二十英尺以外还有一所砖房的空墙。一棵老极了的常青藤，枯萎的根纠结在一起，枝干攀在砖墙的半腰上。秋天的寒风把藤上的叶子差不多全都吹掉了，只有几乎光秃的枝条还缠附在剥落的砖块上。

“什么呀，亲爱的？”苏问道。

“六，”琼西几乎用耳语低声说道，“它们现在越落越快了，三天前还有差不多一百片。我数得头都疼了，但是现在好数了。又掉了一片，只剩下五片了。”

“五片什么呀，亲爱的？告诉你的苏娣吧。”

“叶子，常青藤上的。等到最后一片叶子掉下来，我也就该去了。这件事我三天前就知道了。难道医生没有告诉你？”

“哼，我从来没听过这种傻话。”苏十分不以为然地说，“那些破常青藤叶子和你的病好不好有什么关系？你以前不是很喜欢这棵树吗？你这个淘气的孩子，不要说傻话了。瞧，医生今天早晨还告诉我，说你迅速痊愈的机会是……让我一字不改地照他的话说吧……他说有九成把握。噢，那简直和我们在纽约坐电车或者走过一座新楼房的把握一样大。喝点汤吧，让苏娣把画完成，好把它卖给编辑先生，换了钱来给她的病孩子买点红葡萄酒，再给她自己买点猪排解解馋。”

“你不用买酒了，”琼西的眼睛直盯着窗外说道，“又落了一片。不，我不想喝汤。只剩下四片了。我想在天黑以前等着看那最后一片叶子掉下去。然后我也要去了。”

“琼西，亲爱的，”苏俯着身子对她说，“你答应我闭上眼睛，不要瞧窗外，等我画完，行吗？明天我非得交出这些插图。我需要光线，否则我就拉下窗帘了。”

“你不能到那间屋子里去画吗？”琼西冷冷地问道。

“我愿意待在你面前，”苏说，“再说，我也不想让你只看着那些讨厌的常青藤叶子。”

“你一画完就叫我，”琼西说着，便闭上了眼睛。她脸色苍白，一动不动地躺在床上，就像是座横倒在地上的雕像。“因为我想着那最后一片叶子掉下来，我等得不耐烦了，也想得不耐烦了。我想摆脱一切，飘下去，飘下去，像一片可怜的疲倦的叶子那样。”

“你睡一会儿吧，”苏说道，“我得下楼把贝尔门叫上来，给我当那个隐居的老矿工的模特。我一会儿就回来的。不要动，等我回来。”

老贝尔门是住在她们这座楼房底层的一个画家，他年过六十，有一把像米开朗基罗的摩西雕像那样的大胡子，这胡子长在一个像半人半兽的森林之神的头颅上，又虬曲地飘拂在小鬼似的身躯上。贝尔门是个失败的画家，他操了四十年的画笔，还远没有摸着艺术女神的衣裙。他总是说就要画他的那幅杰作了，可是直到现在他还没有动笔。几年来，他除了偶尔画点商业广告之类的玩意儿以外，什么也没有画过。他给艺术区里穷得雇不起职业模特儿的年轻画家们当模特儿，挣一点钱。他喝酒毫无节制，还时常提起他要画的那幅杰作。除此之外，他是一个火气十足的小老头儿，十分瞧不起别人的温情，却认为自己是专门保护楼上画室里那两个年轻女画家的一只看家狗。

苏在楼下他那间光线暗淡的画室里找到嘴里酒气扑鼻的贝尔门。一幅空白的画布绷在一个画架上，摆在屋角里，等待那幅杰作已经二十五年了，可是连一根线条还没等着。苏把琼西的胡思乱想告诉了他，还说她害怕琼西瘦小柔弱得像一片叶子一样，对这个世界的留念越来越微弱，恐怕真会离世飘走了。

老贝尔门两只发红的眼睛显然在迎风流泪，他十分轻蔑地嗤笑这种痴呆的胡思乱想。

“什么，”他喊道，“世界上真会有人蠢到因为那些该死的常青藤叶子落掉就想死？我从来没有听说过这种事。不，我才不给你那隐居的矿工糊涂虫当模特儿呢。你干嘛让她胡思乱想？唉，可怜的琼西小姐。”

“她病得很厉害很虚弱，”苏说，“发高烧发得她神经昏乱，满脑子都是古怪想法。好吧，贝尔门先生，你不愿意给我当模特儿，就算了，我看你是个讨厌的老……老教唆鬼。”

“你简直太婆婆妈妈了！”贝尔门喊道，“谁说我不愿意当模特儿？走，我和你一起去。我不是讲了半天愿意给你当模特吗？老天爷，琼西小姐这么好的姑娘真不应该躺在这种地方生病。总有一天我要画一幅杰作，我们就可以搬出去了。一定的！”

他们上楼以后，琼西正睡着觉。苏把窗帘挂下，一直遮住窗台，做手势叫贝尔门到隔壁屋子里去。他们在那里提心吊胆地瞅着窗外那棵常青藤。后来他们默默无言，彼此对望了一会儿，寒冷的雨夹着雪花不停地下着。贝尔门穿着他的旧的蓝衬衣，坐在一把翻过来充当岩石的铁壶上，扮作隐居的矿工。

第二天早晨，苏只睡了一个小时的觉，醒来了，她看见琼西无神的眼睛睁得大大的注视着拉下的绿窗帘。

“把窗帘拉起来，我要看看。”她低声地命令道。

苏疲倦地照办了。

然而，看呀！经过了漫长一夜的风吹雨打，在砖墙上还挂着一片藤叶。它是长青藤上最后的一片叶子。靠近茎部仍然是深绿色，可是锯齿形的叶子边缘已经枯萎发黄，它傲然挂在一根离地二十多英尺的藤枝上。

“这是最后一片叶子。”琼西说道，“我以为它昨晚一定会落掉的。我听见风声的，今天它一定会落掉，我也会死的。”

“哎呀，哎呀，”苏把疲倦的脸庞挨近枕头边上对她说，“你不肯为自己着想，也得为我想想啊。我可怎么办呢？”

可是琼西不回答。当一个灵魂正在准备走上那神秘的、遥远的死亡之途时，她是世界上最寂寞的人了。那些把她和友谊及大地联系起来的关系逐渐消失以后，她那个狂想越来越强烈了。

白天总算过去了，甚至在暮色中她们还能看见那片孤零零的藤叶仍紧紧地依附在靠墙的枝上。后来，夜的到来带来了呼啸的北风，雨点不停地拍打着窗子，雨水从低垂的荷兰式屋檐上流泻下来。

天刚刚蒙蒙亮，琼西就毫不留情地吩咐拉起窗帘来。

那片藤叶仍然在那里。

琼西躺着对它看了许久，然后她招呼正在煤气炉上给她煮鸡汤的苏。

“我是一个坏女孩子，苏娣。”琼西说，“天意让那片最后的藤叶留在那里，证明我是多么坏。想死是有罪过的。你现在就给我拿点鸡汤来，再拿点掺葡萄酒的牛奶来，再……不，先给我一面小镜子，再把枕头垫垫高，我要坐起来看你做饭。”

过了一个钟头，她说道：“苏娣，我希望有一天能去画那不勒斯的海湾。”

下午医生来了，他走的时候，苏找了个借口跑到走廊上。

“有五成希望。”医生一面说，一面把苏细瘦的颤抖的手握在自己的手里，“好好护理，你会成功的。现在我得去看楼下另一个病人，他的名字叫贝尔门……听说也是个画家，也是肺炎。他年纪太大，身体又弱，病势很重。他是治不好的了，今天要把他送到医院里，让他更舒服一点。”

第二天，医生对苏说：“她已经脱离危险，你成功了。现在只剩下营养和护理了。”

下午，苏跑到琼西的床前，琼西正躺着，安详地编织着一条毫无用处的深蓝色毛线披肩。苏用一只胳膊连枕头带人一把抱住了她。

“我有件事要告诉你，小家伙。”她说，“贝尔门先生今天在医院里患肺炎去世了。他只病了两天。头一天早晨，门房发现他在楼下自己那间房里痛得动弹不了。他的鞋子和衣服全都湿透了，冰凉冰凉的。他们搞不清楚在那个凄风苦雨的夜晚，他究竟到哪儿去了。后来他们发现了一盏没有熄灭的灯笼，一把挪动过地方的梯子，几支扔得满地的画笔，还有一块调色板，上面涂抹着绿色和黄色的颜料，还有……亲爱的，瞧瞧窗子外面，瞧瞧墙上你最后一片藤叶。难道你没有想过，为什么风刮得那么厉害，它却从来不摇一摇，动一动呢？唉，亲爱的，这片叶子才是贝尔门的杰作……就是最后一片叶子掉下来的晚上，他把它画在那里的。”

主题思想

欧·亨利的短篇小说揭露金钱万能、唯利是图的社会罪恶，描绘了社会底层“小人物”的生活艰辛，赞扬了他们的人性美，反映了作家对健康人性和健康社会的强烈向往与追求，以此振作民众精神，医治社会痼疾。而对“上流人物”“得意之徒”们的巧取豪夺、利欲熏心则予以无情的揭露和鞭挞。作者从社会生活的侧面，选取极富表现力的生活场景，以奇特的构思、调侃的口吻表现他那个时代的风貌。

幽默是美国的文学传统风格之一。从华盛顿·欧文开始，许多作家都善于写那些有趣可笑而又意味深长的故事。欧文的幽默是在善意的揶揄之中含有淡淡的讽刺；马克·吐温的幽默以充满俚语的口语，滑稽、俏皮的描写和极夸张的形象，揭示了生活中的真理；欧文·肖的幽默则在注重描述人物性格的幽默风趣上。欧·亨利承袭了这一传统，但同时注入了自己的风格，如读《麦琪的礼物》让人苦笑，读《警察与赞美诗》让人悲凉辛酸。

艺术特色

欧·亨利的短篇小说的艺术特色主要表现为：

一、“含泪的微笑”

他的文字生动活泼，善于利用双关语、讹音、谐音和旧典新意，妙趣横生，被喻为“含泪的微笑”。他还以真实准确的细节描写、生动简洁的语言，制造与再现气氛，特别是大都会夜生活的气氛。

二、“欧·亨利式的结尾”

欧·亨利以擅长结尾闻名遐迩，美国文学界称之为“欧·亨利式的结尾”。他善于戏剧性地设计情节，埋下伏笔，做好铺垫，勾勒矛盾，最后在结尾处突然让人物的心理情境发生出人意料的变化，或使主人公命运陡然逆转，使读者感到豁然开朗、柳暗花明，既在意料之外，又在情理之中，不禁拍案称奇，从而造成独特的艺术魅力。欧·亨利把小说的灵魂全都凝聚在结尾部分，让读者在之前似乎是平淡无奇而又诙谐风趣的娓娓动听的描述中，不知不觉地进入作者精心设置的迷宫，直到最后，犹如电光一闪，才照亮先前隐藏着的一切，在欧·亨利之前，其他短篇小说家也已经尝试过这种出乎意料的结局。但是欧·亨利对此运用得更为频繁，更为自然，也更为纯熟老到。

人物形象

苏比：《警察与赞美诗》的主人公，一个无家可归的流浪汉，为了躲避冬季的严寒，苏比想到去布莱克威尔监狱过几个月，这样就可以不愁食宿，免得受冻了。为了实现蹲监狱的目的，苏比尝试了各种各样的作案方式，砸碎商店的玻璃、吃饭不付账、调戏妇女、偷东西，可是他愈想落入法网，警察却偏偏不去抓他。最后，苏比在一座教堂的旁边听到了动人的赞美诗，他的灵魂突然起了奇妙的变化，于是他决定重新做人。然而就在此时，警察却把他抓进了监狱。

萨拉：《菜单上的春天》的主人公。萨拉是个清贫的姑娘，在一家餐厅做打字员。她的恋人沃尔特远在乡下农场，两人约好春天结婚，却意外失去联系。萨拉每天忍受着期盼与失望交织的相思之苦，还要坚持工作。一天，当她打印到“蒲公英和煮老鸡蛋”的菜名时，不由心神恍惚，想起沃尔特曾用蒲公英为她编织过金灿灿的花冠，那一刻她成了最幸福的公主。这甜蜜而又似乎已经渺茫了的回忆让她失声痛哭。沃尔特也一直寻找着萨拉。某天他碰巧看见一张餐厅的菜单，发现菜单中间有这样一道菜：“最亲爱的沃尔特和煮老鸡蛋”。熟悉的高出行的歪歪扭扭的大写字母“W”——萨拉走神制造的错误——让沃尔特终于和他的蒲公英姑娘重逢。

名家点评

★欧·亨利承袭这一传统，受同时代作家的影响，加之一生经历坎坷，使得他独特的幽默与众不同——充满了辛酸的笑声，在夸张、嘲讽、风趣、诙谐、机智的幽默之中，含有抑郁、凄楚的情绪。

——郭俊峰

《女神》

作者介绍

郭沫若（1892～1978），现当代诗人、剧作家、历史学家、古文字学家。原名郭开贞，号尚武，笔名郭鼎堂、麦克昂等。他生于四川省乐山县沙湾镇一个地主兼商人的家庭，幼年即开始接受私塾教育，打下了牢固的国学基础。1914年初到日本学医，接触泰戈尔、海涅、歌德的著作。1919年在上海《时事新报》副刊以笔名“沫若”发表新诗。1920年出版了与田汉、宗白华通信合集《三叶集》。1921年出版诗集《女神》，开创了“一代诗风”。同年夏，他与成仿吾、郁达夫等发起组织创造社。1923年大学毕业后弃医回国。1925年出版了创造社的第一个文学刊物《创造季刊》。1926年他到达广州，任中山大学文学院院长，7月参加北伐战争，次年参加南昌起义。起义失败后，他到达上海，创作了《恢复》。1928年起，郭沫若流亡日本达10年，研究中国古代历史和古文字学，开辟了史学研究的新天地。1929年初，他写了《漂流三部曲》等小说和《小品六章》等散文。抗日战争爆发后，他只身回国，其间写了《棠棣之花》《屈原》等6部充分显示浪漫主义特色的历史剧，这是他创作的又一重大成就。

中华人民共和国成立后，郭沫若著有历史剧《蔡文姬》《武则天》，诗集《新华颂》《百花齐放》《骆驼集》，文艺论著《读（随园诗话）札记》《李白与杜甫》等。郭沫若一生写下诗歌、散文、小说、历史剧、传记文学、评论等大量著作，对中国的科学文化事业做出多方面的重大贡献。

创作背景

《女神》出版于1921年8月，是郭沫若的第一部诗集。虽然略迟于胡适的《尝试集》，但却以它全新的精神和形式为五四时期的白话新诗取得强有力的突破。在诗歌形式上，突破了旧格套的束缚，创造了雄浑奔放的自由诗体，为五四以后自由诗的发展开拓了新的天地，从而成为中国现代白话新诗的奠基之作。

《女神》收录了郭沫若1919～1921年间的主要诗作，多为诗人留学日本时所作。郭沫若因学习外语的机会，接触了大量的西方文学，为创作《女神》这一具有独特艺术个性的新诗打下了坚实的基础。五四运动的冲击和感召，是作者创作诗情迸发而出的直接诱因。中国新诗是随着五四文化运动和“诗界革命”的发展而发展起来的。诗体解放事业肇始于胡适，而完成于实践着“文学为人生”主张的文学研究会诸诗人。1921年以郭沫若为旗帜的创造社的成立，可谓“异军突起”，把目光投向“充满缺陷的人生”。假如说，首倡“诗体的大解放”的胡适和他的《尝试集》只可视为区分新旧诗的界限，那么堪称新诗革命先行和纪念碑式作品的，则是郭沫若和他的《女神》。

内容简介

《女神》连同序诗共57篇，其中代表诗篇有《凤凰涅槃》《女神之再生》《炉中煤》《日出》《笔立山头展望》《地球，我的母亲!》《天狗》《晨安》《立在地球边上放号》等。

《女神》以作品式样和形式的不同分为三辑。第一辑是三个诗剧：《女神之再生》《湘累》和《棠棣之花》。它们取材于古代传说或历史，独具风韵，令人神驰，在中国开创了诗剧这种新形式。第二辑是30首自由体诗，包括代表作《凤凰涅槃》《天狗》《炉中煤》《地球，我的母亲!》等，是《女神》最重要的部分，是其精华和灵魂。这些作品大都写于五四运动的高潮期，明显受到美国诗人惠特曼的影响，最能体现《女神》雄浑豪放的风格特征。第三辑收录23首作品，大多是小诗。包括诗人最初的试笔及五四之后的作品。受印度诗人泰戈尔的影响，诗作表现出一种恬淡清新的格调。

《女神之再生》：是《女神》中的重点诗剧，运用了神话的题材、诗剧的体裁、象征的手法来反映现实。郭沫若心中的女神是创造力的化身，在堆满男性残骸的世界上，女神创造出新的太阳，因此女神又成为光明的象征。"女神之再生"象征着当时中国的南北战争。诗人说过："共工象征南方、颛顼象征北方，想在这两者之外建设一个第三中国——美的中国。"不过，诗人早期的社会理想是模糊的。他曾说过："最初只是朦胧地反对旧社会，想建立一个新社会。那新社会是怎样的，该怎样来建立，都很朦胧。"因此，女神要去创造新鲜的太阳，但仍是一个渺茫的创造，只是理想的憧憬、光明的追求。但在五四时期，它曾给了广大青年以力量的鼓舞。

《凤凰涅槃》：写于1920年，是郭沫若的诗集《女神》中最杰出的代表作。它最深刻地表现了《女神》的基本思想和艺术成就。思想上，它最集中地表现了作者在五四时期热情奔放的火山爆发般的爱国激情和狂飙突进的时代精神。

《天狗》：是《女神》中的代表诗篇，写于郭沫若新诗创作的爆发期，正是青年郭沫若情感最炽烈的时刻。这首诗的风格是强悍、狂暴、紧张的。一开始诗人便自称"天狗"，它可吞月、吞日，吞一切星球。它是五四时期奏起的一曲惊心动魄的精神赞歌，是五四时期人们第一次从诗歌中听到的勇猛咆哮的时代声音。"天狗"那可吞掉"一切的星球"的豪迈气概，正是五四时期要求破坏一切因袭传统、毁灭旧世界的精神再现。

《炉中煤》：是《女神》中突出表现爱国主义思想的名篇，写于1920年初，最初于同年2月发表在上海《时事新报》上。诗人当时身在日本，遥念祖国，诉说自身眷念祖国的情绪，表达渴望为祖国献身的决心。

《地球，我的母亲!》：创作于1919年12月，通过歌颂祖国的主体——工农大众，抒发诗人的爱国主义情思。全诗丰富的意象和饱满的情绪组织在层次井然的结构之中，色彩瑰丽，运用了多种表现手法。诗中郭沫若完全是一个人在和地球母亲对话，旁若无人，时而激昂、时而平静的语气扣人心弦。通过作者的描绘，人们看到的是一个辛劳母亲的形象，听到的是一个未尽孝道的孩子的心声，一切都用劳动来尽孝道。诗人用一颗纯粹的心在呼喊，报答地球母亲的深恩。

精彩片段

★《凤凰涅槃》：序曲

除夕将近的空中，
飞来飞去的一对凤凰，
唱着哀哀的歌声飞去，
衔着枝枝的香木飞来，
飞来在丹穴山上。
山右有枯槁了的梧桐，
山左有消歇了的醴泉，
山前有浩茫茫的大海，
山后有阴莽莽的平原，
山上是寒风凛冽的冰天。
天色昏黄了，
香木集高了，
凤已飞倦了，
凰已飞倦了，
他们的死期将近了。
凤啄香木，
一星星的火点迸飞。
凰扇火星，
一缕缕的香烟上腾。
凤又啄，
凰又扇，
山上的香烟弥散，
山上的火光弥满。
夜色已深了，
香木已燃了，
凤已啄倦了，
凰已扇倦了，
他们的死期已近了。
啊啊！

哀哀的凤凰！
凤起舞，低昂！
凰唱歌，悲壮！
凤又舞，
凰又唱，
一群的凡鸟，
自天外飞来观葬。

主题思想

《女神》是五四狂飚突进精神的典型体现，它燃烧着对一切旧秩序、旧传统、旧礼教的大胆否定和无情诅咒，海啸般呼喊着创造与光明、民主与进步。通观整部《女神》，反抗、爱国、创造精神是贯穿诗集的基本思想：

一、追求个性解放的彻底反抗精神

个性主义是郭沫若前期的主导思想，他对长期封建社会中利用“忠”“孝”观念禁锢人们思想，使人们完全丧失个性而沦为君主的奴仆的封建道德规范极为反感。在文学上他要求张扬自我、尊重个性、以自我内心表现为本位，代表当时觉醒的青年一代发出要求个性彻底解放的强烈呼声。这种呼声往往通过对“自我”的发现和自我价值的肯定表现出来，显得强烈、热切、无所畏惧，从而构成《女神》的一个突出特色。《天狗》篇中，诗人以奇特的想象塑造了一个旧世界叛逆者的典型形象。诗中的“我”是一条把日月等一切星球和全宇宙都要吞没的天狗。“我”不仅要摧毁一切枷锁，而且要毁灭掉旧我，在改造旧世界的同时改造自己。“天狗”这种冲破一切罗网、破坏一切旧物的强悍形象，正是那个时代个性解放要求的极度夸张。《浴海》中那个“血和海浪同潮”“心和日火同烧”、要决太平洋之水“把那陈腐了的旧皮囊全盘洗掉”的自我形象，同样是实现自我个性解放的宣泄。

二、向往理想社会，无限思念祖国的爱国主义精神

爱国主义是《女神》的诗魂。五四运动激发起诗人巨大的爱国热情，基于诗人旅居国外的独特经历，这种感情表达得格外强烈。诗人说：“五四以后的中国，在我的心目中就像一位很葱俊的有进取气象的姑娘，她简直就像我

的爱人一样。我的那篇《凤凰涅槃》便是象征着中国的再生。《炉中煤》便是我对于她的恋歌。"《女神》中抒情主人公的爱国主义情感，不仅表现为对祖国的爱慕和怀念，而且充满着对黑暗现实的强烈诅咒和对光明前途的热切向往，以及为祖国而献身的坚定信念。《女神》不仅对旧制度做了坚决的否定和猛烈的反抗，而且对新的理想社会表现了急切的向往和热切的追求。这种对"理想"的"向往"和"追求"既基于深厚的爱国主义情感又带有明显的社会主义思想倾向。《炉中煤》是《女神》中表达爱国激情的代表作，是一首爱国主义的绝唱，正如诗的副标题所言，它表达的是"眷念祖国的情绪"，诗人把祖国喻为心爱的女郎，把自己比作狂烧的煤块，它"为我心爱的人儿燃烧到这般模样！"感情真挚而浓烈。五四运动本来就是反帝的爱国政治运动，这场运动激发出来的中国人民的爱国激情通过诗的形式被反映在《女神》中了。

三、歌咏自然风光，充满向上进取的不断创造精神

中国由于长期的封建统治，人的精神受到极大的压制和摧残。经过五四运动的震撼，压抑的活力和创造力爆发出来。诗人从中外泛神论思想中吸收自然界和人类社会变化的动因在于事物本身之中的唯物主义成分，相信自然和社会永远处在变动的状态之中，不断的毁坏和不断的创造正是万事万物发展的法则。郭沫若在《女神》中塑造了积极主动、生气勃勃的创造者形象，表现了时代巨人"不断创造"的精神，告诉人们革命不仅是反抗和破坏，同时也有创造。而这种创造精神首先表现在描写与歌颂自然的诗篇中，如《太阳礼赞》《立在地球边上放号》《晨安》《金字塔》《日出》和《光海》等。诗人描写和歌颂自然，不是单纯为了欣赏，而是把自然高度人格化，赋予自然以生命和感情。

《女神》的精神是五四时期勃发的民主精神、创造精神的典型体现，它所创造的抒情主人公形象是这个伟大时代的一个典型。这个巨人站在时代的前列，思想深邃，胸怀宽广，呼喊着时代的最强音，向着帝国主义和封建势力展开坚决、勇猛、不妥协的进击，集中反映了当时的青年的情绪和愿望，又给寻求者和徘徊中的路人以鼓舞，促其前进。

艺术特色

《女神》是一部思想内容与艺术形式高度统一的艺术作品。它在艺术上的重大成就，使中国现代诗歌真正达到了诗的境界。它表现出的鲜明的艺术特色，对我国新诗的发展产生了巨大影响。

一、不拘一格的自由诗体的新形式

郭沫若在诗歌形式方面主张“绝端的自由、绝端的自主”。让诗的形式服从于诗人感情的倾泻，让诗人的情绪支配诗的旋律。在《女神》里有300多行的长诗《凤凰涅槃》，有短到只有三行的《鸣蝉》；有《太阳礼赞》那样一行多到几十个字的长句，也有《凤歌》那样三四个字构成的短句。有诗剧如“女神三部曲”，也有古风式的《春愁》，还有类似散文诗的《胜利的死》。这些诗不固定行数、字数，不注重押韵、对仗，段落或分或无，诗篇或长或短，50余首诗没有一个统一的格调，变化多端，不拘一格。但是《女神》篇篇都独具匠心，可以从不统一中找出一些统一的规律。如《凤凰涅槃》大量运用对比、对偶、复唱，在表现形式上体现出自由与严谨的统一。《炉中煤》更近乎新格律诗，每节首行相同，首尾两节有同有异，每节隔行押韵，全诗一韵到底。《女神》中有些外形散漫的诗，内在结构却是紧密的，行散而实连。诗人觅到与内在感情和谐一致的全新形式，创立了多样的自由诗形。

二、鲜明的浪漫主义特色

《女神》表现了革命的理想主义，理想主义的强光照亮了诗集中大部分的诗作。《女神》中有不少的诗篇取材于“太阳”，把太阳当作生命的源泉和光明的化身加以歌颂，表现了抒情主人公对光明理想的渴慕与追求。这些美好理想反映了五四时期广大人民对革命的要求和对光明、民主、自由的向往。

三、巧妙的构思，丰富的想象

《女神》中的诗篇，立意构思别开生面，不落俗套。诗人在泛神论思想的启迪下，常在大自然中获得诗料，或从历史、神话、传说中选取题材，充分发挥想象联想，运用比拟、象征等手法，使表现的对象变为诗人理想化的形象。在《女神之再生》中借助了“女娲补天”的神话；在《地球，我的母亲》里，把“缥缈的天球”想象成地球母亲的“化妆的明镜”；在《日暮的婚筵》里，诗人把落入大海的夕阳，说成被情郎拥抱去的新嫁娘。诗人的想象令人耳目一新，可以说，没有大胆而丰富的想象便没有《女神》。

四、生动的比喻，奇特的夸张

《女神》中，诗人运用了许多生动形象的比喻和奇特大胆的夸张，如《炉中煤》里，诗人把自己比作熊熊燃烧的“炉中煤”，把祖国比作自己心爱的“年轻的女郎”，表现了一个觉醒的五四青年炽热的爱国情怀；《天狗》中，诗人说天狗吞食了“日”“月”“星球”和“全宇宙”，非常有力地刻画了一个具有个性解放的彻底勇猛精神的“自我”形象。

五、雄浑豪放的崭新风格

五四运动前夕，由于受泰戈尔的影响，郭沫若写的都是或爱情、春愁、别绪，或飞禽、新月等抒情小诗，清新秀丽。在五四运动的高潮中，接触了惠特曼的《草叶集》后，诗人产生了“火山爆发式的内发情感”，采取了惠特曼式的“雄浑的、豪放的、宏朗的调子”。如《凤凰涅槃》《天狗》《站在地球边上放号》，有的高歌，有的长吟，有的咏叹。其声音，时而嘹亮悠扬，时而悲壮急促，时而柔婉舒缓，使诗作充满了昂奋腾越的音调，浓烈瑰丽的色彩。

名家点评

★《女神》虽然不是五四以后出版的第一本新诗集，却是五四以后影响最大的一本新诗集……当时的青年受到了巨大的鼓舞，从它里面吸取了奋斗的力量。对于一般新诗的作者，它成为模拟的范本和走上创作途程的指路碑。

——闻一多

普希金诗歌

作者介绍

亚历山大·塞尔盖耶维奇·普希金（1799～1837），俄国诗人、小说家，19世纪俄国浪漫主义文学主要代表，现实主义文学的奠基人，现代标准俄语的创始人，创立了俄国民族文学和文学语言，在诗歌、小说、戏剧乃至童话等各个领域都给俄罗斯文学提供了典范。

普希金生于莫斯科一个没落的贵族家庭，父亲崇尚法国文化，伯父是诗人。他幼年受到良好的文学熏陶，8岁能用法文写诗。1811年他在彼得堡皇村学校读书，1814年写了诗集《皇村回忆》。1817年毕业后他到彼得堡的外交部供职。1817年他创作了歌颂自由、反对专制的《自由颂》《致恰达耶夫》；1820年发表第一部叙事诗《鲁斯兰和柳德米拉》，含有强烈的民主主义精神，因此触怒沙皇。1820年他被外派到俄国南部任职，这其实是一次变相的流放。在此期间，他与十二月党人交往频繁，他追求自由的思想更加明确、强烈。这一时期他创作了《短剑》（1821）、《囚徒》（1822）、《致大海》（1824）等名篇，还写了一组“南方诗篇”，包括《高加索的俘虏》（1822）、《强盗兄弟》（1822）、《巴赫切萨拉依的泪泉》（1824）、《茨冈》（1824）四篇浪漫主义叙事长诗。他还写下许多优美的抒情诗，如《太阳沉没了》（1820）、《囚徒》和《短剑》（1821）等，这些表达了诗人对自由的强烈憧憬。这些作品中，普希金完全展示了自己独特的风格。1825年他完成俄罗斯文学史上第一部现实主义悲剧《鲍里斯·戈都诺夫》。

1826年新登基的沙皇尼古拉一世为欺骗舆论，“赦免”了普希金，把他召回莫斯科，但他一直处在沙皇宫廷的监视之下。1827年普希金创作政治抒情诗《致西伯利亚的囚徒》，表达自己对十二月党理想的忠贞不渝。1831年完成诗体小说《叶甫盖尼·奥涅金》（1823～1831），塑造了俄罗斯文学中第一个“多余人”的形象，还写了《别尔金小说集》和四部诗体小说《吝啬的骑士》《莫扎特与沙莱里》《瘟疫流行的宴会》《石客》，以及近 30 首抒情诗。《别尔金小说集》中的《驿站长》一篇是俄罗斯短篇小说的典范，开启了塑造“小人物”的传统，至此他的现实主义创作手法已炉火纯青。

1831 年，普希金和当时莫斯科第一美人冈察洛娃结婚，随后迁居彼得堡。创作叙事长诗《青铜骑士》（1833）、童话诗《渔夫和金鱼的故事》（1833）、短篇小说《黑桃皇后》（1834），还有两部有关农民问题的小说《杜布洛夫斯基》（1832～1833）、《上尉的女儿》（1836）。1934 年起，一个在近卫军骑兵团供职的法国波旁王朝的亡命徒开始追求普希金夫人。1837 年 2 月，在沙皇政府的阴谋策划下，普希金与情敌决斗，不幸身受重伤，两日后去世，年仅 38 岁。

普希金一生共写了 800 多首抒情诗，倾向革命，与黑暗专制进行了不屈不挠的斗争。

创作背景

普希金生活的时代，俄罗斯文学落后于西欧文学，基本上是依照西欧文学的作品，缺少俄罗斯自己的民族特色。普希金用他的诗作、散文、戏剧，使俄罗斯的民族文学兴盛起来，开创了俄国文学的一个新时期。因此，他理所当然地被公认为俄罗斯近代文学的奠基人、俄罗斯文学语言的创建者、“俄罗斯诗歌的太阳”。

内容简介

普希金诗歌的代表作有：《皇村回忆》《自由颂》《致恰达耶夫》《乡村》

《鲁斯兰和柳德米拉》《致大海》《致西伯利亚的囚徒》等。

《皇村回忆》：皇村位于彼得堡郊外，是沙皇和贵族的行宫所在地，皇村中学是一所著名的贵族中学，普希金12岁时进入皇村中学。《皇村回忆》是普希金15岁时在其升学考试中朗诵的诗篇。这是一首关于祖国和民族英雄历史的赞歌，对往昔的回忆，充满着自豪和骄傲。悠长的句式，颂歌语体，崇敬的主观抒情态度，让人感到古典主义赞美诗的典型氛围，体现了普希金对以古典主义为主的俄国文学传统的把握和继承。普希金用自己的才情打动了全场观众，并得到俄罗斯诗坛最著名的诗人杰尔查文的赏识，从此跻身诗坛。

《自由颂》：这首诗对自由的歌颂不是抽象的，对专制和暴君进行了激烈的抨击。年轻的诗人以祖国以及欧洲历史上的例证为借鉴，警告当权者不要重蹈覆辙。诗篇由一连串的命令句式起首，仿佛一声声直接的号召和呼唤，充满着激情和力量："从我的眼前滚开；把我的桂冠扯去；战栗吧，世间的专制暴君；而你的，匍匐着的奴隶，听啊，振奋起来，觉醒！"这样的句子，是诗，也是投向统治者的枪矛。任何一个与自由为敌的暴君，读了这样的诗句，都不会不感到战栗的。这首诗写成后不久，就以手抄稿的形式广为流传，沙皇政府因此将普希金流放。直到1905年，这首诗才首次正式公开发表。直到今天，普希金对人性和社会自由的呼唤仍没有失去意义。

《致恰达耶夫》：是普希金一首著名的赠诗。他极鲜明地表达了俄国贵族革命家追求自由的热切希望、炽热的爱国激情和对神圣自由的必胜信念。这首诗写于1818年，并迅速以手抄本的形式传遍全俄。据说后来被流放到西伯利亚去的十二月党人身上大都藏着一个秘密徽章，上面刻着这几行光辉的诗句。布拉戈依称赞这首诗是"青年诗人对祖国、对革命的第一次爱的表白"。(恰达耶夫，19世纪俄国进步的哲学家、政治家，著有《哲学书简》一书，宣传反对沙皇暴政的思想。普希金在皇村中学读书时就与他相识，受他的思想影响很深。当时恰达耶夫是驻扎在皇村的近卫骑兵团中的一位军官，后来成为十二月党人。)

《致西伯利亚的囚徒》：1825年12月，轰轰烈烈的俄国十二月党人起义失败了。这次起义是俄国贵族革命者发动的反对农奴制度和沙皇专制的武装起义，领导起义的贵族革命者在俄国历史上被称为"十二月党人"，他们被俄国人民视为英雄。沙皇尼古拉一世血腥镇压了起义，绞死了起义的五位领导者，并将百余名起义者流放到西伯利亚服苦役。在这些被流放的囚徒中，有普希金的许多同学和朋友，诗人写下这首诗托人捎给他们。这首诗歌表达了诗人对未来革命的胜利充满必胜的信念，同时用希望、爱情和友谊去鼓舞战友的顽强斗志，只要爱情和友谊仍在，战友们就能实现理想，也以此来激励自己。诗人以无畏而自由的歌唱，传递了对战友和同志们真挚的感情。同时，诗人向沙皇暴政发出诅咒，预示了它的覆亡。

精彩片段

★《假如生活欺骗了你》

假如生活欺骗了你，
不要悲伤，不要心急；
忧郁的日子里需要镇静，
相信吧，快乐的日子将会来临。
心儿永远向往着未来，
现在却常是忧郁，
一切都是瞬息，一切都将会过去，
而那过去了的，就会成为亲切的怀恋。

★《致恰达耶夫》

爱情、希望、平静的光荣，
并不能长久地把我们欺诳，
就是青春的欢乐，
也已经像梦、像朝雾一样地消亡；
但我们的内心还燃烧着愿望，
在残暴的政权的重压之下，
我们正怀着焦急的心情，
在倾听祖国的召唤。
我们忍受着期望的折磨等候那神圣的自由时光，
正像一个年轻的恋人，
在等待那真诚的约会一样。
现在我们的内心还燃烧着自由之火，
现在我们为了荣誉献身的心还没有死亡，
我的朋友，我们要把我们心灵的美好的激情，都呈献给我们的祖邦！
同志，相信吧：迷人的幸福的星辰就要上升，
射出光芒，
俄罗斯要从睡梦中苏醒，
在专制暴政的废墟上，
将会写上我们姓名的字样！

★《歌手》
你们可曾听见树林后面那深夜的歌声？
那是一位爱情和哀伤的歌手在歌唱。
当清晨的田野一片寂静，
那忧郁、朴素的声音在鸣响，
你们可曾听见？
你们可曾在林中荒芜的黑暗中遇见他？
那是一位爱情和哀伤的歌手在歌唱。
你们可曾看到泪痕和微笑，
看到那满含忧愁的静静的目光？
你们可曾遇见？
你们可曾叹息，当听见那静静的歌声？
那是一位爱情和哀伤的歌手在歌唱。
当你们在林中看到这个青年，
遇见他那暗淡无神的目光，
你们可曾叹息？

主题思想

普希金的诗歌作品内容丰富、感情深挚、形式灵活、结构精巧、韵律优美，达到内容与形式的高度统一。

普希金在自己的诗歌作品中提出时代的重大问题：专制制度与民众的关系问题，贵族的生活道路问题、农民问题。诗中塑造了有高度概括意义的典

型形象："多余的人""金钱骑士""小人物"、农民运动领袖。这些问题的提出和文学形象的产生，大大促进了俄国社会思想的前进，有利于唤醒人民，有利于俄国解放运动的发展。

评论普希金的作品，必须严格按照写作年代的顺序来观察。普希金之所以和前人不同，就在于从他作品的顺序中不仅仅可以看出他作为一个诗人的不断发展，而且可以看出他个性的发展。他在任何一年中所写的诗，不只在内容上，而且在形式上和以后一年所写的必然不同。因此，他的诗不能像杰尔查文、茹科夫斯基和巴林科夫的诗那样按照类别来印行，这说明了普希金的巨大的创作天分，他的诗充满着有机的生命。这有机的生命的源泉在于：普希金以生活的现实和永远优美的思想作为诗的土壤。

艺术特色

普希金诗歌的艺术特色主要表现为：

一、真挚强烈的情感

普希金的诗的特征之一，即他和以前的诗派严格区分的标志，是他的真诚，所以别林斯基特别提出"真诚"这一概念来评论普希金的诗歌。少年天才的意气风发、人生经历的曲折坎坷、社会图景的波澜壮阔，造就了普希金诗歌中压抑不住的澎湃激情。无论是快乐还是忧伤，淡漠或是深情，诗人都毫不掩饰，刻画了完全真实的自己。

二、自然、朴素而优雅的诗风

这种诗风与真诚的情感密切联系，普希金真正地把它们统一在一起，这就是普希金的高超之处。秘诀在于，他的情感"不仅是人的感情，而且是作为艺术家的人的情感"。诗的品位在很大的程度上就取决于艺术家情感和思想的品位，或者说取决于诗人的思想和艺术的素质了。别林斯基认为："在这一方面，可以把普希金的诗比作因感情和思想而变得炯炯有神的眼睛的美，如果您夺去了使这双眼睛变得炯炯有神的感情和思想，它们只是美丽的眼睛，却不再是神气和秀美的眼睛了。"

三、淳朴简洁、富于音乐感的语言

普希金的诗歌在语言上的最大的特点就是简洁和独特的音韵美。普希金的诗从一开始就表现出异乎寻常的简练，这与他的自然朴素之风是相联系的。他的语言严实、朴素，词语不多，却能够准确地表达一切。

名家点评

★这里没有华丽的辞藻，这里只有诗。没有任何虚有其表的炫耀，一切都简朴，一切都雍容大方，一切都充满含而不露的绝不会突然宣泄而出的光彩，一切都符合纯正的诗所永远具有的言简意赅。

——果戈里

泰戈尔诗歌

作者介绍

罗宾德拉纳特·泰戈尔（1861～1941），印度诗人、作家、艺术家和社会活动家。他生于印度孟加拉省加尔各答市一个开明的地主家庭，祖父是思想家，父亲德本德拉纳特是宗教哲学家和社会改革家。他的家庭继承了父亲所热爱的印度传统文化，又深受西方文化影响，弥漫着浓郁的文化气息。这个大家庭有 15 个子女，泰戈尔最小，子女均是在充分自由和严格的家教、对宗教的虔敬与对美妙生活的享受紧密结合的环境中成长起来的。泰戈尔几乎没有受过正规的学校教育，他曾进过四所学校，但对教育制度非常厌恶，后来还进过东方学院、师范学院和孟加拉学院，但都没有完成学业。他后来致力于教育革新，与此不无关系。

1875 年，泰戈尔 14 岁时发表第一首长诗《野花》，17 岁时发表长诗《诗人的故事》。1878 年他赴英国学习法律，1880 年回国。1882 年他出版了抒情诗集《暮歌》。19 世纪 90 年代，他遵父命经营祖上的庄园，在乡间生活了十年。1901 年他创办了一所小学，传授民族传统文化，这所学校后来发展成著名的国际大学。1913 年，他以宗教抒情诗集《吉檀迦利》荣获诺贝尔文学奖。他 1924 年应梁启超之邀访问中国，1930 年访问苏联，1941 年病逝于加尔各答。

泰戈尔一生创作了 50 多部诗集、12 部中长篇小说、90 多部短篇小说、20 余部戏剧、1500 多幅绘画作品、2000 多首歌曲和大量文学论著。印度国歌《人民的意志》就出自他的手笔。主要诗作有诗集《故事诗集》《吉檀迦利》《新月集》《飞鸟集》《边缘集》《生辰集》等，长篇小说《沉船》等，剧作《顽固堡垒》等。他的作品早在 1915 年就已被介绍到中国，现已出版 10 卷本的中文《泰戈尔作品集》。

创作背景

20世纪初期的印度是英国的殖民地，政治上遭受压迫，经济上受到剥削，这个古老国家的人民陷入了贫穷、愚昧之中。为了唤醒这个沉睡的巨人，两位伟人应运而生了：一位是民族解放运动的领袖“圣雄”甘地，另外一位就是印度近代史上最伟大的文学巨匠泰戈尔。

泰戈尔多才多艺，才华超人。他既是作品浩繁的文学艺术大师、学识渊博的哲人、成就卓著的社会活动家，也是锐意革新的教育家。他一生所有的贡献，不但在印度历史上具有划时代的意义，在国际上也产生了巨大影响。

内容简介

泰戈尔的代表诗集有：《暮歌》《晨歌》《心中的向往》《两亩地》《金帆船》《缤纷集》《故事诗集》《素芭》《摩诃摩耶》《最后活着，还是死了?》《园丁集》《飞鸟集》《草叶集》《金色花》等。

泰戈尔诗歌创作大体上可以分为三个时期：早期的故事诗，中期的《吉檀迦利》及其他作品，晚期的政治抒情诗。不同时期的创作，有着不同的内容，呈现着不同的色彩，但始终保持着一种稳定的个性，就是静与思。

早期的故事诗大多来源于宗教传说和民间故事，宗教传说包括佛教、印度教、锡克教的故事等，作者对这些故事进行了艺术加工和再创造。《两亩地》是故事诗中最杰出的代表，《两亩地》全诗共6节72行，记叙一个王爷为了使自己的花园“长宽相等，四四方方”，便强行夺去农民巫宾仅有的两亩土地。巫宾虽然起诉了王爷，但法庭判决把巫宾扫地出门。他在外漂泊了16个春秋，但他始终忘不了那两亩土地。有一天，他又回到家乡，坐在自己曾经耕种过的土地上，当他从地上拾得两只熟透了而掉下的芒果时，却被王爷诬蔑为盗贼。这个故事深刻地揭露了封建地主勾结法庭残酷剥削压迫农民的罪行，作者对贫苦农民的不幸遭遇倾注了深切的同情。

中期的《吉檀迦利》是泰戈尔最著名的一部诗集，共收录103首诗。《吉檀迦利》是“献诗”的意思，即献给神的诗，诗集的主题是敬仰神，渴求与神的结合。颂神诗的形式在印度古已有之，但泰戈尔的这部诗集，它的内容与现实是紧密结合的，表达了诗人对人生理想的探索和追求。《吉檀迦利》中也有对大自然的精彩描绘，在诗人心目中，大自然的美景与神占有同样崇高的地位。中期的诗作还有《园丁集》《新月集》《飞鸟集》等。《园丁集》是一部“关于爱情和人生”的英文抒情散文诗集，美国诗人庞德誉其为“天上的星辰”。《新月集》是一部以儿童生活和情趣为主旨的散文诗集。《飞鸟集》是一部富于哲理的格言诗集。

晚期的政治抒情诗，逐渐改变了以前的改良主义情调和神秘主义色彩，表现出鲜明的政治倾向性。《生辰集》第 10 首被认为是泰戈尔一生创作的纪念碑，泰戈尔在这首诗中提出的中心问题是诗人与劳动人民的关系问题，他以此为标准总结评价了自己一生的创作。

精彩片段

★离你最近的地方，路途最远；最简单的音调，需要最苦的练习。

★使生如夏花之绚烂，死如秋叶之静美。

★我不能选择那最好的，是那最好的选择我。

★神自己的清晨，在他自己看来也是新奇的。

★瀑布歌唱道：“我得到自由时便有了歌声了。”

★鸟儿愿为一朵云，云儿愿为一只鸟。

★如果你因失去了太阳而流泪，那么你也将会失去群星了。

★海水呀，你说的是什么？

“是永恒的疑问。”

天空呀，你回答的话是什么？

“是永恒的沉默。”

★世界上最远的距离不是生与死的距离
而是我站在你面前你不知道我爱你
世界上最远的距离不是我站在你面前你不知道我爱你
而是爱到痴迷却不能说我爱你
世界上最远的距离不是我不能说我爱你
而是想你痛彻心脾却只能深埋心底
世界上最远的距离不是我不能说我想你
而是彼此相爱却不能够在一起
世界上最远的距离不是彼此相爱却不能够在一起
而是明知道真爱无敌却装作毫不在意
世界上最远的距离不是树与树的距离
而是同根生长的树枝却无法在风中相依
世界上最远的距离不是树枝无法相依
而是相互瞭望的星星却没有交汇的轨迹
世界上最远的距离不是星星之间的轨迹
而是纵然轨迹交汇却在转瞬间无处寻觅
世界上最远的距离不是瞬间便无处寻觅
而是尚未相遇便注定无法相聚
世界上最远的距离是鱼与飞鸟的距离
一个在天，一个却深潜海底
如果你我站在最远距离的两极，我应该怎么说爱你
如果爱必须让风吹雨打，才能显得璀璨，那我只能黯淡

主题思想

泰戈尔生于急剧变革的时代，受到印度传统哲学思想和西方哲学思想的

影响，但他的世界观最基本、最核心部分还是印度传统的泛神论思想，即“梵我合一”。他对神的虔诚是和对生活、国家与人民的爱融合在一起的，但这使他的诗歌也蒙上了浓厚的神秘主义色彩。另外，他既提倡东方的精神文明，也不否定西方的物质文明，因此他的作品中表现了资产阶级民主思想与正统的印度教的抵触。同时，他的诗谴责封建主义和种姓制度，描写帝国主义者和官僚的专横，对英国殖民统治下的下层人民的悲惨生活和妇女的痛苦处境表示同情。

纵观泰戈尔一生思想和创作发展，可大体分三个阶段。第一阶段：幼年直至 1910 年前后，他积极参加反英政治活动，歌颂民族英雄，宣扬爱国主义，提倡印度民族大团结。第二阶段：隐居生活直至 1919 年，爱国主义激情稍有消退，政治内容强的诗歌被带有神秘意味的诗歌所取代，也受了西方象征主义、唯美主义诗歌的影响，宣扬的是爱与和谐。第三阶段：从 1919 年阿姆利则惨案开始直至逝世，他又开始关心政治，积极投入民族解放斗争，作品的内容又充满了政治激情，视野也开阔了，对世界和人类都十分关心。可以说，泰戈尔一生的创作既有“菩萨慈眉”，也有“金刚怒目”。

艺术特色

在诗歌创作方面，泰戈尔受到印度古典文学、西方诗歌和孟加拉民间抒情诗歌的影响。但事实上，泰戈尔对古典梵文文学，除两大史诗和《沙恭达罗》以外，评价并不高。他认为梵文文学过分矫揉造作，他赞成不押韵、不雕琢的自由诗，认为“标出诗的格律没有用处，为了领会一首诗的美用不着去学习格律。不懂世故的心灵才能抓住诗歌的可爱之处，诗歌必须以同情与感觉才能接近”。泰戈尔创作了两类散文诗：英文散文诗和孟加拉文散文诗。其艺术特色主要表现为：

一、形式上突破诗的格律

泰戈尔的诗打破严格的格律，但又具有内在的韵律和明显的节奏感；没有韵脚，但有诗的旋律；摒弃了诗的语言方式和表现手法，有的仍保留分行，主要是为了阅读的方便，作品的艺术魅力并未受到损害。这些特点使泰戈尔的散文诗既不同于传统的格律诗，也区别于一般的自由体诗。

二、取材于简朴的日常生活

诗人的孟加拉文散文诗比英文散文诗更富有简朴、日常的生活气息。在诗中，有小职员的离愁，也有旅人的叹息；有撑着破伞的穷教师，也有蒙着面纱的怨女；有春天的竹笛，也有罗望子树的花香；有倔强的女孩，也有幽默的轿夫；有恒河的水声，也有哈奥拉车站的喧嚣；有城市狭窄的小巷，也有农村广漠的黄昏。诗人所表现的都是平凡的景象和普通的男女，但富有生活的情趣，给人以美的享受。

三、风格上清新、质朴

泰戈尔散文诗风格的质朴性：第一，来自于其作品的现实性。作者毫无渲染，只是自然地描绘，给读者一种生活的真实感。不过，诗人风格的质朴性还在于作品中感情的真切性。无论表露诗人的心迹，还是表现人物的心理，都是率真的。第二，基于形象的直觉感。诗人本身是个画家，他所描写的景物，表现的人物，都有绘画的清晰性。《随想集》中的《话语》所描写的那个倔强的女孩，像雕像一样呈现在读者面前。第三，诗人通过凝练的口语化的语言、形象的比喻，把自己所要表现的事物或深刻的哲理变得具体而朴实。“只有经过最高深的复杂训练，才能谱写出最简单朴实的曲调。”这是诗人几十年从事文学创作所遵循的信条，也道出其写出质朴的散文诗的最深刻的原因。

名家点评

★泰戈尔著作之流行，之所以能引起全世界人们的兴趣，一半在于他思想中高超的理想主义，一半在于他作品中的文学的庄严和美丽。

——瓦尔纳·冯·海登斯塔姆

鲁迅杂文

作者介绍

略。详见《朝花夕拾》。

创作背景

杂文（也被鲁迅称为“杂感”或“短评”），在中国是古已有之的，而现代杂文的兴起、发展和繁荣，则是和鲁迅的名字分不开的。在鲁迅的笔下，杂文成为一种自由地摹写世相、描述见闻、评说人事、言志抒情，内容无所不包的文体。其以博大精深的思想内涵和独特完美的艺术形式，攀上了中国文学的高峰，进入了“高尚的文学楼台”。

对于杂文写作，鲁迅怀着一种目的明确的自觉意识，其中蕴含着他严肃、崇高而执着的思想追求和精神追求。他说过，“我早就很希望中国的青年站出来，对于中国的社会、文明，都毫无忌惮地加以批评”。鲁迅的杂文正是这样一种社会批评和文明批评。这种批评，正像他自己所说的那样，“是在对于有害的事物，立刻给以反响或抗争，是感应的神经，是攻守的手足”，是“匕首和投枪”。

内容简介

鲁迅一生写了15部杂文集：《坟》《热风》《华盖集》《华盖集续编》《而已集》《三闲集》《二心集》《南腔北调集》《伪自由书》《准风月谈》《集外集》《花边文学》《且介亭杂文》《且介亭杂文二集》《且介亭杂文末编》。

鲁迅杂文按创作时间通常分为前后两个时期，前期杂文创作于1918年至1927年，编为四本杂文集：《坟》《热风》《华盖集》《华盖集续编》。这些杂文“萌芽于‘文学革命’以至‘思想革命’”，是适应五四运动而产生的一种文体，文章始终贯穿着反帝反封建的革命精神和要求科学与民主的思想。后期杂文是指创作于1927年至1936年的作品，这时的杂文所触及的问题比前期更为广泛复杂，如《友邦惊诧论》《为了忘却的记念》等，是鲁迅思想复杂性、深刻性的具体体现。

在这些杂文集中，鲁迅把笔触伸向了各种不同的文化现象，各种不同阶层的各种不同的人物，其中有无情的揭露，有愤怒的控诉，有尖锐的批判，有辛辣的讽刺，有机智的幽默，有细致的分析，有果决的论断，有激情的抒发，有痛苦的呐喊，有亲切的鼓励，有热烈的赞颂。笔锋驰骋纵横、词采飞扬、形式多样、变化多端。鲁迅说：杂文必须“生动、泼辣、有益，而且也能移人情”。又说：杂文必须“是匕首，是投抢，是能和读者一同杀出一条生存的血路的东西；同时，它也能给人愉快和休息，然而这并不是‘小摆设’，更不是抚慰和麻痹，它给人的愉快和休息是休养，是劳作和战斗之前的准备”。鲁迅杂文就是这种理论的验证，他为中国杂文的发展开辟了一条更加宽广的道路。

精彩片段

★《文学和出汗》（全文）

上海的教授对人讲文学，以为文学当描写永远不变的人性，否则便不久长。例如英国，莎士比亚和别的一两个人所写的是永久不变的人性，所以至今流传，其余的不这样，就都消灭了云。

这真是所谓“你不说我倒还明白，你越说我越糊涂”了。英国有许多先前的文章不流传，我想，这是总会有的，但竟没有想到它们的消灭，乃因为不写永久不变的人性。现在既然知道了这一层，却更不解它们既已消灭，现在的教授何从看见，却居然断定它们所写的都不是永久不变的人性了。

只要流传的便是好文学，只要消灭的便是坏文学；抢得天下的便是王，抢不到天下的便是贼。莫非中国式的历史论，也将沟通了中国人的文学论欤？

而且，人性是永久不变的吗？

类人猿，类猿人，原人，古人，今人，未来的人……如果生物真会进化，人性就不能永久不变。不说类猿人，就是原人的脾气，我们大约就很难猜得着的，则我们的脾气，恐怕未来的人也未必会明白。要写永久不变的人性，实在难哪。

譬如出汗罢，我想，似乎于古有之，于今也有，将来一定暂时也还有，该可以算得较为“永久不变的人性”了。然而“弱不禁风”的小姐出的是香汗，“蠢笨如牛”的工人出的是臭汗。不知道倘要做长留世上的文字，要充长留世上的文学家，是描写香汗好呢，还是描写臭汗好？这问题倘不先行解决，则在将来文学史上的位置，委实是“岌岌乎殆哉”。

听说，例如英国，那小说，先前是大抵写给太太小姐们看的，其中自然是香汗多；到十九世纪后半叶，受了俄国文学的影响，就很有些臭汗气了。那一种的命长，现在似乎还在不可知之数。

在中国，从道士听论道，从批评家听谈文，都令人毛孔痉挛，汗不敢出。然而这也许倒是中国的“永久不变的人性”罢。

★《谈金圣叹》（全文）

讲起清朝的文字狱来，也有人拉上金圣叹，其实是很不合适的。他的“哭庙”，用近事来比例，和前年《新月》上的引据三民主义以自辩，并无不同，但不特捞不到教授而且至于杀头，则是因为他早被官绅们认为坏货了的缘故。就事论事，倒是冤枉的。

清中叶以后的他的名声，也有些冤枉。他抬起小说传奇来，和《左传》《杜诗》并列，实不过拾了袁宏道辈的唾余；而且经他一批，原作的诚实之处，往往化为笑谈，布局行文，也都被硬拖到八股的作法上。这余荫，就使有一批人，堕入了对于《红楼梦》之类，总在寻求伏线，挑剔破绽的泥塘。自称得到古本，乱改《西厢》字句的案子且不说罢，单是截去《水浒》的后小半，梦想有一个“嵇叔夜”来杀尽宋江们，也就昏庸得可以。虽说因为痛恨流寇的缘故，但他是究竟近于官绅的，他到底想不到小百姓的对于流寇，只痛恨着一半：不在于“寇”，而在于“流”。

百姓固然怕流寇，也很怕“流官”。记得民元革命以后，我在故乡，不知怎地县知事常常调换。每一调换，农民们便愁苦着相告道：“怎么好呢？又换了一只空肚鸭来了！”他们虽然至今不知道“欲壑难填”的古训，却很明白“成则为王，败则为贼”的成语，贼者，流着之王，王者，不流之贼也，要说得简单一点，那就是“坐寇”。中国百姓一向自称“蚁民”，现在为便于譬喻起见，姑升为牛罢。铁骑一过，茹毛饮血，蹄骨狼藉，倘可避免，他们自然是总想避免的，但如果肯放任他们自啮野草，苟延残喘，挤出乳来将这些“坐寇”喂得饱饱的，后来能够比较的不复狼吞虎咽，则他们就以为如天之福。所区别的只在“流”与“坐”，却并不在“寇”与“王”。试翻明末的野史，就知道北京民心的不安，在李自成入京的时候，是不及他出京之际的利害的。宋江据有山寨，虽打家劫舍，而劫富济贫，金圣叹却道应该在童贯高俅辈的爪牙之前，一个个俯首受缚，他们想不通。所以《水浒传》纵然成了断尾巴蜻蜓，乡下人却还要看《武松独手擒方腊》这些戏。

不过这还是先前的事，现在似乎又有了新的经验了。听说四川有一支民谣，大略是“贼来如梳，兵来如篦，官来如剃”的意思。汽车飞艇，价值既远过于大轿马车，租界和外国银行，也是海通以来新添的物事，不但剃尽毛发，就是刮尽筋肉，也永远填不满的。无怪小百姓将“坐寇”之可怕，放在“流寇”之上了。

事实既然教给了这些，仅存的路，就当然使他们想到了自己的力量。

主题思想

在鲁迅的各种文体中，最能充分体现他的创造精神和创造力的首推他的杂文。“杂文”古已有之，在外国散文中也能找到类似的例证，但只有到了鲁迅的手中，这种文体才表现出它独特的艺术魅力和巨大的思想潜力。

在鲁迅一生创作的总共700多篇杂文中，形式和内容上最具有特色的是20世纪20年代中期以后所写的600多篇。这些杂文既是他个人特异的艺术创造才情和思想认识能力的生动表现，也是他辩证地批判和继承古代和近代杂文写作传统的具体结晶。

鲁迅曾经说杂文是“感应的神经”，它是鲁迅这样的时刻关注国家民族命运、民众疾苦的知识分子，与他所处的时代保持密切联系的最有效的方式。鲁迅的15本杂文集，就是从五四前后到20世纪30年代中期中国社会的忠实记录，就是一部思想、文化发展的历史。

也可以说，鲁迅杂文是中国现代文化的一部“史诗”，它不但记录了鲁迅一生战斗的业绩，同时也记录了鲁迅那个时代中国的思想史和文化史。当中国现代知识分子要创造适应于中国现代发展的新文化、新思想时，遇到的是从不同的阶层、不同的人物、从不同的角度，以不同的方式进行的诬蔑和攻击。鲁迅的杂文就是在这种没有固定不变的战线、没有固定不变的论敌的思想文化斗争中自然形成的。从五四起，鲁迅就开始用杂文的形式与反对新文化的各种不同的论调进行斗争，但那时他还是不自觉的。到了后来，他才更明确地意识到“杂文”的力量，并且开始自觉地从事杂文的创作。鲁迅以杂文为“感应的神经”，“对于有害的事物，立刻给以反响或抗争”，从而为新文化、新思想的发展在旧文化、旧思想的荆棘丛莽中开辟出一条蜿蜒曲折的道路，使之能够存在、发展、壮大。

而作为一个作家，鲁迅更为关注的是在历史事变背后人的思想、情感、心理的反应与变动。鲁迅曾充满自信地说：“‘中国大众的灵魂’，现在是反映在我的杂文里了。”在这个意义上，鲁迅的杂文就是一部活的现代中国人的“人史”。通过这些作品，能够真正了解中国的社会与历史。

艺术特色

鲁迅的杂文，形式丰富多彩，手法不拘一格，无不清新独创，给予读者以隽永的艺术享受。其艺术特色主要表现为：

一、具有高度的说服力

长篇的论证严密，短篇的一针见血，都能在有限的篇幅里把道理说得清楚、充分、深刻。

二、擅长分析

鲁迅的论辩能制强敌于死命，揭露矛盾的方法也多种多样。在运用逻辑思维来揭露事物的矛盾时，经常通过艺术形象来表现。寥寥几笔，逼真传神。

三、形象化手法

鲁迅经常运用书本或自己创造的故事来构成形象、表达思想。这些手法，都表现出贴切、平易、新鲜的特点。

四、鲁迅杂文的感情力量，特别表现在讽刺上

鲁迅认为："'讽刺'的生命是真实，不必是曾有的实事，但必须是会有的实情。"还有一部分杂文，通过"曲笔"隐晦曲折地表达自己的思想感情。

名家点评

★当我们见到局部时，他见到的却是全面。当我们热衷去掌握现实时，他已把握了古今与未来。要了解中国全面的民族精神，除了读《鲁迅全集》以外，别无捷径。

——郁达夫

朱自清散文

作者介绍

朱自清（1898～1948），中国现代作家、学者，原名自华，字佩弦，号秋实。他祖籍浙江绍兴，出生于江苏东海县一个小官僚家庭，六岁时全家移居扬州并成长于当地，故自称“扬州人”。朱自清从小在私塾读书，1916年毕业于江苏省立第八中学（后更名扬州中学），考入北大预科，后转入哲学系，1920年毕业，在江、浙等地任中学国文教员。1922年他与俞平伯等人创办《诗》月刊，其是新诗诞生时期最早的诗刊。他也是早期文学研究会会员。1923年发表长诗《毁灭》，创作了散文《桨声灯影里的秦淮河》。1925年清华学校设大学部，经俞平伯推荐，朱自清任清华大学教授，后任中文系主任，此后一生服务于清华大学。1927年他创作《背影》《荷塘月色》等名篇。1931年他开始留学美国，漫游欧洲，回国后写成《欧游杂记》。1937年抗战爆发后他随清华大学迁入昆明，在西南联大任教授兼中文系主任，1946年又随清华大学迁回北平。1948年8月12日因胃病去世，享年50岁。

朱自清既是一位诗人和散文家，又是著名的学者和教授，更是一名民主斗士。主要作品有：《寻朝》《踪迹》《背影》《欧游杂记》《你我》《精读指导举隅》《略读指导举隅》《国文教学》《经典常谈》《诗言志辨》《新诗杂话》《标准与尺度》《语文拾零》和《论雅俗共赏》等。

创作背景

朱自清的文学创作成就主要集中在散文和诗歌方面。他是以诗人的身份步入文坛的，但却以散文成就最为突出，他的散文被誉为“白话美术文的模范”。而他的散文之所以在文学史上能占有一席之地，主要得益于两个方面。第一，真。朱自清的散文题材多是生活的琐事，但少有空发议论的文字。第二，美。朱自清的散文语言有其自己独特的风格，通俗易懂，明白如话，但读起来又有着清秀之气，如朱德熙所说“于平淡之中见神奇”。

纵观中国现代散文的发展，以五四时期的成就最高、影响最大，而朱自清的散文创作，又是这一时期实绩最大、成就最高的。朱自清作为散文大家，他的名字永远和中国现代散文的历史写在一起。

鲁迅曾说：“五四时期散文、小品的成功，几乎在小说、戏曲和诗歌之上。”的确，五四时期文学的诸门类中，散文的成就最为突出。朱自清在《论现代中国的小品文》中也高度评价了散文的成就，他说：“最发达的，要算是小品散文。三四年来风起云涌的种种刊物，都有意无意地发表了许多散文，近一年这种刊物更多……小品散文，于是乎极一时之盛。”在《〈背影〉序》中又说：“就散文论散文，这三四年的发展，确是绚烂极了。”在这“极一时之盛”“绚烂极了”的散文百花园里，有周作人的隽永，俞平伯的绵密，徐志摩的艳丽，冰心的飘逸，而朱自清先生则以其“真挚清幽的神态”屹立于五四散文之林。

内容简介

朱自清散文集的版本众多，著名的篇章有：《荷塘月色》、《背影》、《匆匆》、《歌声》、《桨声灯影里的秦淮河》、《温州的踪迹》（包括《月朦胧，鸟朦胧，帘卷海棠红》《绿》《白水漈》《生命的价格——七毛钱》四篇）、《航船的文明》、《女人》、《〈梅花〉后记》、《白种人——上帝的骄子》、《怀魏握青君》、《阿河》、《儿女》、《哀韦杰三君》、《旅行杂记》、《飘零》、《说梦》、《白采》、《海行杂记》、《一封信》、《憎》、《正义》、《春晖的一月》等。

朱自清早期的散文主要是写实议论、叙事、抒情的小品文。依据其作品题材可分为三类：

一是以描写社会生活来抨击黑暗现实。代表作品有《生命价格——七毛钱》《白种人——上帝的骄子》《哀韦杰三君》《执政府大屠杀记》等。

二是描写个人和家庭生活，表现父子、夫妻、朋友间的人伦之情，具有浓厚的人情味。以《背影》《儿女》《给亡妇》为代表。

三是描写自然景物，借景抒情。如《桨声灯影里的秦淮河》《荷塘月色》《绿》《月朦胧，鸟朦胧，帘卷海棠红》《春》等，情景交融，充满诗情画意，是其代表佳作。

后两类散文，是朱自清写得最出色的，其中《背影》《荷塘月色》更是脍炙人口的名篇。其散文素朴缜密、清隽沉郁，以语言洗练、文笔清丽著称，极富有真情实感，代表了他的散文艺术的最高成就。

后期朱自清从华丽走向朴实，写出平实的《欧游杂记》和《经典常谈》，更是一种自我的矫正，说明其风格、类型的多变和进步。

朱自清的散文创作，从清秀隽永到质朴腴厚再到激进深邃，都打上了鲜明的时代印记，显示出他独特的艺术风格和审美旨趣。郁达夫在《新文学大系·现代散文导论》中说："朱自清虽则是一个诗人，可是他的散文仍能够贮满那一种诗意。"应该说，这是对朱自清散文艺术的一个很精到的评价。朱自清以他独特的美文艺术风格，为中国现代散文增添了瑰丽的色彩，为建立中国现代散文全新的审美特征，创造了具有中国民族特色的散文体制和风格。

精彩片段

★《匆匆》（全文）

燕子去了，有再来的时候；杨柳枯了，有再青的时候；桃花谢了，有再开的时候。但是，聪明的，你告诉我，我们的日子为什么一去不复返呢？——是有人偷了他们罢：那是谁？又藏在何处呢？是他们自己逃走了罢：现在又到了哪里呢？

我不知道他们给了我多少日子；但我的手确乎是渐渐空虚了。在默默里算着，八千多日子已经从我手中溜去；像针尖上一滴水滴在大海里，我的日子滴在时间的流里，没有声音，也没有影子。我不禁头涔涔而泪潸潸了。

去的尽管去了，来的尽管来着，去来的中间，又怎样地匆匆呢？早上我起来的时候，小屋里射进两三方斜斜的太阳。太阳他有脚啊，轻轻悄悄地挪移了；我也茫茫然跟着旋转。于是——洗手的时候，日子从水盆里过去；吃饭的时候，日子从饭碗里过去；默默时，便从凝然的双眼前过去。我觉察他去的匆匆了，伸出手遮挽时，他又从遮挽着的手边过去。天黑时，我躺在床上，他便伶伶俐俐地从我身上跨过，从我脚边飞去了。等我睁开眼和太阳再见，这算又溜走了一日。我掩着面叹息。但是新来的日子的影儿又开始在叹息里闪过了。

在逃去如飞的日子里，在千门万户的世界里的我能做些什么呢？只有徘徊罢了，只有匆匆罢了；在八千多日的匆匆里，除徘徊外，又剩些什么呢？过去的日子如轻烟，被微风吹散了，如薄雾，被初阳蒸融了；我留着些什么痕迹呢？我何曾留着像游丝样的痕迹呢？我赤裸裸来到这世界，转眼间也将赤裸裸的回去罢？但不能平的，为什么偏要白白走这一遭啊？

你聪明的，告诉我，我们的日子为什么一去不复返呢？

（原载《时事新报·文学旬刊》）

★这是一张尺多宽的小小的横幅，马孟容君画的。上方的左角，斜着一卷绿色的帘子，稀疏而长；当纸的直处三分之一，横处三分之二。帘子中央，着一黄色的，茶壶嘴似的钩儿——就是所谓软金钩么？“钩弯”垂着双穗，石青色；丝缕微乱，若小曳于轻风中。纸右一圆月，淡淡的青光遍满纸上；月的纯净，柔软与平和，如一张睡美人的脸。从帘的上端向右斜伸而下，是一枝交缠的海棠花。花叶扶疏，上下错落着，共有五丛；或散或密，都玲珑有致。叶嫩绿色，仿佛掐得出水似的；在月光中掩映着，微微有浅深之别。花正盛开，红艳欲流；黄色的雄蕊历历的，闪闪的。衬托在丛绿之间，格外觉着妖娆了。枝欹斜而腾挪，如少女的一只臂膊。枝上歇着一对黑色的八哥，背着月光，向着帘里。一只歇得高些，小小的眼儿半睁半闭的，似乎在入梦之前，还有所留恋似的。那低些的一只别过脸来对着这一只，已缩着颈儿睡了。帘下是空空的，不着一些痕迹。

试想在圆月朦胧之夜，海棠是这样的妩媚而嫣润；枝头的好鸟为什么却双栖而各梦呢？在这夜深人静的当儿，那高踞着的一只八哥儿，又为何尽撑着眼皮儿不肯睡去呢？他到底等什么来着？舍不得那淡淡的月儿么？舍不得那疏疏的帘儿么？不，不，不，您得到帘下去找，您得向帘中去找——您该找着那卷帘人了？他的情韵风怀，原是这样这样的哟！朦胧的岂独月呢；岂独鸟呢？但是，咫尺天涯，教我如何耐得？

我拼着千呼万唤：你能够出来么？

这页画布局那样经济，设色那样柔活，故精彩足以动人。虽是区区尺幅，而情韵之厚，已足沦肌浃髓而有余。我看了这画。瞿然而惊：留恋之怀，不能自已。故将所感受的印象细细写出，以志这一段因缘。但我于中西的画都是门外汉，所说的话不免为内行所笑。——那也只好由他了。

（《温州的踪迹》之一《月朦胧，鸟朦胧，帘卷海棠红》）

主题思想

朱自清的散文名篇大都描写身边的凡人琐事和自然景物，从题材上看并不广阔，不过是亲友的交往、家庭的琐事等。但其中传达着他对生活的思索和感悟，在平淡中传递着真挚的感情。这些散文思想内涵极为丰富，有的包含着作者对社会时事的思索，有的反映了他对于生活的独特理解。正如当年作家赵景深说的，朱自清的文章“不大谈哲理，只是谈一点家常琐事，虽是像淡香疏影似的不过几笔，却常能把那真诚的灵魂捧出来给读者看”。

即使后期那些议论的文字，也很少发空论。因为时时追求真切的见闻和感受，记写真实的景物，发表真实的议论，却能感动读者。就是因为这样，朱自清散文才取得了感人的力量。

艺术特色

朱自清的散文以独特的美文艺术风格，为中国现代散文增添了瑰丽的色彩，为建立中国现代散文全新的审美特征，树立了“白话美文的模范”。其艺术特色主要表现为：

一、匠心独具的构思

朱自清的散文篇幅大多不长，但其构思却颇具匠心。《背影》的出奇制胜；《春》的多侧面描写，而把文眼（一年之计在于春）置于描写和叙述之中，毫无刀刻斧凿之痕；《荷塘月色》虽说为了写心中的不宁静，但一路下来，却处处见“静”。

二、高尚真挚的情感

朱自清的散文，无论抒情的、写人叙事的，还是游记、随笔，都饱含着真挚的情感，融情于景，以理蕴情。他将自己的性格品质、喜怒哀乐全部倾注到作品之中，犹如巨石入海，激起读者情感的浪花。《背影》里他是孝敬的儿子；《给亡妇》里他是疼爱妻子但有点坏脾气的丈夫；《儿女》里是爱孩子又不善教育孩子的父亲，等等。他不仅爱父母、爱朋友、爱学生，同情弱者，更是一个正直的学者，憎恨帝国主义、封建道德。他的散文体现着真实的自己，充满着他的欢笑与泪水，表现了高尚的爱憎感情。

三、清丽华美的语言

朱自清散文的语言之美，是有口皆碑的。他的语言洗练、流畅、优美、清新，富于形象美和音乐美，同时善于使用贴切的动词来描绘景物，生动活泼。如《背影》语言的质朴、《荷塘月色》语言的清丽、《绿》语言的纤美，而《桨声灯影里的秦淮河》的语言更是极富色彩感，呈现出视觉上的绘画美。爱用叠字及长短句的巧妙搭配，形成了朱自清散文所特有的节奏感和韵律美。长短句的巧妙搭配，使其散文读来错落有致、朗朗上口，独具跌宕回环的听觉美感。

名家点评

★每回重读佩弦兄的散文，我就回想起倾听他闲谈的乐趣，古今中外，海阔天空，不故作高深而情趣盎然。我常常想，他这样的经验，这样的想头，不是我也有过的吗？在我只不过一闪而逝，他却紧紧抓住了。他还能表达得恰如其分，或淡或浓，味道极正而且醇厚。

——叶圣陶

★朱自清的成功之处是，善于通过精确的观察，细腻地抒写出对自然景色的内心感受。

——林非

《西厢记》

作者介绍

王实甫，元代著名杂剧作家，名德信，实甫是他的字，大都（今北京市）人。他的生卒年份不详，今天留存的关于他生平的资料很少，根据点滴记载，世人只能断定他主要活动范围是元代大都（今北京），生活在13世纪30年代元太宗时期至14世纪初年，与关汉卿同时代或稍后。

王实甫一生著有14种剧本，现存三种：《春丽堂》《破窑记》和《西厢记》，其他作品均已散佚不传。《西厢记》大约写于元贞、大德年间（1295～1307），是他的代表作，被誉为“西厢记天下夺魁”，与《红楼梦》被后人奉为中国文学史上的双璧。历史上，“愿普天下有情人都成眷属”这一美好的愿望，不知成为多少文学作品的主题，《西厢记》便是描绘这一主题的最成功的戏剧。

创作背景

《西厢记》的故事，最早起源于唐代元稹的传奇小说《莺莺传》，叙述书生张君瑞与同时寓居在普救寺的已故相国之女崔莺莺相爱，在侍女红娘的帮助下，两人在西厢约会，莺莺终于以身相许。后来张君瑞赴京应试，得了高官，却抛弃了莺莺，酿成爱情悲剧。到了宋金时代，流传更广，一些文人、民间艺人纷纷改编成唱本和戏剧，其中有《商调蝶恋花》《莺莺六幺》《红娘子》《张珙西厢记》等，而董解元的《西厢记诸宫调》在结局、情节、人物关系方面对《莺莺传》做了重大改动，确定了追求爱情自由、反对封建礼教的主题。到了元代，这些各自在南北流行的唱本、剧本又重新在大都、杭州等戏剧发展中心汇合，南北戏曲得到交流。王实甫编写的多本杂剧《西厢记》就是在这样丰富的艺术积累上加工创作而成的。

在王实甫生活的时代，统治者实行民族歧视政策，汉族文人的地位极低。同时，他是一位文采风流、才华横溢的才子，且与当时的歌妓艺妓有密切的交往，为他的戏剧创作提供了许多真实材料和实践经验。

内容简介

《西厢记》描写了相国千金崔莺莺和书生张君瑞有情人终成眷属的故事，共 5 本 21 折，主要情节如下：

唐德宗年间，崔相国去世。相国夫人郑氏携小女崔莺莺，送丈夫灵柩回乡，途中因故受阻，暂住河中府普救寺。崔莺莺年方 19 岁，针指女工、诗词书算，无所不能。她父亲在世时，就已将她许配给郑氏的侄儿郑尚书之长子郑恒。

一日，崔莺莺与侍女红娘到佛殿散心，巧遇书生张君瑞。张生本是西洛人，是礼部尚书之子，父母双亡，家境贫寒。他只身一人赴京城赶考，路过此地，听状元店里小二说，这里有座普救寺，是则天皇后的香火院，景致很美，三教九流，过者无不瞻仰，因此特来游玩。张生见到莺莺容貌俊俏，赞叹道："十年不识君王面，始信婵娟解误人。"为能再见到莺莺，张生与寺中方丈借宿，住进寺院西厢。

一日，相国夫人为亡夫做道场，夫人和小姐进香，以报答父亲的养育之恩。张生想："小姐是一女子，尚有报父母之心；小生湖海飘零数年，自父母下世之后，并不曾有一陌纸钱相报。"张生从和尚处得知莺莺小姐每夜都到花园内烧香。夜深人静，月朗风清，僧众都睡着了，张生来到后花园内，偷看小姐烧香，随即吟诗一首："月色溶溶夜，花阴寂寂春；如何临皓魄，不见月中人？"莺莺也随即和了一首："兰闺久寂寞，无事度芳春；料得行吟者，应怜长叹人。”张生夜夜苦读，感动了小姐崔莺莺，她对张生即生爱慕之情。但莺莺的母亲老夫人不愿招白衣女婿，百般阻挠。

叛将孙飞虎听说崔莺莺有“倾国倾城之容，西子太真之颜”。便率领五千人马，将普救寺层层围住，限老夫人三日之内交出莺莺做他的“压寨夫人”，大家束手无策。危急之中夫人声言：“不管是什么人，只要能杀退贼军，扫荡妖氛，就将小姐许配给他。”张生的八拜之交杜确，乃武状元，任征西大元帅，统领十万大军，就镇守在附近的蒲关。张生先用缓兵之计，稳住孙飞虎，然后写了一封书信给杜确，请他派兵前来。惠明和尚下山去送信，三日后，杜确的救兵到了，打退孙飞虎。

退了敌兵，老夫人却反悔了，在酬谢席上以莺莺已许配郑恒为由，让张生与崔莺莺结拜为兄妹，并厚赠金帛，让张生另择佳偶。看到这些，侍女红娘安排莺莺和张生相会，夜晚张生弹琴向莺莺表白自己的相思之苦，莺莺也向张生倾吐爱慕之情。自那日听琴之后，多日不见莺莺，张生害了相思病。趁红娘探病之机，张生托她捎信给莺莺，莺莺回信约张生月下相会。夜晚，莺莺在后花园弹琴。张生听到琴声，攀上墙头一看，是莺莺在弹琴。因急欲与小姐相见，便翻墙而入。莺莺见他翻墙而入，反怪他行为下流，发誓再不见他，致使张生病情愈发严重。莺莺得知实情后非常感动，在红娘的鼓励下，终于来到张生的房中，与他私定终身。

两人的情事终于被老夫人察觉，叫来红娘逼问。机智的红娘替小姐和张生求情，并据理力争，指出这不是张生、小姐和红娘的罪过，而是老夫人的过错，老夫人不应言而无信。老夫人无奈，只好向事实妥协，但她提出要求，张生必须考取功名方可娶莺莺为妻。莺莺在十里长亭摆下筵席为张生送行，她再三叮嘱张生休要“停妻再娶妻”，休要“一春鱼雁无消息”。长亭送别后，张生行至草桥店，梦中与莺莺相会，醒来不胜惆怅。

张生考得状元，写信向莺莺报喜。这时郑恒来到普救寺，捏造谎言说张生已被卫尚书招为东床佳婿。郑夫人一怒之下再次将小姐许配给郑恒，并决定择吉日完婚。恰巧成亲之日，张生以河中府尹的身份归来，征西大元帅杜确也来祝贺。真相大白后，郑恒羞愧难言，含恨自尽。张生与莺莺终成眷属。

精彩片段

★［油葫芦］九曲风涛何处显？……这河带齐梁分秦晋隘幽燕。雪浪拍长空，天际秋云卷；竹索缆浮桥，水上苍龙偃；东西溃九州，南北串百川。归舟紧不紧如何见？却便似弩箭乍离弦。

★［中吕］［粉蝶儿］风静帘闲，透纱窗麝兰香散，启朱扉摇响双环。绛台高，金荷小，银镇犹灿。比及将暖帐轻弹，先揭起这梅红罗软帘偷看。

★［正官］［端正好］不念《法华经》，不礼《梁皇忏》，风了僧伽帽，袒下我这偏衫。杀人心逗起英雄胆，两只手将乌龙尾钢椽揝。

［收尾］恁与我助威风擂几声鼓，仗佛力呐一声喊。绣旗下遥见英雄俺，我教那半万贼兵唬破胆。

★［鬼三台］夜坐时停了针绣，共姐姐闲穷究，说张生哥哥病久，咱两个背著夫人向书房问候。

（夫人云）问候呵，他说甚么？

（红云）他说来，道“老夫人事已休，将恩变为仇，著小生半途喜变作忧。”他道“红娘你且先行，教小姐权时落后。”

（夫人云）他是个女孩儿家，著她落后怎么？

（红唱）［秃厮儿］我则道神针法灸，谁承望燕侣莺俦。他两个经今月余则是一处宿，何须你一一问缘由？

★莺莺：“自那夜听琴后，闻说张生有病，我如今著红娘去书院里，看他说甚么？”（唤红娘）

红娘：“姐姐唤我，不知有甚事，须索走一遭。”

莺莺：“这般身子不快啊，你怎么不来看我？”

红娘：“你想张……”

莺莺：“张甚么？”

红娘：“我张著姐姐哩。”

主题思想

《西厢记》是我国现实主义古典戏剧的杰作，正面提出“愿天下有情人都成眷属”的主张，具有更鲜明的反封建礼教和封建婚姻制度的主题。与《西厢记诸宫调》相比，它在思想上更趋深刻，对后来以爱情为题材的小说、戏剧创作影响很大，《牡丹亭》《红楼梦》都从中不同程度地吸取了反封建的民主精神。

《西厢记》叙述了书生张君瑞和相国小姐崔莺莺邂逅并一见钟情，经侍女红娘的帮助，为争取婚姻自主，敢于冲破封建礼教的禁锢而私下结合的爱情故事，表达了对封建婚姻制度的不满和反抗，以及对美好爱情理想的憧憬和追求。几百年来，它深深地激励过无数青年男女。即使在今天，作品中的主题思想和艺术形象，仍然可以帮助我们加深对封建礼教罪恶本质的认识。

首先，《西厢记》歌颂了以爱情为基础的结合，否定封建社会传统的联姻方式。作为相国小姐的莺莺和书剑飘零的书生相爱本身，在很大程度上就是对以门第、财产和权势为条件的择偶标准的违忤。莺莺和张生始终追求真挚的感情。他们最初是彼此对才貌的倾心，经过联吟、听琴、赖婚、逼试等一系列事件，他们的感情也随之更加深厚，这里占主导的正是一种真挚的心灵上相契合的感情。

其次，莺莺和张生实际上已把爱情置于功名利禄之上。张生为莺莺而“滞留蒲东”，不去赶考。为了爱情，他几次险些丢了性命，直至被迫进京应试。得中之后，他也还是“梦魂儿不离了蒲东路”。莺莺在长亭送别时叮嘱张生“此一行得官不得官，疾便回来”，她并不看重功名，认为“但得一个并头莲，煞强如状元及第”。即使张生高中的消息传来，她也不以为喜而反添烦恼。《西厢记》虽然也是以功成名就和有情人终成眷属作为团圆结局，但全剧贯穿了重爱情、轻功名的思想，显示出王实甫思想的进步性。

艺术特色

《西厢记》是我国文学史和戏曲史上的一部杰作，以深刻的反封建礼教的思想性和精湛优美的艺术性赢得了极高赞誉。其艺术特色主要表现为：

一、人物性格的刻画

剧中出场人物并不多，但每个人物形象都十分丰满，既有鲜明突出的个性特征，又具有多重性。如崔莺莺的性格：一方面深受封建礼教的束缚，一方面又不满于父母包办的婚姻；一方面孝顺老夫人，一方面又违抗母亲。两方面的矛盾使她异常谨慎，她的内心斗争反复而激烈，她的行动始终在矛盾中。她既想约张生相会，又在紧要关头怒斥张生。一会儿眉目传情，一会儿装腔作势；一会儿寄书相约，一会儿又赖个精光。莺莺的美丽与智慧、哀愁与憧憬、多情与无常、反抗与让步，这一丰富形象的成功塑造为《西厢记》的成就增添了最为亮丽的色彩。

二、语言艺术的丰富性

这部剧作包含多种不同风格的艺术语言，却又不留雕琢痕迹地融合为一体，异彩纷呈、如珠似玉，令人目不暇接、叹为观止。它全面地继承了唐诗宋词精美的语言艺术，又吸收了元代民间生动活泼的口头语言，并将它们完美地融合在一起，创造了文采璀璨的元曲词汇，成为我国戏曲史上所谓“文采派”的最杰出的代表。

元杂剧分为本色派、文采派两派。本色派以朴素无华，自然流畅为语言特色；文采派则以词句华丽、文采璀璨为特点，并十分注意修饰词语，有很好的修辞技巧。关汉卿是本色派的语言大师，王实甫则为文采派的杰出代表，这部作品在艺术上几乎是完美无缺的，其文辞之华丽、故事之曲折、文笔之细腻、人物之传神均属一流。所以《西厢记》的语言艺术既丰富多彩，又极有文采风华，两者完美结合，而且通俗、合律、自然流畅，代表了中国古典戏曲“文采派”语言艺术的最高成就。

人物形象

崔莺莺：相国之女，集美貌智慧于一身，温柔端庄，超凡脱俗，勇于反抗封建婚姻制度，追求爱情自由与婚姻幸福。她是王实甫现实主义创作下反抗封建礼教的典型，她的意义在于并不完全脱离实际，而是闪现更多的现实主义光辉。

莺莺始终渴望着自由的爱情，并且一直对张生抱有好感。而她自幼所受的教育与她自身追求之间的矛盾，使她总是若进若退地试探获得爱情的可能，并常常在似乎是彼此矛盾的状态中行动。张生遭到她的痛斥卧病后，她忧心忡忡，经过一番挣扎，终于勇敢地跨出一步，与张生结合。这时她已经把礼教的束缚抛在一边，在她的眼里，只有爱情、自由、幸福，她要主宰自己的未来。这在当时的社会环境下，在深受封建伦理道德影响的崔莺莺身上已经很不容易了。老夫人无奈默许她与张生的婚事，但前提必须是张生得中状元。崔莺莺内心并不想让张生远赴京城赶考，但为了母亲也只能妥协。她内心惶惑不安，既怕张生不中状元，又怕他为别的女子所吸引，抛弃自己。未来幸福与否，她实在无力把握。这些看来似乎有损崔莺莺形象的反抗性，正是现实主义的特点所在。结果张生考上了状元，成就了这段理想爱情模式的佳话。

张生：穷苦的书生，虽然出身官宦世家，但家道早已败落，他怀才不遇、湖海飘零，但重爱情胜过功名利禄。他可以为莺莺放弃进京应试，也可以为莺莺金榜题名。他既有机灵智慧的一面，又有懦弱憨厚的一面，带有浓厚的喜剧色彩。

红娘：莺莺的侍女。她是另一个光彩夺目的形象，虽是个婢女，却极富斗争精神和平等意识。她对背信弃义的老夫人、仗势欺人的郑恒都积极勇敢地进行斗争，对莺莺和张生的自由相爱全力支持。她有着过人的胆识和才干，心直口快，不仅促成了两人的结合，而且在紧要关头挺身而出，向老夫人陈说利害，维护了两人的幸福。可以说，她是勇敢、智慧与正义的化身。

老夫人：相国夫人、莺莺的母亲。她贪图富贵、蛮横专制、不守信义，如果不是机智的红娘对莺莺和张生的支持与帮助，女儿的自由和幸福很可能就牺牲在她的手上。她是封建势力的代表、封建礼教的维护者。

名家点评

★《西厢记》不同小可，及是天地妙文，自从有此天地，他中间便定饶有兴趣有此妙文。

——金圣叹

★《西厢记》是超过时空的艺术作品，有永恒而且普遍的生命。

——郭沫若

《雷雨》

作者介绍

曹禺（1910～1996），中国现当代剧作家，原名万家宝，字小石，祖籍湖北潜江，生于天津一个没落的官僚家庭。父亲万德尊曾任镇守使、都统和黎元洪总统秘书。曹禺生母早逝，继母酷爱戏剧，常携曹禺观看戏曲和文明戏。曹禺没上过小学，延师在家，诵经读史，受过较好的启蒙教育，很早就涉猎了大量古典小说。1922 年他入天津南开中学，首次以“曹禺”笔名发表了小说《今宵酒醒何处》。同时，他参加南开新剧团，崭露了戏剧表演的天赋。

1928 年曹禺入南开大学政治系，1930 年转清华大学西洋文学系，1933 年入清华研究院当研究生，专事戏剧研究。翌年他到天津河北女子师范学校任教。1933 年，23 岁的曹禺创作了处女作四幕剧《雷雨》，以高度的艺术成就和现实主义的艺术力量震动了当时的戏剧界，标志着中国话剧艺术开始走向成熟。以后陆续创作了《日出》《原野》《北京人》等作品，并将巴金的小说《家》改编成剧本，还译有《罗密欧与朱丽叶》等。中华人民共和国成立后，曹禺历任北京人民艺术剧院院长、中国作家协会书记处书记、中央戏剧学院名誉院长、中国戏剧家协会主席等职。他创作了话剧《明朗的天》、历史剧《胆剑篇》（执笔）、《王昭君》，出版有散文集《迎春集》，及《曹禺选集》《曹禺论创作》《曹禺戏剧集》等。

创作背景

在曹禺的青年时代，莎士比亚和古希腊的话剧作品给予他广泛而深刻的影响，西方戏剧揭露社会黑暗、追求人性解放的思想为曹禺戏剧创作提供了丰厚的土壤和鲜活的源泉，而在没落的封建家庭的生活经历又为其本土戏剧的创作提供了良好的素材依据。加之曹禺青少年时代就目睹了半封建半殖民地中国社会的残酷黑暗现实。经过了几年酝酿和构思，在清华大学四年级时，曹禺完成其具有深刻时代内涵和社会意义的处女作——《雷雨》。

《雷雨》创作于 1933 年，两年前，刚刚爆发了日本侵略中国的九一八事变。全国上下掀起了抗日的热潮，曹禺也积极投身抗日宣传。《雷雨》中的鲁大海，就有曹禺在保定结识的一位有思想、有智慧的年轻工人的影子。

《雷雨》的创作处在变革、动荡的时代，政治经济形态的更替，道德价值观的交锋，深深地冲击着人们的灵魂。曹禺先生敏锐地捕捉了这些非常态的人性特征，在对其进行了理性的分析和思考后将其附着在适当的人物身上，再以话剧的形式阐释这种思考，这就使戏剧人物形象散发出了夺目的艺术感染力。

内容简介

序幕

冬天，一个孤独忧郁的老人，到教堂附属医院来看望两个妇人，一个是他年轻时抛弃的女人，一个是他已经发疯的妻子。

第一幕

20 世纪 20 年代，一个夏天的上午，天气灰暗闷热，暴风雨即将来临。周公馆的客厅雍容富丽。周家的两个仆人正在忙碌，父亲鲁贵给老爷周朴园擦皮鞋，女儿四凤给太太繁漪煎药。鲁贵昨晚赌博，欠了别人的债，正厚着脸皮向女儿要钱，并暗示自己知道四凤和周家大少爷之间的私情。四凤无奈，只得满足他的要求。鲁贵一高兴，告诉四凤大少爷周萍和他的继母繁漪有乱伦关系。这时繁漪走进客厅，问四凤大少爷周萍到矿上去的事情，四凤心里更紧张了。

繁漪的亲生儿子周冲蹦蹦跳跳地跑进客厅，对母亲说，他想把自己的学费分一半给四凤，好让她去上学，因为他正热恋着四凤。这时，周萍穿过客厅到父亲的书房去，假装没有看到繁漪，却被繁漪拦住。周萍说他正准备明天到矿上去，想找父亲谈谈。

周萍是周朴园和家里的一个侍女生的孩子。那时候，周家还住在无锡。周朴园是这个封建官僚家庭的大少爷，与仆人梅妈的女儿梅侍萍相爱，侍萍为他生了两个儿子。后来，周家为了与一位门当户对的小姐（也就是繁漪）结亲，在大年三十晚上赶走了梅侍萍，强迫她留下了长子（周萍），并且带走刚刚出生三天的病重的次子（鲁大海）。侍萍抱着孩子冒着暴风雪投河，幸而被救。后来她嫁给了鲁贵，又生了女儿四凤，自己改名鲁侍萍，儿子也改名鲁大海。后来，周家几次搬家。鲁大海来到周公馆做工，四凤则在周公馆做侍女。现在鲁大海作为周朴园矿上的矿工代表来找周朴园，正在门房里等候。

繁漪是周朴园的第二个太太，她只比周萍大 7 岁，苍白美丽，眉目间显出忧郁。她从周朴园那里得不到任何温情，因而爱上空虚而又软弱的周萍。当发现周萍开始摆脱自己，爱上并追求四凤时。繁漪吃醋了，她叫来了四凤的母亲侍萍，让她把四凤带走，企图重新得到周萍。

第二幕

午饭后天气更加阴沉郁闷。周萍走进客厅，打了个暗号，四凤从外面跑了进来，他们约定晚上 11 点到四凤的房间相会。繁漪希望周萍留下陪陪他，她指责周萍当初引诱她，使她现在母亲不像母亲，情妇不像情妇。周萍冷漠地说："如果你以为你不是父亲的妻子，我自己还承认我是我父亲的儿子。""我盼望这一次的谈话是我们的最后一次。"繁漪对周萍说："你不能就这么抛弃我，我不能受周家两代人的欺负。我要让你尝尝一个女人受伤害时的力量。"

鲁妈在四凤的陪同下来到了客厅，她就是当年被周朴园抛弃的梅侍萍。四凤将老爷以前的太太的照片拿给侍萍看，侍萍发现照片中的女人正是自己，才明白原来周公馆的主人便是周朴园。她万万没有想到，三十年前她伺候周家的老爷，三十年后她的女儿又伺候周家的少爷。

周朴园走进客厅，侍萍的无锡口音引起了他的注意，经过盘问，他认出了侍萍。在此之前，他很怀念侍萍，家里的一切都按照侍萍当年的布置，可当活着的侍萍站在他面前时，他却厉声说："你来干什么？""是谁指使你来的?”侍萍愤怒地回答:“命,不公平的命指使我来的。”周朴园决定用钱来解决他们的恩怨,侍萍当面撕碎了5000元支票,她说只想见见他的萍儿。

这时罢工代表鲁大海闯了进来,周朴园得知,大海就是自己的第二个儿子。周朴园拿出复工合同,原来他用钱收买了另外几个罢工代表,而准备开除鲁大海。鲁大海非常愤怒地揭露他在包哈尔滨江桥时,故意让江堤出险,淹死了三千多名工人,发了一笔绝子绝孙的昧心财。一旁的周萍上前狠狠打了鲁大海两记耳光。侍萍看到父子、兄弟势不两立的惨剧,悲痛不已。

第三幕

晚上,电闪雷鸣,风雨交加。周冲奉母命来到鲁贵家里,给侍萍送100元钱。四凤拒绝接收,鲁贵却厚着脸收下了。鲁大海随即逼着鲁贵把钱退还,并把周冲赶出门去。鲁侍萍决定第二天就带四凤离开。周萍也半夜冒雨来到鲁家,从窗户跳进四凤的房间,跟踪而来的繁漪从外面把窗户插上。大海发现了周萍和四凤拥抱在一起,大海要打周萍,被侍萍拦住,四凤羞愧地夺路而逃。

第四幕

侍萍和鲁大海来到周公馆找四凤,侍萍要带四凤回家。四凤不得已向侍萍说出真相——她已经怀了周萍的孩子。侍萍一瞬间如遭晴天霹雳,她想不到,四凤竟然重蹈自己当年的覆辙,而且是爱上了同母异父的哥哥。在四凤的苦苦哀求下,侍萍答应让周萍带四凤走,永远不要再见到他们。

繁漪带周冲来阻止周萍出走,周朴园也闻声而至,他以为侍萍前来认儿子,让周萍跪下认自己的生母。严酷的现实让四凤无法承受,她冲向花园,碰到漏电的电线而死,周冲去救她也触电身亡。周萍开枪自杀了,两个妇人疯了。

精彩片段

★[四凤走到母亲前,跪下。](以下“四”为四凤,“鲁”为鲁侍萍)

四:妈,您不怪我吧?您不怪我这次没听您的话,跑到周公馆做事吧?

鲁:不,不,做了就做了,只不过为什么这两年你一个字也不告诉我,我下车走到家里,才听见张大婶告诉我,说我的女儿在这儿。

四：妈，我怕您生气，我怕您难过，我不敢告诉您……其实，妈，我们也不是什么富贵人家，就是像我这样帮人，我想也没有什么关系。

鲁：不，你以为妈怕穷么？怕人家笑我们穷么？不，孩子，妈最知道认命，妈最看得开，不过，孩子，我怕你太年轻，容易一阵子犯糊涂，妈受过苦，妈知道的。你不懂，你不知道这世界太……人的心太……（叹一口气）好，我们先不提这个。（站起来）这家的太太真怪！她要见我干什么？

四：嗯，嗯，是啊（她的恐惧来了，但是她愿意向好的一面想）不，妈，这边太太没有多少朋友，她听说妈也会写字、念书，也许觉着很相近，所以想请妈来谈谈。

鲁：（不信地）哦？（慢慢看这屋子的摆设，指着有镜台的柜）这屋子倒是很雅致的。就是家具太旧了点。这是……

四：这是老爷用的红木书桌，现在做摆饰用了。听说这是三十年前的老东西，老爷偏偏喜欢用，到哪儿带到哪儿。

鲁：那个（指着有镜台的柜）是什么？

四：那也是件老东西，从前的第一个太太，就是大少爷的母亲，顶爱的东西。您看，从前的家具多笨哪。

鲁：咦，奇怪……为什么窗户还关上呢？

四：您也觉得奇怪不是？这是我们老爷的怪脾气，夏天反而要关窗户。

鲁：（回想）凤儿，这屋子我像是在哪儿见过似的。

四：（笑）真的？您大概是想我想得梦里到过这儿。

鲁：对了，梦似的……奇怪，这地方怪得很，这地方忽然叫我想起了许多许多事情。（低下头坐下）

四：（慌）妈，您怎么脸上发白？您别是受了暑，我给您拿一杯冷水吧。

鲁：不，不是，你别去……我怕得很，这屋子有鬼怪！

四：妈，您怎么啦？

鲁：我怕得很，忽然我把三十年前的事情一件一件地都想起来了，已经忘了许多年的人又在我心里转。四凤，你摸摸我的手。

四：（摸鲁妈的手）冰凉，妈，您可别吓坏我。我胆子小，妈，妈……这屋子从前可闹过鬼的！

鲁：孩子，你别怕，妈不怎么样。不过，四凤，我好像我的魂来过这儿似的。

四：妈，您别瞎说啦，您怎么来过？他们二十年前才搬到这儿北方来，那时候，您不是正在南方么？

鲁：不，不，我来过。这些家具，我想不起来……我在哪见过。

四：妈，您的眼不要直瞪瞪地望着，我怕。

鲁：别怕，孩子，别怕，孩子。（声音愈低，她用力地想，她整个的人，缩，缩到记忆的最下层深处。）

四：妈，您看那个柜子干什么？那就是从前死了的第一个太太的东西。

鲁：（突然低声颤颤地向四凤）凤儿，你去看，你去看，那柜子靠右第三个抽屉里，有没有一只小孩穿的绣花虎头鞋。

四：妈，您怎么啦？不要这样疑神疑鬼地。

鲁：凤儿，你去，你去看一看。我心里有点怯，我有点走不动，你去！

四：好我去看。

[她走到柜前，拉开抽斗，看。]

鲁：（急）有没有？

四：没有，妈。

鲁：你看清楚了？

四：没有，里面空空地就是些茶碗。

鲁：哦，那大概是我在做梦了。

四：（怜惜她的母亲）别多说话了，妈，静一静吧，妈，您在外受了委屈了，（落泪）从前，您不是这样神魂颠倒的。可怜的妈呀。（抱着她）好一点了么？

鲁：不要紧的……刚才我在门房听见这家里还有两位少爷？

四：嗯！妈，都很好，都很和气的。

鲁：（自言自语地）不，我的女儿说什么也不能在这儿多待。不成。不成。

四：妈，您说什么？这儿上上下下都待我很好。妈，这里老爷太太向来不骂底下人，两位少爷都很和气的。这周家不但是活着的人心好，就是死了的人样子也是挺厚道的。

鲁：周？这家里姓周？

四：妈，您看您，您刚才不是问着周家的门进来的么？怎么会忘了？（笑）妈，我明白了，您还是路上受热了。我先跟你拿着周家第一个太太的相片，给您看。我再跟你拿点水来喝。

[四凤在镜台上拿了相片过来，站在鲁妈背后，给她看。]

鲁：（拿着相片，看）哦！（惊愕地说不出话来，手发颤。）

四：（站在鲁妈背后）您看她多好看，这就是大少爷的母亲，笑得多美，他们并说还有点像我呢。可惜，她死了，要不然……（觉得鲁妈头向前倒）哦，妈，您怎么啦？您怎么？

鲁：不，不，我头晕，我想喝水。

四：（慌，掐着鲁妈的手指，搓着她的头）妈，您到这边来！（扶鲁妈到一个大的沙发前，鲁妈手里还紧紧地拿着相片）妈，您在这儿躺一躺。我给您拿水去。

[四凤由饭厅门忙跑下。]

鲁：哦，天哪。我是死了的人！这是真的么？这张相片？这些家具？怎么会？哦，天底下地方大得很，怎么？熬过这几十年偏偏又把我这个可怜的孩子，放回到他……他的家里？哦，好不公平的天呐！（哭泣）

主题思想

《雷雨》揭示和抨击了旧中国社会和家庭两方面的黑暗与罪恶。

一、当时社会制度的罪恶腐朽

作者深刻地描绘了中国半封建半殖民地都市上层社会生活的腐烂与罪恶，展现了旧制度必然崩溃的图景，对于走向没落和死亡的阶级给予了有力的揭露和抨击。通过周、鲁两家人之间复杂的人物关系和尖锐的矛盾冲突，生动地勾勒出现实社会的阶级关系，反映了当时历史真实的某些方面。《雷雨》中主要人物的结局极富悲剧性，有的死，有的逃，有的疯。这种强烈的悲剧性不只深刻地暴露了资产阶级的罪恶和他们庸俗卑劣的精神面貌，而且引导观众和读者不得不追溯形成这种悲剧的社会原因。这正是《雷雨》这一名剧深刻的思想意义之所在。

二、旧家庭制度的悲剧

作者通过周、鲁两个家庭八个人物前后30年间复杂的纠葛，描写了一个以周朴园为代表的带有浓厚的封建色彩的资产阶级家庭的生活悲剧。作者写出了旧家庭的悲剧和罪恶：压制人性、残害妇女、漠视亲情、背叛伦理。剧本虽然从性爱血缘关系的角度写了一出家庭的悲剧，但在作者看来，这场悲剧和罪恶的制造者正是那些威严体面、道貌岸然的封建阶级和资产阶级。充满不义和邪恶的旧家庭正是整个旧社会旧制度的缩影。

值得注意的是，在繁漪和四凤身上，已显示出妇女人性的觉醒。鲁大海这个形象虽然不是着墨最多的，但作家对他赋予了很大的热情，鲁大海的出现给作品的阴郁气氛带来了明朗与希望，这是体现作家社会理想的形象。他粗犷、有力，最后《雷雨》中的人们都毁灭了，他却走向自己的道路。

艺术特色

《雷雨》在艺术上获得很高的成就。作者对旧家庭的生活非常熟悉，对所塑造的人物有着深切的了解，对人物性格的把握相当准确。这主要表现为：

一、精妙的结构

《雷雨》剧作完全运用了三一律，在短短一天之内（上午到午夜两点钟），两个舞台背景（周家的客厅，鲁家的住宅）之中，表现了两个家庭八个人物之间前后30年的错综复杂的纠葛，牵扯起过去的恩恩怨怨。其中不仅凸显了伦常的矛盾、阶级的矛盾，还有个体对于环境、时代强烈不协调的矛盾。在众多的矛盾冲突中，周萍、繁漪和四凤的爱情纠葛是一条明线，周朴园与鲁侍萍的恩怨则是一条暗线。两条线索，同时并存、彼此交织、互为影响、交相钳制，使剧情紧张曲折、引人入胜。

二、戏剧化的情节

《雷雨》的情节紧张错综又自然合理。作品大胆地吸取了外国优秀剧作的丰富经验，又符合中国观众的审美习惯，使《雷雨》在故事的叙述上具有传奇性、场面的冲突上具有紧张性、情节的构建上具有明确性。

作者善于巧妙设置戏剧波澜，使矛盾盘旋而上，渐趋高潮。例如周朴园与侍萍的狭路相逢和“发现”过程，作者处理得跌宕起伏，曲尽其妙。一开始，周朴园看到侍萍关窗户，不禁奇怪地发问：“你——你贵姓?”这句发问，构成了对话的第一层波澜。这层波澜，随着侍萍那句平稳的回答——“我姓鲁”很快平息。然后，侍萍诉说自己的遭遇，逐渐触痛周朴园的隐私，他又疑窦顿生，问道：“你姓什么?”这是第二层波澜。侍萍不卑不亢地答道：“我姓鲁，老爷。”于是复归平静。继而，侍萍愤怒地告诉周朴园“这个人现在还活着”。这使周朴园极为紧张，他逼问道：“你是谁?”这又掀起第三层波澜。侍萍回答：“我是这儿四凤的妈，老爷。”使剧情又趋平缓。接着侍萍怒火中烧，急欲向仇人喷发，终于痛切道出“我是从前伺候过老爷的下人”，这句话一下掀起第四层波澜，并把剧情推至高峰。这样，既把侍萍欲言又止，欲吐还休的复杂心情表现得淋漓尽致，又把周朴园的虚伪凶残的本质如抽丝剥笋般的层层揭露，使剧情冲突大起大落、一波三折，收到令人荡气回肠的艺术效果。

曹禺在情节设计上的高超和妙手天成，是“五四”以来任何一位剧作家都无可比拟的。

三、富于特色的戏剧语言

作者用活泼生动、简练含蓄的语言，以一当十，制造出一个个紧张的场面和强烈的戏剧冲突。剧中几乎没有拗口的台词，但表达了最丰富的内容。

刻画人物时人性化的语言极富感染力，给人以鲜明的印象。周朴园的专横伪善、繁漪的乖戾不驯，都如刀刃一般在读者的心弦上缓缓滑过。

在自然景物、肖像描写方面，《雷雨》特别重视音响和色彩效果，不惜用浓墨重彩来表现。同时，还注意对人物的声音、气味、眼睛进行夸张的处理。在创作《雷雨》时，他给人物写小传、札记，所以每个人物出场时都有一段非常精彩的人物介绍。这是曹禺的发明，在他以前还没有人这样做过。

人物形象

繁漪：周朴园的妻子。她是剧中最有特色、个性最鲜明的人物。她聪明、美丽，是五四以后追求妇女解放、争取独立自由的新女性代表。但她任性而脆弱，热情而孤独，饱受精神折磨，渴望摆脱自己的处境却又只能屈从于命运的安排。正像作者所说，她陷入了“一口残酷的井”，她也是一个被侮辱与被损害者。繁漪对周家庸俗单调的生活难以忍受，对阴沉的气氛感到烦闷，对精神束缚感到痛苦。她敢爱敢恨，努力挣脱这一切，但她对旧制度的反抗是用一种畸形的方式表现出来的。她在重压下，常常无助、自卑，甚至自虐，这是繁漪无法摆脱的弱点。最终她在难以抗拒的环境中走向变态的发展：爱变成恨，倔强变成疯狂。悲剧的意义于是更加深刻和突出。繁漪这一悲剧形象，深刻地传达出反封建与个性解放的五四主题，闪烁出曹禺卓越的艺术才华。

周朴园：周公馆的老爷，他是一位既有资产阶级自由平等思想，又有封建专制思想的新兴资本家形象。他的性格特征主要是通过他与侍萍、繁漪两位女性形象以及他与周萍、鲁大海等人物的关系表现出来的。作者通过周朴园与侍萍的关系，主要考察了他的历史；而通过他与繁漪的关系，则集中展示了他在现实中作为一个封建专制家长的表现；而他与鲁大海，以及与鲁贵等人的关系，又从不同的侧面补充了他作为一个资本家的本质特点。他有着那个时代资本家共有的特征：阴险、狡诈、虚伪。在他看来，权利、名誉、秩序才是最重要的，为了自身利益可以不择手段。在序幕和尾声中展现了周朴园天性的回归，寄托了作者对人物命运的悲哀。

周萍：周朴园的大儿子。他也是一个充满矛盾的形象，向往自由，但对父亲心存敬畏、不敢违抗。他在这个家庭中也是十分压抑的，否则不可能和自己的后母发生感情。然而，四凤的出现，让他感觉到了生气，青春——他极力渴望的东西。他想摆脱繁漪对他的干扰，因此他决定离开这个家，由此可以看出他还是一个胆小懦弱、不敢面对问题、极力逃避困难的人。最后，摆在他眼前的一件件事实，却让他选择了死——一个最好的逃避方式。

鲁侍萍：周朴园抛弃过的女子。她是旧中国劳动妇女的典型形象，善良正直，备受欺辱和压迫，但又始终保持了自己的刚毅顽强。作为一个旧时代的下层妇女，她的人生已被分成两部分：一半属于丈夫；一半属于儿女。她希冀在默默无私地为亲人奉献中得到关爱与理解，从而确证自己存在的价值。但冷酷的现实使她无法继续沉默，30 年的悲惨遭遇把她磨炼得坚强勇敢，她用自己的人生经历最沉重地敲击着《雷雨》的悲剧丧钟。

四凤和周冲：四凤本是个青春活力的姑娘，然而一连串的打击却使她的命运变得坎坷多难。周冲是一个受新思想、新文化影响下成长的青年。他富于幻想、生性浪漫、缺乏韧性。他没有周萍的成熟，没有周朴园的罪恶，有的是他这个年纪该有的思想。其实他比四凤更加无辜。周冲和四凤是整出戏中最让人不忍心的受害者，两人同样的单纯、清澈，憧憬甜蜜的爱情，对未来充满了热情。他们明亮的眼睛无法看到掩藏在黑幕下的波涛汹涌，一心只勾勒着幸福的轮廓，他们的幼稚在残忍的现实面前被撞得头破血流。

鲁大海：周朴园的二儿子，跟随鲁贵和侍萍长大。他是一个有思想、有行动的年轻工人，直爽、质朴但又头脑清醒。他厌恶资本家，所以他才会直面周朴园，尽数他的罪恶，并且说话直接坦诚，我们还可以从他的言语中读出他的正义感。他代表的工人阶级将是中国无产阶级革命的先锋，他们是雷雨、闪电，将要摧毁黑暗没落的旧制度，作者的立意也在这里。和周朴园进行坚决的斗争，显示了他的反抗精神。

名家点评

★结构严密紧凑，完整集中。人物少，时间短，场景集中。剧情发展，入情入理，既合乎生活逻辑，又合乎人物性格逻辑，最后高潮出现，具有不可抗拒的说服力。

——冉忆桥

《茶馆》

作者介绍

略。详见《骆驼祥子》。

创作背景

三幕话剧《茶馆》创作于1956年。老舍写《茶馆》，本来是为配合时政宣传，写了一个四幕六场的话剧，北京人艺的院长曹禺等人感觉这部作品最精彩的部分是发生在一家旧茶馆里的戏，觉得应当以这场戏做基础，写一部描绘旧时代社会面貌的戏。于是，《茶馆》剧本完稿时放弃了正面展现革命斗争的场景，成了一部由往昔岁月的市井生活画面组合起来的社会风情大戏。

写《茶馆》时，老舍把视角重新转向他熟悉的旧时代，他说，这出戏只可能“侧面地透露出一些政治消息”。社会发展也恰好在这时给了老舍一个机会：1956年，国家基本完成对农业、手工业和资本主义工商业的社会主义改造，中国共产党的工作重心，由发动疾风骤雨式的大规模阶级斗争转向相对稳定的经济文化建设。为促进科学、文化、艺术事业，提出“百花齐放，百家争鸣”的方针，文艺界拥有了比较宽松的创作环境。《茶馆》就是在这种气候下问世的。

内容简介

《茶馆》共三幕，分别写了三个时代，但每幕戏都取用同一个场景——旧北京城一家叫“裕泰”的大茶馆。从时间上看，三幕戏的故事，彼此相隔很长的时间：第一幕发生在晚清光绪朝的戊戌年；第二幕发生在第一幕戏十几年后的北洋军阀割据时期；第三幕发生在距第二幕戏三十多年、抗战结束后的国民党统治时期。

第一幕：1898 年，腐败的清王朝即将灭亡。然而，在北京的一家大茶馆——裕泰茶馆里，却呈现着一片“繁荣”景象。那提笼架鸟的，逗蛐蛐、玩蝈蝈的，卖古玩玉器的，算命打卦的，无所不有。年轻精明的少掌柜王利发从父亲手中接下茶馆，并进行了一些改革，希望自己会比父亲经营得更好。一个大茶馆就是一个小社会，在这貌似繁荣的背后，隐约地露出了令人窒息的黑暗：洋货充斥市场，农村破产，“五斤白面就换个孩子”，太监要娶老婆，爱国者被捕，连县太爷都被神父吊在教堂里烧死了。这就是“戊戌变法”失败之后的“升腾”景象，它预示着大清国行将灭亡的必然命运。

第二幕：十几年后的民国初年，军阀割据，政局混乱，内战不断，民不聊生。北京城里有名的大茶馆都关了张，而只有裕泰茶馆在王掌柜的苦心经营下经过“改良”准备开张。茶馆里摆上了留声机，后院改成公寓，住进了大学生。社会上的动乱使王掌柜忧心忡忡，大兵们抢走了他的钱；逃荒的百姓堵在门口；侦缉队的两个“老主顾”敲诈他；更使他败兴的是两个大兵要娶一个女人，这种“生意”竟也跑到他的茶馆里来谈判。王掌柜非常困惑，不知这个世界再闹下去会是什么局面，而他又该如何生存……

第三幕：又过了 30 年，王利发已到风烛残年，仍在拼尽全力支撑着“裕泰”这个老字号。日本侵略者投降后，国民党和美帝国主义给人民带来了更大的灾难。吉普车横冲直撞，特务和反动会道门沆瀣一气，残酷镇压爱国学生和共产党人；17 岁的女孩被迫卖淫；流氓特务要霸占他的茶馆。王利发彻底绝望了，他想在离开这个世界之前，找几个知心人吐吐胸中的闷气。正好这时，50 年前被清政府逮捕过的常四爷来了，那位办实业最后垮了台的秦二爷也来了。三位老人用亲身经历揭露着人吃人的社会，撒着捡来的纸钱，他们笑着、喊着，那凄凉声在空中久久回荡。最后，只剩下王利发了，他坦然地抓起腰带，走进内室，仰望屋顶，寻找安然了结一生的地方。

精彩片段

★［王淑芬梳时行的圆髻，而李三却还带着小辫儿。二三学生由后面来，与他们打招呼，出去。］

王淑芬：（看李三的辫子碍事）三爷，咱们的茶馆改了良，你的小辫儿也该剪了吧？

李三：改良！改良！越改越凉，冰凉！

王淑芬：也不能那么说！三爷你看，听说西直门的德泰，北新桥的广泰，鼓楼前的天泰，这些大茶馆全先后脚儿关了门！只有咱们裕泰还开着，为什么？不是因为拴子的爸爸懂得改良吗？

李三：哼！皇上没啦，总算大改良吧？可是改来改去，袁世凯还是要做皇上。袁世凯死后，天下大乱，今儿个打炮，明儿个关城，改良？哼！我还留着我的小辫儿，万一把皇上改回来呢！

王淑芬：别顽固啦，三爷！人家给咱们改了民国，咱们还能不随着走吗？你看，咱们这么一收拾，不比以前干净，好看？专招待文明人，不更体面？可是，你要还带着小辫儿，看着多么不顺眼哪！

李三：太太，你觉得不顺眼，我还不顺心呢！

王淑芬：哟，你不顺心？怎么？

李三：你还不明白？前面茶馆，后面公寓，全仗着掌柜的跟我两个人，无论怎么说，也忙不过来呀！

王淑芬：前面的事归他，后面的事不是还有我帮助你吗？

李三：就算有你帮助，打扫二十来间屋子，侍候二十多人的伙食，还要沏茶灌水，买东西送信，问问你自己，受得了受不了！

王淑芬：三爷，你说的对！可是呀，这兵荒马乱的年月，能有个事儿做也就得念佛！咱们都得忍着点！

李三：我干不了！天天睡四五个钟头的觉，谁也不是铁打的！

王淑芬：唉！三爷，这年月谁也舒服不了！你等着，大拴子暑假就高小毕业，二拴子也快长起来，他们一有用处，咱们可就清闲点啦。从老王掌柜在世的时候，你就帮助我们，老朋友，老伙计啦！

［王利发老气横秋地从后面进来。］

李三：老伙计？二十多年了，他们可给我长过工钱？什么都改良，为什么工钱不跟着改良呢？

王利发：哟！你这是什么话呀？咱们的买卖要是越做越好，我能不给你长工钱吗？得了，明天咱们开张，取个吉利，先别吵嘴，就这么办吧！All right？

李三：就怎么办啦？不改我的良，我干不下去啦！

［后面叫："李三！李三！"］

王利发：崔先生叫，你快去！咱们的事，有工夫再细研究！

李三：哼！

王淑芬：我说，昨天就关了城门，今儿个还说不定关不关，三爷，这里的事交给掌柜的，你去买点菜吧！别的不说，咸菜总得买下点呀！

［后面又叫："李三！李三！"］

李三：对，后边叫，前边催，把我劈成两半儿好不好！（忿忿地往后走）

王利发：拴子的妈，他岁数大了点，你可得……

王淑芬：他抱怨了大半天了！可是抱怨得对！当着他，我不便直说；对你，我可得说实话：咱们得添人！

王利发：添人得给工钱，咱们赚得出来吗？我要是会干别的，可是还开茶馆，我是孙子！

［远处隐隐有炮声。］

王利发：听听，又他妈的开炮了！你闹，闹！明天开得了张才怪！这是怎么说的！

王淑芬：明白人别说糊涂话，开炮是我闹的？

王利发：别再瞎扯，干活儿去！嘿！

王淑芬：早晚不是累死，就得叫炮轰死，我看透了！（慢慢地往后边走）

王利发：（温和了些）拴子的妈，甭害怕，开过多少回炮，一回也没打死咱们，北京城是宝地！

王淑芬：心哪，老跳到嗓子眼里，宝地！我给三爷拿菜钱去。（下）

主题思想

三幕话剧《茶馆》通过在茶馆中活动的各色各样的人物，依次反映了三个时代长达50年的社会生活。在这50年间，社会上发生了许多重大的历史事件，但是作者并没有正面描写这些事件，而是巧妙地以“裕泰”茶馆为载体，从侧面反映当时的社会现实、透露社会的变化。同时调动自己对旧中国社会生活的观察和积累，把三个时代的三教九流各色人等，招之而来挥之而去，高度提炼而且活灵活现地展示了大清帝国即将灭亡时五光十色的社会风貌，活画出那个时代的病态现实。特别是作为清朝统治的特殊支柱的旗人社会在大动荡中的分化和没落，充分发挥了老舍作为北京风俗世态“画家”的特长。作者曾说：“茶馆是三教九流会面之处，可以容纳各式人物。一个大茶馆，就是一个小社会。”剧本紧紧围绕茶馆这一典型环境，让各类人物先后登场，写他们的言行举止，写他们怎样活着又是怎样死去，折射出那个黑暗腐朽的时代，反映了人们的悲惨遭遇和命运。《茶馆》中先后登场的有名有姓的人物有70多个，他们各有自己的经历，各有自己的故事，汇成一个总的故事，就是那个时代的故事。

《茶馆》没有一个贯穿始终的戏剧冲突。《茶馆》中出场的人物很多，但他们之间并没有正面冲突（个别局部的冲突例外），人物与茶馆的兴衰也没有直接关系。他们只是按照自己的人生轨迹生活着，而正直、善良的人们无法摆脱厄运，社会渣滓却横行霸道。作者把矛头直接指向那个旧时代，人物与人物之间的每一个或大或小的冲突都暗示了人物与时代之间的冲突。如李三的抱怨、巡警的勒索、难民的央告等，都表现了帝国主义操纵的军阀混战给社会造成的混乱，给人民带来的深重灾难。这就是剧本所要展示的人民与旧时代之间的特殊的矛盾冲突。这种看似“无事的悲剧”，实际上揭示的是社会的悲剧、是时代的悲剧，更能激起人们对旧时代的强烈憎恨。

艺术特色

《茶馆》的艺术特色主要表现在：

一、结构艺术

在话剧创作中，《茶馆》的结构比较独特，被人称为“图卷戏”，或者叫卷轴式的平面结构。它没有一个统一的情节，也没有一个不可缺少的中心人物，只是像图画一样，将一个一个人物摆进去，把一个一个情节镶嵌进去。以第二幕为例，这一幕出场的人物有30多个，有台词的近20个。这些人物没有明显的主次之分，台词也不多，只是在诉说着自己的事情，在茶馆中一闪而过。比如：崔久峰的出现，只是表现他理想破灭后的悲观失望；松二爷的出场也不过反映了他那类封建遗老的没落；即使是起着贯穿全剧作用的茶馆主人王利发，也不过是在与茶客的交往中表现着自己。剧中所有的人物，都只是大茶馆中的一个画面，把这些画面组织起来，便成了一幅画卷，随着剧情的发展逐步展开。

二、语言特色

人物语言个性化是本剧的一大特色。老舍善于从人物的身份、思想、性格出发，让他们说出符合自己个性的语言。每个人物的语言都是自己的，表达着自己的思想，显示着自己的性格。如王利发谦恭、周到，善于与各种人物打交道，对不同的人说不同的话，与他的掌柜身份非常吻合。常四爷豪爽耿直，带有闯荡江湖的侠气和饱经沧桑的沉重感。宋恩子、吴祥子狡诈奸猾、傲慢无礼，一看就是老牌的特务。刘麻子、唐铁嘴则满嘴流气，是典型的地痞无赖。出场的人物很多，台词有多有少，但都活灵活现，具有鲜明的个性。

幽默是本剧语言的又一特色。作者把对黑暗社会的讽刺、批判与对劳动人民的同情、对祖国的热爱联系起来，在微笑中蕴含着严肃和悲哀，形成自己独特的幽默风格。比如唐铁嘴夸耀自己如何抽“白面儿”时，表面看滑稽可笑，但仔细琢磨却又蕴含着深意：明明是受人侵害，却偏偏要自我炫耀，这是一种让人带泪的笑。又如王利发问报童“有不打仗的新闻没有”，看起来也像一句玩笑话，实际上却蕴含着对动荡时局的强烈不满，带着让人不易察觉的讽刺。这种幽默寓庄于谐，能给读者以回味和思考的余地。

浓郁的北京地方色彩在这个剧本中特别突出。简短的台词、儿化词语的运用、地道的北京方言等，使作品更具特色，也更真实。

人物形象

王利发：是裕泰茶馆的掌柜，也是贯穿全剧的人物。他从父亲手里继承了裕泰茶馆，也继承了他的处世哲学，即多说好话，多作揖。他胆小自私，又精明干练，善于应酬，对不同的人采取不同的态度。比如：对李三的苦处、康顺子的遭遇等，他虽然也有同情，但是很有限度，决不会为了他们而损害自己的利益；对巡警、特务则不同，他明知是敲诈，却巧于应付，不敢表示一点不满；对刘麻子之流，他虽然从心眼里厌恶，但仍然笑脸相迎，不愿得罪他们。就是这样一个精于处世的小商人，最终仍然没能逃脱破产的命运。王利发的悲剧，是旧中国广大市民命运的真实写照。

常四爷：常四爷是旗人，在清朝时吃皇粮。但是他对腐败的清王朝不满，对洋人更加痛恨。第一幕中因一句“大清国要完”被抓起来，坐了一年的监狱。出狱后参加义和团，以后又凭力气靠卖菜为生。他正直善良，敢作敢为，富于正义感。他不讳言他的不满，对抓过他的特务仍然很强硬，对困境中的王利发则雪中送炭。这个形象代表了不甘受奴役的中国人，反映出旧中国人民的反抗情绪。

松二爷：松二爷也是个旗人，但胆小怕事，游手好闲，整日喝茶玩鸟。清亡后，他仍然留恋过去的生活，不愿自食其力，最后终于饿死。这是一个没有谋生能力的旗人的典型，反映了中国封建社会的腐朽。

刘麻子、唐铁嘴等：是一群地痞无赖，一个说媒拉纤、拐卖人口，一个是麻衣相士、算命骗人。这样一类人物形象，反映了当时社会的畸形和病态。

名家点评

★中国戏剧史上空前的范例。

——曹禺

★远东戏剧的奇迹。

——欧洲评论界

《哈姆雷特》

作者介绍

威廉·莎士比亚（1564～1616），英国著名戏剧家、诗人。欧洲文艺复兴时期人文主义文学的集大成者。莎士比亚出生于英国沃里克郡斯特拉福镇。他幼年在当地文法学校读书，积累了较丰富的文学知识。13 岁时父亲破产，他辍学后当过学徒、教过书，做过各种职业。18 岁时和一个农场主的女儿结了婚，妻子比他大 8 岁。22 岁时他前往伦敦，先在剧院马厩当马夫，后来成为演员。1588 年前后他开始写作，当时的剧坛为牛津、剑桥的“大学才子”们所把持，但莎士比亚最终赢得了广大观众的拥护和爱戴，学生们曾在学校业余演出过莎士比亚的一些剧本，如《哈姆雷特》《错误的喜剧》。写作的成功，使莎士比亚赢得了南安普顿勋爵的眷顾，勋爵成了他的保护人。借助勋爵的关系，莎士比亚走进贵族的文化沙龙，对上流社会有了观察和了解的机会，扩大了视野，为日后的创作提供了丰富的源泉。1603 年詹姆士一世继位，莎士比亚的剧团改称“国王供奉剧团”，他和团中演员被任命为御前侍从。剧团经常巡回演出，也常常在宫廷中演出，莎士比亚创作的剧本进而蜚声社会各界。

莎士比亚在伦敦住了 20 多年，而他的妻子一直留在家乡斯特拉福。他在接近天命之年时隐退回归故里斯特拉福（1612 年左右），度过人生的最后时光。1616 年 4 月 23 日莎士比亚在其 52 岁生日前后不幸去世，葬于圣三一教堂。

莎士比亚在 1590～1612 年的 20 余年内共写了 38 部戏剧、2 首长诗和 154 首十四行诗。代表作有四大悲剧《哈姆雷特》《奥赛罗》《李尔王》《麦克白》和喜剧《威尼斯商人》《无事生非》等。他的戏剧多取材于历史记载、小说、民间传说和古老戏曲等已有的材料，反映了封建社会向资本主义社会过渡的历史现实，宣扬了新兴资产阶级的人道主义思想和人性论观点。

莎翁生前没有出版过自己的剧作。1623 年，演员 J. 海明和 H. 康代尔把他的剧作印成对开本，收进 36 出戏（其中 20 出是首次付印），号称“第一对开本”。从 1772 年开始，有人对于莎剧的作者不断提出过疑问，并且企图证实作者另有其人，但都缺乏证据。

创作背景

《哈姆雷特》的故事情节取材于 12 世纪的丹麦史。此前曾有多位作家改编过，1601 年莎士比亚重新加以改编，把一段中世纪的封建复仇故事，改写成一部深刻反映时代面貌，具有强烈反封建意识的悲剧，哈姆雷特形象也成为世界文学中著名的艺术典型之一。

莎士比亚通过哈姆雷特之口谈论戏剧时说：“自有戏剧以来，它的目的始终是反映自然，显示善恶的本来面目，给它的时代看一看它自己演变发展的模型。”也就是说，文艺创作的目的是：反映时代，反映现实。莎士比亚的戏剧一般取材于古代的或者外国的故事，但它表现的却是当代英国的生活和斗争。《哈姆雷特》就是借用丹麦的历史事件来反映英国的现实生活的。正如作者借主角的口所说的“是这一时代的缩影”。

莎翁写《哈姆雷特》的时候，英国已不再是“快乐的英国”，而是“一个颠倒混乱的时代”。当时的英国是资本原始积累最典型的国家，全国到处是乞丐、流浪人，而宫廷却挥霍浪费，甚至还颁发血腥法令，禁止乞讨、流浪，使他们走投无路，除受饥挨冻之外，还要遭到鞭打、割耳、打烙印、绞死等刑罚，社会动乱不堪，简直是人间地狱。莎士比亚深感自己的人文主义理想和英国现实之间存在着无法解决的矛盾，继而在《哈姆雷特》中深刻揭示出这一矛盾。

内容简介

丹麦王宫里，四具王公贵族的尸体躺在血泊中，满面悲伤的霍拉旭向人们讲述了那个惊心动魄的故事。

英俊善良的哈姆雷特是丹麦年轻的王子，他在国外接到父亲去世的噩耗，急忙回国奔丧，却发现父亲的弟弟即自己的叔叔克劳狄斯已经登上王位，并娶了自己的母亲。老国王的死也显得扑朔迷离，有人怀疑克劳狄斯是为了篡位娶嫂，害死了老国王。

哈姆雷特一直把父亲当作偶像来崇拜，而母亲乔特鲁德又迅速和叔叔结婚，这令哈姆雷特悲痛而郁闷。年轻王子昔日的快乐荡然无存，在他眼里，一切高洁的花卉全都枯死了。新王和王后想尽了办法使他快活起来，但哈姆雷特总是穿着黑色的丧服来表示他的哀悼，甚至在新王举行结婚大礼的那一天，他仍旧身着丧服以示鄙视。

在无数个悲哀的日子里，年轻的王子反复思量着他敬爱的父亲是怎样死的。虽然克劳狄斯宣称老国王是被一条蛇咬死的，但敏锐的哈姆雷特怀疑克劳狄斯就是那条蛇，而且，他猜测母亲乔特鲁德也有可能参与了谋杀。这些怀疑和猜测困扰着哈姆雷特，直到有一天他听说鬼魂的事，整个宫廷阴谋才开始显露出轮廓。

有学问的霍拉旭是哈姆雷特的好朋友。他和宫廷警卫马西勒斯曾在夜半看见过一个鬼魂，长得和已故的国王一样，乌黑的胡子略带些银色，穿着一套大家都很熟悉的盔甲，悲哀且愤怒地走过城堡的高台。一到子夜他就来了，哨兵对他讲话，他好像做出想说话的样子，但这时天亮了，鬼魂就消失了。当霍拉旭向哈姆雷特讲起此事时，困惑中的王子立刻相信了，他断定这一定是父王的鬼魂，他认为鬼魂这样出现一定不会无缘无故。于是，王于决定当天晚上和哨兵一起去守夜，好见到父王的鬼魂。天刚黑，哈姆雷特就和霍拉旭、马西勒斯等人登上了鬼魂经常出没的高台。月朗星稀，朔风刺骨，给鬼魂的出现更添了几分寒冷的前奏。正当他们谈着天气的时候，霍拉旭打断了他们的谈话，提醒大家鬼魂出现了。

哈姆雷特看见鬼魂果然和霍拉旭他们描述的一模一样，起初他又惊奇又害怕，他还祈求天神保佑他们，因为他不知道鬼魂是善是恶，更不知道它带来的是祸是福。可是渐渐的他觉得父王的鬼魂并无恶意。哈姆雷特胆子就大了起来，走向前去，望着和父亲无甚两样的鬼魂，情不自禁地喊道：“国王，父亲!”他请鬼魂告诉他怎样才能平息它不安的灵魂。于是，鬼魂就示意哈姆雷特跟它到人少僻静的地方谈话。霍拉旭他们竭力劝阻哈姆雷特不要跟鬼魂去，但睿智的哈姆雷特早就盘算着揭开父王暴毙的秘密，怎肯放弃这样的机会？至于生命，他早就看透了，而他的灵魂既然同样是永生的，鬼魂又怎能加害于它呢？所以年轻的王子突然觉得像狮子一样强悍，挣脱了霍拉旭他们的阻碍，跟着鬼魂走了。

当四处无人的时候，鬼魂打破了沉默，说它正是哈姆雷特父亲的鬼魂。鬼魂说他是被人害死的，凶手就是他的亲弟弟克劳狄斯，目的是为篡夺王位、霸占王嫂。当老国王照老习惯午后在花园里睡觉的时候，歹毒的克劳狄斯趁他熟睡之际，偷偷溜进花园，把毒草汁灌进国王的耳朵和眼睛里。那致命的毒汁像水银一样流进了他全身的血管里，烧干了血液，并使皮肤到处长出硬壳似的疮。这样，卑鄙的弟弟夺去了他王兄的生命，篡夺了王位，霸占了王嫂。鬼魂请求哈姆雷特，如果他确实崇拜和挚爱他的父亲，那他一定要向那卑鄙的凶手复仇。鬼魂又喟叹说没想到恩爱多年的妻子居然如此寡廉鲜耻，轻易地就投入谋杀她丈夫的凶手的怀抱。但鬼魂又嘱咐哈姆雷特在复仇时千万不可伤害到他的母亲，让上帝去裁决她，让她不安的良心时时刺痛她自己就够了。哈姆雷特含泪听完了鬼魂的控诉，答应鬼魂一切都按吩咐去办，鬼魂放心地消失了。

哈姆雷特立誓要把他所记得的所有事情，包括他从书本及阅历里学到的东西统统忘掉，只剩下鬼魂告诉他的话和要他做的事来支配他的脑子和身体。这个秘密，哈姆雷特只谨慎地告诉了密友霍拉旭一个人。他吩咐马西勒斯等人对那晚上所看到的一切都要绝对地保守秘密。

在得知这个宫廷阴谋之前，精神的痛苦使哈姆雷特的身体虚弱、精神颓唐，鬼魂揭开秘密又在他心灵上增加了极其沉重的负担。为了麻痹克劳狄斯，王子做出一个奇特而大胆的决定：假装发疯。这样一来，克劳狄斯可能就不会认为他有什么图谋，也不会有什么猜忌了。而且，假装发疯不但可以巧妙地掩盖他内心中真实的不安，还可以给他机会冷眼窥视克劳狄斯的一举一动。

从此，哈姆雷特在言语、服饰及各种行动上都装得疯癫怪诞。他装疯十分像，以至国王和王后都被他哄骗了过去。他们并不知道鬼魂的事，所以认为哈姆雷特的发疯除悲悼他父亲的逝世外，一定还有爱情的折磨。哈姆雷特确实爱着一个叫作奥菲莉娅的美丽姑娘，她是御前大臣波洛涅斯的女儿。哈姆雷特曾经给她写过情书、送过礼物，有过许多热烈的爱情表白，正大光明地向这位纯洁美丽的少女求过爱，奥菲莉娅也相信王子所有的海誓山盟都是真挚的。自从哈姆雷特决定装疯以后，他故意显出一副对奥菲莉娅冷酷无情的样子。好心的奥菲莉娅并没有责怪他。她认为王子以前的高贵和睿智仿佛是一串美妙的铃铛奏出非常动听的音乐，可是现在悲痛和忧郁损毁了他的心灵和理智，所以铃铛只能发出一片刺耳的怪响。

尽管哈姆雷特的复仇充斥了血腥味道，和谈情说爱已经格格不入，可是他有时仍情不自禁地思念起可爱的奥菲莉娅。有一次哈姆雷特写了一封满篇狂热夸张辞藻的信给奥菲莉娅，狂躁的表现很符合他疯癫的外表，也让奥菲莉娅相信哈姆雷特还是深深爱着她的。奥菲莉娅把这封信拿给她的老父亲看，于是国王和王后也清楚地知道了王子发疯的原因。母后乔特鲁德倒真心希望哈姆雷特是为了奥菲莉娅的美貌才发起疯来的，那么，姑娘的温柔很可能令哈姆雷特恢复正常的神智。

哈姆雷特的脑海里日日夜夜想的都是他父亲的鬼魂，和为父亲复仇的神圣命令。每天每时的拖宕在他看来都是罪恶的，都会破坏命令的神圣。但新国王每天都有卫兵保护，而且总是和乔特鲁德在一起，要杀国王不是那么容易的。另外，篡位者正是他母亲现在的丈夫，这使他分外痛心，动起手来就更犹豫不决了。天性温柔敦厚的哈姆雷特本来就认为把一个同类活活杀死，是讨厌而且可怕的。再加上他长时期的忧郁和颓唐也使他摇摆不定、无所适从，所以一直没能采取果断的行动。他也希望掌握到真实的证据才行动。

正当哈姆雷特心意闪烁不定的时候，宫里来了一个戏剧团，这给了王子一个试探的机会。哈姆雷特以前就很喜欢看他们演的戏，特别是其中有特洛伊老王普里阿摩斯的被杀和王后赫卡柏悲痛这样一段悲剧，常令哈姆雷特感动不已。哈姆雷特亲自向剧团表示欢迎，并要求再把这幕戏剧表演一次。戏演得非常逼真生动，演员和观众都流出了眼泪。

这件事给了哈姆雷特一个启发，他决定在新国王和母亲面前表演鬼魂所说的谋杀场面，以此来试探他们。国王和王后都应邀前来看戏，当剧中出现熟睡在花园里的人被毒药灌进耳朵时，克劳狄斯反应激烈，并匆匆离开了剧场。现在哈姆雷特终于能断定鬼魂说的全是事实。

正当哈姆雷特盘算着该如何去报仇时，王后却派人叫他去后宫谈话。乔特鲁德是奉克劳狄斯之命去叫哈姆雷特的，克劳狄斯让王后向哈姆雷特表示，他俩都很不高兴他刚才的举止。篡位的国王生怕作为母亲的乔特鲁德会偏袒儿子，可能会隐匿起一些他很想知道的话来，所以就吩咐御前大臣波洛涅斯躲在王后内宫的帷幕后面。这个安排非常适合老波洛涅斯，他在多年钩心斗角的宫廷生活中平稳地上升到御前大臣的位置，深知用诡计来刺探内幕的诀窍。

当哈姆雷特来到后宫时，王后先是很温婉地责备了他的举止行为，说王子已经开罪于他的“父亲”了，当然，她指的是新国王克劳狄斯。哈姆雷特听到她把“父亲”这样一个听起来令人肃然起敬的称呼用在一个卑污之徒身上时非常吃惊和生气，毫不客气地冲着乔特鲁德说：“母亲，我想是你大大地得罪了我的父亲。”王后涨红着脸说他在胡说。哈姆雷特反驳道：“既然你那样问法，我就应该这样回答。”王后恼怒地说：“你莫非忘了在和谁说话？”哈姆雷特一声冷笑，“我但愿能忘记，但我又不能忘记，你确确实实是王后，你丈夫弟弟的妻子兼我的母亲。”王后勃然大怒：“你竟敢对我如此无礼。我只好去找那些会说话的人来了。”她的意思是要去找克劳狄斯或波洛涅斯。

哈姆雷特想，既然好不容易有个机会单独跟王后在一起，总得想办法叫她意识到自己的堕落来，于是就抓住王后的手腕不让她走，按住她让她坐下来。哈姆雷特的这种强横态度叫王后十分害怕，担心他由于疯狂会做出伤害她的事来，于是就大声嚷了起来。而此时躲在帷幕后面的波洛涅斯惊恐万状地大喊道：“救命啊！快来人救王后啊！”哈姆雷特以为是国王藏在那里，心想机会来了，于是拔出佩剑向幕布后刺去。喊叫声戛然而止，哈姆雷特以为国王克劳狄斯一定死了。当他把尸体拖出来一看，发现却是御前大臣波洛涅斯。

“瞧瞧！”王后大声嚷着，“你干了一件多么残忍的事啊！”

“是的，母亲，确实很残忍，”哈姆雷特回答说，“但不比杀了一个国王又嫁了他弟弟的行为更残忍！”

哈姆雷特想打开天窗说亮话，所以就坦白地说了出来。他认为对于父母的过错，做儿女的应尽量宽容，但这种过错如果严重到一定地步，那么连儿子也是可以严厉地责备母亲的。他责备王后不该这么快就忘记先王，投入凶手的怀抱；不该轻易就忘记对先王的誓言。如果这样的话，那足以让人怀疑女人的一切誓言，一切所谓的美德也会变得虚伪，婚约还比不上赌徒的诺言，宗教也只是玩笑的空话。悲愤的王子指出王后的行为上愧于天、下愧于地。为了让颤抖的王后更好地悔悟，哈姆雷特拿出两幅肖像，一幅是先王，王后的第一个丈夫，一幅是新王，王后的第二个丈夫。哈姆雷特说：“瞧，我的父王，他的额头有多么慈祥，气概有多么非凡！他的卷发像太阳神，前额像天神，眼睛像战神，他的姿势像刚降落在吻着苍天的山峰上的传信神。你再来看这一个，多像是害虫和霉菌，因为他居然杀害了他强健的兄长。”

正当哈姆雷特正在问王后乔特鲁德她怎么还能跟那个谋害先王、窃取王位的凶手继续生活下去的时候，他父亲的鬼魂出现了，只有哈姆雷特一个人能够看到，无论哈姆雷特怎么指出鬼魂所站的地方，王后都不能看见，她很害怕地看着哈姆雷特对着空中说话，以为哈姆雷特仍旧在发疯。哈姆雷特问鬼魂来干什么，鬼魂说他是来提醒哈姆雷特不要忘记替他报仇的诺言的。鬼魂又说，要去和他母亲说话，不然她会因为悲伤和恐惧而死掉的。鬼魂走后，哈姆雷特恳求王后不要以为他疯了而把鬼魂引到人间，真正使鬼魂出现的原因恰恰是她自己的罪过。他恳求王后对上帝承认过去的罪孽，离开国王。要是王后以真正的母亲的样子来对待他，那他也会以真正的儿子的态度来祈求上苍保佑她。王后终于感动了，答应照他说的去做。

和王后的谈话结束后，哈姆雷特的心情平静了一些。他看到不幸被他莽撞地杀死的老波洛涅斯的尸体时，王子伤心地哭了，因为这是他心爱的姑娘奥菲莉娅的父亲啊！

波洛涅斯的死给了克劳狄斯对付哈姆雷特的借口。按照国王的本意是要把他视为隐患的哈姆雷特杀死，但又怕拥戴哈姆雷特的百姓不答应，况且也怕受到王后的阻挠，所以，波洛涅斯的身亡使国王可以借口把王子驱逐出境。狡诈的克劳狄斯要哈姆雷特由两个大臣陪同坐船到英国去，以避免所谓的处分。当时的英国是向北欧强国丹麦纳贡的属国，所以克劳狄斯给英国宫廷写了封信，编造了一些理由，要他们把哈姆雷特处死。聪明的哈姆雷特怀疑这里面肯定有名堂，于是在夜里偷偷从那两个大臣处拿到那封信，巧妙地把自己的名字擦掉，而换上那两个大臣的名字。不久，他们的船受到海盗的袭击，哈姆雷特勇敢地拿着剑杀上了敌人的船，不料他自己的船却怯懦地溜之大吉。那两个大臣把他丢下，带着改过的信件急急忙忙跑到英国去接受应得的惩罚了。

海盗俘虏了王子以后，倒对这个高贵的敌人十分客气，不久就把他放了，希望王子在朝中替他们说些好话。当哈姆雷特返回王城后，见到的却是一片悲惨的景象，那便是哈姆雷特曾经挚爱过的美丽姑娘奥菲莉娅的葬礼。自从可怜的老波洛涅斯死后，这个未知世事的年轻姑娘受了很大刺激，神经也变得不正常起来，因为她没想到老父亲居然惨死在她所爱恋的王子手里。她到处疯疯癫癫地跑来跑去，把一束束鲜花撒给宫里的女人们，说是在给她父亲举行葬礼；又时常唱一些爱情和死亡的歌儿，仿佛以前发生的事情全都给忘记了。她喜欢痴痴地坐在一条小河边，那条小河的岸边斜斜地长着柳树，叶子倒映在水面上。有一天，她趁人不备又偷偷溜了出来，来到小河旁，用雏菊、荨麻、野花和杂草编结了一只小小的花圈，然后爬上一棵柳树，想把花圈挂到伸向河中的柳条上，可是树枝一下折断了，美丽纯洁的奥菲莉娅便带着她编的花圈掉进了水里。开始她还靠柔软的衣衫托着在水里浮了一阵，还断断续续哼唱几句不知是什么的曲儿，仿佛一点儿也没在意自己遭受的灭顶之灾，或者仿佛她本来就是生活在水里的精灵一样。可是没多久，她的衣服就被河水浸泡得沉重了起来，她还没来得及唱完那支婉转的歌儿，就沉入水里，一缕芳魂悠悠飘上了天堂。

当哈姆雷特回到王城时，奥菲莉娅的哥哥、从法国回来的雷欧提斯正在为不幸夭亡的美丽姑娘举行葬礼，国王克劳狄斯、王后乔特鲁德和所有重要的朝臣都到了。一开始哈姆雷特不知道他们在举行什么丧葬仪式，只是默默地站在一旁，不想去惊动大家。他看见他们按照处女葬礼的规矩，在奥菲莉娅坟上洒满了芬芳的鲜花。花是由王后乔特鲁德亲自撒的，她边撒边说道："唉，鲜花本应是撒在美丽的姑娘身上的！奥菲莉娅，我本来满心希望用鲜花来铺满你的婚床的，可爱的姑娘啊，没想到却是撒到了你的坟墓上了。你本来应该做我儿哈姆雷特的妻子的。"接着，一向挚爱妹妹的雷欧提斯又喃喃地说，希望奥菲莉娅的坟头上长出紫罗兰来，然后雷欧提斯又发疯似的跳进了奥菲莉娅的坟坑，悲恸得死去活来，并且吩咐侍从拿土来堆在他身上，让他和亲爱的妹妹奥菲莉娅埋葬在一起。看着这一切，哈姆雷特对奥菲莉娅的炽爱又从心头涌起，他不能容忍一个仅仅作为哥哥的人悲哀到这个程度，因为骄傲的王子觉得他自己对奥菲莉娅的爱远远比四万个哥哥的爱加起来还要深。所以，处于感情煎熬中的哈姆雷特不顾一切地跳了出来，比雷欧提斯更为疯狂地跳进了奥菲莉娅的坟坑。冲动的雷欧提斯认出这便是他全家的仇人哈姆雷特，因为他的老父和幼妹都是因为这个该死的哈姆雷特而死掉的，于是就冲上前去，死命地掐住哈姆雷特的脖子，众侍从赶紧上前才算把他们拉开。葬礼之后，哈姆雷特向大家道歉说，他刚才的举止太鲁莽了，让人以为他是为了对雷欧提斯大动干戈而跳进了坟坑。他解释说他不能容忍竟然还有谁为了美丽的奥菲莉娅的死而显得比他哈姆雷特更悲伤。这样一来，两个高贵而又都高傲的青年似乎暂时讲和了。

可是歹毒的国王却不想放过哈姆雷特，于是他利用雷欧提斯因其父亲和妹妹惨死而积蓄的内心愤懑，设奸计来谋害哈姆雷特。克劳狄斯唆使雷欧提斯假装言归于好而向哈姆雷特提出貌似友好的比剑挑战。哈姆雷特当然毫不犹豫地接受了这个看上去并无恶意的挑战，并且约定了比赛的日子。比剑的那天，宫中所有重要人物都在场，因为大家知道哈姆雷特和雷欧提斯两人都精于剑术，所以朝臣们都各自为两位剑客下了为数不小的赌注。照一般的规矩，这种友好的比剑应该用圆头不开刃的钝剑，但毒辣的国王却操纵了被仇恨所支配的雷欧提斯，让他使用一把涂了致命毒药的开刃尖头剑。所以当哈姆雷特挑了一把钝剑时，他已堕入国王的奸计，他一点儿也没怀疑雷欧提斯有什么不良企图，也没有检查雷欧提斯的剑。比剑开始了，起初，雷欧提斯没拿出真实本领来，故意让哈姆雷特占些上风，好趁他掉以轻心之时全力一击。而这时国王克劳狄斯也故意称赞哈姆雷特的胜利，大声喝彩，频频为哈姆雷特的胜利干杯，还下了很大的赌注，赌并不占多少上风的哈姆雷特一定能赢。这一切都是为了分散哈姆雷特的心神，以便雷欧提斯能发起犀利的一击。果然，几个回合过后，哈姆雷特剑势就有些松弛，这时，雷欧提斯凶狠地拿出了看家本领，用毒剑一下刺中了哈姆雷特。哈姆雷特虽然还不知道全部阴谋，但这一击也激起了他的怒火和勇气。激烈的拼斗中，哈姆雷特终于夺过那把毒剑并用它回敬了雷欧提斯一下，这下，雷欧提斯便成了国王奸计和自身愚蠢的双重牺牲品。正在这紧张的时刻，王后的惨叫又增添了几分不祥色彩。原来，奸王特地给哈姆雷特准备了一杯有毒的饮料，即使哈姆雷特比剑胜利，这杯烈性毒汁也足以毒死哈姆雷特。不巧王后喝下了那杯饮料，立即倒地身亡了。

哈姆雷特顿时意识到这是又一个阴谋。于是他喝令把门关起来谁也不准外出，他要查出究竟是谁干的。这时，垂死的雷欧提斯知道自己的生命已无可挽回了，于是尚未泯灭的良心促使他招认了一切。他告诉哈姆雷特，元凶是克劳狄斯，他自己也中了克劳狄斯的奸计。雷欧提斯请求哈姆雷特原谅他这个出卖朋友的人，告诉哈姆雷特说剑头上涂了国王的毒药，哈姆雷特已经活不过半个小时了。说完这一切，雷欧提斯便死去了。哈姆雷特拼尽余力向克劳狄斯扑去，把毒剑插进了他的胸膛。哈姆雷特实现了他对父王灵魂的诺言，让这个卑污的凶手遭到报应。

重义气轻生死的霍拉旭想跟王子一起死，奄奄一息的哈姆雷特要求霍拉旭一定要坚强地活下去，并把全部秘密公之于众。霍拉旭含着眼泪答应了，高贵的王子哈姆雷特永远闭上了眼睛。

精彩片段

★哈姆雷特（自言自语）：生存或毁灭，这是个必答之问题：是否应默默地忍受坎坷命运之无情打击，还是应与深如大海之无涯苦难奋然为敌，并将其克服。

此二抉择，究竟是哪个较崇高？死即睡眠，它不过如此！倘若一眠能了结心灵之苦楚与肉体之百患，那么此结局是可盼的！死去，睡去，但在睡眠中可能有梦，这就是个阻碍：当我们摆脱了此垂死之皮囊，在死之长眠中会有何梦来临？它令我们踌躇，使我们心甘情愿地承受长年之灾，否则谁肯容忍人间之百般折磨，如暴君之政、骄者之傲、失恋之痛、法章之慢、贪官之侮，或庸民之辱，假如他能简单的一刃了之，还有谁会肯去做牛做马，终生疲于操劳，默默地忍受其苦其难，而不远走高飞，飘于渺茫之境？倘若他不是因恐惧身后之事而使他犹豫不前。此境乃无人知晓之邦，自古无返者。

所以，“理智”能使我们成为懦夫，而“顾虑”能使我们本来辉煌之心志变得黯然无光，像个病夫。再之，这些更能坏大事，乱大谋，使它们失去魄力。

★哈姆雷特：又来一个！这不会是个律师的头颅吧？他的钻牛角尖式之弄法手段、他的分毫必争之雄辩、他的诉讼案子、他的契据、他的巧妙诡计现在都到哪儿去了呢？为什么他现在肯让这位鲁莽的家伙用把肮脏的铲子来敲他的脑壳子，而不去控告他犯了殴打罪？哼，这位家伙在生前也可能是个地产的大买主，整天就与他的抵押、他的债券、他的赔偿、他的证人、他的收回权为伴。

现在，他的上好脑袋里所装的仅是些上好砂土，难道这就是他的最后赔偿、最后收回吗？他的证人们还肯不肯为他作证，去买两块地契般大小的地皮呢？现在，他的棺材可是恰够大小来存放这些证件喽。难道这位买主就无法得到比此更多吗？哈！

主题思想

莎士比亚通过这一个古老宫廷仇杀的故事，对以克劳狄斯为首的专制王朝的罪恶与暴力进行了无情的揭露，深刻揭示出封建末期社会的本质特征。《哈姆雷特》在思想内容上达到了前所未有的深度和广度，并对王子哈姆雷特这个人文主义者所进行的反封建暴政的斗争，给予了热情的赞赏和深厚的同情。

悲剧主人公哈姆雷特是文艺复兴时期人文主义者的典型形象，他崇尚理智，重视事实和经验；他谴责暴虐压迫，主张“友爱”，反对人对人的奴役。

在他遭受了父王被弑、王位被篡等痛苦经历后，一个人文主义者宝贵的生活理想开始破灭，但他一刻也没有忘记复仇的任务。哈姆雷特是勇敢的，然而，他由于敏感而犹豫不定，由于思索而拖延，反而失去了行动的力量。他一再拖延复仇计划，导致最后的结局。

哈姆雷特的悲剧是一个人文主义者的悲剧，也是时代的悲剧。他理想崇高、思想深刻，他立志重整乾坤，但他又耽于沉思、自责、自我怀疑上，“明明有理由、有决心、有力量、有方法”去报仇。又由于他所生活的时代是一个封建势力还很强大的时代，缺乏先进分子必然胜利的条件。他的敌人是一个无比奸诈、善于笼络臣下的国王；而他自己，一个资产阶级人文主义者，既不相信暴力，又不相信群众，他孤军奋战，终于抱恨而死。哈姆雷特以自己的死赢得了对旧制度、旧势力在道义上的胜利，从而鼓舞着后继者的壮志。

艺术特色

《哈姆雷特》不仅思想内容上具有强烈的反封建意义，也是莎士比亚艺术上成熟的标志，可从典型环境、戏剧情节、人物、语言、结构等方面来分析。

一、典型环境的展现

莎士比亚认为戏剧应是“时代的缩影”。《哈姆雷特》广泛而深刻地反映了16～17世纪之间的社会生活，从宫廷到家庭，从军士守卫到人民造反，从深闺到墓地，从剧场到比武场，这么广阔的社会背景，构成主人公所处的典型环境。这一以反映封建社会解体、资产阶级方兴未艾时代的英国平民社会的五光十色为背景的典型环境，很能衬托出主人公的性格及其变化。

二、生动丰富的结构

莎士比亚的戏剧常常包含几个平行的或者交错的情节。《哈姆雷特》的结构中，哈姆雷特与克劳狄斯的矛盾冲突是主线，这实际上是英国过渡时期主要社会矛盾的艺术反映；另外，有哈姆雷特与母后、波洛涅斯、雷欧提斯、奥菲利娅、罗森格兰兹和吉尔登斯吞等五对矛盾所构成的副线。这些副线无一不同主线相关联，矛盾错综，线索纷繁，但主次分明，相互衬托。同时，还有一条与主线基本平行的线索。它通过使节来往等介绍了丹麦与挪威、英国、波兰，以及挪威与波兰的关系和丹麦人民群众的情绪，使这部悲剧的内涵具有更大的广度和深度。

三、个性化的人物塑造

莎士比亚剧中人物的个性化这一特点是有划时代的意义的。在他以前的戏剧中，人物多是类型化的。本剧中尽管人物众多，但各具性格特点。哈姆雷特和克劳狄斯不仅在政治上和思想上是对立的，性格也形成对比，一个是内向性的，一个是外向性的。哈姆雷特和奥菲利娅也形成对比，一个佯狂，一个真疯。哈姆雷特、雷欧提斯和福丁布拉斯三个贵族青年都有为父复仇的心事，但性格各异，做法也各不相同。雷欧提斯为报私仇，利用民众对王室的不满，登高一呼，群众像怒潮一般涌向王宫。他只问目的，不择手段，也不顾后果，只有个人的恩怨，而缺乏扭转乾坤的大志。福丁布拉斯原定兴兵复仇，夺回老王失去的国土，在个人私仇上似乎加上了一点国家兴亡的色彩，但却禁不住叔王的训斥，放弃了复仇。相比之下，显然没有哈姆雷特性格的复杂和坚定。哈姆雷特性格的特点是忧郁，但不是一成不变。他起初是无忧无虑的青年，遭到惨变之后便陷入忧郁，最终变的勇武决断。因此，他在不同时期有不同个性。奥菲利娅也和莎士比亚笔下的其他新女性不一样。总之，莎士比亚创造的人物很多，都有其不同的个性，其中有不少在世界文学中被传为不朽的典型。

四、语言丰富有力

这也是莎剧动人的力量之所在。《哈姆雷特》一剧主要用无韵诗体写成，又结合了散文、有韵诗句和抒情歌谣等，不同的文体在剧中起着不同的作用。莎士比亚按照人物的身份与处境的不同而使用不同的语言，文雅或粗俗，哲理或抒情，目的都是为了更有助于表现人物。人物不同，所用的语言都各如其人，如同是一个哈姆雷特，装疯时的语言与平时的便不相同。

人物形象

哈姆雷特：“一千个读者，就有一千个哈姆雷特。”从这句经典的名言中可以看出，哈姆雷特这个人物形象在读者心目中的地位。哈姆雷特是一位尊贵的丹麦王子，从小养尊处优，是封建统治集团中的人物、未来的君王。他身上具备整顿局势、治理国家、报仇雪恨的能力。然而面对着以阴险奸诈的新王为代表的强大的封建势力，作为一个资产阶级人文主义者，他始终把这种和人民紧密相连的事业看作个人的仇恨而孤军奋战，因此他的悲剧既是真善美与邪恶力量相冲突的悲剧，也是一个人文主义者时代的悲剧。

哈姆雷特是莎士比亚想说明的过渡时期的人物典型，他只能提出现实世界中的不合理，但他不能解决这个问题。出于时代和阶级的局限，哈姆雷特的人物构筑在于他能勇敢地揭露世界上存在的种种丑恶，而不在于他如何去消灭这些罪恶。他所代表的新生力量，还处在幼稚的阶段，没有足够的力量去改革、消灭罪恶。哈姆雷特的结局反映了封建势力下新生力量的斗争和他们的悲剧命运。他的精神面貌没有被拔高，胜利也没有被虚构。

哈姆雷特形象之所以具有强烈的悲剧美，关键在于构成这一切的矛盾冲突。悲剧正是通过对冲突必然性的揭示，通过对有价值东西的毁灭，表达了对真善美的肯定。哈姆雷特以自己的死赢得对旧制度、旧势力道义上的胜利，悲壮而不悲观，使人们透过悲剧，从主人公的身上感受到一种新的生命，看到了黑暗王国中的一线光明。

克劳狄斯：克劳狄斯在《哈》剧中是一位篡位娶嫂的无耻之徒，有着过人的诡诈、天赋的奸恶、阴险的手段。他骗得了哈姆雷特母亲的信任，使她甘心受他的指使，也骗得了朝臣们的拥戴。克劳狄斯一直占尽先机。他一出场就以“不忘记我们自己的本分”为由来祛除大家对于老国王死去的哀伤，并修书给挪威老国王，劝其制止小福丁布拉斯的莽撞行为。在哈姆雷特误杀波洛涅斯后，马上将之遣往英国并密令处死哈姆雷特；最后利用雷欧提斯杀死了哈姆雷特。克劳狄斯的性格明显是勇于攫取与占有的资产阶级形象，而不是九世纪的封建君王。

乔特鲁德：王后乔特鲁德是一个典型双重性格的人。虽然她被自己儿子称为“最恶毒的妇人”，但在儿子面前，她永远是一个慈善和蔼的母亲形象。她并没有参与谋杀老国王，也并不知道老国王是被克劳狄斯毒死的，在克劳狄斯的淫威之下，乔特鲁德毫无选择，只有嫁给克劳狄斯。她也是个受害者，也许她自始至终都是个受害者。她的死去，是作者对丑恶的否定，也算是对死去的国王的忏悔；作者安排她被毒酒毒死应该是对她作茧自缚的批判，带有悲剧色彩。如果没有乔特鲁德的死，《哈姆雷特》便不是世上最“完美的悲剧”。

奥菲莉娅：莎士比亚笔下的女性大多“优美绝伦”。她们天生丽质，而且感情纯真、心地善良。但是这种性格却奠定了莎士比亚悲剧中女性角色的悲哀结局。因此，奥菲莉娅美丽而脆弱。父亲被恋人所杀，奥菲莉娅最终承受不了而发疯。

奥菲莉娅体现着欧洲封建社会带给女性的巨大影响：保守而软弱。虽然爱慕哈姆雷特，但是在父亲和兄长卑劣地怀疑和诽谤下，无法追求本可以得到的幸福，有时还成为刺探王子的工具。奥菲莉娅所受的宗法家庭的教养决定了她绝对驯服和无知，她被这样的教训压制着自己的青春、激情和爱。最终，她因爱情而脆弱，因爱情而耀眼，因爱情而陨落。

奥菲莉娅在剧中的出场次数仅有 5 次，直接对白有 56 次，间接描写有 5 次。相对而言，对她的描写较少。但不可否认的是，她的存在丰富了《哈姆雷特》的故事情节，使得充满男性刚强气息的《哈姆雷特》有了女性柔情的柔润而显得异常凄美。奥菲莉娅在该剧中的地位至关重要，她极大地推动了情节的发展，并为结局添上了浓重的一笔。

名家点评

★我们认识这个哈姆雷特，好像我们认识我们自己的面孔，我们经常在镜子里看到他，并说看到的“正是我们自己的相貌”。

——海涅

★几乎每一个人都能在哈姆雷特身上找到他自己的缺点。

——屠格涅夫

《语文常谈》

作者介绍

吕叔湘（1904～1998），当代语言学家、语文教育家、近代汉语学的拓荒者和奠基人。他是江苏丹阳人，1926 年东南大学（现南京大学）毕业，1936 年赴英国留学，先后在牛津大学人类学系、伦敦大学图书馆学科修读。1938 年回国后，他历任云南大学文史系副教授、华西协合大学中国文化研究所研究员、金陵大学中国文化研究所研究员兼中央大学中文系教授、清华大学中文系教授。1949 年后，他历任中国社会科学院语言研究所所长、哲学社会科学部委员、中国语言学会会长、《中国语文》杂志主编等职。他主持了我国第一部《现代汉语词典》的编写工作。他受聘为美国语言学会荣誉会员、俄罗斯科学院外籍院士，获香港中文大学荣誉文学博士。吕叔湘长期从事汉语语法研究，创论颇丰，在语言文字应用和语文知识普及方面也做了很多工作。

其主要著作有：《文言虚字》《中国人学英文》《语法修辞讲话》《汉语语法论文集》《汉语语法分析问题》《现代汉语八百词》《近代汉语指代词》和《吕叔湘语文论集》等。

创作背景

《语文常谈》一书中的八篇文章原是1964年应《文字改革》月刊之约而作，于1964～1965年连载，当时只登载了前七篇，1980年才将八篇旧稿重新整理成书，由生活·读书·新知三联书店发行单行本。

“常谈”的意思，用吕叔湘自己的说法是“平淡无奇”，“行文也没有引经据典”，也就是家常谈话。作者用平易轻松的语言，明白清楚地让读者了解语文最基本的问题：语言与文字的关系，汉语中声韵调的组织与功用，形音义的配合，汉语字词句组合套叠的特色，意内言外是怎么回事，古代语言如何变化到今天，各地的方言有什么样的差异等。

全书内容实用，文笔晓畅易懂，极其适合作为现代汉语的入门读物。因为文章写作的时间较早，受当时普及文化、扫除文盲等背景的影响，有些内容在今天看来已经意义不大，在阅读时应注意区别。

内容简介

这是一部讨论汉语常识问题的文集，全书分八章，共六万多字，从八个方面来进行论述。

1. 讲述有关语言、文字的知识及其二者之间的辩证关系。
2. 从声、韵、调方面讲述语音、音韵。
3. 从形、音、义方面讲述异体字、同音字、多义字。
4. 从字、词、句方面谈语句结构的问题。
5. 从意内言外角度谈语义问题。
6. 从古今言殊方面谈语音、语义、语法的变化。
7. 四方谈异，介绍中国的各大方言及推广普通话问题。
8. 文字改革，就汉字改革的历程及趋势进行简要论述。

精彩片段

★第四章 “词”的今昔

“字”和“句”都讲过了，再来谈谈“词”。古时候所谓“词”是虚字的意思。用做语言单位的名称，好像是从章士钊的《中等国文典》（1907）开始。这本书里只说“泛论之则为字而以文法规定之则为词”，可是没有说出怎么个规定法。几十年来，语法学家一直在寻找这个规定法还没找着。现在比较通行的标准是：（1）“可以独立运用”，用来区别词和不成为词的语素；（2）“不能扩展”，也就是中间不能插入别的成分，用来区别词和词组。这两条标准运用起来都遇到一些问题。“独立运用”可以有各种解释，一般理解为包括两种情形：（a）能单独说的是词，例如“三”；（b）把上一类提开之后剩下的，虽然不能单独说，也算是词，例如“个”。这样，“三个”就是两个词。可是按这个标准，“电”和“灯”都能单独说，“电灯”是两个词；“电影”里把“电”提开，剩下“影”也得算一个词。为了防止得出这样的结论才又有“不能扩展”的标准。“电灯”和“电影”都不能扩展，所以都只是一个词。可是这样一来，又得承认“人民公社”“无机化学”等都不是词组而只是词，这显然是不行的。

“词”在欧洲语言里是现成的，语言学家的任务是从词分析语素。他们遇到的是 reduce（缩减）、deduce（推断）、produce（生产）这些词里有两个语素还是只有一个语素的问题。汉语恰好相反，现成的是“字”，语言学家的课题是研究哪些字群是词，哪些是词组。汉语里的“词”之所以不容易归纳出一个令人满意的定义，就是因为本来没有这样一种现成的东西。其实啊，讲汉语语法也不一定非有“词”不可。那么为什么还一定要设法把它规定下来呢？原来“词”有两面。它既是语法结构的单位，又是组成语汇的单位，这两方面不是永远一致，而是有时候要闹矛盾的。讲汉语语法，也许“词”不是绝对必要，可是从语汇的角度看，现代汉语的语汇显然不能再以字为单位。用汉字写汉语，这个问题还不十分显露；如果改用拼音文字，这个问题就非常突出了。所以汉语里的“词”的问题还是得解决，可是只有把它当作主要是语汇问题来处理，而不专门在语法特征上打主意，这才有比较容易解决的希望。

主题思想

《语文常谈》是一部讨论汉语常识问题的文集。全书分八章，分别阐述语言与文字的关系、汉字读音、文字三要素、语句的结构、词义与句义、古今语言变化、方言与普通话、汉字改革与拼音问题。

文章内容十分丰富：既谈语言，又谈文学；既谈现代汉语，又谈古代汉语。作者掌握了大量生动有趣的事例和材料，有的是读书心得，有的来自对日常生活的观察，娓娓而谈，津津有味。令读者增加许多有用的知识，对中国语言文字能进一步地理解和欣赏。书中澄清了很多错误观点和认识，对读者提高语文水平甚有帮助。

书中几乎没有引经据典，但深入浅出、明白流畅、叙述精要、论证详明，用轻松的语言将语文讲得趣味盎然、丰富多彩，把汉语语言学的主要问题仅用六万多字就概括起来。同时，作者撇开枝节，抓住重点，不从理论出发，而从事实出发，通过对比中外语言，力图摸索出汉语的真正特点。书中有些议论看似平淡无奇、不动声色，可是仔细琢磨一下，却是发人深省的。这需要长期的酝酿、深入的发掘和艰苦的锤炼功夫。

《谈美书简》

作者介绍

朱光潜（1897～1986），现代美学家、文艺理论家，笔名孟实、孟石，安徽桐城人。1916 年，朱光潜考入武昌高等师范学校中文系，次年进香港大学，主攻教育学。1922 年毕业后他在中学执教，并与匡互生、叶圣陶等人在上海成立立达学园，筹办开明书店。1925 年起他先后赴英、法等国学习，1933 年回国，历任北京大学、四川大学、武汉大学教授。

朱光潜是我国现代美学的开拓者和奠基者之一，也是第一个在中国介绍西方美学的人。他以自己深湛的研究沟通了西方美学和中国传统美学，沟通了旧的唯心主义美学和马克思主义美学，沟通了“五四”以来中国现代美学和当代美学。他是中国美学史上一座横跨古今、沟通中外的“桥梁”，是我国现当代最负盛名并赢得崇高国际声誉的美学大师。

朱光潜毕生从事美学教学与研究工作，重要著作有《文艺心理学》《西方美学史》和《悲剧心理学》等，并有多种美学译著行世。

创作背景

《谈美书简》写于 1979 年，次年由上海文艺出版社出版，是朱光潜 82 岁高龄的暮年之作。从 20 世纪 50 年代开始，美学问题成为学术界一个争论的焦点问题。“文革”结束后，朱光潜有感于学术事业百废待举，必须给一些青年的研究者以指点，遂大胆地提出人性、人道主义等非常敏感的问题，引起极大的反响。当时，全国的广大青年形成一股讨论美学问题的热潮，他们热切渴望了解美学方面的常识，于是开始向美学界的权威朱光潜写信求教、探讨，甚至争论。《谈美书简》就是在这种大背景下写成的，此书既是作者对那些“来信未答复的朋友们”的回信，又在当中回顾和总结了自己漫长的美学治学道路，是一本了解朱光潜美学思想的重要书籍。

朱光潜早年留学西欧，广泛涉猎各个学科，接触和汲取西方文化，用他自己的话讲是“学过许多不相干的功课，解剖过鲨鱼，制造过染色片，读过艺术史，学过符号逻辑，用过薰烟鼓和电器反应仪器测验过心理反应”，但是最后他驻足在美学的大门前，继而坚定不移地走了进去。正是因为切身经历和学科基础，使得他在美学道路上扫除了不少障碍，所以他在《谈美书简》的开篇就肯定地说：“研究美学的人如果不学一点文学、艺术、心理学、历史和哲学，那会是一个更大的欠缺。”

内容简介

《谈美书简》是一部系统的美学著作，初版于1980年。这是一本小书，总共只有七八万字，由十二封书信结集而成。对怎样学习美学、马列主义美学体系，以及美感、典型、形象思维、创作方法等等美学范畴，做了生动而详细的阐释。

第一封：《代前言：怎样学习美学?》

朱光潜首先谈了写作《谈美书简》的动机，在回答“怎样学习美学”这一问题时，说他感触最深的是治学的学风。针对美学是个旁涉很多领域的边缘学科，以及国内“资料太少”这一特殊性，朱光潜指出：“研究美学的人如果不学一点文学、艺术、心理学、历史和哲学，那会是一个更大的欠缺”；要“学通一二种外语”，直接阅读外文书籍；尤其应下大力气去攻读马克思主义理论。

第二封：《从现实生活出发还是抽象概念出发?》

1956年，全国开展了美学大讨论，在这场大讨论中，朱光潜承认自己过去“站的是唯心主义立场”，“用的是唯心主义的形而上学的逻辑方法”，信奉的是柏拉图、康德、黑格尔、克罗齐等人的“主观唯心主义”的美学思想。到20世纪80年代，朱光潜尽管还坚持“美是主观与客观的统一”这一总命题，但他不愿对美下定义，认为这是从抽象的概念出发而不是从现实出发去研究美学问题，提倡“从现实出发去研究美学问题”，提倡“正确辨认生活与艺术中的一切丑现象”，认为“自然丑也可以转化为艺术美”，“艺术家有描写丑恶的权利”。

第三封：《谈人》

朱光潜提出，作为审美主体的人是“一个整体”。审美活动和整个人的其他许多功能如思考力、情感和追求上进的意志是有内在的联系的。他强调反“人的感性活动”，“当作实践去理解”；把人的活动本身理解为“客体的活动”，进而提出“艺术作品必须向人这个整体说话”这一命题。

第四封：《关于马克思主义与美学的一些误解》

在此，朱光潜重申他对马克思主义的信仰，郑重提出“我们提倡‘解放思想’，但不能从马克思主义思想中‘解放’出来”。针对“马克思主义创始人并没有写过一部美学或文艺理论的专著，说不上有一个完整的美学体系”等“一些误解”，朱光潜说，构成马克思主义美学的这个完整体系“是长期发展而且散见于一系列著作中的”。

第五封：《艺术是一种生产劳动》

朱光潜认定“艺术是一种生产劳动，是精神方面的生产劳动，其实精神生产与物质生产是一致的，而且是互相储存的”。生产劳动是社会性的人凭他的本质力量对自然进行的加工改造。这是一个双向过程。在这个过程中，一方面，自然经过人的改造而日益丰富化，成了“人化自然”；另一方面，人发挥了他的本质力量，使其在改造自然中“对象化”了，因而也肯定了自己，使自己的本质力量日益加强和提高了。人类历史就这样日益发展下去，以至于达到“人的彻底的自然主义和彻底的人道主义”的辩证统一。

第六封：《冲破文艺创作和审美学中的一些禁区》

长期以来，文艺创作和美学中的禁区是“人性论”“人道主义”“人情味”和“共同美感”。在朱光潜看来，人性是普遍存在的，是人作为人的自然本性，“人性和阶级性的关系是共性与特殊性或全部与部分的关系。部分并不能代表或取消全体，肯定阶级性并不是否定人性”。“人道主义”总的核心思想“就是尊重人的尊严”，“把人放在高于一切的地位，因为人虽是一种动物，却具有一般动物所没有的自觉心和精神生活。人道主义可以说是人的本位主义”。“在文艺作品中人情味就是人民所喜闻乐见的东西”，“最富于人情味的母题莫过于爱情”。在阐释“共同美感”时，朱光潜援引了马克思“艺术起源于劳动”的论述，指出“劳动是人类的共同职能”，它所产生的美感也就是“人类的共同美感”。

第七封：《从生理学观点谈美与美感》

在这封信里，朱光潜先生向我们介绍了一些生理学知识来使我们更好地认识美与美感，如节奏感、移情作用和内模仿。而且，进一步阐述了其“美是主客观的统一”“文学作品应该具有节奏感，而不应一味高昂”“审美者和审美对象各有类型”等观点。

第八封：《形象思维与文艺的思想性》

朱光潜认为，为弄清形象思维问题，首先需要界定一下“什么叫思维”。“思维就是开动脑筋来掌握和解决面临的客观现实生活中的问题”，“思维本身既是一种实践活动，又是一种认识活动”。思维分为两步，“第一步是掌握具体事物的形象，如色、声、嗅、味、触之类感官所接触到的形式和运动都在头脑里产生一种映象，这是原始的感性认识”，叫作感觉、映象、观念或表象。第二步是在此基础上的深化，可以经由两种途径或方式，这就是形象思维与抽象思维。形象思维与抽象思维的目的都在于获得对事物的更进一步的认识。“把从感性认识所得来的各种映象加以整理和安排，来达到一定的目的，这就叫形象思维”，“把许多感性形象加以分析和综合，求出每类事物的概念、原理或规律，这是从感性认识飞跃到理性认识，这种思维就是抽象思维或逻辑思维”。形象思维和抽象思维（或逻辑思维）的不同之处，在于形象思维始终停留在感性认识阶段，没有从感性认识到理性认识的飞跃。

第九封：《文学作为语言艺术的独特地位》

文学是以语言为媒介，而语言中的文字却只是代表观念的一种符号，本身并无意义。语言这种媒介不是感性的而是观念性的，也就是说，语言要通过符号（字音和字形）间接引起事物的观念。文学作为语言艺术在艺术门类中占有独特的地位。“文学实际上就是语言学”。

第十封：《浪漫主义和现实主义》

朱光潜反对将“浪漫主义”或“现实主义”这样本来是特定历史阶段的称呼硬套到其他时代与民族的文艺创作上去，而主张从“浪漫主义的”或“现实主义的”这样的创作方法的角度，对各时代和民族的文艺做出分析。与此同时，朱光潜认为不能把浪漫主义与现实主义的区分绝对化。“浪漫主义侧重从主观内心世界出发，情感和幻想较占优势”；“现实主义从客观现实出发，抓住其中的本质特征，加以典型化”。这两种创作方法虽然是客观存在，却不宜过分渲染，像旗帜那样鲜明对立。要“从主客观统一的观点来看待这个问题”。在伟大的艺术家们身上，现实主义和浪漫主义时常好像是结合在一起的。

第十一封：《典型环境中的典型人物》

“环境”指“行动发生的具体场合，即客观现实世界，包括社会类型、民族特色、阶级力量对比、文化传统和时代精神，总之，就是历史发展的现状和趋势”。典型环境起着决定典型人物性格的作用。“人格的伟大和刚强只有借矛盾对立的伟大和刚强的程度才能衡量出来。”“典型环境中的典型人物”，这是马克思、恩格斯的典型观中的一个基本原则。恩格斯把“真实地再现典型环境中的典型人物”看作现实主义的主要因素。

第十二封：《审美范畴中的悲剧性和喜剧性》

悲剧与喜剧是两种不同的艺术体裁，具有两种不同的审美特性。悲剧与喜剧很难截然划分，从根本上说，是因为现实世界的矛盾本来就很复杂，纵横交错，很难分出悲喜两个类型，同时人们的审美情趣也多种多样，不同的人对同一个戏剧往往产生不同的感受。“世界对爱动情感的人是个悲剧，对爱思考的人是个喜剧。”我们中华民族的喜剧感向来很强，而悲剧感却比较薄弱。其原因之一是我们的“诗的正义感”很强，爱好大团圆的结局，很怕看到亚里士多德所说的“像我们自己一样的好人因小过错而遭受大的灾祸”。

第十三封：《结束语：“还须弦外有余音”》

朱光潜对来信问到关于学外语和美学问题的朋友们提出忠告：“学美学的人入手要做的第一件大事还是学好马列主义”；“掌握一种外语到能自由阅读的程度”，“掌握国际最新资料”；“要随时注意国内文艺动态”，“最好学习一门性之所近的艺术：文学、绘画或音乐，避免将来当空头美学家或不懂文艺的文艺理论家”。

精彩片段

★艺术必须根据自然，但艺术并不等于自然美，而自然丑也可以转化为艺术美，这就说明艺术家有描写丑恶的权利。

★节奏主要见于声音，但也不限于声音，形体长短大小粗细相错综，也可以见出规律和节奏。

★人是一个整体，一个多方面的内在联系着的各种能力的统一体。艺术作品必须向人这个整体说话，必须适应人的这种丰富的统一体，这种单一的杂多。

★节奏是音乐、舞蹈和歌唱这些最原始也最普遍的三位一体的艺术所同具有的一个要素。节奏不仅见于艺术作品，也见于人的生理活动。人体中呼吸、循环、运动等器官本身的自然的有规律的起伏流转就是节奏。人用他的感觉器官和运动器官去应付审美对象时，如果对象所表现的节奏符合生理的自然节奏，人就感到和谐和愉快，否则就感到“拗”或“失调”，就不愉快。例如听京戏或鼓书，如果演奏艺术高超，像过去的杨小楼和刘宝全那样，我们便觉得每个字音和每一拍的长短高低快慢都恰到好处，有“流转如弹丸”之妙。如果某一句落掉一拍，或某板偏高或偏低，我们全身筋肉就仿佛突然受到一种不愉快的震撼。这就叫节奏感。为着跟上节奏，我们常用手脚去“打板”，其实全身筋肉都在“打板”。还有心理上的“预期”作用。节奏总有一种习惯的模式。听到上一板，我们就“预期”下一板的长短高低快慢如何，如果下一板果然符合，美感便加强，否则美感就遭到破坏。在这种美或不美的节奏感里你能说它是纯粹主观的或纯粹客观的吗？或者说它纯粹是心理的或纯粹是生理的吗？

节奏是主观与客观的统一，也是心理和生理的统一。它是内心生活（思想和情趣）的传达媒介。艺术家把应表现的思想和情趣表现在音调和节奏里，听众就从这音调节奏中体验或感染到那种思想和情趣，从而引起同情共鸣。

主题思想

《谈美书简》一书共十三封书信，既有关于美学理论的论述，比如马列主义美学体系、美与美感、形象思维等；也有就具体的美学问题进行探讨，提出自己的看法，比如典型环境与典型性格问题、浪漫主义与现实主义问题、悲剧性与喜剧性等；同时还总结自己切身的体会，对某些错误思想和观点进行批判，比如号召大家冲破人性论、人道主义和人情味等文艺创作和美学中的禁区等。

说是清理过去的美学言论，其实最首要的是表明一种新的认识，强调自己新的思维的突破。朱光潜在文中说：“解放后，特别是在五十年代全国范围的美学批判和讨论中，我才开始认真地学习辩证唯物主义和历史唯物主义，从而逐渐认识到自己过去的一些美学观点的错误。”这本《谈美书简》的产生由来，也就是他在这些年不断学习马列主义、毛泽东思想的基础上，对美学上一些关键问题提出自己新的认识。朱光潜深刻地认识到，学习和研究美学，一定要把学习马列主义经典著作放在首位，他反复强调说“研究美学如果不弄懂马克思主义，那就会走入死胡同”。在他看来，马列主义不但给我们提供了正确的世界观和方法论，而且其本身也有一套完整的美学体系。因为以往的美学大师，每一个人都是有一套自己的美学体系的，只不过是唯心的还是唯物的，形而上学的还是辩证的问题。就马克思来说，其美学体系作为哲学这个大体系的不可分割的一部分，同样也就是辩证唯物主义和历史唯物主义的，以及这里生发出来的认识来自于实践的基本观点。

朱光潜在认真研读马列主义经典著作的基础上，理解和吸收马列主义美学思想和理论体系，提出自己的“物甲物乙”说，也即是“美是主观和客观的统一”的观点。在以后关于美学的论述中，朱光潜一直恪守马列主义，并以此来规范自己的美学体系。

在《谈美书简》中，还有关于美学具体问题的论述，以及提出冲破文艺创作和美学研究中的禁区，这对于我们初学美学、开始接近美学的青年更具有解决实际问题、排除疑惑的重要作用。比如：朱光潜认为浪漫主义与现实主义的区分，作为文艺流派和作为创作方法，是应该分清楚的。但是同时，我们在欣赏文艺作品的时候，没有必要机械地给某个作家或具体作品贴上现实主义或是浪漫主义的标签。他非常赞同苏联伟大的现实主义大师高尔基的一句话：“在伟大的艺术家们身上，现实主义和浪漫主义时常好像是结合在一起的。”而事实也正是如此。

艺术特色

《谈美书简》的艺术特色主要表现在：

首先，书信体作为《谈美书简》的体裁和结构，具有其他体裁和结构方式所无法比拟的优势。该书是作者为了回答美学爱好者陆陆续续提出的问题而写成的，由于特定的读者对象，作者不能不考虑如何才能深入浅出地说明问题，让读者能够读懂看透，从而使艰深的美学概念、范畴、原理变得通俗易懂，所以作者没有采用学术专著的形式。

其次，用形象、朴实、精确的语言解释抽象、深奥的美学概念、范畴、原理。这在朱光潜青年时期写的《谈美》一书中就已经得到体现，而80年代的这本书又继承了过去的传统，以最通俗的语言生动形象地解说艰深的美学范畴、原理。例如，作者为了说明美学研究的出发点的重要性，就用自己看电影《巴黎圣母院》为例来说明："听到奇丑的敲钟人在见到能歌善舞的吉卜赛女郎时，结结巴巴地连声叫：'美、美、美……'我不禁联想到'美的定义'，我想这位敲钟人一定没有研究过'美的定义'，但我深信他是一个真正懂得美的人，他连声叫出的美确实是出自肺腑的。"朱光潜以此来说明了什么是美，美来自何处。读者会从敲钟人身上找到答案：美的研究的出发点不是定义，而是生活本身。

名家点评

★本书是作者在八十二岁高龄的情况下写就的"暮年心血"之作，它既是对自己漫长美学生涯和美学思想的一次回顾和整理，也是"给来信未复的朋友们"，尤其是青年朋友们的一次回复。

——陈显忠

《歌德谈话录》

作者介绍

爱克曼（1792～1854），出生在德国汉堡附近一个贫农家庭。他是一个大器晚成的人，据他自己说，他到 14 岁的时候还不会看书识字。由于家境贫寒，幼年的生存状态决定了他的性格：谦虚自卑，勤勉严谨。他不太自信，但善于向他人学习；崇拜名人，但也表现出自己的独立性。在他接触到歌德的著作后，便对歌德产生了狂热的崇拜，并且不断模仿歌德的创作，也曾把自己的诗歌寄给歌德，但歌德只是礼节性地回信表示感谢。

歌德的态度并未使爱克曼泄气，反而坚定了他研究歌德的决心。于是他中断了在哥廷根大学的学业，全力撰写《诗论 · 特别以歌德为证》一书。1823 年 5 月爱克曼将这部已经写成但尚未出版的论文集寄给了歌德，并于 1823 年夏到魏玛拜访歌德。这是一部论文集，其中并没有爱克曼自己的观点，所有的论据都来自歌德的作品。这说明他不仅仔细阅读过歌德的作品，而且理解了其中的含意，这也深深感动了歌德。他看到了一位真正认真读而且读懂他作品的读者，一个真心了解其内心世界的知己。

于是，当爱克曼来到魏玛时，歌德不仅接见了他，而且建议他留在自己身边工作。爱克曼终于得以真实地接触到这位巨人，并成为歌德的文艺学徒兼私人秘书，陪伴了歌德生命中最后的九年。

爱克曼自 1923 年起，出于“固有的一种自然冲动”，每逢听到歌德值得注意的言谈就记录下来，后来编辑成《歌德谈话录》一书。此书于 1936 年在莱比锡出版了第一部和第二部，大受欢迎；后来又补编了第三部。

约翰 · 沃尔夫冈 · 歌德（1749～1832），德国伟大的诗人，他同荷马、但丁和莎士比亚一起，并称为欧洲四大文化名人。歌德的作品如《少年维特的烦恼》《浮士德》《维廉 · 麦斯特》等，深受读者的喜爱。

创作背景

《歌德谈话录》共分三部分，第一、第二部分于 1836 年出版，而第三部分于 1848 年出版。19 世纪三四十年代是德国历史上的革命年代，由于歌德对革命采取怀疑和疏远的态度，他就成了民主激进派攻击的对象。在这种情况下，爱克曼这本记述歌德谈话的书就理所当然地受到评论界和广大读者的冷遇。1848 年革命失败以后，德国的政治形势发生了变化，歌德越来越受公众重视，特别是 1871 年德国统一以后，歌德更成为“奥林匹斯神”。记载“圣人”谈话的书也就成了“圣书”。学术界更是将这本书看作研究歌德的必读书目，许多学者都认为爱克曼的这本书客观地、忠实地记载了歌德的谈话，是一份绝对可靠的第一手文献。

爱克曼在歌德身边时的主要任务是编辑由歌德亲自审订的《歌德文集》，他还直接参与了歌德晚年的全部创作。可以说，如果没有爱克曼的参与，也许《浮士德》第二部就难以在歌德生命的最后时刻完成。由于工作关系，爱克曼经常与歌德就各种问题进行交谈。爱克曼一直将自己放在学生的位置，虚心地聆听老师的教诲，并且尽可能地记在脑子里，然后写在日记或信中。很早他就开始将记在脑子里的歌德的谈话整理成文，交给歌德审阅。

1826 年爱克曼向歌德正式提出要出版他辑录的《歌德谈话录》的请求，希望这本小册子与《歌德文集》一同出版，但歌德没有同意。1830 年爱克曼再次提起请求，仍遭拒绝。爱克曼是个非常执着的人，虽然歌德不同意马上出版，但回忆、整理、编排歌德谈话的工作并没有停止。终于，《歌德谈话录》在歌德逝世后的 1936 年出版。

《歌德谈话录》中译本自 1978 年在我国出版以来，已经印行十余次，发行数十万册，成为同类书中的畅销书。译者朱光潜学贯中西，知识渊博，具有深厚的语言功底和理论素养。译者以严谨而科学的治学态度，对照各种版本，直接从德文翻译；同时，为了便于读者阅读和理解，他还加了许多见解独到而精辟的注释。虽然译著只选译了不到原书一半的内容，但由于挑选精当，译文忠实而又流畅，所以深受我国读者的喜爱。

内容简介

爱克曼的《歌德谈话录》记录了歌德晚年有关文艺、美学、哲学、自然科学、政治、宗教以及一般文化的言论和活动，是歌德晚年最成熟的思想和实践经验的记录。朱光潜的译本只选择了涉及哲学、美学、文艺创作实践和理论乃至当时欧洲一般文化动态的内容，有利于更加集中学习和理解歌德的文艺和美学思想。

《歌德谈话录》首先值得注意的是其所体现出来的几个关于美学和文艺理论的重要概念，比如浪漫与古典、艺术与自然、世界文学等等。这些几乎都是歌德在他生命的最后阶段，在总结了他几十年创作经验和对古典文艺作品进行深入思考的基础上提出来的，闪耀着智性的光辉。

在创作实践上，作为"狂飙突进"运动的代表人物，歌德和席勒的早期创作都可以说是浪漫主义的，然而随着历史大潮的推进，他们又共同建立了"魏玛古典主义"。其实他们后期创作的作品，虽然是称作古典的，却同样洋溢着浪漫主义的精神——席勒就认为歌德有时候违背了自己的意愿，表现出是一个浪漫主义者。但是在许多言论里，歌德多把古典主义与浪漫主义对立起来。在他看来，古典的就是健康的，浪漫的就是病态的。在这个基础上，他又提出"为一般而找特殊"和"在特殊中显现出一般"，就是说在文学创作中，到底是从抽象的概念出发，再找出特殊的东西来表现"概念"，还是细致地描绘特殊的东西，让它自然而然地表现出普遍的抽象概念？这是歌德与席勒在理论上的分歧，也是他们在文学创作中的不同追求。歌德显然是认同后者的。在他的论述中，古典主义与现实主义在某种程度上已经合流，就是力图通过对特殊的、个别的、现实的事物的描绘、刻画和表述，自然而然地彰显自己的抽象理论；而不是像席勒那样，有时为了表达自己的思想——包括政治理想和哲学思想等——而不惜牺牲了文学的形象性。在这个问题上，马克思也批评席勒的作品有时也只是"把个人变成时代精神的单纯的传声筒"。

推崇古典主义，以现实主义的精神来进行文学艺术创作，主张对现实的事物进行细致的描绘来表现思想，这自然要求歌德对文艺与自然进行更加深入的思考。在《歌德谈话录》中，歌德站在唯物主义的立场，关心自然科学，讨论光与色等等问题，同时强调实践的重要作用，这使得他在谈论文艺与自然的关系的时候，更多地体现出辩证法的特色，即认为文学与艺术是一种主观与客观相对立统一的关系。他说，艺术家对于自然有着双重的关系，既是自然的主宰，又是自然的奴隶。为什么这样说呢？在他看来，艺术家是自然的奴隶，因为他必须用现实中所固有的物质材料来进行工作，才能够使人理解；但同时他又是自然的主宰，因为艺术家利用这些物质材料，使材料服从他自己个人的意旨，而且这种意旨是超越出一般的、特有的，材料要为这种意旨服务。所以，歌德又在一篇文章中谈到，艺术家赋予艺术作品的内容和形式“既是自然的，又是超自然的”。

《少年维特之烦恼》使歌德享有了世界级的声誉，他自己也首次提出了“世界文学”的概念。他认为全面地考察文学，不应该局限于一个国家、一个民族的文学，而应该给予其他民族的文学充分的注意。这种“大文学观”表现在谈话录中，使他在讨论具体文学作品和某些作家的时候，可以进行跨国度的比较，也可以对不同民族的思维特征、文学精神进行考察。比如歌德认为德国文学注重哲学思想，要求思想的宏伟和情感的丰富，法国文学借用了这种哲学理想，使理想服务于政治革命；但法国文学作品在风格上，“他们力求明白清楚，以便说服读者；力求饶有风趣，以便取悦读者”。文学创作中各个民族的文学也是相互影响和渗透的，他说：“我有许多东西要归功于古希腊人和法国人，莎士比亚、斯泰恩和哥尔斯密给我的好处更是说不尽的。”

《歌德谈话录》共三部，所涉及的内容是非常丰富的，比如他的宗教观点和政治观点，谈关于艺术鉴赏和自己的创作经验，这里值得注意的是谈话录所示的时间，差不多与《浮士德》第二部的创作是重合的，研究谈话录还有助于我们更好地理解《浮士德》；还有对拜伦、雨果、莎士比亚，《红与黑》《参孙》《唐璜》等作家和具体作品的评价。除此之外，还有歌德关于自然科学、关于哲学等方面丰富的言论，可以说在歌德生命最后阶段的重要思想，书中都有涉及，而且还比较全面。

精彩片段

★我们如果想学习如何适应舞台，就应向莫里哀请教……他有一种优美的特质、一种妥帖得体的机智和一种适应当时社会环境的情调，这只有像他那样生性优美的人每天都能和当代最卓越的人物打交道，才能形成的。

★司汤达《红与黑》中一些女性角色浪漫主义气息太重。

★雨果有很好的才能，但是完全陷入当时邪恶的浪漫派倾向，因而除美的事物之外，他还描绘了一些最丑恶不堪的事物。我最近读了他的《巴黎圣母院》，没有什么书能比这部小说更可恶了……作者对细节描绘很擅长。

★在我所说的创造才能方面，世间还没有人比拜伦更卓越，他解开戏剧纠纷的方式总是出人意料，比人们所能想到的更高明。他的描绘有一种信手拈来、脱口而出的现实性，仿佛是临时即兴似的……他的《唐璜》有很多这样的例子。

★席勒对哲学的倾向损害了他的诗，因为这种倾向使他把理念看得高于一切自然，甚至消灭了自然。凡是他能想到的，他就认为一定能实现，不管它是符合自然，还是违反自然。

★莎士比亚的伟大多半要归功于他那个伟大而雄强的时代。他是一个伟大的心理学家，从他的剧本我们可以学会懂得人类的思想感情。我们对莎士比亚简直谈不出什么来，谈得出来的全不恰当。他太丰富，太雄壮了。莎士比亚给我们是银盘装着金橘。我们通过学习，拿到了他的银盘，但是我们只能拿土豆来装进盘里。

主题思想

《歌德谈话录》是歌德晚年最成熟的思想和实践经验的记录。在图书分类里通常列入传记类，也有时列入文学类。爱读这部书的人不只有文艺史家和文艺批评家、自然科学家、哲学家和文化史家，还有关心一般文化的普通读者。一般爱好者多半把它作为传记来看。歌德这个人是值得注意和研究的。他是近代资产阶级文化高峰时期的一个典型代表，在西方发生过深广的影响，《谈话录》对他这个人做了细致亲切而大体忠实的描绘。

歌德是近代资产阶级文化高峰时期的一个典型代表，《谈话录》中歌德的文艺观是：文艺必须从客观现实出发，而反对从理念或抽象观念出发。文艺与自然是对立统一的关系；反对将composition（构成）这个词用在文艺创作上，而应根据自然来熔铸一个优美的、生气灌注的整体，即艺术作品。在文艺创作方法方面，他认为古典主义和浪漫主义的基本区别是前者从客观世界出发（席勒称之为“素朴的”），后者从主观世界出发（席勒称之为“感伤的”），但是二者又互相关联，单纯地生硬地采用其中任何一种都不免流弊，所以给文艺作品贴上一个简单的标签总是不妥的。歌德对伟大人物（或者“天才”，包括他自己）的看法也比较辩证，在他看来，他们“无非是有一种把外界资源吸收进来，为自己的高尚目的服务的能力和志愿”，同时又认为“单凭他们特有的内在自我（才能和内生活）去对待一切”，决不会有多大成就。从而认识到个人智慧的最后根源是一般人物，在这个意义上他说每个人都是“集体性人物”，也就是社会生活的产物。歌德的言论还涉及政治、民族、气象、地理、生物等方面的内容，可谓洋洋大观。

图书在版编目（CIP）数据

中外经典名著导读 / 符文军，李丹主编 . —北京：时事出版社，2019. 12（2021. 12 重印）
ISBN 978-7-5195-0201-0

Ⅰ. ①中… Ⅱ. ①符…②李 Ⅲ. ①世界文学—文学欣赏
Ⅳ. ①I106

中国版本图书馆 CIP 数据核字（2019）第 274186 号

出 版 发 行：时事出版社
地　　　址：北京市海淀区彰化路 138 号西荣阁 B 座 G2 层
邮　　　编：100097
发 行 热 线：（010）88869831　88869832
传　　　真：（010）88869875
电 子 邮 箱：shishichubanshe@ sina. com
网　　　址：www. shishishe. com
印　　　刷：北京良义印刷科技有限公司

开本：787 × 1092　1/16　印张：23　字数：440 千字
2019 年 12 月第 1 版　2021 年 12 月第 4 次印刷
定价：58. 00 元
（如有印装质量问题，请与本社发行部联系调换）